艺坛追光

仲呈祥 著

作家出版社

仲呈祥

1946 年生于沪、长于蜀，新时期求学求职于北京，曾从师朱寨学过中国当代文学史、从师钟惦棐学过电影美学。曾任中国文联第八届副主席、中国文艺评论家协会首届主席、国家广播电影电视部副总编辑、国务院学位委员会艺术学学科组召集人等职。现任中央文史研究馆馆员、国家教材委员会专家委员、研究员。

著有《当代文学散论》《"飞天"与"金鸡"的魅力》《自厚天美》《仲呈祥演讲录》《审美之旅》《中国电视艺术发展史》《文苑问道——我与〈人民日报〉三十年》《艺苑问道》等 20 余种，力倡"以文化人、以艺养心、以美塑像、贵在自觉、重在引领、胜在自信"。

内容简介

本书是作者自上世纪 80 年代到当下，四十多年对文艺界电影、电视、文学作品等方面的评论结集，是对自己培根铸魂精神历程的复现。力求记录新时期、新时代文艺发展的轨迹，呈现不同时期、不同地域文艺发展的面貌。

名为"艺坛追光"，是想表达作者希望在文艺评论的范围内能够捕捉到更多优秀作品，并使之传播得更广更远，以此照亮更多的人民大众，让文艺更切实地为人民服务。此外，还有追逐跟随《光明日报》之意，本书是作者在此报刊上发表的文章合集，是一种值得纪念的荣耀，也希望用这种方式表达对《光明日报》一直以来肯定的感谢。

其内容涉及的体裁多样化，从小说、电视剧本、电影、话剧、戏剧的评论到对颁奖活动、文化思潮的感悟再到对前辈、恩师的感谢、怀念等，通过对作品的细读与再解读，客观中肯地评论，希望对文艺发展能够有所助益，也从中看到文艺界辛勤耕耘、代代相传的文人风骨。

其评论语言，以通俗自然、精炼深刻的风格让更多的读者可以深入阅读，而不必为晦涩的文字羁绊。其批评态度，以作者一贯的审慎严谨对文艺的发展在肯定、鼓励的同时，也提出了有方向性的指导建议，从中可以看出仲呈祥先生对文艺的尊重，也闪烁着温暖宽厚的光芒。

自　序

　　十余年前，反思自己的学术生涯，我费了颇大力气，曾把自己自1982年至2012年间在《人民日报》发表的146篇文艺评论原封不动结集为《文苑问道——我与〈人民日报〉三十年》，由重庆出版社出版，为研究这30年中国文艺评论史的专家学人，尤其是撰写博士论文的莘莘学子，从一个很小的侧面提供了一份真实的资料。不久前，《光明日报》的编辑牛梦笛亦为撰写她的《中国新时期新时代电视文艺评论史研究》博士学位论文，竟利用如今迅猛发展的科技手段，把近40年来我在《光明日报》上发表的近160篇文艺评论收集全了来同我研讨。于是，在作家出版社的鼎力支持下，又萌生了结集出版这本《艺坛追光——我与〈光明日报〉四十年》的愿望。这两本书可谓"姊妹篇"。我今年已七十有八，虚称八十老翁了。从1946年生于沪、长于蜀，到1978年进京从师于钟惦棐、朱寨二位先生，学习文艺评论，至"世无英雄，使竖子成名"，当了不称职的中国文艺评论家协会首届主席。其间，还任过小学、中学、大学老师，当过硕士与博士生导师，但真正学习中国化、时代化的马克思主义文艺评论枪法，主要的课堂和阵地还是报刊。《人民日报》与《光明日报》当然是主要的。从新时期到新时代，中国文艺历经时代风云的洗礼，从现实主义文艺复苏、"伤痕文学""反思文学"到"清除精神污染""反对资产阶级自由化",再到"弘扬主旋律、提倡多样化""以人民为中心"和"现实主义精神与浪漫主义情怀相结合"……如果说,《人民日报》作为党中央的机关报,其文艺评论在一定程度上带领着全国文艺思潮和创作的走向;那么,《光明日报》作为党领导下知识分子重要的精神家园,其文艺评论在相当程度上也折射出全国文艺思潮和创作的风貌。我数十年来在这两报发表的文艺评论本不足道,但庶几能从一个很小的角度真实地记录新时期新时代文艺评论轨迹之一斑。我深切地感受到:辛勤耕耘在《人民日报》的从兰翎、缪俊杰、蒋荫安、丁振海、郭运德、刘玉琴到袁新文等老编辑,在《光明日报》的从乔福山、潘仁山、冯立三、秦晋、沈卫星到李春利等老编辑,都曾对我从事文艺评论事业多有教益。从这个意义上讲,我的学习文艺评论的大学,主要正是这两报。此外,还有《文艺报》《中国艺术报》《文汇报》《解放日报》和《文学评论》《文艺研究》《文艺理论与批评》《艺术百家》等文艺报刊。特别需要向读者汇报的是,本书所收的各篇,基本按发表之原貌。之所以如此,乃因为尊重历史,录以备考,庶几才真正会有反思正身之良效。否则,文艺评论就堕为了随风摇摆的"今日说东,明日说西,自己本身就不是个东西"了!这是我平生最不齿于此的。还有,书中有几篇评论,系与或师长或所带博士合作,在篇末注明并致谢。呜呼,读旧作自觉才疏学浅,难免汗颜。但总结40余年耕耘艺坛不懈追光之感悟,乃为:文以化人,艺以养心,美以塑像,重在引领,贵在自觉,胜在自信;讲点真话,述点真情,求点真理,虽不能至,心向往之!末了,要感谢作家出版社在为我出版《仲呈祥演讲集》后,再出这本小书。

2024 年 4 月于北京

目录

上　辑

下　辑

上

辑

好处说好　坏处说坏

正确开展文艺批评，努力对作品的社会意义和美学价值做出尽可能科学的、实事求是的分析和评论，既是文艺界进行思想斗争的主要方法之一，又是促进社会主义文艺创作更大繁荣的有力措施，更是发展马克思主义文艺理论的有机组成部分。

在回顾和总结去年文艺工作的丰富经验时，我们高兴地看到：这一年，我们的文学事业，正是在批评、探讨和争鸣中求得发展和繁荣的。

去年，据不完全统计，全国不少报刊，分别围绕着十几个中、短篇小说和好几出戏剧，展开了具有一定规模的生气勃勃的讨论和争鸣。其中，如《文艺报》围绕中篇小说《大墙下的红玉兰》的争鸣，《鸭绿江》《作品》《雨花》《东海》《边疆文艺》和《上海文学》分别围绕短篇小说《失去了的爱情》《我应该怎么办？》《"我的罪过！"？》《阿惠》和《重逢》的争鸣，《人民戏剧》和《文汇报》分别围绕话剧《有这样一个小院》和《炮兵司令的儿子》的争鸣，以及部分报刊围绕短篇小说《乔厂长上任记》的争鸣，就都在促进创作、开拓题材、深化主题、塑造典型、提高技巧以及纠正编造情节、追求猎奇的不良倾向等方面，起了不同程度的积极作用。在文艺理论研究方面，从关于《向前看呵！文艺》一文的讨论，到关于《"歌德"与"缺德"》一文的争鸣，再到关于如何看待粉碎"四人帮"后三年来文艺战线形势的辩论，我们围绕着"歌颂与暴露"、真实性、典型性以及社会主义时期的悲剧等重要的文艺理论问题，进行了有益的探讨。这些，也都在一定程度上推动了思想的解放和文艺的发展。

值得指出的是：上述关于作品和理论问题的争鸣，都是在党的"百花齐放、百家争鸣"方针指导下，在解放思想、发扬文艺民主的气氛中进行的。去年以来，我国文艺批评战线是空前活跃的，并且正在逐步走上健康发展的道路。

但是，毋庸讳言，由于过去多年来的阶级斗争扩大化和我们在文艺工作中的教条主义错误，文艺批评往往被搞成了政治运动的先声和进行政治判决的工具。在我们的文艺批评中，也确实还或多或少地存在着一些不够科学、不够实事求是的地方。比如说，对某一部作品的评价，有的评论文章说好则一味颂扬，不恰当的溢美之词一大堆，甚至千方百计地要把明明是作品的败笔之处也加以讳饰；有的评论文章说坏则唇枪舌剑，颇带几分"棍子"色彩。对于某一种持有不同意见的文学主张，也还存在着不是让人把话讲完，展开同志式的、平等的、充分说理的讨论，而是习惯于群起而"批"之。对于个别作品确实存在的不良倾向，则又未能旗帜鲜明、理直气壮地及时地提出批评。所有这些，虽是支流，但切不可忽视。它说明正确开展文艺批评，对我们来说，确有一个由不习惯到习惯的过程。

经验证明，大力发展科学的实事求是的文艺批评，关键的一条，就是要坚定不移地贯彻执行党的"双百"方针，既坚持"三不"主义（不打棍子、不扣帽子、不揪辫子），又反对"三无"倾向（无要求、无批评、无引导）。只有坚持"三不"主义，文艺批评才可能做到实事求是。打棍子，扣帽子，揪辫子，据作品以治作者之罪，大兴文字狱，多年来，致使不少优秀作品及其作者惨遭横祸，严重地破坏了文艺生产力，而且至今仍束缚着不少同志的思想，以致我们对某一作品的正常批评，也常常会引起这些同志超出文艺之外的种种揣测，甚至当作某种政治风向的探测器。为什么一些同志总是心有余悸呢？心有余悸者，实际上是害怕再次被大张旗鼓地批判之谓也。我们在这个问题上的教训，实在是太深刻、太惨痛了！有鉴于此，我们的党决心永远不再允许因创作问题而把作家打成"反革命"的事情发生。这就为我们贯彻"双百"方针、彻底清除余悸，提供了最可靠的保证。我们应当同"三不"主义结缘，同"棍棒"批评决裂。我们的文艺评论家，一定要努力使自己成为读者和作者的"净友"。与此同时，也要反对那种无要求、无批评、无引导的放任自流的错误倾向。对作品一味无原则地廉价吹捧，明知有错，少说为佳，任其发展；或者动辄把正常的必要的批评和不同意见的争鸣，一概夸大为"打棍子，扣帽子，揪辫子"。这实际上都是取消文艺批评的战斗作用，把实行"三不"主义作为抵制正确批评的盾牌。须知，文艺批评是既要浇花，也要除草的。（当然这"草"并非一定就是"毒草"，与禾苗争肥的"杂草"也要除嘛！）譬如，去年《清明》创刊号上，发表了鲁彦周同志的中篇小说《天云山传奇》。这是一个赢得了读者欢迎的好作品。《人民日报》《光明日报》等，都发表评论文章，给予了热情的恰当的肯定。这无疑于作者和读者都是有所裨益的。但《清明》第二期发表的另一个中篇小说《调动》，却写得格调低下，形象秽亵。整篇作品看不见革命理想的光彩，看不见真善美的灵魂，而集中了社会上的一些假丑恶的现象，把社会主义制度下人与人的关系完全写成是互相利用、尔虞我诈。对于这样的作品，我们难道不应当严肃地实事求是地提出批评吗？！

文艺批评要做到实事求是，必须提倡辩证唯物主义和历史唯物主义，力戒唯心主义和形而上学。诚然，任何批评家，由于马克思主义理论水平、艺术修养和审美趣味的不同，对同一个作家、一部作品必然会产生自己特有的评价，很难做到百分之百的正确。但是，对党和人民负责的文艺批评家，总应当努力坚持马克思主义的活的灵魂：对具体问题进行具体分析。在文艺批评中，打棍子固然是没有修养、粗暴野蛮的表现，庸俗的捧场其实也是一种低级趣味，不足为训。恩格斯认为，那种"永无止境的恭维奉承"，"扮演文学上的淫媒和掮客"的文艺批评，"是令人无法容忍的"。高尔基毫不客气地把这种文艺批评称之为文艺发展的"破坏性手段"。批评家的错处，往往表现在乱骂与乱捧。我们应当像鲁迅所说的那样："批评必须坏处说坏，好处说好，才于作者有益。"鲁迅自己，就在这方面为我们做出了典范。他在为当时的青年作家，如萧军、萧红、叶紫、黎锦明、徐懋庸等的作品作序跋时，也总是坚持一分为二，既热情肯定其长处，又诚挚地分析其短处，做到好处说好，坏处说坏。同时，在文艺批评中，我们还应当看到：一个作家，在其一生创作的作品中，很可能既有很成功的、比较成功的，也有一般的、不很成功的，甚至还有次品、赖品。坚持对具体问题进行具体分析，就要防止那种简单化的"一刀切"，应该提倡"多刀切"，即努力做出具体的有分析的评论，而绝不要仅仅抓住一个成功的或失败的作品，攻其一点，不及其余。

在最近召开的剧本创作座谈会上，结合当前几个有争议的剧本，探讨了文艺创作中出现的新情况和新问题，是正确开展文艺批评的一个新的良好的开端。我们文艺评论工作者应该加强马列主义、毛泽东思想的学习，继续解放思想，深入探讨文艺创作的特点和规律，要批判地吸收中外文艺批评史上正反面的经验和教训，尤其要认真总结和牢记三十年代以来我国文艺批评中的成功经验和失败教训，努力学会同志式的与人为善的批评、反批评和严格的自我批评，使文艺批评沿着正确的轨道生动活泼地向前发展。

伟大的八十年代开始了。愿我们的作家、批评家和广大读者，手拉手，肩并肩，团结战斗，共同努力，使我们的文学事业，在科学的实事求是的文艺批评中获得更大的成就。

1980-03-05

故事好编　零件难找

　　著名作家沙汀同志在谈创作时曾多次精辟地说："故事好编，零件难找。"他所说的"零件"，就是细节。在他看来，创作中，从塑造典型人物出发，选择和组织好细节，比编故事更重要更困难。这确是这位老作家长期从事现实主义创作实践的经验之谈。

　　作家通常说人物形象在心中活起来了，主要指的就是表现人物性格的许多细节活跃于脑际、闪耀在眼前了。鲁迅写《阿Q正传》，首先是生活中的阿桂和同类型的人物，他们的种种细节长期活在作者心里，呼之欲出。读完小说，人们回想到的主要也不是故事，而是阿Q等典型人物的生动细节。例如阿Q，他的癞疮疤、黄发辫子，和王胡打架，向吴妈下跪，找假洋鬼子要求革命，竭尽平生之力在纸上画圈，等等。当然，在文学史上，也有借用已有的故事进行创作的，如果戈理的《外套》，就是利用一个听来的故事创作的。他的《钦差大臣》也是根据《国都来客》提供的情节改编成的。从表面上看，似乎是故事先于人物及其细节，但事实上并非如此。因为，在果戈理心中，早就有了人物形象，以后仅仅是借用和改造已有的故事来表现自己的人物罢了。

　　近年来，人们在评论那些优秀作品时，总是说它们恢复了现实主义的传统。其实，最主要的，就是因为这些作品运用真实的细节塑造了生动的典型形象，从而深刻地反映了社会生活。换言之，这些作品的成功，最重要的是用真实的典型的细节描写，塑造了栩栩如生的人物形象。周克芹的长篇小说《许茂和他的女儿们》、谌容的中篇小说《人到中年》、徐怀中的短篇小说《西线轶事》等等，都没有离奇的情节，没有生编的故事，却留给读者深刻的印象。读完作品，掩卷思之，浮现在你面前的，不是故事，而是有血有肉的人物及其生动真实的细节。

《许茂和他的女儿们》中的许茂是三十年来农村题材作品中少见的独特的人物。这个土改、合作化运动中的积极分子，被长期的"极左"路线折磨成了一个自私、狭隘、孤独、固执、暴躁的典型。他的这种性格，是现实生活的投影，也是对现实不满和反抗的产物。许茂的性格是怎样描绘出来的呢？是用许多生动的细节呈现出来的。你看，他在各种愤懑情况下打响亮的喷鼻，像制作精美艺术品一样经营自留地，豌豆尖新上市把老秆儿都掐了去，用矛盾的带有敌意的心情看待工作组进村，在开会耗费灯油问题上精心盘算，连云场上不惜乘人之危贱买贵卖菜油以牟取钱财，哪怕是亲生女儿因走投无路回娘家蛰居，也视为异端，如此等等。正是因为作家精工铸造了这些精巧的"零件"——细节，许茂这个人物才跃然纸上。

《人到中年》着意刻画的中年知识分子陆文婷，是一个有着鲜明个性而又具有普遍社会意义的艺术典型。她在艰难的环境中造就了精湛的医术，在世俗的潮流中保持着坚强的事业心，丝毫不为无名无位而减低自己职业的权威。陆文婷这尊雕像是靠什么矗立起来的？也是靠多侧面的细节描写塑造起来的。作品写她在眼科主任的挑选面前怎样安静得像一滴水，对突然袭来的迟到的爱情怎样燃起诗一般的激情，对丈夫和孩子怎样温柔和体贴，在手术台前表现了怎样神圣不可侵犯的尊严，对权贵怎样孤傲和冷漠，对劳动人民和天真的孩子又是怎样亲切得像一个好媳妇、好阿姨。这部已经脍炙人口的佳作，正是用了许多这样的闪光"零件"，构成了陆文婷这个闪光的人物。

《西线轶事》则属于另一种类型，它塑造了对越作战中六个女电话兵的英雄形象。处理这类题材，最容易去单纯追求惊心动魄的故事情节。这篇小说却没有这样做。它用大量具有浓郁生活气息的细节，描写了英雄们的轶事。她们初入伍时脆弱爱哭，告别母亲上前线时还撒娇，第一次看见敌尸时互相壮胆。女英雄陶珂几经搏斗抓住了女俘虏，两个姑娘衣服被树枝剐破，不能遮体，赶来助战的男电话兵看了目瞪口呆，不知如何是好。陶珂说："这些死人！只管看着干什么，还不把你们的雨衣扔过来！"……所有这些，都进入了作品描写的范围。作家越是精心描写这些细节，越是使人感到英雄事迹的真实可信，感到英雄人物的可亲可敬、血肉丰盈。

　　在现实主义创作中，细节描写之所以比编故事更难，还因为这里所说的细节都必须是真实的、典型的，是刻画人物性格所不可缺少的，也是需要苦心搜集和精心选择的。现实主义不同于自然主义，它不是为细节而细节。它要求的"零件"，不是那种通用化、标准化的"零件"，而是富有个性特征的特制"零件"。它采用"零件"，也不是胡乱堆砌和烦琐地罗列，而是根据塑造典型人物的需要和生活的逻辑，有机地进行组织和安装。鲁迅小说里的细节描写，都是各具特征、不可互换的。《祝福》中祥林嫂三次"亮相"眼神的变化，《孔乙己》中孔乙己成为唯一穿长衫而站着喝酒的人等等细节，都多么富有特色！只要一提到某一细节，人们就能立即判断出那是哪一个作品中的哪一个人物所独有的。

　　沙汀同志说的"故事好编，零件难找"，归根到底，还因为作品中这类真实的典型的细节，必须倾注作家的真情实感，一定程度上是作家自己生活经验（或体验）的产物。而故事情节，却不一定是作家自己的直接经验。也就是说，故事情节可以在有了人物和细节以后虚构，而人物的细节，却只能在生活中去积累。巴尔扎克说:小说是"庄严的谎话"，但如果它在"细节上不是真实的话，它就毫不足取"。因此，作家必须在深入生活上下苦功，花气力，才能获得独特的精巧的细节。舍此，没有别的捷径可走。

高尔基说过："艺术家创造艺术的真实，像蜜蜂酿蜜一样；蜜蜂是从各种花里一点一滴地采集最必要的成分的。"。作品中"零件"的获得也是如此。沙汀同志之所以得出"零件难找"的经验之谈，首先是因为他创作态度严谨，在生活中采集"零件"，不辞辛劳，备尝艰苦。当年，鲁迅在写给沙汀、艾芜的复信中曾勉励他们："不可将一点琐屑的没有意思的事故，便填成一篇，以创作丰富自乐。"(《二心集·关于小说题材的通信》)。多年来，沙汀、艾芜正是这样做的。这是他们的作品有着丰富生动的细节描写，塑造了许多成功的典型形象的重要奥秘。近年来，一些作家在创作上获得突出成就，重要的一条，也正在于他们有着丰富的生活积累和"零件"积蓄，有着严谨的创作态度。他们不像有些轻浮的作家那样，生活的衣袋——创作的"诗囊"总是空空的。听到一点似乎动人的情节，就编造故事，急就成章。有时编的故事确也离奇曲折，但总不免露出拼凑的痕迹，人物不是模模糊糊，就是似曾相识；"零件"不是借用别的机器上的，就是至少沾满了别的机器上的油污。以这样的创作丰富自乐，怎么能不公式化、概念化呢?！

"故事好编，零件难找。"这经验，值得记取。

本文系与《四川文学》原主编邓仪中合作

1980-08-20

漫谈作家与文学批评

　　不久前，我怀着极大的兴趣聆听了一位作家介绍创作经验。当谈及文学批评时，他说："对批评界的评论，对不起，我是向来不管、从来不看的！"听到此，我吃了一惊，很有感于他对待文学批评竟是这种态度！如果说，这位作家的这番激愤之言是针对被林彪、"四人帮"、康生一伙的棍子败坏了声誉的文学批评而发，那自无可厚非。因为对棍子式的批评，不看，甚至连眼珠子也不转过去，倒也是一种有力的蔑视和反抗。但我觉得，倘以此对待一切透彻说理、从容讨论的文学批评，那就未免失之于偏颇了。

　　毋庸讳言，我们的文学批评，道路坎坷，问题不少。"文化大革命"前，存在着教条主义和形而上学的严重错误。十年动乱中，被拴上了野心家、阴谋家篡党夺权的战车，那是性质根本不同的另一回事。粉碎"四人帮"以来，拨乱反正，"双百"方针得到了认真的贯彻，文学批评已日趋健康发展，为繁荣新时期的创作披荆斩棘、鸣锣开道，功绩也是不可泯灭的。

　　话说回来，面对急需进一步改进的文学批评，我们的作家应当持何态度呢？我想起了中外文学史上，几位伟大作家对待文学批评的轶事。

　　其一，大作家如何对待名不见经传的小批评家的评论。斯蒂芬·茨威格写的《巴尔扎克传》中，专门记述了巴尔扎克结交批评家的一个故事。当巴尔扎克政治上倾向于支持保皇党时，一位并不怎么出名的女批评家卡罗·珠尔玛尖锐批评他说："这种利益的把持，还是让那些在朝的人们吧，不要和他们搅在一起。否则你将只是玷污你前此曾诚实地获得的名誉而已。"巴尔扎克对这个批评，真诚接受，十分感激。他专门给她回信说："你是我的舆论，而我以认识你为荣，你给我勇气使我成全了我自己。"还说，"你拔去我园中的莠草，每一次看到你，我都从你那儿带走一些使我终身受益的收获。"为什么政治上保守的巴尔扎克，在艺术上能成为批判现实主义的大师呢？这一因素是众多而复杂的。但不耻下学，有容人的雅量，认真听取比自己名气小得多的批评家的意见，注重从文学批评中获取勇气，"拔"掉自己思想上的"莠草"，也确是因素之一。

其二，大作家如何善于从文学批评中明辨方向，指导创作。果戈理在出版了《密尔格拉得》和《小品集》后，由于这两部作品直率地揭露了农奴制度的丑恶本质，因而遭到了反动批评家们的围剿。在这种情况下，果戈理一度犹豫彷徨，不知所措。正在这时，别林斯基发表了著名论文《论俄国中篇小说和果戈理君的中篇小说》，透辟地分析了果戈理作品的思想意义和艺术特色，强调了文学作品的价值在于真实地再现生活。果戈理读后，思想上的阴翳为之豁然开朗，受到极大鼓舞。这之后，他继续坚持了现实主义的创作方法，辛勤创作，陆续写出了《钦差大臣》《死魂灵》等不朽的世界名著。可见，具有真知灼见的文学批评，对于作家的创作有着多么重要的指导作用！记得，古罗马的批评家贺拉斯曾把创作比作"刀子"，把批评比作"磨刀石"，说磨刀石虽然"自己切不动什么"，但却"能使钢刀锋利"。聪明的作家，理应善用"磨刀石"，使自己的"刀子"更加锋利。弃之不用，绝非上策。其实，成功的文学批评，总是科学地分析作品的成败得失，正确地总结创作经验的。它的功能，比"磨刀石"的比喻要广泛得多。对作家说来，它既能给方向、给思想，也能给知识、给技巧。这一切，对作家的创作极有裨益。

其三，大作家应该全面辩证地对待文学批评。这是因为批评家的批评不可能全是对的。鲁迅在这方面，为我们树立了榜样。他处在"大野多钩棘，长天列战云"的旧时代，批评界混乱不堪。有明枪，也有暗箭；有"打杀"，也有"捧杀"，当然，也有来自朋友和同志的善意的批评。鲁迅极注重文学批评的现状，具体分析，区别对待，择恶而击之，择善而从之，择疑而思之。一方面，对于论敌的明枪、暗箭，"打杀""捧杀"，他细心研读，录以备考，撰写了《伪自由书·后记》这样一批犀利的杂文，予以反击；另一方面，对于善意的批评，哪怕是"微词过多"，也表示诚挚的欢迎。他在《热风·对于批评家的希望》中就说过："以文艺如此幼稚的时候，而批评家还要发掘美点，想扇起文艺的火焰来，那好意实在很可感。即不然，或则叹息现代作品的浅薄，那是望著作家更其深，或则叹息现代作品之没有血泪，那是怕著作界复归于轻佻。虽然似乎微辞过多，其实却是对于文艺的热烈的好意，那也实在是很可感谢的。"态度诚恳，语气亲切，真是感人至深。唯其如此，鲁迅在明枪、"打杀"面前，始终表现了所向披靡的斗争性；在暗箭、"捧杀"面前，始终保持了明察秋毫的警惕性。他努力以马克思主义的态度，全面辩证地对待文学批评的精神值得我们学习。

从批判现实主义的大师巴尔扎克、果戈理到共产主义者的鲁迅，这些伟大作家都是比较注重从文学批评中吸取营养的。

今天，我们进入了历史发展的新时期。时代不同了，阶级关系发生了根本性的变化。我们的文坛，正如王蒙所说："'文人相轻'的旧俗已经让位于'文人相亲'的新风"。作家与批评家，是战友，是同志。因此，作家对于文学批评，无论是"谈心得，说感想，评头品足，'歪批三国'"，还是"信口开河，信手拈句，如切如磋，如琢如磨"，都应当看作"是一件幸事、乐事"。当然，极个别恶意的棍子不在此列。对正确的批评，应当虚心听取；对错误的批评，则可进行说理的反批评。同时，批评家也应努力提高自己的理论水平和艺术修养，对作家的作品尽可能做出实事求是的、具有真知灼见的美学分析，使作家能够真正从中获益。这样，我们的文坛，就会更加活跃；我们的创作，就会更加繁荣。

1980-10-08

奋进青年的奋进之作

——评长篇小说《蹉跎岁月》

青年作家叶辛继发表了长篇小说《我们这一代年轻人》和《风凛冽》之后，又向读者献出了新作《蹉跎岁月》。连同他先后发表的中、短篇小说，这位"三十而立"的年轻人，已发表了二百余万字的作品。这在当今中国文坛的青年作家中，就已发表作品的数量而言，可能是首屈一指。而上述三部长篇，则是他以奋进青年的姿态，努力写好奋进的青年一代的姊妹篇。它们各具千秋，相映生辉，在思想和艺术上一部胜似一部。其中，以《蹉跎岁月》更臻成熟，堪称奋进之力作。

《蹉跎岁月》描写一群上海知识青年六七十年代中，到贵州山区插队落户的故事。小说以柯碧舟与杜见春的命运、遭际为主线，生动地记录了一代知识青年所度过的虽蹉跎流逝但很有意义的岁月，真实地展示了他们所走过的那条虽坎坷不平但奋进向前的道路。也许，知识青年——这个当年被一代青年用汗水和眼泪、彷徨和追求来充实的字眼，过不多久便慢慢会从社会中抹去它曾有过的特殊含义了。但反映这一代知识青年的生活历程，再现他们的真实风貌，表现他们的理想火光，仍然是社会主义文艺一项不可忽视的任务。我以为，在已经看到的这类题材的作品中，《蹉跎岁月》尤其值得称道。它不同于那些仅仅偏重于描写知识青年如何堕落、犯罪、受辱、自杀的以悲叹为基调的作品。《蹉跎岁月》的基调是健康高昂、鼓舞人心的。它相当深刻地告诉人们：十年动乱带给青年一代的灾难是严重的、多方面的，青年中确实有的消沉，有的颓唐，有的甚至堕落，但从总体上看，更多的却是在动乱中觉醒，在思考中奋进。这，才是一代青年完整的真实的风貌。

小说最成功之处，是写出了一批有革命理想，但不理想化的青年形象。革命现实主义要表现理想，而理想必须扎根于现实。那种脱离现实空唤革命的理想化倾向，是违背革命现实主义原则的。契诃夫曾说过："文学家不是糖果贩子，不是化妆专家，不是给人消愁解闷的，他是个负着责任的人。"这就是说，文学家不能回避现实，闭着眼睛唱颂歌，杜撰出一些现实生活中根本不存在的理想化人物来麻痹人们。小说中的柯碧舟、杜见春，不是那种头戴光圈式的拔高了的理想化人物。他们不失为有理想、要奋进的青年典型。这种理想，不是天生的，而是在党和人民的哺育下，深深扎根于现实，在同生活中的消极面不断斗争中树立起来的。柯碧舟，这个父亲是"历史反革命"、自己被反动血统论定为"内控对象"的知识青年，下乡后纵然好好劳动，却仍然遭到某些人的"白眼，蔑视，讥诮，甚至侮辱"。他酷爱文学，偷偷学习写作，却被扣上"资产阶级名利思想"的帽子；他仗义执言，当场揭发扒窃行为，却被一伙流氓毒打、抢劫；他与出身于高干家庭的杜见春邂逅相遇，在共同的生活道路上萌生爱情，却被认为是"癞蛤蟆想吃天鹅肉"……总之，不平的现实，不公的待遇，使他一度消沉，看不清生活的前途和希望，背上了血统论的沉重"磨盘"，被"压得不敢大声喘气，不敢放声大笑，整天愁眉苦脸的"。这时的他，谈不上有什么远大理想，只有当他真正同农民群众打成一片了之后，他才开始懂得了应当怎样生活。贫农姑娘邵玉蓉深情地告诉他："湖边寨的老少乡亲，都不是瞎子。大家私底下说……小柯人忠厚，劳动踏实，信得过。"还说，"要是我们的一些家庭出身不好的革命前辈，像海陆丰的彭湃，赣东北的方志敏，广西的韦拔群，还有叶挺将军等等，他们当年也信了什么'血统论'……他们怎能投身革命，把一切献给人民、献给党呢？"特别是邵思语大伯的一番教诲，亲切真挚，含蓄深沉，似涓涓细流，注进了小柯的血管，撞击着他的心房，拨亮了他理想的火光。"小柯，不要只看到自己的痛苦，不要受错误思潮的影响，年轻人嘛，目光该远大一些，展望得远一些。只看到个人的命运、前途，只关注眼前的人和事，只想着狭窄的生活环境，那就同关在笼笼里的雀儿差不多。要练好翅膀飞啊，小柯，把自己的青春，与祖国、与人民、与集体利益联系起来。你会看到自己的前程似锦，会意识到生命真正的意义。"自此，他那一向滞晦阴郁的双眼，开始变得明亮澄澈、炯炯有神。他"认准了一条，青年人的理想，是要用辛勤劳动来换得的"。他想方设法，卖竹造纸，为集体增加收入；他四处奔走，为队上安装了小发电站。他觉得，理想在召唤着他，未来在拥抱着他，生活里充满了雨露和阳光。他像一艘鼓满风帆的船，疾速奋进在建设新农村的航道上。岁月纵然蹉跎，理想终未泯灭。小说对柯碧舟逐步树立革命理想过程的揭示，扎根现实，真实可信。正如契诃夫在评论一部作品时所说过的："每一行都像浸透汁水似的浸透了目标感"，使读者"除了看见目前生活的本来面目以外还感觉到生活应当是什么样子"，从而促人奋进。

小说的另一成功之处，是情节引人入胜，但不离奇古怪。读这部小说，极易为作品中波澜起伏、跌宕有致的情节所吸引。作家在结构、布局和情节安排上的功夫，令人佩服。小说从柯碧舟与杜见春相识初恋写起，开门见山，单刀直入，一下子就抓住了读者。接着，杜因知柯家庭出身不好，爱情中断；柯救牛摔伤，邵玉蓉不仅为其精心调治，而且给了他纯洁的爱情；不料，邵在偶然事件中舍己救人，英勇牺牲；而杜因其父被诬为"漏网走资派"，血统论的灾难很快降临到她的头上，使她想"以死来抗争"；这时，柯热情安慰、开导杜，双方又复萌了真挚的爱情；最后，粉碎了"四人帮"，杜之父官复原职，杜与柯的爱情又遭到了杜家的反对，杜与柯决心携起手来，为肃清反动血统论的影响而斗争到底。小说就是这样环环相接，丝丝入扣，浑然而成一体的。

其所以能如此，重要的一条，在于作家坚持从生活出发。另一条，便是把塑造人物性格作为创作的中心，不是为编故事而编故事。作家自己说过："我是先写人物分析，吃透人物的个性和命运，再借助人物的性格，竖起故事间架，立好篇章结构的。"只要分析一下杜见春这个人物性格塑造的完成，就可以看出作家以人物性格为中心来构思情节的艺术功力。这个"爸爸是正师级干部"的上海姑娘，开始走向社会时，思想单纯而阅历甚浅，空有"做新时代的开拓者"的壮志而确实不知这壮志如何才能实现，崇尚成串的豪言壮语而又不明白这些铁铮铮的语言何以改变不了动乱的现实。总之，"左"的影响在她头脑里有着明显的烙印。这就决定了她初期性格的单纯、幼稚和果断。唯其如此，她断然拒绝柯碧舟的初次求爱的情节才显得那么真实、必然。也唯其如此，当血统论的灾难骤然降临到她头上，县知青办取消她上大学的资格，她大闹知青办；"造反"起家的生产队长左定法强迫她"劳动改造"，并乘风雨之夜前来侮辱她，她悲愤欲绝……这一系列扣人心弦的情节，也才显得那么真实、必然。情节是人物性格发展的历史。杜见春的性格，正是在这些情节的发展中步步深化，成长为后期的坚强、深沉、奋进的。著名文论家莱辛曾说过：作家构思情节"是由能使事实变得更真实的人物性格决定的"，作家"对那一切与人物性格无关的事实，他愿意离开多远就离开多远。只有性格对他说来是神圣不可侵犯的，他的职责就是加强这些性格，以最明确地表现这些性格"。这位年轻作家之所以能把被称为"足以耗尽作者的全部智力活动"的情节构思安排得如此巧妙，重要的奥秘正在于此。

小说的语言也颇为出色。这是一种由作家的生活经历所决定的，把上海与黔北迥异的地方语言水乳般交融起来的独具特色的语言。作家从上海知识青年和黔北老乡们的嘴上，采撷了许多新鲜活泼的词汇和鲁迅先生所谓的"炼话"，读来明快、流丽、简洁、清新。小说中的对话，符合人物性格。小说中的状物、写景、抒情、叙事，也都如行云流水，笔酣墨饱，充溢着诚恳的感情。

1981-05-19

"将那无价值的撕破给人看"

——评马识途的讽刺小说新作

马识途同志于去年夏秋，在繁忙的工作之余，接连发表了《学习会纪实》《好事》和《五粮液奇遇记》等讽刺小说新作。在当前讽刺小说缺少的情况下，这些作品以特有的讽刺艺术魅力，给人以别开生面之感。

人们记得，六十年代初，马识途的《最有办法的人》和《挑女婿》等讽刺小说曾被誉为讽刺文学的佳品。但那时，作家讽刺的笔触，主要是刺向某些人的旧意识和损人利己、唯利是图的丑行。很明显，二十年后的今天，生活前进了，社会关系和阶级关系发生了根本的变化，作家在重操讽刺小说的艺术之笔时，和着时代的脉搏，把握生活的重点也相应发生了变化。作家讽刺的笔触，伸进了执政党的党风和社会风气的广泛领域，对准了某些领导干部的官僚主义恶习和工作人员的不正之风。《学习会纪实》宛如强烈的聚光灯，照见了一个肿、懒、散、骄、奢俱全的局领导班子的形形色色。《好事》反映一位退休的老教授申请办学为四化建设培养人才，怎样被领导机关的官僚主义所压制。《五粮液奇遇记》则揭露了国家工作人员利用职权以商品关系代替了人与人之间的正常关系。正是生活的变化，决定和促进了作家现实主义创作的深化。这些作品触及时弊，深刻尖锐，还在于没有仅止于对国家机关和社会上的歪风邪气进行讽刺，而是进一步挖掘了造成弊端的病根，干预了人的灵魂。例如，《学习会纪实》引人思索：造成这样一个与四化建设格格不入的领导班子的原因何在？正在于以第一把手常书记为首的干部们名为重视学习，实际上把中央工作会议文件置诸脑后，背离了中央精神，靠"炒陈饭"混日子。读这些讽刺小说，人们不会仅止于忍俊不禁，仅止于叹息和摇头，而会进一步严肃地思考，有所省悟，有所启迪。讽刺是笑的艺术，但不是为笑而笑。它具有严肃的崇高的社会目的，是"将那无价值的撕破给人看"，使读者从中获得有价值的认识。马识途的讽刺短篇，师承鲁迅，一大特色便是追求反映现实的深刻性、尖锐性与喜剧性、愉悦性的完美统一，追求笑中内蕴的真理和诗意。他对笔者说："美国杰出的讽刺小说家马克·吐温，旨在写不合理社会制度下的合理事物；我是尝试着把合理社会制度下的不合理事物'撕破给人看'，以期引起疗救的注意。对我们美好的社会主义制度爱之愈深，便对毁坏、玷污它的美的不合理事物恨之愈烈，这便产生了不讽不快、不刺不畅的创作欲望。"唯其如此，他的讽刺小说，既表现了可贵的思想见地和艺术勇气，又体现了鲜明的时代特色和感情倾向。

马识途讽刺近作的艺术力量，源于生活真实的土壤。他创作的"基点"在生活，"力点"在生活基础上的典型化。他致力于用笔撕破不合理事物虚假的外在形式，暴露其无价值的真实内容，再以这种真实内容去讽刺、嘲笑外在形式的虚假性。因此，他注重逼真地再现不合理事物的丑的形象，哪怕是细节，都严格从生活实际出发，从而触发读者对现实的联想，产生感同身受的艺术效果。他说："我写讽刺小说，只有当生活中被讽刺的对象确实已在脑中呼之欲出时，我才动笔。"所以，他的作品具有高度的真实性。他所描写的生活、人物和细节，不少是看得见、感得到的，有的则是相信可能发生的。例如，《好事》中的人和事，显然是经过艺术加工和典型化过的。一份普通的申请办学的报告，送到省教育局，结果，来了一系列的画圈圈，一件好事也就在画圈中化为"○"。这是多么触目惊心啊！

　　讽刺小说讽刺的主要对象是生活中的丑。但是，描写丑不是展览丑，而是鞭挞丑、揭露丑，以丑反衬美。人们在现实中看到生活中的丑产生恶感，但在艺术鉴赏中看到丑的被讥讽却产生快感。讽刺美的本质，正是通过对丑的否定来达到对美的肯定。因此，在这里，作家的艺术功力，主要表现在善于把生活中的丑转化为艺术中的辛辣的讽刺形象，马识途的讽刺近作，采用了不同的讽刺手法。一是使丑在自相矛盾中自我暴露，丢丑现丑。如《学习会纪实》把常书记置于自相矛盾中：这位第一书记要抓一抓领导班子的学习，但恰恰正是他首次学习便迟到；他强调学习中央文件如何重要，但恰恰正是他学习时把中央文件丢在一边……正是在这样的自相矛盾中，他丑态毕露，使人感到可笑亦复可恼。马克思说：喜剧对象的特征是"用另外一个本质的假象来把自己的本质掩盖起来"。文学形象地展示这种矛盾，就会形成强烈的讽刺。常书记形象的喜剧性和讽刺美，就是这样产生出来的。二是对比丑与美，使丑美互相反衬，了了分明。《五粮液奇遇记》中，有种种搞歪门邪道的人，但也有值得同情的于老师夫妇，有拟人化的正直的"五粮液"。这种对立的喜剧冲突，使读者从中得到审美享受。三是夸大丑的人和事的特征，使丑的形象漫画化。且能做到夸张而不失其真，漫画而不流于油滑，使之恰到好处。四是按照生活发展的逻辑，注意揭示美必然战胜丑的趋势。《学习会纪实》中，常书记受到了上级的劝诫："老兄呀，说空话，炒陈饭，混不下去了哟！"《好事》中，好事虽遭厄运，但却引起了省委书记的重视。《五粮液奇遇记》中，老向也得到了应有的下场：绳之以法。所有这些，不是硬栽上去的光明尾巴，而是情节发展中的情理中事。这说明，由于作家站在时代的高度，既直面人生，又开拓未来，因而能对现实生活做出科学的美学评价，给人以追求美、创造美的力量。

　　生活里有美，便有丑。礼赞美的文学当然需要，抨击丑的文学也有相应的存在价值。普希金说过："法律的剑达不到的地方，讽刺的鞭能够达到。"社会主义文苑不能缺少讽刺文学，它能帮助人民扫除前进的阻力和障碍，例如官僚主义、无政府主义、极端个人主义等等不正之风，以实现党风和社会风气的根本好转。马识途同志在这方面开了个很好的头。我们深信：讽刺文学一定能为万紫千红的社会主义文苑增添带刺的玫瑰。

本文系与《四川文学》原主编邓仪中合作

1983-02-24

评中篇小说《桔香，桔香》

连续荣获两届全国优秀短篇小说奖的《勿忘草》和《山月不知心里事》、荣获首届茅盾文学奖的长篇小说《许茂和他的女儿们》之后，最近，周克芹反映变革中的农村现实生活的中篇小说《桔香，桔香》，再次引起了一些读者的瞩目。

这个中篇，有两个显著特点。其一，它迅速地反映变革，把艺术的镜头对准了变革中各种人物的心灵，着力于谱写当代的"人心史"。其二，它展示人物的精神世界、心灵历程和性格特征，刻意追求对生活的新发现，把人物放到人所少言或未言的那些变革时期出现的错综复杂的新矛盾旋涡中。唯其如此，小说给人的新鲜感和历史感，是颇为突出的。

红旗公社党委书记马新如，是作品的中心人物。本来，他年轻有为，"县里的领导们考虑着提拔他，打算调回县里做农业部长"。果如是，还可以与县社队企业局郑副局长的漂亮女儿郑湘帆结为姻缘。看来在仕途和爱情上他都交了好运。然而，他之所以可贵，正在他简直无视这"双运"的飘然降临，却矢志改革，锐意进取，扎根庙儿山，做时代的"弄潮儿"。小说的笔力，正集中于刻画他的这种闪光的品格。随着实行承包责任制后庙儿山柑橘连年丰收，他审时度势，顺应变革潮流，带领农民力排万难，兴办果品加工厂，发展商品经济，在致富大道上迈出新的一步。小说并未描写加工厂的兴办过程或兴办与反兴办之间的斗争，而是着力展示加工厂在获得县委批准兴办起来后围绕着收购柑橘发生的一系列人们始料未及的新矛盾。这里既有集体与国家的矛盾，也有集体与集体的矛盾，还有集体与个体的矛盾。这些矛盾，都带有我国农村由自给半自给经济向大规模商品生产、由传统农业向现代化农业发展的历史性转折的鲜明时代印记。小说正是在这些新矛盾的重叠交织中，多层次地展示了马新如的精神世界。他显然并非完人。经验的缺乏和环境的局限决定了他不可能在这些新矛盾面前无坚不摧、所向披靡。面对那位口口声声"我代表国家"，实际上想要"从农二哥这里赚几个碎银两"，以多发奖金的县供销社主任董元进的"兵临城下"，他显得激愤有余，冷静不够，以致做出了不执行收联合同的错误决定，在那位见风使舵、停发贷款、油腔滑调地在电话中扯皮的县支行信贷股杨股长面前，他虽然据理力争，也显得无可奈何；尤其是在加工厂储存柑橘的问题上，他由于缺乏科学管理知识，险些铸成大错。但是，他那种知难而进的精神却感人至深。也许，正因为小说没有像某些把改革生活简单化的肤浅作品那样，把改革写得尽善尽美，把改革者写得无往而不胜，最终总加上个高奏凯歌的结局，所以，马新如的形象才显得更真实、更亲切。他的进取和挫折，他的胆与识的矛盾，以及他的"毁誉集于一身"，都是时代使然、变革使然。读者从他那里，不仅可以耳闻变革时代的滚滚春雷，目睹当今农村的人情世态，而且可以懂得这场变革的困难性和艰巨性，洞悉历史前进的必然趋势和光明前景。马新如的致富方案虽然尚须改进，但他的创业精神在振兴中华中却值得大大发扬。

还须提到小说中的另一重要人物颜少春。她一走进这篇小说，穿针引线，梳理矛盾，使整个作品的布局都活了。看来，颜少春身上，寄寓着作家的社会理想和审美理想，熔铸着作家对生活的深沉思考和独到见解。在颜少春眼里，兴办加工厂是经济变革的新生事物，需要扶持；马新如、刘明久虽然犯下一些错误，却堪称社会主义实干家;赵玉华这位果树专业的大学毕业生,已经为庙儿山洒下了不少汗水,还应进一步发挥她的聪明才智,实实在在干起来;至于老邱,这位三百吨煤炭都炖不坏的老汉,不仅在其位不谋其政.而且专门背后插刀,诬陷改革者。

当然,作家在某些地方的艺术分寸的把握上还有可以斟酌之处。比如,介绍性的"画外音"较多,表现生动细节的特写镜头较少;小说有点过分地让颜少春穿针引线和代作者说话,因而在结构上有时显得枝蔓。

人们从《桔香,桔香》中可以再一次清楚地看到,周克芹确实有着自己独特的艺术追求和艺术发现。他像是春天里的布谷鸟,飞翔于变革的空间,调动着一切感官,去捕捉改革中新的信息,发现新的人物,并把艺术的镜头着重对准了变革中的人。

本文系与《四川文学》原主编邓仪中合作

1984-09-13

文化意识的强化

——评北影《良家妇女》

如果说，李宽定的中篇小说《良家妇女》，着意于把我国农村妇女的不同层次的复杂心态带进文学，其重心在于对人的性格的全面描绘，那么，黄健中在把这部小说搬上银幕时，则着意于表现渗融于我国农村妇女不同层次的复杂心态中的文化意识，其重心转向了对形成人的性格的复杂因素的深层探索。

影片《良家妇女》把杏仙、五娘、大嫂、三嫂等的命运置于广阔的中国文化背景下，加以宏观的审美观照。她们的不同性格和心态的形成，如果仅作阶级论的、社会学的艺术表现是显然不足的，还须进而呈现传统文化在人物心理深层的积淀状态，以及这种积淀形成的传统硬壳在现代文明的冲击下不断蝉蜕、更新和融入新鲜内容的过程。因此，影片不满足于小说对我国农村妇女复杂心态的生动描绘，而把镜头伸向对人物典型心态的形成机制的探微，在银幕上多层次地深邃地展现贵州山区农村妇女精神格局中凸现着的民族文化的遗传基因，传统意识的此消彼长，现代文明冲击下导致的各种值得肯定的与应当否定的道德、伦理面貌……从而在更高的审美层次上，对中国农村妇女的命运和心态，进行了宏观式的哲学观照和文化解析。

这种意识的强化，更可贵的是表现在影片的编导从对中国传统文化的感知中，获得了对中国农村妇女的命运和心态进行审美观照的一种参照系数和融合能力，化为了一种独特的审美眼光、表现风格、结构方式和电影语言。黄健中在《导演阐述》中说：影片要求"节奏——舒缓。画面——凝重。色彩——单纯。光调——低沉。造型——质朴。风格——写意"。我以为，这基本上都属于中国传统美学的要求，走的是中国民族化的电影创作之路。在这种审美规范下的人物的心态表现，无论是五娘的辛苦和麻木，大嫂的慈善和愚昧，还是三嫂的中毒和帮凶，都是中国式的，渗透着中国民族文化的折光和传统意蕴。而杏仙的性格渐变和心态轨迹，则更为深沉地表现了传统文化在时代精神的感召下不断扬弃、发展的历史走向，这是很值得称道的。

　　但也正是在影片的中国化总体风格的把握上，我感到编导火候欠佳。影片在画面追求上的深沉、凝重、淡远，实际是中国画的审美境界。说瀑布的一泻千里与杏仙的人性压抑，已经在画面上浑然一体，造成了强烈的反差，达到了天人合一的至境，那是过誉。相反，银幕上创造的艺术世界确还有某种不协调感，即杏仙、五娘那种深沉艰辛的人生实相和复杂深邃的心态实况，尚未在银幕画面上点化为自然的一片空灵。这种艺术风格的不协调感尤其突出地表现在影片于小说之外新增设的象征性人物疯女人的形象直感上。那充满哲理又悠扬动听的歌声，实在叫人难以相信出自一个疯女人之口。至于最后的投河沉没，更令人费解：命都不要了，还要衣服？赤身裸体，徐徐沉没，留在银幕上的是丰满健美的肌体，哪像尝尽人间艰辛的精神病女性？也许导演会说，她是符号，是象征，不能用现实主义的批评尺子来量。这也很难自圆其说。既是符号，是象征，就应一"虚"到底，为何又时"虚"时"实"，甚至让她与杏仙一道介入人世凡间？既如此，观众自然有理由要从历史的层次与心理的层次上，要求她与杏仙具有同样的现实主义真实性。这是违背不得的中国观众长期积淀形成的鉴赏心理。看来，影片的编导在审美追求上还须多一些中国传统美学的滋养，多一点"淡泊心远"的素养，以造成艺术家心灵内部的可贵的调节能力。不然，对杏仙写实的严谨与对疯女人写意的空灵，对杏仙的入世与疯女人的出世，对画面的凝重与诗意的氤氲，就很难在艺术上契合，创造出完善的审美景致，并进而对人的心态、人的精神世界乃至整个"国民性"，做出高层次的哲学观照和文化解析。

1985-10-24

民族题材影视艺术的新开拓

　　荣获第六届全国优秀电视剧"飞天奖"单本剧一等奖的《巴桑和她的弟妹们》，以新颖的视像风格和深刻的思想内蕴，为我国荧屏描写民族题材的艺术开了新生面。

　　新中国成立三十多年来，我们这个历史悠久的多民族国家，发生了震惊寰宇的深刻变革。繁衍生息在广袤国土上的多种民族，都在伴随着时代跳动的脉搏，伟大而艰难地延续和创造着本民族灿烂的历史。但作为影视文化，在反映各民族丰富多彩的生活方面，却似乎变化不大。在我的记忆里，这类影片大致不外两种情况：要么以阶级斗争观点统率全剧，描写奴隶斗倒奴隶主，翻身求解放；要么体现党的民族团结政策，展示汉民族与少数民族如何消除彼此误会，如何识破坏人，终于实现了民族大团结。这些影片当然都是被需要而且有益的。但对于更宏观、更深邃地表现一个民族的历史、现状和未来，表现一个民族独具特色的文化形态，毕竟又是不足的。

　　如今，由重庆电视台的青年创作人员拍摄的《巴桑和她的弟妹们》，另辟蹊径，敢于创新。他们把镜头对准了"西藏的窗口"——拉萨市一条具有千余年历史的"八角街"，从古老的宗教文化与新鲜的现代文明交叉的宏观视角，摄下了那里一户普通人家在新时代潮流荡涤下的心灵轨迹，传递出意蕴深沉的社会信息，透视出不可阻止的历史性文化流向。我以为，这部电视剧为我国荧屏艺术世界全方位、多角度地描写民族生活，提供了新思考。

《巴桑和她的弟妹们》剧中那经幡丛中的电视天线，那拜经人流中飞驰而过的摩托车，那叩一路长头的信徒和"哲学恳谈会"上的中学生们，那转经堂的诵经声里混杂而入的巴桑家录音机放出的迪斯科音乐……这一切，都宛如时代示波器上显现的曲线，传递出历史震荡频率，闪烁着思辨和哲理的光彩，发人深思，启人心智。全剧既不对落后的风俗、礼仪进行猎奇、展览，又不流于表象地粉饰新生活，而是通过生动的细节和真实的氛围、心灵的探微以及机智的旁白，综合组成视听形象来穿透生活、感染观众。因此，在时而纪实、时而抒情、时而论世事、时而贬时弊、时而呐喊呼啸、时而感慨万千的模式中，巴桑和她的弟妹们面对未来不那么熟悉的新的思维方式、生活态度和行为准则，所表现的向往与追求、困惑与骚动，都栩栩如生，给人留下了难忘的印象。观众从荧屏上强烈地感受到：在现代文明潮流的冲击下，尽管历史的陈迹还在顽强地部分地延续，但在这新旧交叉冲撞中，历史流向的闪光翠绿已经如此诱人！

自然，时下在描写少数民族生活的影视片中，如该剧创作者在创新之路上知难而进者并非绝无仅有。但是，似他们这样顾及观众的审美情趣和鉴赏习惯者，却似乎不多。譬如电影《猎场札撒》，虽然颇有新意，但由于情节的过分淡化，影响了整个影像表意系统的明晰性，因此有悖于观众的鉴赏心理，覆盖面就显得很有限。须知，相对说来，造就一代具有创新意识的作家艺术家，较为容易；而造就一代具有现代审美意识的读者观众，就较为困难。创新之作当然可能冲击传统的欣赏心理和习惯，但创新之作要赢得读者观众并有利于提高全民族的文化素质和审美水平，就理应首先努力做到最大限度地让人们喜闻乐见。《巴桑和她的弟妹们》就十分注意顾及数以亿计的电视观众的欣赏习惯。其手法之一是采用了"作家介入"的方法，由小说原著作者扎西达娃扮演剧中的作家，屏幕一开，他推着自行车从雪山峡谷间走来，在雪峰与蓝天、深广而恢宏的画面中，回荡着雄浑的藏语歌声。于是，在他的导引下，观众沉浸在荧屏造型画面和音乐的新鲜感和亲切感中，去追踪和思考巴桑和她的弟妹们的心灵轨迹。这样，"导游"扎西达娃实际上成了紧紧吸引观众视线的一根情节链条，将那些散点式的珍珠串成一串，构成了一个拥有巨大社会信息量的视听表意系统，从而使全剧具有了较强的观赏性。

1986-06-29

清新明捷 别具一格

——喜看青影新片《珍珍的发屋》

随着改革开放和搞活经济，全国从事"个体户"的劳动青年已逾二千万。面对着这样一支同样为社会主义现代化建设做出贡献的可观的青年生力军，北京电影学院青年电影制片厂的编剧夏兰、导演许同均以极大的热情，敏捷地将艺术视点投向他们，把镜头瞄准他们的心灵，在银幕上表现他们对生活、事业、友谊、爱情及人生价值的向往和追求，以及他们在这种追求中的欢悦和艰辛，从而使《珍珍的发屋》这朵新奇秀丽的鲜花，在新年刚刚来临的中国影坛百花园中，格外引人注目。毋庸否认，现实中的"个体户"，精神境界高低不一，但珍珍作为其中的佼佼者，是当之无愧的。而艺术塑造这样的先进典型，正是为了帮助人们推动现代化事业的前进。珍珍是在实行改革开放的社会主义文化环境里兴办发屋的，因而她的所思所想、所作所为，首先为改革现实的特定文化形态所决定。社会主义精神文明建设的历史使命虽然不挂在她口上，却扎根在她心中。唯其如此，她的发屋坚持收费合理，真诚待客，拒理怪发式；当阿明因与女大学生的境遇不同而用拖延时间来"报复出气"时，她尖锐地批评阿明；当经营竞争获胜致使"美美发廊"濒于倒闭时，她又伸出了援助之手；至于在个人的爱情追求上，她的与蔡祥告吹、违心送别阿明和复寻蔡祥，显然透射出自觉奉行社会主义道德准则的光彩……所有这些，都展示出她既为社会主义文化氛围所塑造，也在自觉地创造和建设着社会主义的精神文明。她是社会主义制度下的"个体户"，因而她的事业和追求绝不只是为了赚钱，更是为了给社会主义现代化的宏伟大业添砖加瓦！

当然，珍珍形象是颇具理想色彩的，但影片并未因此而美化她在"个体户"创业生活中的艰难和困苦。无论在事业上，还是在生活上，她都历经坎坷。生意萧条的困境，同行相轻酿成的争斗，无端谣言带来的人身攻击，以及爱情追求中的屡遭失落，她都一一顶过来了。其精神支柱，是对创造美好未来的坚强信念，是对人生价值的执着追求。珍珍形象的感人魅力，正源于此。遗憾的是，编导似乎为了强化和渲染她在爱情上的波折，以造成观众审美情感上的惆怅并引发思索，致使在结尾的艺术处理上人为痕迹较重。这时，阿明已经离去，苗苗也奉命返回"美美发廊"。这些都符合情节和性格发展的逻辑。而蔡祥呢？编导却让他违心地接受黄铃的爱情，去饱尝没有爱情的婚姻的苦果，以致决心原谅他的珍珍在爱情上再度失落。这恐怕不太符合情节和性格发展的必然逻辑。这种人为痕迹不仅使本来活生生的珍珍形象有一种经过演绎的"道德化身"之嫌，而且影响了影片在总体上的真实性和感染力。

与少数影片中曾一度出现过的那种着意于淡化时代、淡化情节的审美时尚相反，《珍珍的发屋》十分注重在鲜明的时代气氛和强烈的情节冲突中刻画人物的性格和心理。影片以流畅、轻快的蒙太奇手法，组成清新明捷的画面和短切镜头，较好地体现了变革时代的跳跃节奏和当代青年特有的青春活力。从皇亭、宫墙、古槐这些北京风貌，到小街上"个体户"青年们的衣着打扮和发廊锏面的现代色彩装修，都弥漫着新旧交替、改革开放的时代气息。而围绕着经营竞争和爱情波澜两条线索，编导精心安排了充满动作性的"发屋门前动武""流氓小胡子捣乱""'怪发式'风波""女大学生烫发"等一连串情节，环环相扣，引人入胜。加上几位主要演员表演上追求在质朴而又有适度的夸张的动作上下功夫，在大幅度的跳跃中塑造人物，坚决摒弃那种矫情而故作深沉的"自我感觉"，因而使影片别具一格，有了较强的观赏性。这也是值得称道的。

1987−02−01

"他人是自己的天堂"
——评电影《死神与少女》

　　几年来，青年电影制片厂虽然作品不多，但每有新作，大都不仅在思想内涵上力求有所深化，而且在电影语言与风格样式的创新上，也有所探求。《邻居》与《沙鸥》如此，《湘女萧萧》与《珍珍的发屋》亦如此，新近推出的《死神与少女》也是如此。这对于北京电影学院主办的一家带有实验性质的制片厂来说，显然是需要的。艺术本是一种创新活动，而中国银幕呈现的电影语言和风格样式，确实还显单调、贫乏，离十亿之众日益增长的多样化的审美需求，差距颇大。因此，青年电影制片厂的这种创新精神，无疑将为整个中国银幕电影语言的拓展和片种风格的多样化，提供有益的借鉴。

　　与《邻居》和《沙鸥》的纪实风格不同，《死神与少女》似乎想在散文诗化风格的电影语言的创新上有所探求。故事是写实的：老作家田庚因患肝癌，留给他的只有三个月的"苦刑"。他选择了"安乐死"，却又自杀未遂，被送到医院，结识了闻讯前来求教如何自杀的截肢少女北方。双方都在对他人生命的热情关注中重新点燃了自己的生命之火，发现了自己生命的价值，终于携起手来，相互鼓励，去创造崭新的人生。显然，故事是动人而揪心的，倘若照严格的纪实手法拍摄，会别有一番韵味。但导演林洪桐的追求却不止于仅体现"生命之严峻，一种与残酷命运搏击之美"，而且要讴歌"生命之温馨，一种真诚、善良的情感焕发出的美"。因此，他执着于使银幕上展现的具体情节、影像，能超越银幕时空，传达出生命的底蕴，从而引导观众在审美中去品尝人生的苦涩与甜美，领悟生命的价值与意义。这种独特的审美追求决定了影片独特的艺术风格——一种"总是经由写实来完成的"抒情散文诗化的电影。

如果按照苏联电影美学家多宾的名著《电影艺术诗学》中规定的银幕上的"诗"与"散文"的要素来衡量，我以为《死神与少女》可以说初具了散文诗化的品格。为了拍出散文诗的意境和氛围，为了使每个镜头、每一造型、每组画面都流溢出这一"诗核"的浓郁情愫和色彩，透视出人生的哲理和人与人美好情感交流的韵味，影片遵循从写实中写意、从具象中升华出意象，寓象征和隐喻于质朴的生活流动之中的不留痕迹、不事雕琢的创作原则，将生活中严峻的原色与生活中理想的诗情，以及生活中人与人的纯挚情谊水乳交融，产生出撼人心扉的情绪冲击力。据摄影师介绍，银幕上的医院、祭坛、林荫道、养鹿场等都取自现实生活中的实景，只是通过拍摄的视角、用光、色彩的处理而赋予了理想的诗情。譬如，医院的婴儿室就取自北京友谊医院婴儿室的实景，仅强化了白色高调，突出了生命的圣洁和躁动；养鹿场就取自承德坝上林场的鹿场实景，仅以逆光照射下秋黄的白桦林为衬景，用长焦柔光突出了恬静的自然之美和生机勃勃的鹿群之美，显现出生命的鲜活感与流动感；残疾儿童五蛋与鸟象征着纯真童心对美好事物的渴求，青年马川与马拉松长跑象征着青春的活力与生命的历程，医院中无姓名的老两口相濡以沫隐喻着生命的和谐……这一切都力避了时下颇有点流行的唯美主义、形式主义影响，既饱含着生活露珠之真，又充溢着诗情画意之美。老人与少女正是在如此真实而优美的环境中进行情感交流的。影片着力的，不是情节外部冲突的跌宕起落，而是人物内部心灵情感的冲撞与理解。老人以自己的生命之光，照亮了少女未来的人生之旅；少女以自己的青春复苏，唤起了老人生命意识的更新。在这里，生命在燃烧，人性在升华；人既被爱，又爱人；既受助，又助人；既享受人间的欢乐，又创造人间的欢乐。"他人是自己的天堂"的"诗核"，迸发出夺目的光彩！观众在以淡雅、单纯的高调白和银杏黄为主的大面积色彩构成的银幕画面造成的静谧氛围中，陶冶情操，思考人生。

　　毋庸否认，影片的造型和色彩的形式感都颇强，但我担心它作为一种新的散文诗化风格的影片，会使某些观众感到陌生。固然审美鉴赏需有一个适应过程，但更重要的，恐怕还是影片自身留存的遗憾。这主要是，影片是在一个相对闭合的时空中对人生进行审美观照的，这当然可以避开新旧交替的变革现实中许多复杂而棘手的评价所带来的麻烦，易于创造理想的审美环境，但不免会给置身于生活的旋涡中热情关注着变革现实的观众带来某种飘逸之感，从而减弱了银幕形象的艺术感染力和情绪冲击力。其次，在人物塑造上，刘琼扮演的老人在演技上炉火纯青，令人叹为观止，但剧作为之注入的诗情似乎让人感到悲切感有余而崇高感不足；左翎扮演的少女其表演层次则略嫌单调。

1987-12-18

"东南风"与"主旋律"

——第八届中国电视剧"飞天奖"随感

如果说，第七届中国电视剧"飞天奖"评选，刮的是"东北风"——获奖剧目《努尔哈赤》《雪野》《大年初一》等，皆出自东北的辽宁；那么，第八届"飞天奖"则可以说是转吹"东南风"了——夺得连续剧和单本剧一等奖的《严凤英》《秋白之死》，都问世于东南的江苏。这种由"东北风"转"东南风"的有趣现象，我以为实非偶然，它昭示出当前我国电视剧创作的某种走向和某种带规律性的经验。这就是：各地都日益清醒地注重发挥自己独特的创作优势，以富于"本土文化"特色的优秀剧目走向全国。所谓独特的创作优势，可能如"东北风"那样，不仅题材自身就属"本土"特有，而且整个艺术风格都以浓郁的"关东土味"取胜；也可能像"东南风"这样，虽然题材自身并非属"本土"特有，但却在创作电视剧的某一类型片种上，集中了较优势的兵力和积累了较丰富的经验。

《严凤英》与《秋白之死》，大体上都可以归入电视剧的人物传记片一类。江苏在拍摄人物传记片上，确实显示了独特的创作优势。作为十五集连续剧的《严凤英》，在剧作结构上采用了描写人物从生到死的坎坷一生的传统思维方式。此剧成功地描写了开创黄梅戏事业的严凤英的艺术生涯及其悲剧命运，实际上也就从一个重要视角再现了由民间说唱发展起来的黄梅戏的历史。它以严峻的现实主义精神，启迪人们对历史、对文化进行深沉的反思。而单本剧《秋白之死》，则聚焦于瞿秋白就义前的那篇《多余的话》，在剧作结构的思维方式上开拓了一条新路子。艺术家历时三载，研读了大量的有关史料，吸取了近年来中国现代革命史、思想史、文化史和文学史研究领域里关于重新认识和评价瞿秋白的新鲜思维成果，以独特的视角，使《多余的话》在屏幕上化为与当代观众心灵的直接对话，大大强化了审美者与审美对象之间的亲切感，触到了当前全民族思维更新和文化心理嬗变的敏感带，启迪观众将"对过去的新的理解"化为"对未来的新的展望"，从而深化了作品的内涵与底蕴。全剧既写实，又写意，重神采，重风骨，情思隽永，韵味悠长，在有限的屏幕上凝重、悲怆地展示了集共产党人的理想信念与大诗文家的才气情致于一身的瞿秋白丰富而复杂的内心世界。秋白形象是阶级的、政党的，而他的高贵的人格力量，又是超越了阶级、超越了政党的。唯其如此，他不独强烈地感染了我们，也有力地征服了敌对营垒中像宋师长那样的良知未泯者。

既然"东北风"与"东南风"均已相继取胜，此"经"广传，我国屏坛掀起了强劲的以富于地方文化特色和创作优势的电视剧作品走向全国的势头——北京正循着《四世同堂》的路子，继续创作道地"京味"的电视剧佳作；四川已拍出具有浓郁"巴蜀味"的根据川籍名人作家李劼人同名小说改编的连续剧《死水微澜》，并与上海合作，把巴金的名著《家》《春》《秋》搬上了银幕；上海也在筹拍一批有"海派味"的电视剧；甘肃拟举起"西部电视剧"的理论旗帜，拍摄具有浑厚"黄土地味"的表现甘肃杰出历史人物的《麦积风云》；河北亦在把梁斌小说《播火记》中描写白洋淀农民武装斗争传说的精彩章节改编成电视剧；而云南也开始以描写边陲战事风云的电视剧引起了观众的注目……这样，全国各地的电视剧创作如果都能如此清醒地在理论上实践上注重发挥自己独特的文化优势，在艺术上精益求精，反对粗制滥造，那么，中国屏坛真正的"百花齐放"，便指日可待了。

显而易见，参加第八届"飞天奖"评选的电视剧，其主旋律是表现沸腾的变革现实生活。而其中的成功之作都力图以多方位的视角，去对变革中的主体——人，进行宏观的深层的文化观照。

在这方面，最有特色的要数获得连续剧二等奖的《葛掌柜》。此剧不是从一般经济变革事件的层面上描写一家农村企业的兴办过程，也不仅为一位农民企业家立传。葛寅虎从城里带回葛家庄的，绝不仅是三千五百元钱，而是八十年代改革大潮中城市文化所特有的新的生产方式、生活方式和思维方式。他要靠这一切来使封闭、落后的葛家庄的农村文化开放、文明起来。因此，屏幕上所展示的，实际上是当前变革中城市文化对农村文化的冲撞、交融和提高。按照马克思主义的观点，城市与农村的分野，本来是人类文明史上的一大进步。但我们较长时期以来，文艺作品里反复表现的，却都是"农村文化改造城市文化"的主题，甚至城市往往被当成了一切丑恶思想的"温床"而加以批判。《葛掌柜》不是如此。你看，葛寅虎从城里返庄，那旧老羊皮袄外套（道地山西农民装束），那内穿的新型皮夹克衫（当代城市人打扮），以及那回家上炕后贴身的农民土制背心——这衣着上的人物造型，就多么形象地活画出城市、农村两种文化形态在这位葛家庄的改革带头人身上的冲撞、交融！这当然只是外在的。而全剧对城市文化如何逐步带动、提高农村文化的艰难曲折的进程，以及普通农民文化心态的嬗变、更新过程，也表现得真切、细腻。宝贵、臭臭、二肉等致富后，如果照某些电视剧的那种简单化、概念化处理，似乎就应随即表现他们的精神也变得文明起来。这种把物质致富与精神文明"按正比例发展"的艺术处理，为《葛掌柜》所不取。相反，它却直面人生地表现了宝贵们致富后竟一度或骗、或赌、或打架，精神并未随之文明。倒是经历了葛寅虎以他所感受的城市文明的新鲜空气的反复熏陶，宝贵才开始懂得了用自己的劳动收入去买课桌捐赠学校，二肉和臭臭也才开始领悟了人生的价值和真挚的爱情。如果要对《葛掌柜》挑刺，那败笔就在于封闭式的、大团圆式的结尾，似乎一切矛盾都完满地解决了，葛家庄的改革可以鸣金收兵了。这就把现实改革的复杂性、艰巨性和曲折性，一下子化为乌有，使全剧在社会观与艺术观上，由现实主义倒退到非现实主义的盲目乐观主义，思想底蕴和审美张力都随之削弱。这是很令人惋惜的。

若论描写改革中人的文化心态开掘较深、较有新意的作品，要算获得单本剧三等奖的《一路风尘》和获得评委会提名的《冻土带》《高原的风》。

《一路风尘》是写尊重知识、尊重人才的。它在开掘变革中知识分子的文化心态方面的新的艺术发现，倒不在于塑造了一位被压抑的青年留美硕士俞晓易的形象，而在于准确刻画了东方大学经济系副主任杨行密的心态。这位曾经受过压、蒙过冤的知识分子，一朝权在手，便在俞晓易的问题上，始而爱才，继而妒才，终而为了消除对自己既得的学术地位和乌纱帽的可能性威胁，卑劣地加入了排斥人才的行列。杨行密的心灵轨迹，是颇具艺术启示力的。

不再满足于仅从历史与人的视角，去追究历史对知识分子的不公正待遇和责任；而要同时注重从人与历史的视角，去解剖知识分子主体文化心态中不适应现代化需要的东西，以呼唤知识分子自觉调整精神格局，实现观念现代化，担负起时代精英的历史重任，这是《高原的风》的立意所在。中学教师宋朝义形象，显然不是陆文婷形象的重复。如果说，他与陆文婷相同之处是都具有中国知识分子的忧患意识和奉献精神，那么，不同之处便是，陆文婷一直在超负荷地奉献，而他却在青海高原奉献了二十个春秋后调回城里，有了名誉，有了地位，也有了舒适的住房。然而，由于他身兼数职，政协副主席、侨联副主席、人大代表等等，参加宴会、做演讲、报告、迎来送往，频繁的社会活动严重干扰了他的本职工作，使他失去了自我。有人说他这是有福不会享——"烧包"，连妻子、儿子、老朋友也都跟他产生了隔阂。于是，他陷入了痛苦的自我反省："我还能超越自我、找回自我吗？"这个形象生动地传递出只有八十年代的中国知识分子才可能获得的一种新鲜的反思成果：在继承和发扬奉献精神的同时，注重培养自身独立的人格。《冻土带》则把镜头对准了改革者主体文化心态的解剖。它不再是重复许多表现改革的剧目多次写过的改革者与保守者的矛盾，而是深化到展示改革者如何在改革中重新认识自己、超越自己的新的艺术表现领域。

广义地讲，不妨把另一部获得评委会提名的单本剧《大马路小胡同》，也看作是描写改革大潮激荡下人们文化心态的作品。这部剧以典型的"京味"，幽默风趣地揭示了一种与正在走向现代化的"大马路文化"很不协调的"小胡同文化"培育的心态——以石大爷为代表的落后、愚昧与不文明。它启示人们："小胡同文化"培育的心态，倘不为"大马路文化"造就的现代文明新风所更新，现实文化环境的改造和现代化建设的成功就是一句空话。

1988-07-29

一次成功的改编

——评电视连续剧《黄河东流去》

看来，利用电视剧有计划地将中华民族文学史上那些古典的、现代的、当代的名著转化为成功的荧屏形象，使之走进万户千家，普及到广大观众中去，确实已经成为提高全民族文化素质和审美修养的极有成效的一着。我们不仅看到了将名著基本上完整地系统地进行改编拍摄的电视连续剧，如《红楼梦》《西游记》《家春秋》等，而且也陆续看到了一批仅仅根据长篇名著的部分章节进行改编创作的电视剧。近两年根据李準所著，荣登第二届茅盾文学奖榜首的《黄河东流去》的部分章节改编拍摄的电视剧，较有影响的至少有两部：一部是前年的《冤家》，一部便是如今与观众见面的《黄河东流去》（导演康征）。

李準的长篇原著，以现实主义深化的严谨而冷峻的史家笔法，真实地描写了三四十年代黄泛区十来户农民家庭颠沛流离的悲惨命运，塑造了差不多近四十个有着不同个性、不同特长、不同年龄和不同遭遇的栩栩如生的人物形象，绘制出一幅内涵丰厚、底蕴深沉的三四十年代中原农民群像的历史长卷。也许正因为小说所表现的历史内容的丰富性和所塑造的人物形象的多样性，不大可能在仅仅具有四集容量的《冤家》中予以完整表现，因此编导便只能严格地遵从电视剧的审美特性，集中选择了新婚夫妇凤英与春义逃荒闯进小城镇的新的生活天地后各自文化心理、价值观念的不同演变轨迹的有关章节，来进行改编创作。但十一集的、有较大容量的电视连续剧《黄河东流去》，显然也无法负载长篇原著的所有内容，所以，编导也只能选择描写海老清一家、长松一家和四圈与"大五条"（电视剧中改名"皮大姐"），这姑且也可以看作是"一家"的三户人的命运遭际的章节，来进行改编和再创作。

如果说《冤家》的成功，在于编导较为自觉地学习和借鉴了李准用现代意识对原有生活素材进行新鲜的审美观照和艺术表现的创作经验，那么，新近由中央电视台播放的《黄河东流去》，则显然更注重在创作中灌注强烈的现代意识。所谓现代意识，绝非空洞、时髦的字眼，而是当今人类思维成果的最新体现，是站在历史发展阶梯的最高层次上对社会历史、政治经济、人际关系、精神道德伦理等方面获得的最新认识所形成的最新观念。连续剧《黄河东流去》正是力求以一种全新的现代意识去透视中国农民的历史、农民的性格、农民的心理，从而塑造出各自有着新鲜的认识价值和审美意义的海老清夫妇、爱爱姐妹、长松夫妇、小建兄弟以及四圈、皮大姐等血肉丰满的人物形象，并据此在新营造的荧屏艺术世界上架起了一道通向今天广大观众心灵的桥梁。

在这里，现代意识不是一种人为的、外加的、附贴于荧屏形象表面的东西，而是力求渗透到编导、演员创作形象的整个艺术思维过程之中，熔铸在最后完成的整个艺术肌体里。可以说，由于创作主体较好地把现代意识消融为一种创作的内驱力，因此荧屏上的农民形象不再是某种单向的褒贬对象，而是一个个活生生的人。在传统观念看来，海老清、长松这种苦大仇深、勤劳节俭、善良忠厚的农民，无疑是艺术应当竭尽全力讴歌的对象。但荧屏上，却相当真切地展示了他们性格和心理中狭隘、固执、保守等弱点，对他们因袭的历史重负给予了颇具批判意味的艺术表现。无论是海老爹固执地"恋土"独居乡下铸成悲剧，还是长松囿于传统道德而错责小建兄弟，这一幕幕，都传递出对封闭落后的农民文化心理的善意而深沉的批判意味。

我以为，扮演四圈的陈裕德和扮演皮大姐的刘连玲，表演都相当出色。在我的印象里，陈裕德以往在荧屏上创造的角色，虽不乏成功的，但往往失之过"度"。而这一次，他对四圈这个人物外表笨拙、内里精明、小事吝啬、大事豪爽，既机智狡黠、又敦厚善良的品格把握得相当准确，火候恰到好处。从四圈受诱惑与难民救济所主任海香亭太太刘玉翠交上了"桃花运"，到四圈落难后投靠老妓皮大姐，再到四圈倾其所有义赎小响，其间透露出的这个特定人物的人性的丰富性与局限性，都被陈裕德表演得惟妙惟肖。刘连玲扮演的皮大姐，应当说具有相当的难度。但她却出色地克服了自身对那个特定时代、特定生活环境不熟悉的局限，把这个具有复杂生活遭遇和内心世界的老妓女的"两面性格"和谐地统一在一个人身上，使观众认同了"这一个"。

1989-01-27

"飞天奖"电视单本剧一等奖为何空缺

第九届"飞天奖"爆出一大冷门：电视单本剧一等奖空缺。这在"飞天奖"历史上，尚属首次，因而引起了种种议论。有人说，既承认第九届参评的单本剧在总体的思想艺术质量上胜于往届，又让冠军宝座虚位以待，岂不有点难以自圆其说！我以为并不。一等奖空缺，恰恰说明评选更注重整体型的理性思维和感受型的审美评价了。

所谓整体型的理性思维，主要指善于宏观地从当代社会变革、文化演进的大背景上，科学地考察整个年度的电视剧创作和具体剧目的社会历史价值、文化价值，以确立其在全民族精神文明建设中的恰当地位；所谓感受型的审美评价，主要指善于把整体型的理性思维建筑在准确的审美感受和健全的鉴赏机制的基础之上，从而使这种整体型的思维评价不是非艺术的。正是运用这种整体型理性思维和感受型审美评价考察这一届参评的单本剧，才发现不少剧目感应着时代变革的脉搏，题旨意蕴开掘较深，审美表现上创新意识较强，电视语言技法也较为娴熟，总体上呈现出多元发展的可喜局面，因而得出了总体创作情势胜于往届的结论。也正是运用这种整体型理性思维和感受型审美评价去考察每一部具体的剧目，才发现它们无一例外地又都存在着这样或那样的明显不足，没有哪一部能堪称一致叫好的精品。问鼎呼声最高的，比较起来，要算是《白栅栏》和《白色山岗》了。

审美直感告诉人们,《白栅栏》与《白色山岗》似乎在美感效应上存在着一种"互补"关系——对内,前者通体顺畅,和谐完美,而后者却前畅后阻,失之平衡;对外,前者又失之纤细,缺乏力度,而后者却凝重浑厚,震撼人心。究其缘由,恐怕就在于《白栅栏》的创作主体过度着意于叙事层面的精巧铺陈,力求如行云流水般把主人公乔克林几经波折,在工作实践中逐步调整自己的文化心理,树立高尚的道德情操,重建自我人格的故事讲述给观众,但对某些理应重笔点化的情节和人物心理匆匆带过,于娓娓动听中缺少了对现实文化环境和人物主体心态的理性思考和艺术表现的力度。而《白色山岗》又似乎过分急切地对民族文化心理深层积淀的那部分封建性的落后、麻木的消极东西进行深刻的理性反省,却疏于将自己理性反省的成果转化为血肉丰满的感性形象。结果,主人公田三月的心理逻辑、悲剧性格乃至所处的令人窒息的社会环境和文化氛围的营造,都显得不尽如人意。

任何具有较高美学品位的艺术品,都既需要足以对内统摄和协调自身的艺术肌体,达到整体和谐通畅;又需要足以对外震撼世俗人心,实现其精神价值。两者缺一不可,强此弱彼也不可。《白色山岗》以其深邃的现代理性结构,冲淡了展示人物心理逻辑的必要的情节结构,这就不能不使它本来具有的反封建的普遍性题旨意蕴在观众的审美阻隔过程中耗损掉相当一部分。相反,《白栅栏》又以其过分精巧纤细的传统情节结构,吞食掉了这个题材本来蕴含着的对人和人格的理性思考的内蕴和力量的相当一部分。因此,它们都难当问鼎重任。让它们并列二等奖,合情合理。再说,一等奖虚位以待,可呼唤更高美学品位的单本剧精品问世。

1989-07-13

愿天下"鲁冰花"竞相吐艳

——看电视剧《鲁冰花》有感

听说以执导电视连续剧《好爸爸·坏爸爸》崭露头角的青年导演尹力新近又将台湾乡土作家钟肇政先生的小说《鲁冰花》搬上了屏幕，我不禁为之担忧：这位初出茅庐的新手，能游刃有余地驾驭得住原著中描写的令他陌生的海峡那边的生活和人物吗？直到这次参加全国电影制片厂首届优秀电视剧评选，两度欣赏了电视剧《鲁冰花》，我的担忧才释然。

"鲁冰花"乃台湾方言"路边花"之谐音。水城乡中，河边路旁，俯拾皆是，不足为奇。然作品以此为题，意指山野民间蕴藏着无数并不惹人注目的各式各样的"路边花"——人才的幼苗。剧中专攻美术的大学生郭云天，踌躇满志地来到水城乡国立小学任教，一心想精心培育有绘画天才的幼苗日后长成参天大树。他果真发现了一朵奇异的"路边花"——具有惊人的绘画想象力的农家孩子阿明。但小学的训导主任徐大木为了讨好乡长兼议员，竟利用职权让并无多少绘画灵气的乡长兼议员之子占据了参赛的位置。不仅如此，徐大木还运用手腕挤走了郭云天。可爱而又可怜的阿明，总巴望着他的郭老师会重返水城乡，于是日日来到车站盼啊盼——悲剧终于发生了：阿明不幸丧生于车祸！当郭云天抱着从巴黎领回的国际儿童画展奖给阿明的金牌回到水城乡来时，他只能与阿明的亲人一起，悲怆地哭泣在插满"鲁冰花"的阿明墓前……

故事虽然是揪心的，但尹力拍得却十分淡雅。他似乎着力于从大自然环境与人物的思绪情感的巧妙契合中营造出一种风格化的审美意境。我真叹服，杭州西湖九溪十八涧里那些熟悉的自然景观，一旦进入《鲁冰花》规定情境的镜头，竟然被尹力摆弄得与特定人物彼时彼刻的思绪情感十分熨帖，甚至让我相信了那镜头对准的当真是台湾风情。

从某种意义上说，尹力这位毕业于北京电影学院美术专业的不惹人注目的美工师，原本也是朵"鲁冰花"。我甚至由此想起了他的好几位同窗，大约原本都是些色彩各异的"鲁冰花"。有趣的是，这几朵"鲁冰花"一旦"改行"操起导演之"戈"来，竟都令屏幕熠熠生辉。如荣获过"飞天奖"的"最佳导演"桂冠执导《病毒·金牌·星期天》的冯小宁与这次夺得全国电影制片厂首届优秀电视剧"最佳导演"称号的尹力，他们的作品都以相当鲜明的个性化风格化色彩而一鸣惊人。只不过冯小宁有一种强烈的社会责任感和在艺术追求上可贵的"倔"劲、"怪"劲，而尹力则有一股善于从大自然环境与人物思绪情感的契合中从容不迫地营造出独特的审美意境的灵气。尽管他们都尚欠成熟，但只要勤奋耕耘，他们的审美创造便大有希望。这些"鲁冰花"竞相吐艳的事实恐怕还蕴含着某种值得记取的带规律性的经验——他们先前求学于电影学院美术专业时，便是注重学习那种在导演总体意识之中的美工技能，而非只是学习游离于导演总体意识之外的画技。这样，当他们毕业后尚且还在为别的导演担任美工时，心里就常常冒出"不如让我来执导"的"篡位"之念。"篡位"既成，他们在构图、色彩、造型上的优势便为他们进入个性化风格化的审美自由天地创造了条件，也为他们娴熟地运用电视剧语言遣词造句奠定了基础。

1989-12-14

"文若春华　思若涌泉"
——读电视系列剧文学剧本
《仅次于上帝的人》札记

　　读了人民文学出版社主办的《当代》杂志第 2 期上的压卷之作、柯岩同志的电视系列剧文学剧本《仅次于上帝的人》，思绪联翩，激动不已。我所读电视剧本尽管有限，却并不算少，但如此社会内涵深刻、审美形式别致的文学剧本佳作，实在难得！

　　邓小平同志 1989 年 3 月深刻指出："我们最近十年的发展是很好的。我们最大的失误是在教育方面，思想政治工作薄弱了，教育发展不够。"这里所指的教育，当然不只是学校教育，但学校教育确系一个重要的方面，它直接关系到培养造就社会主义事业接班人的百年大计。近两年来，电视剧创作越来越注重把镜头对准教育题材，形象地展示"必须高度重视教育"和"讴歌人民教师"的神圣主题。其中较为成功、引人注目的作品，是电视连续剧《师魂》和《绿荫》。尽管评论界对这两部作品孰高孰低尚有争议，但我以为，它们互有长短，都不失为好作品。

　　《仅次于上帝的人》不仅兼有《师魂》的诗意、《绿荫》的真情，而且融合升华为一种新的审美境界——渗透了一种清醒的哲理思考、对复杂的校园生活的艺术观照的美学境界。这里再没有《师魂》剧作结构中的那种粗疏直陋和乏于匠心，而代之以用相当考究的诗化的文学语言编织的各集既能独立成篇、又能连缀成一个有机的系列整体的新颖的散文化结构。《绿荫》在主题开掘上的那种囿于校园内两种教育思想、教学方法之争的局限，在这里也被打开了视野栅栏，将1987-1989年春这段人民共和国历史上坚持四项基本原则与资产阶级自由化泛滥的斗争风云尽收笔底，化为艺术表现的生动内容，从而在更深广的社会历史背景中，把一曲人民教师的深情颂歌吟唱得更雄浑激越，以至形象、深刻地展示出"我们最大的失误是在教育方面"的严峻题旨。

是的，如剧作家的题记所言，《仅次于上帝的人》是1987-1989年春发生在中国北方的"一个平凡的故事"，"不，它甚至不是故事，而只是一段人生写照"。我以为，读懂这个平凡故事、理解这段人生写照的"钥匙"，是剧作家凝聚心血精心设计的片头所营造的意境和氛围。这意境是全剧的灵魂，"是使这部作品片断方面得以联结为整个事物的主干，是为各部分方面的律则，是畀与各部分方面以一贯的意义的"。那是一个普通的夜，都市里，灯火辉煌。紧随着镜头的摇动，人们发现，夜已深了，车辆越来越少，街灯渐渐熄灭，大楼也最后剩下了那"几乎是唯一亮着的窗户"。窗内，她在阅读，在书写，在沉思……接着，响起了画外音：

丈夫："该睡了，还不睡吗？全城都睡了。"（粗重的男声，在静夜里显得格外响）

女人："总得有人醒着。"

（女人站起来，抱起在床上已睡熟的儿子，把他放进作为他睡处的壁橱。恰在此时，灯熄了。）

丈夫笑了起来："停电了，真黑呀！这回可没法干了吧？"

女人划亮火柴，点燃一支蜡烛，也微微笑着说："越黑——就越需要光明。"

丈夫："就你这一支小小的蜡烛，能支持多久？"

女人："怎么会只是一支呢？光亮从来是互相照耀的。"

（就像呼应一样，对面黑洞洞的楼群里错落地亮起一支支烛光，黑黢黢的长夜顿时有了生气。）

满天星斗，突然飞过一两颗流星。

（地上点点的烛光，突然也像流星一样奔驰，划过黑夜，慢慢地聚集到一起，组成各种美丽极了的蜡烛图案，燃烧着，每一支蜡烛都似乎是熊熊的火炬。）

丈夫："唉，你呀——没听见时下最流行的一句话吗：'人人为自己，只有上帝为大家'。"

女人挺起身来，眼睛辉映着烛光，悠悠地说："那我就是——仅次于上帝的人！"

（与她的声音同时，画面上飞速推出片名。）

这是真正意义上的电视文学剧本的片头。所谓的"真正意义"，是指它已不再是单纯的文学语言思维，而进入了视听艺术思维。它不仅是可供阅读的，而且是专为未来拍摄而设计的，读者尽可以通过丰富的想象，来"观"其画面、"闻"其声响。在这里，"感性的东西经过心灵化了，而心灵的东西也借感性化而显现出来了"。剧作家为全剧营造出的这种意蕴深邃的审美意境，给读者和观众留下了思考的广阔天地。杜峋自称是"仅次于上帝的人"，其实是说，她是人民的忠实女儿，她在为人民服务上是全心全意和无条件的。而这一自称，我更愿理解为剧作家对笔下理想人物的由衷礼赞。

"文学是战斗的"。在我看来，剧作《仅次于上帝的人》不独是人民教师的一首深情的颂诗，而且更是一篇讨伐资产阶级自由化思潮的战斗檄文。发表于《当代》杂志的诸集中，始终灌注了剧作家的一种强烈的捍卫四项基本原则、讨伐资产阶级自由化思潮对社会主义教育事业和文艺事业的玷污的神圣战斗精神。正是这种精神——剧作家的心智润育全剧，结出了丰硕的果实。

第二集《流失生》，从集题看，似乎写的是中学生流失的问题，但读下去，方知题旨开掘得要更深广得多。张福儿这个"品学兼优的三好生"突然成了"流失生"，这令杜嵋十分困惑。她认为，历史的教训何其沉痛，十年动乱中，那种"政治冲击一切"带来的"读书无用论"，贻害了一代青少年；如今，绝不能让打着"改革"旗号的"经济冲击一切"造成的新的"读书无用论"再来坑害下一代。她顺藤摸瓜，调查研究，从张福儿的背后，活现出一场"真改革"与"假改革"的斗争风云。原来，张福儿之所以辍学打工，盖由父亲被诬陷入牢而失去了生活来源所致。读者循着杜嵋的调研行踪，实际上感同身受地介入了一场明辨真假改革的在各条战线都普遍存在的复杂斗争。校园里的教育改革已经完全同整个社会的变革大潮融为一体，流失生问题已衍生为一个当今社会人们普遍关注的改革课题。伴随着福儿爸冤案的澄清，读者不仅把满腔同情投向这位真正的改革者，而且义正词严地谴责马厂长一类假改革之名营私的败类。

第四集《黄金梦》更把上述题旨表现得尖锐、深刻。面对不正之风和商品经济大潮对社会主义教育的冲击，杜嵋表现出一位共产党人追求真理的高尚人格——

> 老教师："也不知中央知不知道？"
>
> 杜嵋："怎么不知道？不知道就反资产阶级自由化了？"
>
> 韩可："反什么了？要真反还至于乱成这样？我看问题就出在上头……"
>
> 校长："韩可！行了。再说可就出格了……大环境是有问题，可咱们面前的是学生，是下一代……"
>
> 杜嵋："所以小环境可不能污染呀。我说这人后门不开，顶到底。"

杜嵋这种从自己所处的小环境里的实事做起，敢于同歪风邪气"顶到底"的硬骨头精神，是共产党人最可宝贵的浩然正气。她凭着这一身正气，硬是弄清了学校里师生合伙倒卖三合板和倒卖汽车梦想幻灭的始末，不仅挽救了险些被金钱腐蚀的青年教师，而且教育了议价生李家驹和个体户子弟赵大伟。在烟雾弥漫的屋子里，剧作家充满深情、语意双关地描写道：

> 女教师甲："快进来点新鲜空气吧，这屋子能呛死人。"
>
> 杜嵋深深吸一口气："要是社会空气也像大自然这样清新就好了。"
>
> 韩可："大自然也有污染……"
>
> 校长："大自然清除污染，是靠每一片树叶输送氧气。"忽然静静地一笑，对杜嵋，"听说，你自称是仅次于上帝的人？"
>
> 杜嵋不好意思地："你是听谁说的？我只是想，我是一个党员，我应该——"
>
> 校长："对，你说得很好。如果每一个党员都不只想自己，都能像上帝一样关心大家……"
>
> 老教师："像每片树叶那样输送氧气……"

说得多么富于诗意、多么发人深省啊！杜嵋这样的共产党人，从来与"黄金梦"无缘，她的梦是"水晶梦"——"我希望我的每一个学生都能像水晶一样：坚固、透明、闪闪发亮、光彩照人……"

这就是一位人民教师为之奋斗终生的"水晶梦"！也正是剧作显现出来的伟大人格。

"文学是人学"。我还认为，剧作《仅次于上帝的人》不仅具有鲜明的战斗性和审美品格，而且在刻画人物性格、描写人物心理上，也颇有独到之处。

剧作家堪称是一位"人类心灵的观察者"。她在全剧中以饱蘸浓烈情感的笔墨，为我们成功地塑造了一系列栩栩如生、有血有肉的人物形象。首先，贯穿全剧的主人公杜嵋，是新时期影视艺术世界里最具典型意义的一位人民教师。这一形象的成功塑造，是对文坛上曾出现的"非英雄化""非理想化"的错误倾向的一次有力批驳。

杜嵋形象的理想光彩和人格力量，是在她与同事、学生、家长、律师以及社会上各种人物的关系中，得以充分展示的。而这每一个人物，几乎都代表着一个社会层面。这样，丰富的社会现实生活和人们在各种社会关系中的本质，以及时代前进的要求和历史发展的趋势，都从中得到了更为全面、辩证的艺术表现。

第一集《在人间》中，着重描写杜嵋如何理解、引导青年英语教师钱莉莉正确处理好爱情与婚姻问题。在西方资产阶级的社会观、人生观、爱情观的影响下，钱莉莉对社会、人生和爱情，都产生了片面的错误的认识，一心要出国。在她眼里："开放的人，谁还拿婚姻当一回事？相爱就是一切。"她的这种选择，不仅受到了自己纯真的学生们的讥讽，而且也遭到了一些同事的谴责。但杜嵋对她却是立足于拉而反对推。杜嵋坚持在充分理解的基础上通过细致的思想工作引导钱莉莉正确对待社会、人生和爱情。当事实证明保罗玩弄了钱莉莉，使钱莉莉精神崩溃时，杜嵋又晓之以理，动之以情，鼓励她吸取教训，坚强起来，并主动牺牲了可以作为自己评职称、升工资的资本，拿自己任教的尖子班去和钱莉莉任教的乱班交换。情之所至，金石为开。杜嵋的理想光彩和崇高境界，既振奋了钱莉莉的精神，也启迪了学生们的心智。

《朦胧的碰撞》，更直接触及了当今社会普遍关注的中学生"早恋"问题。而且对这一棘手的生活现象的艺术处理，是颇为高明的。它质朴、真实、贴近生活，从杜嵋外出开会赶回学校，发现学生小小因被诬"早恋"而给她留下的"遗书"写起。"遗书"中说："你走了三天，我就像过了三年。"一句话反映了杜嵋在学生心目中的重要地位。杜嵋马不停蹄，连夜寻找，终于救回小小。这种中学生因"早恋"受责而愧留人世的悲剧，现实生活中人们时有所闻。常见的处理方法是像剧中女教师乙那样，不予理解，横加辱骂。但杜嵋却坚持既要理解，更要引导。剧中把她以心换心，赢得小小的信赖，最后把小小引导到健康成长的道路上去，表现得入情入理、丝丝入扣。杜嵋说得好："小河的水静静流淌，刀能割断它吗？抽刀断水水更流，有阻力的时候就会出现漩涡和激流。阻力越大，激流越猛，有时摔得粉碎，有时形成岔道。是不是？而朦胧的碰撞是很自然的，只要我们善于引导，而不是堵塞……"这，应当视为人们正确认识和处理中学生"朦胧的感情碰撞"的"人学"的警策之语。

　　"文若春华，思若涌泉。"电视系列剧文学剧本《仅次于上帝的人》，是"战斗的""人学"。此剧正在拍摄之中，我们热切地期望着。

1990－06－17

正确导向的一次成功的艺术实践

——庆祝建党 70 周年全国优秀电视剧展播观后有感

　　由中共中央宣传部文艺局、中央电视台联合举办的、历时月余的庆祝建党 70 周年全国优秀电视剧展播活动，先后共播出全国 66 家电视台、电影制片厂和其他社会文艺团体等制作单位提供的参展电视剧 69 部 216 集，引起了广大观众的热情关注。笔者观看了主要的参展剧目，启迪颇深，感慨良多。

　　我以为，这次展播，其意义不仅在于以电视剧艺术形式隆重庆祝建党 70 周年，而且还在于贯彻执行最近颁布的中共中央宣传部、文化部、广播电影电视部《关于当前繁荣文艺创作的意见》，从题材的选择到主题的开掘上进行了正确导向的一次成功的艺术实践。这无疑对我国整个社会主义文艺创作的进一步繁荣，具有普遍的意义。

　　毋庸讳言，由于资产阶级自由化思潮和某些错误的文艺思潮的影响，前两年我国电影、电视剧创作在题材选择和主题开掘上，都曾一度发生严重的偏差。荧屏上出现了拍不完的帝王系列、嫔妃系列乃至太监系列的怪现象，而创造历史的主人——工农兵及其知识分子，却在社会主义的荧屏上退居次要地位。尽管人民群众和理论批评界的有识之士都再三呼吁必须强化社会主义文艺创作的时代主旋律，但有些人对"主旋律"的理解和阐释却不尽相同——有人把本来不属于主旋律范畴的题材选择和主题开掘，硬要"泛化"成"主旋律"；有人一听强调主旋律，就赶紧以"多样化"为由来反对用"主旋律""画地为牢"——致使社会主义文艺创作，尤其是群众性最为广泛的电影、电视剧创作的时代主旋律，一直强化得不甚理想。现在好了，为了庆祝建党70周年，我国电影工作者齐心合力，拍出了一批令人民振奋、也令电影创作从根本上改观的佳作。我国电视剧界的同仁精心耕耘，向人民奉献出数十部真正强化社会主义时代主旋律的力作，其中，反映建党70年来的光辉历史、讴歌党的领袖和老一辈无产阶级革命家的作品25部，占展播剧目的36%，表现当代社会主义工业、农业、军队、公安、司法、教育、交通等各条战线的优秀共产党人的精神风貌的作品44部，占展播剧目的64%。我们当然不是题材决定论者，但我们一贯主张题材有差别论。正如《关于当前繁荣文艺创作的意见》所指出的，我们"要大力提倡和鼓励作家艺术家创作具有鲜明的社会主义时代精神、深刻反映现实生活、讴歌社会主义新人、富有民族特色的作品"。

这次展播从题材的选择到主题的开掘上的正确导向所取得的成果，最突出地表现在短篇电视剧的创作上。近两三年来，短篇电视剧（即约定俗成称作单本剧）成了我国电视剧创作的弱项，至第十一届"飞天奖"评选，一等奖仍然虚位以待。而此次展播，却出现了一批思想、艺术均为上乘的短篇佳作。无论是众口皆碑、催人泪下的《好人燕居谦》，还是真实质朴、平中见奇的《硝烟散后》，抑或是弘扬国威军魂、充溢着阳刚之气的《戴布鲁斯·1988》以及为工厂车间党支部书记立传的《外行》，都具有强烈的艺术震撼力，给人留下了难忘的印象。这批短篇佳作之所以成功，大都做到了这样几点——

一是在剧作上下功夫，严格遵循短篇电视剧的审美特征，从精神意蕴、人物塑造、叙事结构、风格特色、文学语言诸方面反复打磨剧本，力求做到精雕细刻，从而为拍摄奠定了良好的基础；二是严把导演、演员、摄像关，即是说，短篇电视剧唯其短，故主创人员一定要精，一定要有第一流的导演、第一流的主演和第一流的摄像；三是注重制作精致，追求影像画面和声音效果的高质量，短篇电视剧正因为短，故更容不得半点瑕疵。

这次展播的另一收获是风格、样式的绚丽多彩。我们主张题材有差别论和提倡选择重大题材，丝毫不意味着排斥表现重大题材的创作本身也要多样化。事实证明，参加展播的剧目虽然在题旨上都有着共同的精神取向——庆祝建党70周年，但在风格、样式上却千姿百态，丝毫不给人以千篇一律之感。这里，既有气势磅礴、浩气凛然的《铁市长》《远征》《特殊连队》《纪委书记》，也有情真意切、娓娓道来的《毛泽东和他的乡亲》《硝烟散后》《军校轶事》《今夜月正圆》；既有以纪实取胜的《好人燕居谦》《李伯照上校》《谷文昌》，也有靠写意见长的《烈士墓前》《太阳地》，还有将写实与写意有机结合起来的《雕像的诞生》《播种太阳》；既有长、中、短篇电视剧，也有短剧小品，还有像《柯老二入党》这样的戏曲电视剧……这一切，预示着我国社会主义电视剧创作更加繁荣兴旺的明天的到来！

1991-08-24

选材严　开掘深

——电视剧《半边楼》二题

（一）

近年来，在我国荧屏上，接二连三地推出了好几部国产长篇电视室内剧，改变了过去一度存在的那种"此类剧目外国多，日本、巴西、墨西哥"的局面。这对于发展和弘扬中华民族的电视文化，无疑是重要的成就。而最令我投入的，当数陕西电视台拍摄的《半边楼》。

《半边楼》第一集的开篇就匠心别具，章法分明。"拆了一半的半边楼，还有一半没拆到头。拆掉的是腐朽，留下的是陈旧；涌动的是翘望，燃烧的是期求。"在意蕴深沉、旋律悠扬的主题歌声中，一下子就把观众带到了颇具象征意味的特定造型环境——某大学教工宿舍半边楼上。拥挤不堪的被当成公用厨房的狭窄通道两旁，住着五户十二口。这里，有成就斐然的女学者范老师和她的独子、研究生范志远，有老讲师黄老师和他的独女、正准备报考大学的社会青年黄小歌，有青年讲师呼延东和他的妻子、中学美术教师杨杨以及他们的宝贝女儿晶晶，有人事处马科长和他的妻子刘会计以及他们的宠女、待业青年马珍珍，还有校长的司机朱师傅和他的儿子、个体户朱二虎。故事便在这些各具个性的人物之间既符合生活逻辑又充满戏剧冲突地展开。黄老师与呼延老师这对昔日师生、今日同事的密友，不仅引出了大学科学研究的方向、道路乃至课题的经费问题，而且自然而然地带出了知识分子的专业职称评定、住房分配乃至其他待遇问题；呼延与杨杨这对昔日在知青生活中相识相恋今日却在事业与爱情不可兼得中痛苦抉择的夫妻，又深刻地触及知识分子尤其是中青年知识分子在改革开放中的作用、地位和命运问题；范老师与黄老师这对"地下有座情山，心里有条爱河"的虽彼此刻骨铭心却相对无言的恋人，展示出党培养的如今已年过半百的那一代中国知识分子高尚人格的闪光与因袭的传统包袱的沉重；而二虎与珍珍、志远与小歌之间初恋的变迁端倪，更不仅触及了当代青年的升学、就业、经商问题，而且透示出这一代人在人生观、价值观、道德观上与上一代人发生的冲撞；至于范老师将接任校长的信息、马科长要当处长的传闻、女大学生何娜给呼延老师一封接一封的情书、范老师与志远母子发生的议政争执、朱师傅对刚刚从派出所放回的二虎的训斥……这一切引人入胜的情节设置，都使荧屏形象表现的生活更加斑斓多彩、内涵更加丰富凝重，从而以强烈的艺术魅力吸引广大观众的情感投入。

（二）

有一种意见，认为长篇室内剧因受拍摄条件（主要在棚内拍摄）的限制，所以宜于反映家庭伦理与婚姻道德题材，而不宜表现广阔的社会生活领域里的重大社会问题。《半边楼》的成功却雄辩地证明了这种意见并不恰当。诚然，故事是发生在"半边楼"上的，人物活动的主要空间也在"半边楼"上（此外还有黄老师、呼延老师和何娜等在乡下搞"科技兴农"的活动），但"半边楼"上的人和事都直接与整个社会的改革开放大潮息息相关。《半边楼》启迪观众思考的，绝非个人身边的小悲欢，而是当代知识分子在改革开放大潮中的历史责任和命运这样严肃的大课题。

我们当然不反对室内剧写家长里短、儿女情长，因为即便是这样的题材，也同样可以开掘出足以陶冶人们精神情操、有助于社会主义精神文明建设的积极主题。但我们更欣赏像《半边楼》这样的室内剧，因为它真正如鲁迅先生当年主张的"选材要严，开掘要深"那样，从狭窄的"半边楼"里的普通的人与事里，开掘出跳动着伟大时代的脉搏、与亿万人民息息相关的宏大的社会题旨。从这个意义上说，我以为《半边楼》在中国长篇电视室内剧的发展历史上，做出了开拓性的贡献。

看《半边楼》，感人肺腑的是荧屏上中国知识分子心中滚滚流淌的那股强烈的爱国主义热流。

这部电视剧大致写了三代知识分子。范老师、黄老师算一代，呼延东和杨杨算一代，志远、何娜、小歌又是一代（二虎与珍珍是与他们同代的青年）。范、黄这一代，是新中国五十年代培养的大学毕业生，忧国忧民，淡泊明志。他们是充满理想主义的一代。为了祖国的繁荣富强，为了实现共产主义的理想，他们愿奉献自己的一切。在他们看来，个人的悲欢不足挂齿，国家的兴衰匹夫有责。尤其是荧屏上的黄老师形象，真实可信，令人肃然起敬。他心里装着祖国，装着人民，唯独没有他自己。这位劳苦功高的老讲师，在评定职称时，因名额有限，就真心实意地从国家利益和培养青年教师的久远大计出发，甘当人梯，毅然让贤，悄然退出了竞争；在选择科研课题时，他不图虚名，更不为评定职称谋取"资本"，而坚持下乡搞"科技兴农"，为帮助农民致富出了大力！但就是这样一位爱国爱民的知识分子，面对自己以一辈子心血凝成的学术专著的出版、发行事宜，竟一筹莫展，淌下了心酸的泪花。这种现实，是多么发人深省啊！呼延东与杨杨之间在事业与爱情进行痛苦抉择的几场戏，催人泪下。为了有更充裕的时间钻研各自钟爱的事业，以报效祖国，他们彼此在照护幼女晶晶的职责上不得不进行严格的"分工"——"我管前半夜，你管后半夜；我送，你接；我洗衣、做饭，你买菜、饭后收拾……"甚至因相互推诿，害得小晶晶尿在裤里，于是夫妻俩又相互怪罪。当观众目睹荧屏上的他和她竟然发展到以互写纸条来"交锋"——他写道："午夜已至，需要加餐"；她回道："自己动手，丰衣足食"时，一种难言的酸楚不禁油然而生。尽管如此，他们却矢志不渝地为国为民奋力拼搏。正如主题歌词所云："起身的是大厦，奠基的是石头；冲天的是志向，向上的最风流。都说人生多歧路，幸福踏着坎坷走。"倒是个体户青年二虎旁观者清，一语道出了公平："读书人不自在，但对国家有用呀！"至于更年轻的一代知识分子志远，确实如黄老师所评价的，"既缺乏我们这一代的理想主义，又缺乏呼延那一代的务实精神"。所幸的是，他在老一辈知识分子的言传身教下，在改革开放的现实启迪下，已经开始走向成熟。遗憾的是，荧屏上的志远形象，较之黄老师、呼延老师形象，其性格逻辑和情感逻辑的审美表现并不那么令人满意，其间的某些意念痕迹，多少有损形象的艺术感染力。

　　总之，我认为，《半边楼》对中国当代知识分子的使命和现状，进行了相当全面的艺术表现。它直面人生，开拓未来，感人至深，促人向上，堪称一部社会内涵颇为丰富深邃而又具有较高艺术魅力的电视室内剧。

1993-02-18

改革大潮中普通女工的"心史"
——评电视剧《看不懂啦，女人们》

　　记得，现实主义文学大师巴尔扎克曾把文艺称为人的"心史"。此言极是。如今，改革大潮席卷神州大地，商品经济的发展和社会主义市场经济体制的建立，不仅震动着中国的经济领域乃至文化领域，而且改变着人们原有的生活轨道及其精神状态，促使人们从道德观念到价值取向都发生了深刻的嬗变。因此，深为当代观众喜闻乐见而又具有独特社会影响力的电视剧艺术，充分发挥自身迅疾反映改革现实的审美优势，谱写各条战线现代化建设中各种人们的"心史"，以激励人们从中得到思想启迪和美的愉悦享受，从而更自觉地"在改造客观世界的同时也改造自己的主观世界"，无疑极有意义。电视剧《看不懂啦，女人们》，正是一部在改革大潮中普通女工的发人深思的动人"心史"。

　　某纺织工厂为了适应建立社会主义市场经济体制的需要，转变自身的经营机制，决定实行生产班组优化组合。这一来，正式工人刘美丽、合同工姜琳、外来妹丁小燕都被下岗了。于是，改革浪潮无情地把这些普通女工甩出了她们原来习以为常的生活轨道，迫使她们从家庭生活地位到价值观念，都发生了一系列深刻变化。刘美丽原来在家是"一把手"，丈夫从部队转业到街道一家小厂当党支部书记，工资比她少，因而处处受她支配。如今她下岗后只能拿60％的工资，而丈夫却当上第三产业的公司经理，两人的地位来了个颠倒。她不得不到酒吧去当招待、刷碗盘，皆因自己的"老毛病"（爱与人发生口角）而被辞退。她终于下定决心不再"嘴臭"，重新回到厂里申请当个最苦最累的"三班倒"的好女工。姜琳的下岗，是因为懒。她丈夫是贩鱼的个体户，每天能挣好几百元。她不在乎那几个奖金。殊不知下岗后，偏偏丈夫摔伤了。为了生计，她不得不亲自卖鱼，让一身的鱼腥味冲刷了娇懒二气，并显示出自己的经营能力和人生价值。丁小燕是寄住在姨妈家的打工妹，下岗后更惨了。姨妈的白眼令她连肚子都难以填饱。她于是被"逼"上街头，以特有的方式和机敏赢得了饭摊老板的信任和招聘，并意外被采景的电视剧导演发现了她素朴的表演天才……这一切，都在充满戏剧性的情节发展中透示出人物精神世界心灵的演进轨迹。它以独特的艺术魅力启迪人们：改革开放的时代大潮不仅将极大地解放生产力，而且也必将提高人的精神素质，促进人的思想解放。

当然，全剧中具有社会主义新人素质的艺术形象，还是纺织厂工人出身的劳资科科长林莉。这是一位在改革大潮中主动进击、勇敢遨游的当代女性。她深信社会主义制度绝不容许饿死人，但也绝不养懒人。因此，当自己昔日的姊妹刘美丽们被"优化"掉时，她晓之以理，劝刘美丽们"不要在一棵树上吊死"。她自己，为了充分实现人生价值，每晚主动到一家酒吧从事第二职业，由普通招待员当到领班。她经商的出众才智深为酒吧夏经理赏识，要提拔她当经理助理，条件是她必须辞去纺织厂的公职。她三思后决定下"海"，因为她深信自己能在"海"中更充分地实现自己的人生价值。这种人生追求，不仅被其未婚夫杨波斥为"看不懂"，而且也令她的慈母摇头。尤其使人深思的是，当夏经理从杨波嘴里知道她还有可能"跳槽"并意识到她会成为自己"羽毛丰满的竞争对手"时，她居然被残酷地"炒鱿鱼"了！尽管如此，在复杂的"商战"之"海"中进击遨游的她，并不因蒙受委屈和挫折而退却沮丧；相反，她愈加执着地追求实现人生的更大价值，而且还以满腔的热情关怀、鼓舞刘美丽、姜琳、丁小燕们跟上改革时代的潮流，尤其是帮助那位生活的弱者宋玉兰，充分显示了她作为社会主义新人的高尚人格力量。

也许有人会对林莉辞去纺织厂劳资科科长之职、放弃将被提拔为副厂长的机会而下"海"的行为"看不懂"，甚至不以为然。我以为，我们不应离开人物精神状态的调整和心灵历程的演进来抽象地议论林莉"弃官从商"的是与非，因为正如林莉自己所言：到哪里都是为祖国的社会主义现代化建设贡献自己的力量，这"有什么看不懂的？"。问题的实质在于：林莉作为改革开放的弄潮儿，她"那种有革命理想和科学态度、有高尚情操和创造能力、有宽阔眼界和求实精神的崭新面貌"，在这一重要抉择中得到了进一步展示，她的"心史"留下了新的极光彩的一页。由于曾荣获"金鸡奖"最佳女主角的扮演林莉的著名影星奚美娟入情入理、张弛有度的精彩表演，使荧屏上的这一女性形象在我国社会主义文艺画廊里占有了一席引人注目的位置。

1993-03-31

电视剧怎样走向市场

在诸类精神生产活动中，借助于现代化传播媒体的电视节目以其覆盖面广、渗透性强和影响力大，受到人们的高度重视。而电视剧又作为电视节目的主干之一，自然其生产运作机制的变革也就成为当前电视界的热门话题——

有文章主张："电视剧已经成为商品，电视剧应当市场化。"

还有人说："中央电视台以350万元购买电视连续剧《爱你没商量》首播权，打响了电视剧走向市场的第一炮。"

……

看来，积极适应建立社会主义市场经济体制和物质文明、精神文明建设的需要，按照电视剧艺术生产自身的规律和特点，实事求是地改革原来在计划经济体制条件下形成的电视剧艺术生产的运作机制，已经刻不容缓。

据广播电影电视部计划财务司统计，截至1992年年底，遍及我国城乡的无线电视台已达591座，进入社会和家庭的电视机已逾2.2亿台。获得国家颁发的摄制电视剧长期许可证的专业制作单位有116家，年产电视剧达5000余集。如果按电视剧平均每集耗资5万元人民币计，则我国全年投入摄制电视剧的总资金达2.5亿元人民币。这笔可观的投资，除极少部分由各级政府拨给专款，或从各级电视台的广告费收入中调拨外，绝大部分均靠社会赞助解决。这种绝大部分靠社会赞助解决的投资，是难以计入生产成本的。

这5000余集电视剧，大约有2/5左右直接进入音像文化市场销售供社会录像放映点、有线电视台或家庭播放使用，其余的3/5左右则供国家各级无线电视台播放使用。这前一种，无疑存在着买方市场，因为各类社会录像放映点是营业性的要售票，各级有线电视台要收费，家庭购买要出资。而这后一种，却因为我国10余亿收看无线电视台播出的电视节目的观众是免费的，所以根本就不存在买方市场。供各级无线电视台播出使用的这3000余集电视剧的流通现状，是过去长期在计划经济条件下逐步形成的。许多有识之士多次指出：这种运作机制直接造成了"播片的饱死，制片的饿死"局面，严重妨碍了我国电视剧艺术事业的健康发展。这种运作机制必须改革。

但是，这种改革又必须是锐意进取的，也是实事求是的。这里，不仅要反对墨守成规，而且要防止一哄而上。无疑，建立社会主义市场经济体制这场我国社会主义建设的"又一次伟大革命"，不仅是经济领域里的深刻变革，同时也必然要极大地震动整个精神生产领域，引进竞争机制，给整个文化艺术事业其中包括电视剧事业带来新的活力和新的挑战。

前面提到的中央电视台破例以350万元人民币高价购买北京文化艺术音像出版社制作的40集电视连续剧《爱你没商量》这一事件，尽管在电视界确实"一石激起千层浪"，但事件自身沉淀之后，人们透过它播放前过热的先期舆论所制造的迷雾，科学地洞察到它真正的价值和意义：一方面，增加对电视剧节目的投资、意欲引进市场竞争机制的精神是可嘉的；另一方面，它播放的社会效益证实这只不过是一次偶发的、多少带有盲目性的市场行为，对于改革整个电视剧艺术生产运作机制并不具有普遍意义。因为不仅这次交易在实质上并未真正体现"按质论价"的市场法则，而且今后在实际上也绝不会有第二家电视台有能力出此高价购买相同质量、相同数量的电视剧。这一事件本身，却有力地证实必须首先从理论与实践的结合上弄清下述问题——

第一，怎样全面认识作为精神产品的电视剧的商品属性和意识形态属性？怎样正确处理好电视剧的经济效益与社会效益的关系？

前面提到的一些报刊上的文章，多次简单化地称"电视剧是商品"，甚至说"电视剧必须商品化"。我以为这种理论表述抹杀了物质产品与精神产品的根本区别，是不科学的。相同的货币价格只是说明了它们具有相同的商品价值，而作为文化艺术产品，它们的艺术价值是绝对不能按其市场的货币价值来衡量的。这说明切不可把精神产品简单化地称为"商品"，甚至笼统地要它们"商品化"。当然，电视剧一旦进入文化市场进行交易和流通，就必然具有商品属性，这种商品属性要求它追求经济效益，这是无疑的；但同时，电视剧又必然具有鲜明的意识形态属性，这种意识形态属性要求它追求社会效益。我们力求经济效益与社会效益相一致、相统一；但实践中也确有两者相背离、相矛盾的情况出现，这时，为了服从于建设中国特色社会主义的全局的战略需要，我们就必须旗帜鲜明地坚持邓小平同志提出的"以社会效益为最高准则"，这一点丝毫含糊不得。

第二，怎样为我国现存的供国家各级无线电视台播出使用的3000余集电视剧的三级网络引入市场竞争机制？怎样培育和逐步健全电视剧流通和交易的文化市场？

如前所述，我国现存的中央、省、市三级电视台的三个电视剧交易网络，实际上还不是真正意义上的文化市场。它从投资成本的核算到买方市场的形成，以及一整套相应的为保障公平交易的文化市场法规，都离真正的社会主义市场经济体制的需要差得很远。幻想一步到位地实现所谓"市场化"，我以为是不切实际的。应该有步骤地引进市场机制，改革我国现存的电视剧艺术生产的运作机制。比如说，三个网络中的第一网络，就应当不折不扣地贯彻执行好广播电影电视部制定的"优质优价优播"的原则，即中央电视台向全国各制作单位征集电视剧，应根据电视剧的思想艺术质量的高低，付给相应的高低不同的"补贴费"（并逐步创造条件使这种"补贴费"尽快向"价格"过渡），和安排相应的最佳播出时间。这样，就能引进竞争机制，激活创作人员的生产积极性。第二、第三网络，也应积极地创造条件把"以物易物"的交换关系逐步过渡到"以钱购物"的买卖关系，让价值规律激活创作，优胜劣汰。

当前尤其紧迫的是，要制定一系列为保障公平竞争和促进艺术生产的文化市场法规，如"社会赞助管理法""电视剧摄制财务制度规则"等等，以克服和消除像以350万元人民币购买《爱你没商量》这样的盲目的和无序的市场行为。

第三，怎样全面认识和处理好文化市场提供给电视剧艺术生产的有利因素以及可能带来的不利因素？怎样充分利用这些有利因素和最大限度地减少这种不利因素？

必须指出：对于精神生产来说，市场并不是万能的。它在产生正面效应的同时，也可能会带来负面效应，对此，我们应当有清醒的认识，掌握辩证法，防止片面性。须知，精神生产与物质生产的重要区别之一，就在于它不能完全听任市场价值来导向。譬如，某些有悖于社会主义精神文明建设的媚俗之作，有可能获得较高的市场价值（票房价值）。但它的社会效应是强化了社会审美心理中世俗的消极落后的东西；而这些被强化了的消极落后的东西又势必会反过来刺激生产出更为媚俗低下之作。这样，使精神生产与消费之间陷入一种"二律背反"式的恶性循环。相反，那些着意于社会主义精神文明建设久远大计的电视剧鸿篇巨制以及那些"讴歌改革开放和现代化建设的具有艺术魅力"的电视剧力作较之于那些投入少、周期短的娱乐性强的畅销电视剧，其市场价值恐怕就不那么可观。这就需要我们从文化经济政策上保障和扶持那些不断地为改革开放和现代化建设提供精神动力、智力支持和思想保证的剧目。

1993-06-03

这样的颁奖晚会值得提倡

——参加第十三届"飞天奖"颁奖活动感言

时下，各类评奖名目繁多，而评奖之后必有颁奖，颁奖又多举办晚会，晚会则多邀时髦的歌星、影星、笑星助兴演出。于是乎，一批红极一时的"星"，穿梭于大江南北，忙得不亦乐乎；而其出场价码也被越"炒"越高，以至高到令人惊诧的程度。

但最近在四川成都举行的中国电视剧"飞天奖'（第十三届）颁奖活动则别开生面。它严格遵循广播电影电视部领导提出的"隆重、俭朴、注重实效"的原则，办得相当成功。

它主题鲜明，内容集中。近两小时的颁奖晚会，所有节目均围绕历时十三届的"飞天奖"做文章。有回顾中国电视剧发展历史的历届"飞天奖"获奖剧目的主题歌联唱，有针砭那种"谁拉来赞助谁当导演"之风的讽刺小品，还有本届获奖演员各自献上自己的拿手好戏，等等。

它不追时髦，不外请"大腕明星"。整场演出，无论是本地涌现出来的青年男女歌手的联唱，还是荣获本届"飞天奖'的编、导、演、职员的演唱、表演，都充溢激情，感人肺腑。台上台下，汇成一片弘扬爱国主义、社会主义、集体主义的情感的海洋。

这次颁奖晚会，由四川电视台现场直播，获得了颇高的收视率。

由此，我联想到：人们对青少年中近年出现的所谓"追星族"已有不少议论，但进一步深究，就不能不指出"追星族"的大批产生，确实与那些五花八门的吹"星"捧"星"的文艺演出（其中当然也包括颁奖晚会）的错误导向有关。畸形的吹"星"捧"星"，不仅耗费巨资，贻误了青少年，而且也害了这些"星"本身。当然，还可能有个别人从中发不义之财。第十三届中国电视剧"飞天奖"这样的颁奖晚会，体现了正确的导向，有利于培养新人，实在值得大力提倡。

1993-12-09

"老歌"与"老戏"的启示

　　我大致算是个"音盲"，于唱歌是十足的门外汉，但最近连续听到几起关于歌曲的议论，茅塞顿开，似有所感，于是信笔记来，对"议论"发点于唱歌之外的议论。

　　一起是，在某场纪念毛泽东百年诞辰的歌曲演唱会上，主持者原来打算大部分选用新近创作的歌曲，而有智者建议，鉴于许多歌颂毛泽东丰功伟绩的歌曲已深入人心、有口皆碑，因此不如改为大部分选唱这些为人们所熟悉的歌曲。主持者采纳此议，演出效果极佳，全场共鸣，掌声雷动。然而在彩排时，因压轴的歌曲选用的是一支新创作的歌曲，剧场效果并不理想，正式公演时，改选郎朗上口的进入万户千家的《歌唱祖国》，剧场效果才大为改观。台上台下，此唱彼和，在一片"歌唱我们亲爱的祖国，从今走向繁荣富强"的时代强音中，把整场演出推向了高潮。

　　另一起是，中央电视台第一套节目每天清晨颇受欢迎的"东方时空"专栏里，设有"金曲榜"，而"金曲榜"中则辟有"栏中栏"叫"新歌快递"。恕我直言，几位对歌曲颇有研究的朋友告诉我，由这里"快递"出来的"新歌"，恐怕大多是趋时之音，此类歌曲很难说有多少首能经得住历史检验而流传开去。与此形成强烈对照的，倒是"金曲榜"中推荐并反复播出的那些已经为广大观众熟知了的百唱不厌的优秀传统歌曲，赢得了普遍赞誉。

由此，我联想到老戏迷们管看戏叫"听戏"，尤其喜欢"听老戏"。"老戏"者，即那些经过历史和长期鉴赏实践筛选而保留下来的优秀传统剧目也。"听歌"与"听戏"，从接受美学的角度考察，恐怕有一种带有规律性的现象值得研究，那就是：接受群体喜欢接受那些真正经历过历史检验和筛选的有生命力的精品，而且百听不厌，愈听愈爱，一曲《红岩上红梅开》，一曲《洪湖水浪打浪》，或一出《打渔杀家》，一出《武家坡》，都是如此；相反，对于新创作的歌曲或新编的戏曲，要使广大观众接受并传播开去，除其本身的艺术质量外，还有一个经受历史检验和群众鉴赏实践筛选的过程。

我以为这里面有一个如何对待新歌与老歌、新戏与老戏的问题。创作新的作品，当然是时代的需要、人民群众的需要；但在新的时代环境和时空条件下继承、传播那些经过历史检验和人民群众鉴赏、实践筛选而流传下来的优秀之作，应该说也是时代和人民群众的需要。文艺传统是源远流长、经久不断的。继承和发展优秀的民族文艺传统，就是弘扬优秀的民族文化；而这种继承和发展，本身就孕育着创新——植根于民族优秀文化的肥土沃壤里的坚实的创新。我想，从理论与实践的结合上弄清这一点，不仅于歌曲与戏曲的繁荣，而且于整个社会主义文艺的繁荣，都是有益与必要的。

1994-02-03

为何游戏人间？

　　最近，连续从《光明日报》上欣赏到著名漫画家华君武先生的两幅精彩作品：《抓你没商量》与《"何不游戏人间"图解》。作为一名电视艺术工作者，我深为漫画蕴含的尖锐犀利而又充满善意的讽刺力量所震撼。

　　这两幅漫画，旗帜鲜明、一针见血地针砭了时下被某些舆论"炒"得颇热的个别电视剧和流行歌曲。被针砭的其电视剧的主题歌唱道："何不游戏人间，管它虚度多少岁月；何不游戏人间，看尽恩恩怨怨；何不游戏人间，喔，管它风风波波多少年……"在这里，为古今中外一切有志者唾弃的那种游戏人间、玩世不恭的人生哲学，竟堂而皇之地以最易流传的电视剧主题歌形式被反复吟唱，岂不怪哉！

　　我们正处于继往开来的伟大变革时代，正从事改革开放和社会主义现代化建设的宏伟大业。在不久前召开的全国宣传思想工作会议上，江泽民总书记代表党中央，向全党全国人民发出了"以科学的理论武装人，以正确的舆论引导人，以高尚的精神塑造人，以优秀的作品鼓舞人"的振奋人心的号召，并要求文艺创作继续坚持"二为"方向和"双百"方针，弘扬主旋律，坚持多样化。正当广大文艺工作者积极响应党的号召，深入生活，以高质量、高品位的精神产品奏响时代主旋律时，我们却从许多家电视台的荧屏上听到了"何不游戏人间"

这种与时代主旋律的不谐调音，怎能不令人感愤！

我以为"寓教于乐"揭示了文艺社会作用的一般规律。不论你是否承认，人们在欣赏文艺作品获得的"乐"中，都在自觉不自觉地接受一种"教"——不是正确的文明的"教"，便是错误的愚昧的"教"。我们应以文艺作品鼓舞人，尤其是青少年一代，惜时如金，奋发进取。而"何不游戏人间"，不以虚度年华为耻的玩世不恭的人生态度，显得何等卑微！

"何不游戏人间"绝非"唱唱而已"，我们应当从中省悟到的是：其一，冰冻三尺，非一日之寒。电视剧在主题歌里唱出"何不游戏人间"的人生哲学，我以为并非偶然，是较长时期以来，对某些文艺作品中实际上早已存在的那股程度不同的宣扬"痞"气十足、游戏人生哲学的创作思潮，缺乏及时的、科学的、有力度的批评的一种惩罚。其二，亡羊补牢，未为晚矣。如果我们今天再不呼唤强有力的批评而任其泛滥，那么，中毒者轻则如《"何不游戏人间"图解》中那位悠然自得的睡卧摇扇者，在吟唱中把社会责任感压在身下、抛于脑后；重则如《抓你没商量》中那位戴铐受审者，身陷囹圄，再也"潇洒"不得！这绝非危言耸听。

至于说"观众爱听、爱唱，何乐而不为"，我以为这本身就是一种缺乏社会责任感的说法。对某些爱好我们不应消极顺应。因为消极顺应的结果，是势必强化这本来就不健康的欣赏趣味；而被强化了的这种趣味，又势必反过来刺激生产更消极的精神产品。适应的目的是为了提高，为了提高而去适应，才符合建设社会主义精神文明的战略需要。我们理应用更多优秀的文艺作品，去培养和造就我们伟大民族的高尚文明的欣赏习惯和审美心理。这是一个更为艰巨的具有深远意义的文化建设任务。

1994-03-31

从倪萍的一番自白说起

灯下，翻阅《银幕天地》，见一篇关于中央电视台节目主持人倪萍的专访，题为《贤惠的主持人》。文中言及倪萍"省己"，云："我的人生经历决定了我没有从小背唐诗的缘分。我是1966年入小学的，那是一个不学文化的年代。虽然我如今也算是大学毕业生，但毕竟我只是一个没有多少文化的电视节目主持人；而真正要主持好节目，确需要主持人具有丰富的文化知识。因此，我总想赶快充实自己，尽快当一名名副其实的有文化的主持人……"

这话何等坦诚！须知，人贵有自知之明，本身便是有文化素养的一种标志。尤其是像倪萍这样的恐怕可算是国人妇孺皆知的知名度很高、其位颇"显"的名人，不仅不昏昏然忘乎所以，而且能严于解剖自己，清醒地认识自己的不足，殊为可贵。这实际上已经预示着超越自己的开始。我深信倪萍通过如饥似渴的学习，她的知识必将更加充实、审美感觉必将更加敏锐、主持技巧必将更加娴熟。到那时，关于她的下一篇专访，题目便似应改为"睿智、聪慧、幽默的主持人"了。因为"贤惠"之于主妇，"睿智、聪慧、幽默"之于主持人，好像才更各得其所，也才更为贴切和更富有文化品位。

倪萍的这种"省己"精神，我认为源于宝贵的"忧国"意识。宋朝大诗人陆游在《病起书怀》中说："位卑未敢忘忧国"。古代爱国主义者尚能如此，何况当今我们这些肩负着改革开放时代历史使命的电视艺术工作者！倪萍当然不能算"位卑"。想当年，她演过话剧，拍过电影，虽小有名气，但与如今通过电视荧屏而赢得的知名度相比，差之远甚。其位也"显"，而位"显"亦不忘忧国，这才是"省己"的必要性的体现。"吾日三省吾身"，愈"省己"，愈深感党和人民之重托、国家民族之厚望，便愈"忧国"；而愈"忧国"，便愈深感自身精神文化素质之不足，也就愈加严于"省己"。如此循环往复，人自身素质在不断提高，于国家于人民的贡献也在不断加大。

其实，扩而言之，在诸般文艺形式中，恐怕以覆盖面之广、渗透性之强、影响力之大论，电视艺术要算是首屈一指的。说它"君"临文坛，诚不为过。一台春节电视文艺晚会，可以拥有8亿观众；一部如《渴望》《情满珠江》这样的长篇电视剧，也能赢得好几亿观众的观注。这可以说是世界艺术鉴赏史上的奇观。所以，称电视艺术工作者在整个文艺界其位也"显"，亦有道理。电视艺术节目质量的高低，严重影响着11亿民众的审美情趣和文化素质；而电视艺术工作者自身思想文化素质的高低，又直接决定着电视艺术节目质量的高低。地位显赫，责任重大。因此，愿我们一切电视艺术工作者，都能像倪萍那样"省己"与"忧国"。"位'显'怎敢忘忧国"——我们理当如是说。

1994-04-21

《三回娘家》与《三星高照》

近日，有幸参加第八届全国电视文艺"星光奖"评选，大饱眼福，集中看了不少优秀节目。山西电视台的一台《走向繁荣——1994年迎春晚会》，给人印象极深，但其中有两个反差甚大的节目，值得一议。

一是土生土长的山西歌舞《三回娘家》。我是"舞盲"，舞蹈语汇知之甚少，但此舞我却看懂了。那浓郁的乡土气息，那铿锵的改革旋律，那个性鲜明的"晋风晋味"，确实令我陶醉于难得的审美愉悦之中。一回娘家，赶的是"毛驴"；二回娘家，骑的是"自行车"；三回娘家，开的是"摩托车"。这从一个独特的视角，反映出改革开放给山西农村生活带来的从物质形态到精神形态的深刻变化。这样的表现改革开放和现代化建设的具有艺术魅力的舞蹈，受到观众热烈欢迎，实乃必然。

二是纯属外来的莫名其妙的《三星高照》。何谓"三星"？一看，方知是时下走红的三位影界笑星。本来，像这样的迎春晚会，邀请几位著名笑星助兴，无可厚非，且能让广大观众开怀大笑，何乐而不为？但重金"走穴"，漫天要价，却不在此列。我不知道这"三星"可是靠重金请来，但"三星"的表演，实在不仅令人扫兴，甚至叫人作呕。我敢断言，"三星"匆匆赴邀，下车伊始，便登台胡诌。荧屏成了他们贫嘴的战场。且举一例：扮老师的"星"拿腔拿调道："我在等你吗？"扮学生的"星"便装痴卖傻地应成："我在等你妈！"于是，接下去的"星"就脱口而出："别告诉你爸！"一次不够，还来二次。一"星"道："我爱你个够！"另一"星"却应成："我爱你个狗！"再一"星"索性改为："我抱你个狗！"语言不过瘾，还伴以滑稽动作。媚俗、低级，是让人捧腹，还是叫人生厌？失之于油滑，把贫嘴当幽默，这不能给人美感，而只能叫人败兴。

《三回娘家》与《三星高照》，一正一反，发人深省。看来，办电视文艺晚会，还是要提倡立足本地，发挥地方优势，保持审美上的高格调、文化上的高品位。那种盲目请"星""走穴"，甚至不惜重金，效果未必灵验！

1994-06-09

弘扬主旋律 荧屏更生辉

——1993 年度"五个一工程"入选电视剧漫评

精神文明重在建设。当今中国,诸般文艺门类中,依附于现代化传播媒介的年产量已达 6000 集的电视剧,已经成为人民文化鉴赏活动的一个不可缺少的主要方面,在整个国家和民族的精神文明建设中起着越来越重要的作用。中国堪称世界上电视剧艺术的生产大国和消费大国。进入社会和家庭的 2.48 亿台电视机所拥有的近 8 亿观众,深情呼唤和期盼荧屏能为他们提供更多的具有较高思想品位和艺术质量的电视剧,以满足他们日益增长的丰富多样的精神文化需求。正是在这样的情势下,由中共中央宣传部主办的 1993 年度精神文明建设"五个一工程"入选的 18 部电视剧佳作,顺民心、合民意地应运而生了,使我国的社会主义荧屏真正唱响主旋律,呈现出更加绚丽多彩的灿烂景观。

作为应聘的一名评选委员,我有幸集中系统地观赏了这批优秀的电视剧,受到深刻的启迪,得到丰富的审美享受。

唱响时代主旋律　坚持风格样式多样化

　　唱响主旋律，坚持多样化，是这批入选电视剧佳作的一个显著特色。我们党和人民在新的历史时期坚持建设中国特色社会主义的理论和党的基本路线的伟大实践，高举爱国主义、集体主义和社会主义的旗帜，从事改革开放和现代化建设的伟大事业，推动民族团结、社会进步和人民幸福，用诚实劳动争取美好生活，这是当今时代的主旋律。现实生活客观存在这样的主旋律，电视剧艺术作为社会生活的能动反映的产物，理应唱响时代的主旋律，以振奋人民精神、鼓舞群众斗志、凝聚民族力量和激发社会活力，推动历史前进。这批入选的电视剧，题材广泛，形式各异，风格多样，尽管各自所取得的思想、艺术成就也还有高低之分，但共同为主旋律文艺创作赢得了声誉，也为社会主义文艺如何唱响主旋律、坚持多样化提供了一些具有普遍意义的宝贵经验。

　　第一，文艺要唱响主旋律，就要遵照社会主义精神文明建设的战略需要和文艺发展的自身规律，组织优势兵力，加强宏观调控，重点创作出一批"讴歌改革开放和现代化建设的有艺术魅力的精神产品"，如电视剧《大潮汐》《情满珠江》《神禾塬》《颍河故事》《大地缘》《天缘》《儒商》《喂，菲亚特》等。这就要求创作者必须老老实实地从改革开放和现代化建设的现实生活出发，亲身感应和体验时代的主旋律，自觉地运用自己擅长而独特的审美方式，从铿锵激越、丰富多彩的主旋律生活中汲取题材、主题、情节、语言、诗情和画意，满腔热情地讴歌主旋律。这是繁荣主旋律文艺创作的根本道路。拿《大潮汐》来说，剧作就出自活跃在国有大、中型企业转换经营机制的变革生活第一线的上海工人文化宫创作组的工人作者之手。他们直接感应着改革时代主旋律的脉搏跳动，剧作从改革生活中来，又回到改革生活中去，集思广益，反复修改，精心打磨，从我国经济体制改革的最困难、也是最关键的部位写起，念好了一本难念的"经"，真实而形象地展示出"远东电器厂"以改革精神转换经营机制绝处逢生、在走向市场中再创辉煌的催人奋进的历程，从一个强有力的角度唱响、唱好了时代主旋律。

第二，文艺要唱响主旋律，还必须坚持主旋律与多样化的辩证统一，有主有副，主副互补，相得益彰，这是符合辩证法的发展之道的。即使是主旋律创作自身，也应力求做到题材、风格、形式的多样化，并融入创作者对新的审美意识、叙事方法、语言技巧、表现手段的不断探求与创新，以卓有成效地增强主旋律作品的艺术魅力。毋庸讳言，唱响主旋律，确有一个在创作题材选择上如何从总量和比例方面突出重点地进行宏观调控的问题，而如果仅仅把主旋律狭隘地理解为只是个题材选择问题，甚至认为突出主旋律就势必造成单一化、概念化，那就错了。因为那样不仅会束缚艺术创作思维的天空，而且也不符合创作的实际。我们是题材重点论和有差别论者，而绝不是题材决定论者。"五个一工程"的这批入选电视剧就以雄辩的事实证明：鼓励重点选择改革开放和现代化建设的题材并努力创作出这类具有多样化形态的有艺术魅力的优秀作品，是必要而可行的；但认为只有选择改革开放和现代化的题材才能唱响主旋律，却是片面而不符实际的。这本是"唱响主旋律，坚持多样化"的题中应有之义。在这批入选作品中，唱响主旋律的电视剧，题材是多样化的——既有知难而上直面展示国有大、中型企业转换经营机制改革进程的攻坚力作《大潮汐》，有描绘当代农民改革"心史"的风情画卷《神禾塬》和《大雪小雪又一年》，有再现城乡改革的历史风云的《情满珠江》和《喂，菲亚特》，有为献身于祖国航天事业或农业科技事业的知识分子传神写貌的《天缘》和《大地缘》；又有为荣获卫生部颁发的第一枚"白求恩奖章"的白衣战士赵雪芳纪实的《一个医生的故事》，为默默耕耘于偏僻边远的山区驿站的人民信使讴歌的《遥远的驿站》和为"华侨旗帜、民族光辉"的陈嘉庚立传的《侨魂》；还有旨在进行革命斗争历史教育、革命传统教育和弘扬爱国主义、革命英雄主义精神的《大进攻序曲》《豫东之战》和《解放云南》，从不同领域、不同角度全方位地唱响了时代主旋律。这些佳作，其艺术风格和表现形式也各呈异彩——《大进攻序曲》气势磅礴，《大潮汐》雄浑凝重，《一个医生的故事》平实无华，《神禾塬》厚实悲壮，《豫东之战》武戏文唱，《儒商》跌宕曲折，《遥远的驿站》于抒情中蕴含哲理，《大雪小雪又一年》在叙事里透示真情，尤其是《情满珠江》把"主旋律"的思想内容与通俗剧的艺术形式相当完美、和谐地统一起来，情满珠江，情溢荧屏，情通广大观众的心田……正如邓小平同志所指出的："雄浑和细腻，严肃和诙谐，抒情和哲理，只要能够使人们得到教育和启发，得到娱乐和美的享受，都应当在我们的文艺园地里占有自己的位置。"

唱好时代主旋律　塑血肉丰满的新人形象

唱好主旋律，着力塑造好血肉丰满的各种各样的人物形象，尤其是社会主义新人形象，是这批入选电视剧的另一显著特色。主旋律能否真正唱好，即主旋律创作能否真正具有艺术魅力，关键在于所塑造的人物形象是否真正具有真情、个性和典型性。这就要求创作者处理好展示历史进程与刻画人物的思想、心理、情感演变轨迹的关系，努力实现两者的有机统一。既要写好"历史变革中的人"，也要写好"人自身的变革"；要把握好人物精神世界的"质的规定性"与"性格的复杂性"的"度"，准确地表现人物的理想、信念与情操，旗帜鲜明地高扬爱国主义、集体主义、社会主义。《大潮汐》的力度，正表现在它对"远东电器厂"改革开放的历史进程的具体描写，与对秦世坤、杨天雄、安妮、康二宝等人物的世界观、价值观、道德观的嬗变轨迹的艺术再现，是同步进行、互为表里的。前者为后者提供了时代背景和文化环境，后者又反过来强化了改革开放的时代精神和社会氛围。两者绝非相互游离，而是水乳交融的现实生活整体的两个方面。这样，秦世坤与杨天雄等人物的真情、个性与典型性，都得到了较充分的体现。秦在困境中惊醒反省、调整自身的精神格局，从不适应社会主义市场经济体制建立的需要到主动适应，出以公心，忍辱负重，奋力拼搏，终于依靠科技、依靠群众，超越自我，追上改革时代的步伐，后来居上，重振老厂长的雄风。相反，杨天雄这位曾得风气之先、在改革大潮中风云一时的"弄潮儿"，尽管踌躇满志，锐气逼人，但终因自身的文化准备、道德准备和整体素质准备不足，被滚滚向前的改革大潮所淘汰。这两位人物的精神走向所具有的典型意义，深刻地揭示出建设中国特色社会主义的宏伟大业的历史前进的必然趋向，因而具有强烈的思想启示力和艺术震撼力。

《神禾塬》的深度，正在于成功地塑造了当代农村急剧变革中思温老汉及其两个女婿——大魁和丙南，这三个具有深刻历史文化内涵的有典型意义的人物形象。思温老汉是传统文化和道德人格的化身，伴随着改革开放的深化和市场经济的繁荣，他难于实现自身精神格局的自觉调整，由辉煌而暗淡，终于走向衰落；大魁紧随时代潮流，不断超越自我，既继承思温老汉道德人格中至今仍闪光的一面，又绝不拘泥于传统文化的旧框而不敢轻越雷池半步，终于成为乡村改革的带头人；而丙南虽然观念超前，巧于权变，一时得势，但终因笃信利己哲学，由自卑自负而自残，为历史所抛弃。三个人物，代表着三种不同的人生态度、生存方式和文化指向，实际上是中国当代农民在改革大潮中现实命运的缩影。唯其如此，观此剧令人荡气回肠，思绪联翩。最值得称道的，恐怕要算是《一个医生的故事》塑造的赵雪芳形象了。党和人民培养了赵雪芳医生，是社会的幸事，赵雪芳医生的真人真事孕育了《一个医生的故事》，是艺术的幸事；选择奚美娟扮演赵雪芳医生，是这部电视剧的幸事。从真人真事到艺术典型，从现实生活中的赵雪芳到荧屏上的赵雪芳形象，这是了不起的审美创造。这个形象所具有的人格力量、艺术魅力、认识价值和审美价值，都将彪炳中国当代文艺史册。而奚美娟的美学追求及其艺术道路，对整个演艺界也具有普遍的借鉴意义。

　　愿"五个一工程"绵延久长，月积年累，筑起中华民族在当代蔚为壮观的精神文化长城！

1994-07-28

反腐力作

——写在电视连续剧《苍天在上》开播的时候

约莫年余前的一个深夜，作家陆天明破门而入，抱来 17 本剧作，那便是 17 集电视连续剧《苍天在上》。他激动地说："这是我深入生活后以反腐败为主题的呕心沥血之作，但能否投拍，议论纷纷，请阁下过目，讲讲公道话！"

我深知自己人微言轻，于事无补，但为同志谊、朋友情，也为工作计，自然奉命拜读。谁知一捧在手，便不忍释卷，竟通宵达旦，一气读毕。我也真的动了情、入了戏，当即写了四字评语：反腐力作。

按照我极有限的人生审美经验，阅读文艺作品，倘不动情、无冲动，那么，作家艺术家在作品中对生活的审美发现，一定尚未超越我有限的审美经验；倘动了真情、产生了不能自已的冲动，那么，作家艺术家在作品中对生活的审美发现，则一定超越了我有限的审美经验范畴而给我以始料不及的启迪和享受。《苍天在上》正属于后一类作品。

如今，《苍天在上》已拍竣开播。我又自然地成了先睹为快者。反腐倡廉，是攸关党和国家命运前途和生死存亡的大事，举国关注，亿民心系。唯其如此，《苍天在上》以艺术家可贵的胆识，为国呐喊，代民立言，深刻地触及这一重大主题，它受到广大观众的瞩目，也就在情理之中。这倒绝非印证了所谓"题材决定论",而是因为它不独题材重大,且人物形象塑造颇具新意,故事情节引人入胜,艺术魅力感人至深。

说它人物形象塑造颇具新意,是指在新时期荧屏画廊里又增添了市委书记林成森、代理市长黄江北、公司女经理田曼芳以及从头至尾虽未出场却一直"阴"魂不散的田副省长等新的"熟识的陌生人"形象。这些人物形象,绝非那些一出场便能料定其后来乃至结果的角色,而是内蕴着鲜明的时代特色和颇为深广的社会内涵的个性化的角色,其性格的质的规定性和表象的复杂性得到了相当完美、统一的艺术表现。因而,伴随着跌宕起伏乃至有时扑朔迷离的戏剧化情节的发展,这些人物的性格、气质、人格得到层层深入的艺术展示,反腐倡廉的深刻主题也就自然而然地得到了具有力度的揭示。全剧的思想震撼力和艺术感染力均由此而产生。

说它故事情节引人入胜,我看在近几年来同类题材的电视剧中首屈一指。作品以章台市女市长、公安局局长相继突然死亡开场,受命于危难之际的年轻的代理市长黄江北上任查处疑案,卷入重重矛盾,冲突连冲突,悬念接悬念,最后在市委书记林成森的指导与群众的支持下,终于查清了案情,并揭露出田副省长及其儿子挪用1400万元公款炒股、贪污160余万元的重大罪行。作品以环环相扣的情节剧结构方式,不仅增强了对观众的吸引力,而且令人们在审美鉴赏直觉"惊险"之余,更进而获得一种理智上的"警觉":贪污腐败,祸国殃民!

尽管在荧屏上的《苍天在上》与观众见面之前,同名话剧与同名长篇小说已抢先面世,我仍愿意负责任地向观众举荐这部反腐力作。因为与同名话剧相较,它的篇幅容量更大,反映生活更深、广度更广;与长篇小说相较,视听化的结果使内容、人物具象化,直接诉诸观众的视听感官,从而产生了为阅读文学作品所难以替代的审美魅力。尤其是荧屏上的结尾处理,我以为更加发人深省,更具有艺术穿透力。它是发挥了电视连续剧审美优势的一部力作。所憾的是，与演技颇为出色的扮演林书记、黄市长的男演员相较，饰田曼芳的女演员在气质上似略逊一筹，影响了这个人物形象的魅力。

1996-02-24

第十六届"飞天奖"评委认为：
电视剧——宁肯少些也要好些

电视文化，"君"临当代。在我国，凭借着3000余座无线、有线和教育电视台，以及进入社会和家庭的2.8亿台电视机，其覆盖面之广、影响力之大，已为书籍文化难以企及。而作为电视文化的主干之一的电视剧，近10余年来，发展迅猛，年产量已由数十集跃升到6000余集。据不久前召开的全国电视剧题材规划会统计，1996年度计划拍摄的电视剧达10000余集，增长势头惊人。

电视剧创作产量激增，这固然是播出需求所致。那么多的电视台，那么多的播出频道，当然需要那么多的节目源。但是，国家的经济实力、人才准备，又显然不能适应和满足这种激增的需要。于是，在题材资源上的掠夺性开发，在设备资源上的超负荷使用，在人才资源上的以次充优，都相继发生了。这样生产出来的电视剧，思想怎能精深？艺术怎能精湛？制作怎能精致？于是，大量平庸的、粗制滥造的电视剧冲淡，乃至淹没掉为数不多的电视剧佳作的令人忧虑的现实，严峻地出现在我们面前了。

近日，刚参加完第十六届中国电视剧"飞天奖"的初评工作，有幸审看了参评的925集电视剧。这925集，是从1995年度全国生产的6000余集中优选出来的。尽管如此，评委们都不约而同地感到：

倘若集有识之士，严格把好投拍关，那么，其间约有半数恐不具备开拍的条件，果真如此，则可集中两倍的人力、财力，拍好余下的半数，促使这些作品的思想更趋精深，艺术更趋精湛，制作更趋精致。也许有人会问：这样做，产量岂不少了一半，电视台的播出需求又如何满足呢？我想：宁肯少些，也要好些。只需将这批更趋精品的电视剧重复播出一遍，岂不就等同于原来的播出量了吗！宁肯重复播出一遍好作品，而不把一半次品拿去充填播出时间，两相比较，后者不过呈现出一种表象的繁荣，而前者才会取得真正的最佳效益。

"飞天奖"的参评作品情况如此，推而广之，其余未能入选参评的 5000 余集作品，其思想艺术质量的整体状况当不如参评者，就更应作如是观。为满足人民群众日益增长的多样化的审美需求，电视剧当然要追求一定的产量。但归根结底，艺术是以质取胜的。一部《红楼梦》，其影响和价值远胜于十数部《续红楼梦》之类；荧屏上的一部高质量的电视剧，其影响和价值不也远远超过几十部同类题材的平庸之作吗？

1996-07-03

第十八届"飞天奖"评选札记

一、面前这份沉甸甸的第十八届中国电视剧"飞天奖"获奖名单，真实地展示出该年度（1997.4.16-1998.4.15）我国电视剧创作达到的较高思想、艺术水平，忠实地记录了该年度我国电视剧艺术工作者的劳作和实绩。从 166 部 1070 集参评作品中，经初评、终评的严格筛选，最后有 15 部 296 集长篇电视剧、15 部 102 集中篇电视剧、14 部 27 集短篇电视剧、12 部 48 集少年儿童题材电视剧、9 部 31 集戏曲电视剧榜上有名，分获特别奖和一、二、三等奖。此外，还有《香港的故事》获合拍片奖，《一曲难忘》等 6 部 12 集作品获译制片奖，11 部作品的创作人员分获 9 个单项奖。

以上获奖作品总计 72 部 545 集。没有数量便无所谓质量，而没有质量的数量却是没有意义的。公允地说，这批获奖作品在其"思想精深、艺术精湛、制作精致"上所达到的程度虽然还有差异，但质量均属好的和比较好的。按每年度共 52 周计，中央电视台的荧屏已完全能保证每周播放 10 集以上好的和比较好的电视剧新作了。

这一成绩，确实喜人。

二、反映时代精神、唱响主旋律的电视剧更加注重增强艺术魅力，追求有思想的艺术与有艺术的思想的和谐统一，是本届不少获奖作品的一个突出特色。

双双荣获本届长篇电视剧一等奖的《人间正道》和《难忘岁月——红旗渠的故事》，并驾齐驱，相映生辉。前者如黄钟大吕，气势磅礴地对一个经济尚不发达的中等城市的改革开放生活进行宏观描绘。唯其如此，前几集意欲铺陈这个城市改革开放面临着水、路、电诸方面尖锐复杂的矛盾，因而显得头绪纷繁，进"戏"不快，甚至令某些观众稍有厌烦。但我曾在南京参加过一次关于该剧的座谈会，几位任过市委书记的与会者却认为这前几集很有必要。他们说：在当今中国，倘要艺术地再现一个落后城市的全面改革，不正面揭示水、路、电诸方面尖锐复杂的矛盾，是既不真实、也不过瘾的。而《人间正道》的艺术魅力，正在于将人物置身于这诸种尖锐复杂的矛盾旋涡中，把镜头的焦距对准了以吴明雄、陈忠阳为代表的共产党人的伟大人格同以肖道清为代表的以权谋私的卑微人格在社会转型期的激烈较量，并形象地揭示出前者必然战胜后者的历史发展趋势，从而启示人们警惕后者对改革开放事业的破坏性，自觉为社会主义现代化建设创造良好的文化环境。为什么吴明雄、肖道清的大段台词并无说教之嫌，反而具有撼人心灵的艺术穿透力？那就是因为这是一种有思想的艺术与有艺术的思想的结合。《难忘岁月——红旗渠的故事》则以高超的政治智慧，拨开六十、七十年代"极左"思潮散布的迷雾，满腔热忱地讴歌中国农民在改造自然、建造红旗渠的奇迹中表现出来的自强不息、艰苦创业的民族精神，从而将历史真实性与时代主旋律熔于一炉。荧屏上艺术再现的是历史上的红旗渠精神，震撼观众心灵的正是当代伟大的抗洪精神。该剧在中央电视台播出，适逢其时，伟大的抗洪斗争取得了决定性胜利。"以优秀的作品鼓舞人"，又一次得到了生动体现。

三、43集力作《水浒传》，以其投入高、规模大、拍摄周期长、播出后社会反响强烈，其他参评作品难与其作同层次比较，故理所当然地被本届授予特别奖。

有一位学者提出要"封杀"这部重要作品，理由是改编者采用了多于 70 回本的形式，而将"英雄主义"主题变成"反投降主义"主题。窃以为不然。是的，大家都在讲"改编名著一定要忠实原著"。但真正意义上的"忠实于原著"文本自身，恐怕谁也难以做到。因为作为当代人的改编者，谁也无法令自己的思维与 400 多年前的施耐庵、罗贯中完全重合在一起。都言"忠实于原著"，其实忠实的都不是原著文本自身，而是改编者对原著的"理解"。（随便说一句，我曾在中国电影资料馆查阅过好几种不同版本的根据小说《汤姆叔叔的小屋》改编的电影故事片，改编者均称自己"忠实于原著"，但"忠实"的结果是各种版本大相径庭，究其缘由，恐怕只能解释为各位改编者所能忠实的，都不过是自己在所处的历史条件、文化背景下，从各自的视角切入后对原著的不同"理解"罢了。）

在创作上，我主张相互宽容。现在的问题是：应当循着改编者的"理解"思路去分析 43 集《水浒传》的创作得失。既然决定了要揭示"反投降主义"的主题，当然这主题就主要是通过塑造好宋江形象来体现。但遗憾的正是改编者对原著中宋江形象的精神、性格的演变发展轨迹表现得过于简单，甚至在相当程度上把这个重要人物当成了一种"投降主义"的意念——让他一上梁山便口口声声要"招安"。原著中宋江的"仗义疏财"少见了，"及时雨"少下了，"宋公明"也少"公"少"明"了。观众不禁要问：这宋江究竟靠什么来凝聚梁山众兄弟？须知，林冲、鲁智深、李逵、燕青、张顺……哪一个不是"官逼民反"、对朝廷有着深仇大恨的！他们能俯首帖耳地聚集在宋江一上山就鲜明亮出的"招安"旗帜之下吗？这就多少削弱了艺术的可信性。宋江形象塑造上的这一失着，直接影响了"反投降主义"主题的表现和开掘。此其一。

其二，为潘金莲形象塑造铺陈的 4 集多戏，也冲淡、影响了"反投降主义"主题的深化。恕我直言，改编者像是受了时下那股"开掘人性深度"的时髦思潮的影响，先是尽力表现她的美丽、善良、勤劳，后是充分展示她与西门庆成奸的"无奈"与"性爱的需求"——

这虽不及魏明伦笔下彻底翻了案的"潘金莲",也离原著中成为艺术典型的"淫荡之妇"相去甚远。魏明伦是另起炉灶,写的是与原著《水浒传》无关的川剧《潘金莲》,自可以注入当代意识另塑一位封建时代的"新女性";而电视剧是改编名著《水浒》,就必须忠实于名著的人物形象体系的整体设计。名著之为名著,其人物形象体系是不可动摇的,牵一发而动全局,现在这般"重塑",潘金莲自然令人同情,她与武大郎的婚姻就成了"畸形",不应维系,西门庆的介入也就有了几分理由,而武松的复仇岂不成了英雄气"短"?这一切,恐怕是改编者始料不及的吧?

　　昆曲《司马相如》博得评委们一致的高度评价,以全票当选戏曲电视连续剧一等奖。一是剧作好,二是导演好,三是表演好。该剧以成功的艺术实践较圆满地回答了较长时期以来困扰着戏曲电视剧创作的一个课题:当现代化的电视传媒手段与古老的戏曲艺术结缘产生新型的戏曲电视剧时,应当如何尊重和发挥戏曲艺术在源远流长的实践演进中日渐形成的独特的审美优势?比如,以虚代实,追求意象,以及独具东方审美意味的各种身段、水袖等等。我们当然不赞成完全拘泥于戏曲艺术舞台表演那一整套程式化的东西,而仅仅把电视摄像机当成被动记录的工具。(那样做,岂不成了戏曲舞台演出的现场直播或录播!)但毋庸讳言的是,时下相当数量的戏曲电视剧,都忽视尊重和发挥原戏曲剧种独特的审美优势,而几乎一律搞成了"话剧+唱"。这是很不利于弘扬优秀的戏曲艺术的。昆曲《司马相如》不是如此,它恰到好处地运用电视手段凸现了昆曲艺术独特的审美优势,让饰司马相如和卓文君的演员在荧屏上将原本在舞台上的唱腔、身段、台步、水袖都挥洒自如地表演到极致。这才是真正意义上的"昆曲电视剧",而非那种"昆曲唱腔+话剧"。

1998-11-19

努力实现有艺术的思想
与有思想的艺术的和谐统一

我很佩服电视剧《天下财富》的编导充满激情地反映当今改革开放大潮中急剧变化的金融战线生活的胆识与才华。艺术当然应给人以美感和愉悦，但艺术更神圣的天职，理应在以审美的方式帮助人更深刻地认识历史与现实，尤其是急剧变革的现实，从而激人更清醒地奋发进取。我不赞成时下有一种关于电视剧仅仅是一种"俗文化""快餐文化"的观点，认为电视剧的任务只能是供人"晚间消遣娱乐"之用。持这种片面观点的人，贬低像《人间正道》《难忘岁月——红旗渠的故事》《黑脸》和《天下财富》这样的唱响时代主旋律的作品的认识价值和审美价值，而视某些远离历史生活与现实生活的真实臆造的逗乐嬉闹的戏作为电视剧创作的正宗。

这是一桩必须辨明的是非。《天下财富》的播出，为我们弄清这一是非提供了宝贵的启示。

启示之一，是我们应当从有利于凝聚和激励全民族，有利于为改革开放和现代化建设营造良好的文化环境的战略高度，来认识作为中国特色社会主义文化的重要组成部分之一的电视剧艺术在整个精神文明建设中的地位和作用。《天下财富》迅疾地把金融战线变革、国企改革、股市风波的新鲜现实生活艺术地再现于荧屏，引导观众进入了一个或未知或未能深知的崭新领域，寓教于乐，寓意于情，增进知识，开启智力，有助于培养造就一种深刻而非肤浅、沉稳而非浮躁、幽默而非油滑、老实而非投机、健康而非媚俗的人文品格和审美习惯，这攸关整个国家文明程度和整个民族精神素质的提高。

启示之二，是我们应当着力增强唱响时代主旋律的电视剧的艺术魅力。为什么持上述片面观点者那么振振有词？其理由之一便是他们视为电视剧创作正宗的那些游戏之作"收视率高"，而唱响主旋律的作品"收视率低"。自然，即便是再重大的现实变革题材，倘拍得公式化、概念化，缺乏艺术感染力，收视率很低，那主旋律是无法唱响的。毋庸讳言，《天下财富》的前几集，艺术节奏似欠紧凑，进"戏"较慢；往后看，则吸引力逐渐增强。这说明，艺术性的高低，直接关系着作品对观众的吸引力。对于作为审美对象的作品来说，我们追求的思想性，不是单纯的理性思辨和说教，而是艺术化了的思想；我们追求的艺术性，也不是单纯的形式美和关在象牙塔里孤芳自赏的技法技巧，而是蕴含着思想的艺术。

启示之三，是我们在繁荣文艺创作、营造良好的文化环境时，应当力求多一些辩证思维。一方面，我们理应鼓励作家艺术家与人民群众心贴着心，充分尊重读者观众的审美需求和鉴赏习惯；另一方面，我们同时也理应把着眼点放在不断提高整个民族的精神素质和审美修养上，适应是为了征服、为了提高，千万别忘记鲁迅先生关于"改造国民性"的伟大箴言。那种一味消极顺应某些读者观众中尚存的落后的、不健康的审美需求和鉴赏心理，以发行率、收视率的高低为判断作品成败唯一标准的观点，是完全违背社会主义精神文明建设宗旨的。

1999-03-04

也谈潘小扬的创作道路

记得早在潘小扬拍竣《南行记》之时，我即力主他为《南行记》从小说到电视剧出本专集。理由是倡导电视文化与书籍文化结缘互补，既有利于敦促电视剧主创人员改变因从一个拍摄现场连续转战于另一个拍摄现场而养成的"坐不下来，谈不进去，想不深入"的思维方式和习惯，"逼"着他们动笔动脑，在"热运行"的基础上进行"冷思考"，以提高自身的思想素质、文化修养和审美能力；又有利于为至今仍主要处于散兵游勇状态的中国电视剧理论批评工作者们提供稍纵即逝的荧屏形象之外的书面的研究文本，以提高其研究质量和批评水准；还有利于广大观众在荧屏鉴赏之余手执一本，反复阅读，深入品味，以培养良好的审美习惯。果然，中国电影出版社慧眼识金，出版了《〈南行记〉：从小说到电视剧》，收到了一举而三得之效，为出版界、电视界所称道。如今，潘小扬在中国电视剧制作中心领导的大力支持下，又在《人间正道》誉满屏坛之后为之出书，显示出善于总结、不断进取的艺术锐气，实在是可喜可贺。

在我看来，潘小扬是中国电视剧界一位不可多得的锐意创新的导演。用来华参加"中国四川国际电视节"任评委的日本放送批评恳谈会理事长志贺信夫先生的话来说，叫作"一位有野心、有追求、有才华的导演"。从发轫之作《巴桑和她的弟妹们》到入上海戏剧学院师从余秋雨先生深造后与几位同窗共同执导的形式感颇强的《希波克拉底誓言》，再到由重庆电视台调四川电视台后匠心独运地把艾芜名作《南行记》搬上荧屏，一步一个坚实的脚印，都在中国电视剧发展的历史上，占据了不应忽视的重要位置。如果说，《巴桑和她的弟妹们》主要体现了导演当时自觉向电影界盛传的巴赞、克拉考尔的纪实美学吸取营养并成功地实践于荧屏形象的审美创造，那么，《希波克拉底誓言》则主要体现了导演当时自觉向电影界的形式美学和造型美学吸取营养并创造性地融入荧屏形象的塑造，为电视剧语言扩大审美张力做出了成功尝试，而《南行记》不妨可以看作是导演较为娴熟地将纪实美学、形式美学与造型美学的营养交融、整合后浑然一体地运用于荧屏形象创造的一次成功实践，同时也标志着导演不仅自觉注重向电影，而且还自觉注重向作为审美创造基础的文学吸取营养。我这样粗线条地勾勒出潘小扬电视剧创作大体的美学追求轨迹，旨在说明他在年轻的中国电视剧发展历史上，确是一位有着清醒的鲜明的美学追求意识的导演。而这，是极为难能可贵的。

及至《人间正道》，擅长短篇创作的潘小扬勇敢地涉足长篇领域。此前，他的主要创作，包括实际上是由三个短篇系列连缀而成的《南行记》在内，都属短篇。这些短篇，因其艺术上的精致和美学追求上的鲜明，更靠近西方出现的那种"电影电视"（每部90分钟左右，用拍电影故事片的方法摄制出来供电视台播放）。虽然，他也执导过像《梦断青楼》这样的长篇言情剧，但仅仅是偶尔为之。由四川调京后，他受命执导周梅森的力作《人间正道》。这对他的艺术创作无疑是一次重要挑战。第一，从对短篇的精雕细刻到对长篇的宏观驾驭，是新的考验；第二，从侧重于以鲜明的美学追求制胜到必须把握深邃的历史意识方能制胜，是新的飞跃。潘小扬之所以为潘小扬，正在于他经受住了这种新的考验，完成了这种新的飞跃。《人间正道》堪称全方位地反映中国一个经济尚不发达的中等城市从市委、市政府领导机关到工矿、农村基层，从水、路、电建设到国企改革，从人事制度到经济体制等多方面的沸腾现实变革的一部力作，充分显示出导演对正在行进着的日新月异的变革生活的整体把握和对历史发展趋势准确洞察的能力。尤为可贵的是，导演灌注于《人间正道》中的深邃的历史意识与承接先前创作所练就的那种鲜明的美学意识水乳交融，互补生辉，令荧屏形象创造初步形成了有思想的艺术与有艺术的思想的和谐统一，从而产生出强大的思想启示力与艺术震撼力。作品超越了对现实改革具体历史事件进程层面的描写，镜头聚焦于以吴明雄、陈忠阳形象为代表的共产党人伟大人格与以肖道清形象为代表的假公济私的卑微人格的激烈较量，揭示出前者战胜后者的必然趋势，凝聚、激励全民族营造良好的文化舆论环境以推动改革开放和现代化建设的宏伟大业。所以，我愿把《人间正道》看作是导演潘小扬积《巴桑和她的弟妹们》《希波克拉底誓言》《南行记》之创作经验在艺术生涯中的又一次新的登攀。事实证明：他的历史观、美学观及其艺术风格，都在前进的征途上更趋成熟了。

闻听有人因《人间正道》而把潘小扬称为"主旋律导演"，甚至惊呼"潘小扬失去了自己的风格"。窃以为不然。作为"中国十大杰出青年"之一的潘小扬，以电视剧艺术讴歌时代主旋律，本来就是其义不容辞的神圣职责。不独《人间正道》，就是《巴桑和她的弟妹们》中西藏改革开放以来传统文化与现代文明的激烈碰撞，《希波克拉底誓言》和《南行记》中形象揭示的人生哲理，奏响的都是我们所处时代的主旋律。准确地说，潘小扬是一位"弘扬主旋律，提倡多样化"的导演。毋庸说《巴桑和她的弟妹们》《希波克拉底誓言》《南行记》中已为评论界一致肯定的多样化的艺术创新，即便是《人间正道》，其人物塑造和环境造型在表现手法上的多样化追求，也是不言而喻的。《人间正道》既揭示出当代中国改革开放和现代化建设的"正道"，也昭示出当今中国电视剧工作者进行艺术创作的一条洒满阳光的"正道"。

《〈人间正道〉：从小说到电视剧》就为我们研究这条"正道"，提供了可以反复阅读、深入品味的研究对象。

1999-04-29

下

辑

《咱老百姓》启示录

近十年来，电视短剧片头广告难带、投入资金难拉，其艺术生产力日趋萎缩，以至作为国家级政府奖的中国电视剧"飞天奖"不得不连续数届"优秀电视短剧奖"空缺。尽管广大观众和理论批评界一直呼吁加强电视剧短剧的创作，多年来却收效甚微。

面对如此严峻的现实，北京电视台以促进中华民族电视文化健康繁荣的战略眼光，摆脱世俗功利的羁绊，精心组织创作了百部电视短剧《咱老百姓》。这次成功的艺术实践，不仅为中国电视剧创作，而且为整个中国当代的文艺创作，都提供了具有普遍意义的宝贵经验。

一是组织创作。北京电视台深知：在题材资源上，最具地方特色、地方优势的"京味"富矿，便是北京老百姓丰富多彩的当代生活。《咱老百姓》题旨一定，便在题材资源的开掘上为作家艺术家敞开了发挥审美创造才干的广阔天地，与那股远离人民群众生活的"贵族气""脂粉气""殖民气"甚浓的题材选择严格划清了界限，至于具体的"写什么，怎么写"，绝不横加干涉；在样式资源上，"人所趋之，我必避之"。时下电视剧越拍越长，"注水"现象愈演愈烈，《咱老百姓》针锋相对，选择奇缺的短剧样式，求精求新。这样的资源配置，从题材到样式，集百部之势，形成气候，在全国电视界独树一帜。为了做好这部百部短剧，他们调集了文学界、电影界、电视界的一批专家，出谋划策，优势互补。他们与中国作家协会、北京市作家协会、北京电影学院、北京广播学院及其他兄弟电视台通力合作，使每个剧组都尽可能实现艺术生产力诸因素的优化组合，从而保证了创作的思想、艺术的质量。

二是注重处理好数量与质量、思想与艺术的辩证关系。对于艺术创作来说，归根结底是靠质量取胜的。百部电视短剧，数量可谓不少；且编剧、导演、演员各异，题材、风格、体裁不同，百花齐放，蔚为壮观。但我确曾担心：为求百部，恐难免前紧后松，参差不齐，甚或滥竽充数，质量不保。如今，事实证明，我这担心是多余的。百部之中，已荣获"飞天奖""星光奖""金鹰奖""春燕奖"和其他国家级、省级奖项的作品，近20部，还有40余部短剧，尚待新的世纪参加各种奖项角逐。在我看来，这种质量，是追求有艺术的思想与有思想的艺术的和谐统一。题材都是"咱老百姓"的当代生活，不论轻、重、大、小，都经作家艺术家的审美化、艺术化创造，开掘、提炼出有价值的思想、有意味的人生乃至耐人咀嚼的哲理。《拜师》《胜负攸关》《奶娘》《阿斯卡尔和他的舅舅》《工钱》《较劲儿》等都是如此。在这里，很少看到听到公式化、概念化的说教和思想贫乏的"为艺术而艺术"；拨动观众情感心弦的是艺术化了的思想与承载着思想内蕴的艺术。

三是妥善处理好适应观众的审美需求与提高观众鉴赏修养的辩证关系。有一种看法，认为电视剧艺术是"俗文化"，只能"从俗""媚俗"。其实不然。《咱老百姓》就绝非如此。百部电视短剧，大都格调很高，这是很不容易的。而且百部短剧，千姿百态，虽有粗细、文野之分，但总体上追求文化品位、审美格调，值得称道。描写老百姓的生活，不适应老百姓的审美需求，孤芳自赏，我行我素，是背离为人民服务方向的。但这适应有两种：一种是积极适应，为了提高去适应，正如著名美学家王朝闻先生所言，"适应是为了征服"；另一种是消极适应，一味媚俗，势必强化观众审美情趣中那部分落后、愚昧、不健康的东西，被强化了的这些东西又势必反过来刺激某些不清醒的创作者创作品位、格调更为低劣的作品，于是，精神生产与文化消费之间的二律背反即恶性循环便由此产生。《咱老百姓》以成功的艺术实践雄辩地证明：应当科学地认识收视率，清醒地追求收视率。

2000-11-09

繁荣电视文艺与发展先进文化

　　江泽民同志在党的十六大报告中指出："全面建设小康社会，必须大力发展社会主义文化，建设社会主义精神文明。"联系蓬勃发展的中国当代电视文艺的创作实际，认真学习、深刻领会、努力实践上述精辟论断，对于真正落实用"三个代表"重要思想统领电视文艺工作，促进电视文艺为发展先进文化做出更大贡献，极具现实意义和深远意义。

　　电视这种现代化的传媒，作为先进生产力发展的一种结果，与源远流长的文学艺术的各种门类结缘，产生了新兴的名目繁多的电视文艺品种，如电视剧、电视综艺晚会、电视音乐、电视舞蹈、电视戏曲、电视曲艺、电视小说、电视散文、电视报告文学等等。各种文艺形式一旦攀援上电视这种载体，其覆盖面和影响力就大大增加，新的生机与活力便随之产生。据统计，当今中国进入家庭与社会的电视机近4亿台，电视观众的日常拥有量逾11亿。中国年产电视剧近9000集，年产各类电视文艺节目逾10万小时。可以说，中国是当今世界电视文艺的生产和消费第一大国。在中国，电视文艺是人民群众的文化主餐，而绝非快餐。广大观众十分青睐电视文艺。一部如《渴望》《长征》这样的优秀电视剧或一台春节电视综艺晚会，能拥有数亿观众，这是其他任何一门文艺形式都难以企及的。从这个意义上讲，电视文艺在"大力发展社会主义文化，建设社会主义精神文明"中，起着别的文艺形式难以替代的重要作用。唯其如此，党和政府高度重视电视这种现代化的大众传媒，大力倡导电视文艺应"凝聚和激励全民族"，应"坚持弘扬和培育民族精神"。

电视文艺要为发展先进文化多做贡献，就必须牢牢把握先进文化的前进方向。"面向现代化"，是我们必须坚持的马克思主义的实践观；而"面向世界、面向未来"，则是我们必须坚持的马克思主义的时空观。"民族的科学的大众的社会主义文化"，是对先进文化性质的界定。电视文艺要旗帜鲜明地坚持"面向现代化、面向世界、面向未来的民族的科学的大众的社会主义文化"的方向，首先必须确保指导思想上的一元化，即确保马克思列宁主义、毛泽东思想和邓小平理论的指导地位，确保用"三个代表"重要思想统领整个电视文艺工作。这是年轻的中国电视文艺发展历史雄辩证明了的真理。拿电视剧来说，回首十多年前，中国荧屏上还是"日本巴西墨西哥，光夫幸子一休哥"，进口作品呈垄断之势；而今天，人民群众竞相争看的，变成了《三国演义》《和平年代》《突出重围》《牵手》《大雪无痕》《日出东方》《长征》《空镜子》《激情燃烧的岁月》等连绵不绝的国产精品力作。这些精品力作，主题积极，题材多样，风格各异，从不同角度弘扬了民族优秀文化，培育了伟大的民族精神；而在创作的指导思想上，概莫能外地坚持了马克思主义的历史观和美学观，因而都能投身改革建设的实践，扎根民族文化的沃土，吸纳世界文明的精华，站在时代发展的前沿，以新鲜的思想发现和独特的艺术创新去增强作品的吸引力和感召力。

电视文艺要为发展先进文化多做贡献，就必须坚持为人民服务、为社会主义服务的方向和百花齐放、百家争鸣的方针，坚持弘扬主旋律，提倡多样化。弘扬主旋律，提倡多样化，是"二为"方向和"双百"方针在文艺工作中的具体化。这对于面向大众、深入寻常百姓家庭的电视文艺尤其重要。主旋律是主导，多样化不可或缺，两者相辅相成，互补生辉。所谓主旋律，主要是指作家艺术家在创作的全过程中始终灌注的对人民、对时代、对历史的高度责任感和使命感，是作品中所体现出来的一切有利于改革开放和现代化建设的思想和精神，一切有利于弘扬爱国主义、集体主义、社会主义的思想和精神，一切有利于国家统一、人民团结、社会进步的思想和精神，一切用诚实劳动开创美好生活的思想和精神。所谓多样化，既指创作的题材、风格、样式要多样化，也指即使是弘扬主旋律的作品本身也要多样化。这是因为，伴随着人民群众物质生活水平的不断提高，其精神生活的需求也必然更加多样化、多层面和多方面。为了满足人民群众日益增长的精神文化需求，文艺，尤其是最有吸引力、创造力的电视文艺，必须与时俱进，感应时代的脉搏和人民的心声，以多样化的艺术风姿唱响时代主旋律。如果说，近十余年来中国电视剧艺术和其他电视文艺进步显著、受到人民欢迎的话，那么，重要的一条经验便是始终坚持了"二为"方向和"双百"方针，坚持了弘扬主旋律、提倡多样化。如果说，中国的电视文艺至今尚不能满足人民群众日益增长的多样化、多层面、多方面的精神文化需求的话，那么，重要的启示便在于必须进一步贯彻执行好"二为"方向和"双百"方针，必须进一步弘扬主旋律、提倡多样化。

电视文艺要为发展先进文化多做贡献，还必须坚持贴近群众、贴近生活、贴近实际，大力发展先进文化，支持健康有益文化，努力改造落后文化，坚持抵制腐朽文化，从而真正实现以高尚的精神塑造人、以优秀的作品鼓舞人。中国新时期电视文艺发展历史上曾引起社会轰动效应、引领人们奋发向上的优秀电视剧，从《渴望》到《激情燃烧的岁月》，都是注重贴近群众、贴近生活、贴近实际的，因而人们都能从荧屏上的刘慧芳、王沪生、石光荣、褚琴等具有典型认识价值和审美意义的艺术形象上照见自己和周围人的影子，引发强烈的精神共鸣和情感震荡，获得宝贵的思想能源。这些优秀作品，其思想内涵和社会意蕴都是审美化、艺术化而非公式化、概念化的，又是贴近群众、贴近生活、贴近实际的，所以具有强烈的吸引力和感召力，其艺术形式和表现形态又都是承载着深广的历史内容和新鲜的思想发现的，所以具有鲜明的时代感和厚重的历史感。追求有艺术的思想与有思想的艺术尽可能完善的统一，努力表达人民的心声，是这些优秀作品的共同品格。它们以其有艺术的思想和有思想的艺术，作用于广大观众的鉴赏心理，使观众得到快感，并进而升华至美感，得到思想的启迪和灵魂的净化，丰富了自身的精神世界。它们无愧为代表着先进文化的前进方向。毋庸讳言，荧屏上也存在少量电视文艺作品，它们仅仅满足于给观众以视听感官的快感和刺激感，甚至传播了落后文化和腐朽文化。它们远离群众、远离生活、远离实际，在"赵公元帅"指挥下或宣扬违背现实道德准则的"滥情风"，或胡诌违背历史真实和历史规律的"戏说风"，或鼓吹脱离民情民心的"豪华风"，消解和玷污了伟大的民族精神，完全背离了先进文化的前进方向。正反两方面的经验教训启示我们：是否自觉清醒地长期无条件地坚持深入群众、深入生活、深入实际，不仅关系到文艺作品的成败，关系到能否坚持先进文化的前进方向，而且关系到作家艺术家的艺术生命，关系到整个社会主义文艺事业的兴衰。

作为先进文化重要组成部分之一的中国当代优秀的电视文艺，其力量已经深深熔铸在伟大的中华民族的生命力、创造力和凝聚力之中。我们理所当然地应当自觉把繁荣电视文艺作为发展先进文化的一项重要任务。这既是高扬先进文化旗帜，建设中国特色社会主义文化的迫切需要，也是满足人民群众日益增长的精神文化需求，全面建设小康社会的迫切需要，更是实践"三个代表"重要思想，贯彻落实党的十六大精神的迫切需要。当今中国，国泰民安，繁荣昌盛，日新月异，英雄辈出。伟大的时代一定会孕育伟大的艺术精品，伟大的时代一定会催生艺术大家。党的十六大为我们扬起了新世纪的风帆，"三个代表"重要思想为我们指明了前进方向，人民群众全面建设小康社会的伟大实践为我们提供了广阔舞台和丰富源泉，党和政府为我们创造了良好条件，我们广大电视文艺工作者一定不辜负党和人民的期望，一定不愧对我们这个伟大的时代，一定能大显身手、大有作为！

2003-01-08

幽默进取　笑对人生
——评短篇电视剧《轻松一点》

中学生时代是人生难忘而又美好的阶段。如何引导广大青少年面对这段重要的人生，使自身向着更加自由而全面的方向成长，这不仅是当代教育学的一大主题，也同样是当代文艺创作肩负的一项神圣使命。新近在新加坡举行的"亚洲电视节"上一举夺得短篇电视剧奖的由潘小扬导演、中国电视剧制作中心与大连电视剧制作中心联合摄制的《轻松一点》，就在这方面进行了有益的探索，给人以宝贵的启示。

这是一部以审美方式形象展示变应试教育为素质教育的艰难进程的电视剧。为了开启学生的创新思维能力，某中学高中班的语文教师有意让同学们在紧张的"选拔考试赛"期间按照现代观念创造性地改编排演传统戏曲故事《鸿门宴》。这对习惯于按应试教育轨道思维的人们来说，确乎感到既意外又有些荒唐。但正在这排演与考试的冲突中，极富人生意味的故事发生了。一贯成绩优异、考试名列前茅的康健居然一落千丈、排名百人之后！是排演或打球影响了学业？不是。原来，是康健的家庭生活变故使然。他父亲因不满原来的职业而辞职，想另谋更能发挥自己聪明才智的新的工作岗位；他母亲理解不了他父亲，不仅成天吵骂，甚至用康健的学业来反衬嘲讽他父亲的

"无能"。于是，同情并理解父亲的康健决定故意考砸，以"失败者"的身份在家中与父亲结成同盟，对抗母亲对父亲的不尊重。也许有人觉得康健的这种做法太"孩子气"，但正是由此，让他体味到另一种人生，体味到"失败者的痛苦"，醒悟出人文生态环境对每一个人的自由而全面发展的极端重要性。唯其如此，他才在老师的引导下，与同学们一起反传统戏曲故事《鸿门宴》之意，排演了呼唤改善成长生态环境（包括自然的和人文的）的幽默进取、笑对人生的新版《鸿门宴》。

传统戏曲故事《鸿门宴》写项羽刘邦之争，暗藏杀机，环境险恶。当代学校育人，理应追求和谐向上的人文环境，反对注入式，提倡启发式，培养学生的智商和情商，使受教育者在德、智、体、美诸方面都得到全面发展。《轻松一点》在揭示这种与时俱进的先进教育观念时，不说教，不概念化。它通过真实可信、有血有肉的人物形象塑造（如康健、周卉、吴克、陆小雅等）自然而然、水到渠成地呈现出来，因而具有较强的吸引力和感召力。康健的思维方式、情感逻辑和行为准则，细想起来，都是他所处的社会生活、学校生活和家庭生活综合作用的必然结果，都既出人意料又在情理之中。周卉与他的竞争、对他的情感，也不仅"度"把握得恰到妙处，而且都蕴含着启人心智的历史内涵和人性深度。如果说，面对这场"考试选拔赛"，周卉在智商上战胜了康健；那么，在情商和人格的尊严上，康健更显示出他的独特优势。智商与情商互补生辉，再加上强健的体魄和高尚的人格，那才更符合人的自由而全面的发展方向，也才能更适应改革开放和现代化建设的需要。须知，只有真正学会了做人，情商才能作为内在的强大驱动力，令智商发挥到最理想的状态，爆发出最可宝贵的创新能力。从这个意义上讲，康健的理解父亲、尊重人格，他的幽默进取、笑对人生，更富有现代感。

《轻松一点》在审美形式上独具一格，轻松诙谐，令人耳目一新。作为一种有意味的形式，它在视听语言上融动画、网络交流、戏曲表演等手段于一体，新鲜、别致、连贯、流畅，画面优美，节奏快捷，既富有当代少年的思维、行为特征，又充溢着现代社会的浓郁气息，很好地承载和深化了内容和主题。称它是有艺术的思想（内容）与有思想的艺术（形式）的较为完美统一的短篇电视剧佳作，诚不为过。

鲁迅先生曾有诗云："无情未必真豪杰，怜子如何不丈夫？知否兴风狂啸者，回眸时看小於菟。"观《轻松一点》，议育人课题，想想鲁迅先生这首语重心长的教育诗篇，真应当以他为光辉榜样，"自己肩住了闸门"，放下一代到广阔的天地里去，少一点不应有的沉重负荷，多一点轻松幽默、机智风趣，从而让他们在更加宽松和谐的生态环境里乐观进取，更自由而全面地发展、成长！

2003-04-02

《延安颂》的标志性意义

　　人类历史的经验值得重视。重大革命历史的经验尤其值得推动历史不断前进的人民重视。利用文艺形式再现历史或再现重大革命历史，历来是人类总结汲取历史经验或重大革命历史经验的重要方式之一。其中，最具中国特色、中国风格和中国气派的重大革命历史题材电视剧创作，格外引人注目。它不仅是中国当代文艺创作的重要一脉，而且也堪称当代文化创造中的一道亮丽的景观，是中国人民对当代人类文化做出的独特贡献。近几年来，《开国领袖毛泽东》《中国命运的决战》《日出东方》《长征》等优秀作品，不断把重大革命历史题材电视剧创作的历史品格和美学品格提升到新的台阶。而《延安颂》，正是继《长征》之后，又一部有艺术的思想与有思想的艺术相统一的历史品格和美学品格攀登上了新的台阶的具有标志性意义的重要作品。

历史思维与审美思维互补生辉

　　《延安颂》的标志性意义，首先体现在创作思维上。《延安颂》更娴熟地汲取历史思维的新鲜成果，消融到审美创造的全过程中，自觉内化为艺术想象与艺术虚构的创造性思维的不竭动力。在我看来，一切真正意义上的创新，都必须根源于哲学层面上思维方式的创新。历史思维与审美思维，是人类把握世界和历史的两种不同方式。历史学家凭借历史思维，主要通过考据、考证、调研手段，洞见历史细部的真实，并由此揭示出科学的历史精神和历史发展走向。但因为任何当代的历史学家，都无法也不可能将自己的思维与全部历史完全重合，因而就必然在科学地揭示出历史精神和历史发展走向的同时，也为当代人留下了大量的历史盲区。文艺家则需要靠自觉学习和汲取历史学家历史思维的科学成果，准确把握历史精神和历史发展走向，在此基础上调动自身审美思维的艺术想象与艺术虚构能力，创作出历史题材的文艺作品，去照亮大量的历史盲区，从而帮助当代人民形象地认识和把握历史，全面汲取历史营养，推动历史前进。因此，形象地说，历史思维发现了历史的骨架，审美思维充实了历史的血肉。两者各具优势，不可替代，互补生辉，相得益彰，从不同方面丰富了人类把握历史的方式。

《延安颂》创作的成功实践，令我们更深刻地认识了这一真理。可以说，没有中共中央文献研究室党史专家的鼎力指导，没有他们提供的延安这近十年的与日月同辉的历史的丰富史料以及对这段历史的研究和思维的新鲜成果，就不会有《延安颂》；同样，没有中央电视台与之强强联合，没有以编剧王朝柱同志为代表的创作集体自觉汲取和科学把握这些丰富的史料以及新鲜的历史研究和思维成果，并在此基础上充分展开艺术想象和艺术虚构的审美创造思维，也不会有《延安颂》。

譬如，剧集关于清算张国焘路线中毛泽东主席与时任红四方面军的军长许世友激烈冲突的戏，就至为精彩。显然，基本史实是靠科学的历史思维的新鲜成果提供的；但具体的场景、人物动作和细节设计，就是靠审美思维的艺术想象和虚构来完成的。许世友由于不太满意抗大"批张"扩大化，想拉队伍出去"打游击"，被关进了禁闭室。他提出死前要"带上自己的手枪"来与毛辩论一场。出乎众人所料的是,毛主席"不但准许他带手枪,还允许他手枪里装子弹"!怒发冲冠、执枪冲入撤了警卫的院子的许世友,只见处变不惊的毛泽东"蹲在地上,用心地和着稀泥",准备裹土豆烧烤款待他哩!接下去,围绕着毛泽东的"我要重新温习和稀泥的本事"这由头,双方的关系由紧张而渐变温馨。毛泽东说:"土豆不裹泥,一定会烤焦了;炉火烧得太旺了,就会把裹在土豆外边这层黄泥烤裂了;只有裹着黄泥的土豆放在这温热适度的火上烤,才能烤出喷香可口的土豆来。"这是多么形象而深刻的道理啊!毛泽东进而严肃地自省道:"由于我不会看处理问题的火候,也没教会红军指战员和稀泥的工作方法,让你许世友受委屈了!"一席话,令许世友"扑通一声双膝跪在了地上",拱抱双手,泣不成声:"主席,我许世友这一生就跟定你了!"……这场戏,活脱脱地展示出两位伟人思想、性格和心灵的激烈碰撞,既完全尊重了历史本质的真实,又活画出伟人超凡的人格魅力。其间"和稀泥烤土豆"细节的精心设计,便属艺术家在科学把握历史精神基础上的合情合理(符合人物性格逻辑、情感逻辑和行为逻辑)的艺术虚构,真可谓妙笔生花。《延安颂》里这样将历史思维与审美思维交融整合、互补生辉的成功范例,还不胜枚举。实践证明:艺术家对重大革命历史的审美反映,不止于历史的感知,更主要是对形象的感受,历史的感知须融入艺术感悟之中;不止于历史的判断,更主要是对形象的理解,历史的判断须融入直觉的形象体验之中。

善于变创作难点为艺术亮点

《延安颂》的标志性意义,是体现在创作精神状态上,坚持科学的历史观和健全的审美观,迎着创作难点上,善于把握好"度",把创作难点转化为艺术亮点。毋庸讳言,重大革命历史题材,唯其既重大又革命，因而作为审美表现的对象，基于政治的大局的现实的诸种复杂因素的考虑，必然会产生一些难于把握、难于处理的创作难点，需要我们慎之又慎。但是，面对难点，有两种截然不同的态度：一种是视为"禁区"，主张回避难点，以求"安全"；另一种是艺高人胆大，迎难而上，解放思想，实事求是地把握好"度"，努力并善于把题材难点变为作品的亮点。前一种态度创作，难点回避了，也"安全"了，艺术也就随之失去了"亮点"而沦入了平庸。这不仅在思想上背离了与时俱进的理论品格，而且在审美创造实践中也违反了艺术规律。从一定意义上说，艺术创作必须与时俱进，艺术家必须勇于为自己设置障碍并善于翻越这些障碍。审美创造本质上就是这样一种以审美方式进行的创造性劳动。《延安颂》的成功实践又一次印证了艺术辩证法的胜利。

《延安颂》所反映的这段历史的丰富性和复杂性，决定了这部颇具史诗品格的作品会遭遇不少的创作难点，如"张国焘问题""王明问题""肃反问题""清查扩大化问题""黄克功事件""王实味事件"以及毛泽东同志与许世友的冲突、与贺子珍的关系等等……所有这些，过去长期视为创作的畏途乃至禁区。因为倘若艺术处理不当、表现失"度"，就不仅会写歪了历史，而且会伤及领袖形象和党的形象。《延安颂》直面这些创作难点，真实营造历史氛围，精心设计艺术细节，准确把握表现分寸，靠审美创造把诸多创作难点转化为艺术作品中具有强烈吸引力和感召力的亮点。试看剧集中毛泽东主席与贺子珍分别前那场感人肺腑、催人泪下的戏——

贺子珍郑重地告诉毛泽东，她决定次日离开延安去西安"动手术，做绝育，取出身上的弹片"。毛泽东苦苦挽留，始终无效。是夜，贺子珍在油灯下，深情地为毛泽东缝补着一件破军上衣……毛泽东站在屋中，看着贺子珍一针又一针地为自己缝补衣服。有些悲哀地："子珍，你真的要走了？"贺子珍边缝边微微地点了点头。毛泽东叹了口气："早知今日，何必当初？"贺子珍："那时，你挨整，身体又不

119

好，我走了，谁来伺候你？谁来给你当出气筒？"毛泽东本能地叫了一声："子珍……"贺子珍："什么都不要说了，我一定要走。"毛泽东木然地待了一会儿："是啊，子珍决定了的事，谁也改变不了！十年前，你的父母反对你当红军，有的亲友不同意你和我毛泽东结合，没有用；今天，你决定离开了，看来我把心掏给你，也无法留下你。"

十年艰辛，一朝分别。一对患难与共的伟大夫妻，开始互诉赠言。毛泽东："今后，你就一个人闯荡人生了！我只想说这样一句话：环境变了，一定要尽快适应，遇到不顺心的事，也不要和人家发脾气。总之，要做好吃苦头的准备。"贺子珍点点头，指着手里的衣服："这件衣服太破了，我走了之后，如果再破了，就……不要再穿了，要小李给你换一件新的！我最放心不下的事，就是你有了病不请医生，不吃药，有时还和医生讲你不吃药的道理。"毛泽东："好，我改，我一定改。"贺子珍："听刘英大姐说，你和洛甫可能会遇到大不顺心的事！如果又回到了江西的时代……"毛泽东："放心，绝对不会的！"贺子珍："那我就真的放心了！不过，一定要注意团结，讲究斗争的策略。因为光有真理是不够的！"毛泽东深沉地点了点头。观至此，两颗革命的心和富于人性深度、情感丰富的心，跃然荧屏。

《延安颂》的创作者正是靠认真学习历史、感知历史，真正做到了让延安时期的革命历史烂熟于心，让活跃在这段历史中的伟人形象跃然于心，并在此基础上坚持不是让事件左右人物而是让人物牵着事件走，一切围绕刻画人物的精神、性格、个性、情感，摆脱简单的是此非彼的单向思维束缚，从而在宏观上胸有全局，在微观上下笔有度，打通了历史与现实的通道，实现了由题材难点到作品亮点的难能可贵的审美转化。这一经验，值得珍视。

2003-12-24

2003 年中国电视剧创作回眸

2003 年，中国电视剧创作持续健康繁荣。据权威部门统计，全国各地制作单位（包括民营机构）申报规划立项的达 2376 部 58217 集。经审查，批准立项的就有 1804 部 43874 集，而实际制作完成并于年终前获得播出、发行许可证的总计约 10300 集左右。称年产量逾万集，诚不为过。其中，由中直机关和各省市推荐申报参加第二十三届"飞天奖"（政府奖）的电视剧有 176 部 1975 集，荣获一、二、三等奖的达 69 部 747 集。

本年度的电视剧创作主流，显示出在坚持先进文化前进方向上更加自觉。一是重大革命历史题材创作又有新突破。继《开国领袖毛泽东》《中国命运的决战》《日出东方》《长征》之后，《延安颂》再次把重大革命历史题材的电视剧创作的历史品格和美学品格提升到新的更高台阶，形成当代文艺创作上的一道亮丽景观。这部作品以史诗性的宏大的艺术结构，气势磅礴地再现了那 13 年的延安历史，形象展现了中国共产党人创造性地把马克思主义普遍原理同中国革命具体实践相结合的伟大进程和以毛泽东同志为核心的中国共产党第一代领导集体的形成过程，其标志性意义在于善于将科学的历史思维与艺术的审美思维互补结合，善于把握好"度"，变创作难点为艺术亮点。这种哲学层面创作思维方式上的创新，是一切艺术创新的前提，具有普遍意义。《新四军》以戏剧化的叙事方式，艺术地阐释皖南事变悲剧的复杂内外原因和人的性格因素，其探索意义值得珍视。二是军旅题材在反映现实生活方面有新收获。作为中央电视台第一套节目黄金时段"开年大戏"的《DA师》，以令人耳目一新的"现代化色彩"，大胆触及部队改革进程中的一系列尖锐矛盾冲突，为现代化军人传神写貌。"八一"期间在相同时段播出的《归途如虹》，全景式地直面描写1997年香港回归祖国、人民解放军进驻香港的历史过程，展示文化冲突，体现时代精神，洋溢青春活力，为"威武之师、文明之师"树碑立传。《我们的连队》聚焦基层连队，《军歌嘹亮》续承《激情燃烧的岁月》，《军港之夜》瞄准海军舰艇学院教学生活，都别具一格，各有千秋。三是农村题材创作再现辉煌。如果说，二十世纪九十年代中国荧屏曾有过以《篱笆·女人和狗》《辘轳·女人和井》和《古船·女人和网》这"三部曲"为代表的农村题材电视剧创作辉煌，那么，本年度以《希望的田野》《刘老根（二）》《郭秀明》《三连襟》《烧锅屯的钟声》《山羊坡》等一系列作品为标志，迎来了农村题材电视剧创作的再度辉煌。其中，《希望的田野》所达到的现实主义深度，《郭秀明》真实再现英模人物的个性化程度，《烧锅屯的钟声》对不正之风的批判力度，以及《刘老根（二）》和《三连襟》的亦庄亦谐，都给荧屏增色不少。四是反腐倡廉题材创作的审美化程度明显提高。《忠诚卫士》《省委书记》《干部》《至高利益》《云淡天高》《绝对权力》都注重把自身所开掘的深刻主题（思想性）尽可能艺术化，同时又都注重令各自所采用的审美形式（艺术性）尽可能地承载丰厚的思想内容。这样，有艺术的思想与有思想的艺术才尽可能完美地统一起来，使这些作品赢得了观众的广泛赞誉。

面对市场的本年度电视剧创作，还显示出在坚持"贴近实际、贴近生活、贴近群众"上更加自觉。"三个代表"重要思想指方向，"三贴近"是实践"三个代表"的重要途径。伴随着人民群众物质生活水平的不断提高，广大观众对精神生活的要求日益多样化。本年度电视剧创作自觉顺应这种需求，不仅在主题、题材、风格、样式方面力求多样化，而且在创作观念上坚持与时俱进、不断创新，尤其是以人为本、贴近民生，探究人性的深度，表现人生的况味，使作品具有较强的吸引力、感染力。表现当代生活的《江山》，紧扣"代表最广大人民群众根本利益"的深刻主题，塑造出栩栩如生的人物形象，靠跌宕起伏的故事情节钳制住观众的审美视线，拨动了人们的精神心弦。喜剧《神医喜来乐》以高超的叙事技巧和浓郁的民族幽默感，让广大观众在轻松的笑声中领悟出民族的文化魅力和人生智慧。公安破案剧《荣誉》以扣人心弦的戏剧结构，引人入胜，赢得了较高的收视率。历史传说剧《孝庄秘史》则是在坚持科学的历史观的前提下，大胆采用民间传说并调动合理的艺术想象和艺术虚构能力，演绎出既好看又耐看的荧屏春秋，让观众在鉴赏中获得历史营养。而为十九世纪中国民族染织业谱写历史的《大染坊》，另辟蹊径，流畅凝重，在广大观众中引起了强烈共鸣。所有这些作品，都不仅在各自相关的题材领域里取得了较高收视率，树起了夺目的标杆，而且都共同具有贴近民生、民情、民趣的特点，都既使广大观众获得了视听感官的审美快感，又使广大观众通过视听感官而达到自己心灵，得到认识上的启迪和灵魂的净化，由快感而升华为美感。这对于提高全民族的精神素质和鉴赏修养，大有益焉。

本年度电视剧创作，也显示出一些值得关注和忧虑的问题。一是电视剧越拍越长，出现了失衡现象。长篇电视剧势头越来越旺，中、短篇尤其是短篇电视剧越来越不景气，这也许是市场需求和电视剧这种艺术样式自身的审美优势以及特定的播出环境所决定的。但是，即使是长篇电视剧，也呈现出越拍越长的趋势。据统计，前20年，中国播出的超过30集的长篇电视剧总数约40部左右，而本年度批准立项的电视剧仅第一批（第一季度）649部14370集中30集以上的就占105部3963集，实际开拍或进入后期制作的至少有41部以上。也就是说，本年度30集以上的长篇电视剧产量至少相当于前20

年的总和。这固然一方面标志着国产电视剧的生产规模越来越大、制作实力越来越强、播出时空越来越广。另一方面，也显现出自身比例和关系的失衡——现实题材与历史题材的比例失衡。30 集以上的长篇电视剧现实题材仅占 14%，而历史题材竟占 86%；正剧、戏说剧、武侠剧的比例失衡，30 集以上的长篇电视剧中正剧又占 17%，戏说剧占 64%，武侠剧占 19%；篇幅长短与历史文化含量失衡，一些 30 集以上的长篇电视剧篇幅虽长，历史文化内涵却相反被稀释，一味靠生编离奇情节去拉长集数，用煽情、搞笑去媚俗取宠。二是某些电视剧中"豪华风""滥情风"和"戏说风"又有所回潮，应引起警惕。三是由根据张恨水小说改编的电视剧《金粉世家》引发的"怎样看待小说名著改编的电视剧"的学术讨论，由长篇电视剧《走向共和》引发的"如何以唯物史观指导历史题材创作"的学习和研讨，都提出了许多发人深思的见解，将对整个创作产生重要影响。四是少年儿童题材的电视剧创作，仍然处于低潮，理应引起全社会的高度关注。五是申报电视剧选题立项数、批准立项数与本年度实际拍摄完成并获得播出，发行许可证的作品的比例分别为 5 比 1 和 4 比 1。这说明：盲目申报选题、跑马占地现象依然严重。

2004-02-11

坚持科学的发展观

　　作为一种统领全局的执政理念，科学发展观旨在实现城乡之间、地区之间、经济与社会发展之间、国内改革与对外开放之间、人与自然和谐关系之间的统筹，也必然涵盖对文学艺术坚持以人为本，实现全面、协调、可持续发展繁荣的统筹。当前，认真贯彻落实"贴近实际、贴近生活、贴近群众"的要求，对于以科学发展观引导文艺持续健康繁荣，多出优秀人才、多出人民喜闻乐见的品位高雅的优秀作品，至关重要。

　　毋庸讳言，当前的文艺创作在取得迅猛发展的同时，也出现了某些脱离群众、脱离生活、脱离实际的令人忧虑的不良倾向，妨碍了文艺全面、协调、可持续地健康繁荣。譬如，题材选择上的"一窝蜂"现象，时而是"案件风"，时而是"言情风"，时而又是"古装风"，脱离了人民群众投身于改革开放和现代化建设的沸腾的现实生活实际，躲在"象牙塔"里生编硬造离奇案件、多角恋爱、感官猛料，既不能满足人民群众物质生活水平提高后日益增长的多样化、多层次的精神文化需求，更何谈百花齐放？再如，片面强调收视率，盲目追求收视率。不是坚持满足人、服务人、提升人的以人为本的原则，不是在提高的指导下去积极适应和满足人民群众的审美需求并在适应和满足的基础上着意于提高，而是在"赵公元帅"的引诱下去消极顺应某种落后的、不健康的鉴赏情趣，其结果，势必强化了那种落后的、不健康的鉴赏情趣，又势必反过来刺激某些盲目追求收视率的创作者生产品位更为低下的作品，于是，精神生产与文化消费之间的二律背反即恶性循环便会发生，那后果，不仅殃及当代，而且危及后世。

全面贯彻落实"三贴近"的要求，就需要从哲学层面上实现思维方式的创新，这是一切真正创新的根基。创作上的"一窝蜂"也罢，片面追求收视率也罢，都根源于一种非此即彼的形而上学的单向思维。我们应当学习弄通马克思主义的唯物辩证法，用全面、辩证、发展的科学思维去取代形而上学的单向思维。我们既要反对让文艺简单地从属于政治，用政治方式取代审美方式去把握世界；又要防止笼统地让文艺附属于市场，用利润方式取代审美方式去把握世界。我们要认真处理好适应与提高的辩证关系，坚持在适应的基础上提高，在提高的指导下适应，适应的目的是为了提高。正因为人民是文艺工作者的母亲，所以我们务必要"贴近群众"，既贴近家庭中的群众，更贴近活跃在改革开放和现代化建设伟大实践中的群众；正因为生活是文学艺术创作的唯一源泉，所以我们务必要"贴近生活"，既贴近"家事"，更贴近"国事天下事"；正因为社会实践是检验文艺作品的唯一标准，所以我们务必要"贴近实际"，让历史和实践来验证文艺作品的好坏优劣。总之，"三贴近"是坚持马克思主义唯物史观和美学观的必由之路，是坚持现实主义深化的必由之路，也是文艺创作实践科学发展观的必由之路。

2004-06-09

传承与变异

——电视艺术美学研究管窥

当下学界对电视艺术美学的研究主要是对其进行宏观的理论构架，或者是对某一具体的艺术品种进行单独研究。后者如电视剧的美学问题探究，而对电视剧又按题材划分进行总结和阐述。除此便是对纪录片情有独钟，年轻学者的研究视野也大都框定在这样的领域之中。这些对电视艺术美学的理论建设都很有意义。然而，它多少忽略了对其他电视艺术品种的美学关注。因而，当下的电视艺术学研究视野显得较为狭窄，研究也只停留在外围的宏观理论搭建上，少有穿透到电视艺术美学研究的内核。而真正科学的电视艺术美学学科建设，只有在全面、协调、深入地研究了各类电视艺术品种的美学属性的基础上，才能综合、归纳出具有普泛意义的电视艺术美学特质，进而完成这一新兴学科的理论建设。

实际上，对电视艺术美学的研究一直借鉴了文艺美学、戏剧美学和电影美学的理论资源，有时候甚至觉得很难摆脱它们的理论束缚。我们期望着能够寻找到电视艺术美学独自的理论建构，但当另辟蹊径时，所遇见的理论尴尬又是那样地实际：在众多的电视艺术批评和评论文章中，几乎清一色都是文学式的研究视角和方法，甚或是公式式的经验的总结，这与电视艺术美学的理论提升相去甚远。那么，电视艺术美学研究应该是什么呢？电视艺术是以电子技术为传播手段，以声画造型运用审美思维把握和表现世界的屏幕艺术形态。我们在研究电视艺术创作美学的同时也不能忽略电视艺术的传播美学，两者共同构成电视艺术美学体系。在二十世纪八十年代后期那场关于电视是不是艺术的讨论中，电视理论工作者从理论和实践的结合上捍卫了电视艺术独立的学术地位。但是，由于过于强调独立的艺术品格，很多理论工作者割断或忽略了与文学、戏曲、戏剧、电影等传统艺术形态的关系，发展到现在，他们也还没有注意到这样的理论忽略所带来的上述美学研究上的尴尬，而实际上其理论资源多半是从传统艺术学科而来。

对于电视艺术美学的纯理论思考，当下的学界更多地集中在热门的电视剧和纪录片美学研究，而电视艺术的其他形态也亟待进行美学理论研究。众所周知，在电视艺术样式中，发展最快、最成熟的就是电视剧，其次是纪录片。实际上纪录片发展的历史最早，但其作品却没有电视剧来得丰富。在理论研究上，纪录片却比电视剧较趋成熟，而且几乎形成了一个自洽的小系统，这也是比较有意思的一个现象：纪录片传播的渠道很窄，与观众见面的作品并不是很多，但是，理论的繁荣与作品生存艰难构成明显的反差。其他电视艺术样式发展不容乐观，电视小说、电视散文、电视报告文学等艺术样式的作品少有在荧屏上出现，其美学上的创新也几乎乏善可陈。栏目化的电视节目制作和编播格局使得这些弱势节目样式的发展空间更为狭窄。除了少数的综艺栏目播出电视文艺节目之外，其他栏目各立山头，占据了电视播出的不同时段。而综艺栏目所播出的电视文艺样式很杂，观众只能走马观花地欣赏，这样的传播是不利于某种艺术样式的规模发展的。对于发展不平衡的电视艺术样式，我们应该在科学发展观指导下及时调整，有针对性地进行政策扶持。如果仅凭收视率来衡量，这些节目样式无法保持一个较高的收视率。但是，任何一种传播工具，它都必然地承担着传播人类先进文化的义务，电视也不例外。因此，在遵循经济杠杆调节电视节目形态生存的同时，也应该适当进行宏观调控，扶持和发展文化含量高而经济回报较低的电视节目。

有鉴于此，我们试图从电视艺术与传统艺术之间的形态传承与变异来研究电视艺术美学特质问题，这就必须建立这样一个理论预设，即承认电视艺术与传统艺术形态之间存在着的传承关系，承认电视艺术的主体构成是对传统艺术形态的继承和创新，其美学特征也是一种衍生关系。这就意味着与前辈学者所努力要改弦易辙并将电视艺术强调为独立艺术形态的理论有所冲突。须知，现代化的电视传媒与源远流长的文学艺术各门类结缘，产生新型的名目繁多的电视艺术品种，为弘扬民族优秀文化计，理应把宗旨定在强化、张扬与之结缘的那门文学艺术样式在长期的创作实践中形成的至今仍有生命力的审美优势，而不是去弱化、消解这种审美优势。当然，结缘中必有交融、整合，而交融、整合中必然产生新质，这便是创新。无传承便无创新，只传承无变异，生命便停滞，创新便无从产生。实际上，除了像电视剧、纪录片这样相对成熟的电视艺术样式之外的其他艺术样式，诸如电视小说、电视散文、电视报告文学、电视音乐、电视戏曲等，它们事实上都主要还在传统艺术形态的范畴之内。如果它们还只是停留在照搬传统艺术的模本，而不从电视本体出发进行创造，我们所期待的美学意义上的突破就要落空。

对于这样的艺术形态改造，学界曾经给了一个恰当的概念——"电视化"，即对传统艺术形态的"电视化"。我们试图研究各种电视艺术形态的传承与变异问题，与"电视化"异曲同工。只是"电视化"这样一个笼统的概念，主要从电子技术上去讨论问题，形成一定的经验总结，并没有做理论的阐述，更没有提升到美学的高度。研究由形态变异而发生的电视艺术美学变异可以包容"电视化"所探讨的诸种问题，即传统艺术形态"电视化"后在美学上发生了什么变化，保留了哪些传统美学特质，衍生了哪些新的美学特质？我们希冀从这样一个具体的角度切入电视艺术美学的内核，在理论上阐明电视艺术与传统艺术之间的传承关系，进而阐明电视艺术美学与传统美学之间的关系，逐步寻找到电视艺术独特的美学特征，并由此寻找出各种电视艺术形态间发展不平衡的原因，提出坚持以人为本的全面、协调、可持续地发展中国特色电视艺术的战略性建议。我们研究电视艺术美学变异不仅仅是从技术层面去探讨，而是将其延伸为三个层次：1. 创作主体与欣赏者的审美感觉变异；2. 摄像机介入从电视技术层面带来的美学变异；3. 各种艺术形态遵循本身发展规律所呈现出来的美学变异。

　　在过去的理论构想中，我们所考察的电视小说、电视散文等电视艺术都还常常只停留在原来艺术形态的层面上，遵循着原来艺术形态的美学原则，因为不少作品的电视艺术本体的美学创造并没有做鲜明的突破。因此，必须丰富实践，不断创新，才能为建构具有独立品格的中国电视艺术美学奠定坚实的基础。总之，我们研究从艺术形态变异而引发的电视艺术美学变异是试图让人们认清电视艺术与传统艺术的唇齿关系，并从意识上树立弘扬优秀传统文化生态的观念，在创作实践中促成电视艺术样式间的全面、协调、可持续发展，从而提升荧屏的文化品位，发挥电视媒体传播人类文明的重要作用，使人们的审美情操得到陶冶，审美水平得到普遍提高。

本文系与博士张应辉合作

2004-08-18

《记忆的证明》究竟证明了什么

作为电视艺术理论批评工作者，近来在鉴赏实践中最令我心灵震颤并获得巨大审美力量的电视剧，恐怕要算《记忆的证明》。这是一部以长期尘封的真实的严酷的历史事实为创作源泉拍摄的电视剧。全剧描写在第二次世界大战期间，一批中国战俘和劳工被日军强迫押往仓津岛修筑日军工程。一方面，日军把他们视为战利品和奴隶，斥之为"支那猪"，在他们背上烙印编号，拿男战俘当靶子练刺杀，命女劳工为日军官"洗脚"，给他们肉体和精神的双重屈辱，完全剥夺了他们做人的权利和尊严；另一方面，他们在原为八路军连长、因受伤才被俘的肖汉生和原为十九路军团长、为救士兵才当了俘虏的周尚文的引领下，为捍卫中华民族的民族尊严和人类的生命尊严，抗争、罢工、偷炸药，直至集体暴动，最后几乎全部战死。荧屏上，侵略战争中摧残民族尊严、维护人性尊严的激烈冲突悬念迭起，扣人心弦。关于"二战"题材的电影电视剧看过不少，为什么《记忆的证明》在今天如此强烈地直击我的心灵，引发我从历史的记忆中反思现实的生活和艺术？我以为有三个方面的原因：

首先，它成功地以审美方式在荧屏上呈现出一幅幅真实、严酷的历史画卷，雄辩地证明一个国家、一个民族，付出了3500万人的生命代价的历史记忆永远是刻骨铭心的，无论是时光的流逝还是人为的抹杀，它都要顽强地从历史深处呈现出来，直击当代人的心灵，唤起良知，引发反思。这关系到中华民族的民族精神、民族尊严、民族忧患意识的继承和发扬。当今，国家与国家、民族与民族之间的竞争和较量，比拼的核心的还是文化力。君不见非洲一些早就独立的国家，为什么至今仍贫穷落后、挨打受气？就是因为根本上缺乏文化力；而德国、日本作为"二战"的战败国，当时已被战争耗尽，但因其民族的文化力，如今又成为了发达国家。这个事实，启示我们必须高度重视文化力。中华民族历史上的西汉盛世、大唐盛世和康雍乾盛世也都证明：文化力的核心是民族精神、民族尊严和民族忧患意识。《记忆的证明》自觉坚持以人为本，用民族精神、民族尊严和民族忧患意识至高无上的当代先进文化来审视、表现历史，对现实激情叩问，对忘却有力撞击，以艺术锻造中华民族强大的文化力，堪称功不可没。

其次，题材是重要的，但题材并不是决定一切的。如此严肃的题材要拍摄得具有强烈的思想震撼力，必须要靠创作者掌握当代先进的历史观。《记忆的证明》证明，编导在唯物史观指引下，自觉吸收当代人类新鲜的思维成果，对"二战"的反思达到了新的时代高度。一是自觉匡正了二元对立的是此非彼的单向思维，力求全面、辩证地把握历史和人物。周尚文是劳工大队长，肖汉生是副大队长，两人分属国民党和共产党。编导没有简单化地是此非彼，而是入情入理地描写他们视民族尊严为第一生命的共性，展示他们不同的斗争策略和彼此间的误会和冲突。肖看穿了日军阴谋，主张以血还血，组织暴动；周却对冈田存有幻想，主张靠忍耐等待国际红十字会的救援。两人相互指责。但当他们获悉日军将于工程竣工后即杀死全部中国战俘和劳工的密电后，立即无条件团结抗日，以身报国。周抱重病嘱十九路军战俘全部听从肖的指挥，自己割腕自杀以挫败日军想用麻痹神经哄他口供的阴谋，并为暴动赢得时间；肖则奋不顾身，率众暴动，炸毁日军工程，并血战到底。肖的自强不息和周的厚德载物都被推向了极致，中华民族精神和人性中的坚韧和博大跃然荧屏，感人至深。二是对侵略战争毁灭人性的揭露和对人性深度的艺术展示上，既不一味呈现血腥暴力的恐怖场面又不回避掩饰战争的严酷，既不把人性抽象化先天化又不一味赶人性扭曲变态的时髦潮流，而是在严酷的生存和斗争环境中去开掘人物身上人性的丰富内涵和发展变化。譬如曾在老家当过土匪的劳工中的"另类"刘家正。他身上确曾有过"匪气"，在劳工中要横称霸，甚至想对被迫女扮男装的本是医院护士的劳工闪红石施暴。但严酷的斗争环境是人性的炼狱。因为他与日军也有血海深仇，当红石将他与鬼子并列痛斥后，他羞愧难当，自责"混蛋"，其人性得到了净化。最后，为了保守暴动机密，他遭日军严刑拷打，始终坚贞不屈，并夺刀刺杀4名鬼子，就义前还大喊"老子没亏本"！中华男儿血气方刚的人性深度，在此表现得淋漓尽致。

再次，与先进的历史观密切相连的，是先进的美学观。《记忆的证明》又证明：要使在先进的历史观引领下的深刻的思想发现在作品中具有强烈的艺术感染力，创作者就必须要有美学精神的支撑。杨阳说得好：她之所以历时三载，锲而不舍地要拍好《记忆的证明》，除了艺术工作者应有的责任感、使命感之外，便是她在美学追求上力求达到有力量、有美感的真实。如《记忆的证明》中的历史真实，是残酷的，但这种残酷的真实背后，是民族精神、民族尊严和民族忧患意识的强化和张扬，是侵略者反人性、反人道的丑恶嘴脸的大暴露，因而是有力量、生美感的。相反，某些在"造梦""写真"美学观点指引下的"娱乐片""搞笑片"里，往往展示出一种世俗生活碎片的近乎无聊的真实。这种无聊的真实，消解人的理想信念，伤害人的智力情商，降低人的人文涵养，败坏人的伦理道德修养，所以只能给人的视听感觉带来刺激感，而根本就不能产生真正的美感。

《记忆的证明》由中、日、韩三国演员联袂出演，显示出导演可贵的人类意识、世界眼光和博大胸怀。《记忆的证明》又证明：善于吸纳中外审美思维的新鲜成果，是艺术创作上不断勇攀高峰的必要条件。如今,电视剧凭借着现代化电子传媒的优势,以其覆盖面之广、受众之多,已经在当今中国经济建设和满足人民群众日益增长的多样化文化需求中起着别的文艺形式难以替代的重要作用。那么,当今的中国电视剧创作是否都像《记忆的证明》那样,自觉吸纳了当今中外审美思维的新鲜成果呢?由此可见,《记忆的证明》证明的经验值得珍视。

2005-03-11

文化权益与和谐发展

近日，中国文学艺术界联合会发出倡议，号召全国文艺工作者向丛飞同志学习。深圳青年歌手丛飞追求德艺双馨，无私奉献，10多年来参加公益演出300余场，义工服务累计3600小时，资助贫困失学儿童178人，捐赠钱物300余万元。自己身患癌症，还念念不忘资助失学儿童。他有一句平实而深刻的话："国家少一个文盲，社会就多一分和谐。"

这话，说得多么真诚、多么到位啊！

自觉地把国家的文明、文化与社会的进步、和谐联系起来思考问题，显现出丛飞可贵的以爱祖国、爱人民为核心的民族精神和文化立场。一个国家、一个民族，是以其独特的民族精神和文化立场立于世界民族之林的。而在国家与国家、民族与民族之间的竞争较量中，文化的竞争较量乃是重要内容。文化，关乎民族共同的思想基础，关乎社会的舆论环境，关乎人们的精神动力和道德风尚。文化是一个国家和民族共有的精神家园，深深熔铸在民族的生命力、创造力和凝聚力之中，对于社会的和谐发展具有重要作用。

作为一名青年歌手，丛飞能把每一位失学儿童受教育的文化权益与整个社会的和谐发展联系起来深长思之，从而以强烈的社会责任感充满觉悟地说："我是穷孩子出身，因此，我非常理解穷苦孩子对学习的那种强烈渴望。我希望通过资助他们读书，改变他们的人生之路，使他们学有所成，将来奉献社会。"字字珠玑，感人至深！

德，是文艺工作者安身立命之根；艺，是文艺工作者成家立业之本。丛飞追求德艺双馨所体现出来的人格魅力、道德力量和艺术精神，是中华民族优秀文化、传统美德与当代文明交融整合的结果。今天，在深化改革、扩大开放，社会生活日趋多样、多元、多变，各种思想观念相互影响、激荡，尤其是消费主义、物质主义和媚俗思潮有所蔓延的情势下，丛飞以其平凡而伟大的思想和实践，以其一名普通共产党员的大德大情，为我们坚守中华民族美好而富于时代特色的精神家园和构建社会主义和谐社会，树立了值得效法的楷模。

2005-07-26

民族题材影视创作的一次突破

　　看完《茶马古道》之后，我觉得这是审美地把握了一个十分复杂的民族题材，灌注其间的是爱国主义、民族团结的主题，是民族题材影视艺术创作的一次重要突破和可喜收获。民族题材的文艺创作过去存在两种模式，一种是以阶级斗争为纲，认为民族矛盾说到底是阶级矛盾，所以构思故事的时候，把复杂的民族矛盾归结为阶级矛盾，总是一个阶级敌人在捣鬼，把阶级敌人抓出来了，矛盾也就解决了。另一种模式，就是民族团结。汉族和少数民族，或者两个少数民族如何化解矛盾，实现团结，发展到故事的高潮，就是通婚，变成民族大团结，中间肯定是小人或者阶级敌人作祟。不是说这两种写法是错误的，而是说生活本身是非常复杂的，艺术创作应当把生活当作一个完整的、有机的整体。这样才会蕴含着更深刻的人文意蕴和文化内涵，蕴含着更深刻的历史、社会内容。在这方面我认为《茶马古道》的创作是有突破的。这种突破是与我们整个时代民族思维方式的调整有着内在联系的。

　　我们今天反思历史的时候，不是用二元对立、非此即彼的单向思维来认识问题，而尽量地用唯物史观所倡导的全面的、辩证的发展思维来把握生活。这个戏写的是 1942 年抗日战争时期发生在茶马古道上的一段动人故事，但艺术展现的不仅是一条实实在在的运送物资的古道，更揭示出中华民族团结起来，抗击外国侵略者的民族精神。剧中人物描写生动形象，比如像尼玛这样贵族式的人物，过去会单一地处理成压迫人民的奴隶主，而本剧写出了他身上非常丰富的文化内涵，在他身上也有民族观念、国家观念。王诗槐创造的这个角色是比较成功的。但是有些人物的处理，让人有些不满足，比如说陈老板。他是一个阴险、损人利己的人物，为了自己的利益可以不择手段。前半段把他推向坏的极致，到了后来他要转化，不是说不可以转化，我也不赞成把坏人写成绝对的坏，但是总要有艺术的铺垫，总要入情入理，我觉得后面对他的处理带有导演的判断、编剧的判断。我拿这两个人物的对比来说明，大型电视剧里面的主要人物，在赋予他们典型性的时候要慎重，要全面辩证地把握。剧中其他人物，比如说格桑是一个情种，在大是大非面前的醒悟，都是可信可爱的。用黑格尔关于理想人物形象塑造的原理的第一条来说，他性格质的规定性是明确的，但在这个前提下表现的丰富性就不足了。

　　总的来说，一部电视剧能够留下几个令人难忘的形象，这部戏就是成功的。而尤其让人称道的是，这部戏写了以爱国主义为核心的民族精神。王文杰导演我比较熟悉，他拍戏很有激情，但是他还是有个老问题，就是开头节奏比较慢，尤其是很重要的第一集。我也感谢这部戏的编剧，本身是白族的女作家景宜。我们过去看到有的汉族作家往往站在汉族中心论的立场上去写民族问题，早就企盼着我们少数民族作家能够扎根在民族的沃土中来写自己的民族历史和生活，从这一点来说，本剧是有价值的。

2005-07-29

京剧艺术的普及之路

国庆期间，四年一届的第五届青年京剧演员电视大赛决赛，在中央电视台戏曲频道连续八晚的黄金时间播出，戏迷奔走相告，堪称艺坛盛事，它也给当今社会主义和谐社会的文化建设提供了诸多有益启示。

启示之一，是如何充分利用覆盖面最广、影响力最大、渗透性最强的现代电视传媒，去弘扬和传播源远流长的民族文化和民族艺术。

京剧之所以被称为国粹，在我看来，乃是因为它典型地代表着中华民族的传统戏曲艺术，典型地代表着中华民族通过戏曲形式把握世界的美学精神。作为一种富有生命力的艺术形式和美学精神，京剧博大精深、美妙无穷，深深地熔铸在中华民族的生命力、凝聚力和创造力之中。它的唱念做打舞，它的生旦净末丑，以及它的虚拟化、程式化和追求意境等等，建构了完美和谐的艺术肌体，称之为人类的一种以"致中和"为哲学基础的和谐艺术，诚不为过。

如今，现代化的电视传媒与之结缘，把京剧发展历史上曾有过的为少数人享用的"堂会"，办到了寻常百姓家，把剧场建到了万户千家，真是功莫大焉！当然，电视戏曲不可能取代剧场戏曲，两者之间取长补短，相映生辉。但是，电视荧屏为京剧新人展示才艺搭建的平台，为广大观众欣赏戏曲艺术提供的便捷，实在是中国戏曲发展历史上的一大突破。

启示之二，是如何通过电视荧屏，着意于久远地培养深爱并懂得京剧艺术的观众群体，以不断提升民族的艺术情感和审美修养。

马克思曾精辟指出："对于不辨音律的耳朵来说，最美的音乐也毫无意义。"同理，对于不辨皮黄的耳朵和不明虚拟化、程式化法则的眼睛来说，最美的京剧艺术也会毫无意义。人们常感叹京剧观众不多、知音更少，其间缘由复杂，但有一条，欣赏京剧是要有一定的文化准备的，观众也是需要培养的。看此次大赛，不又对参赛演员公开测试了相关的戏曲文化、美学知识，而且通过专家、评委的评点、阐释，普及了戏曲知识。这对于培养京剧艺术的观众群体极为重要。须知，在进入所谓读图时代的今天，人们的文化生活日趋多样化，这是大好事。但其中，为数不少的娱乐节目仅止于给观众带来视听感官刺激和快感，令不少人在过度的快感享受中钝化以至于消解了审美能力和反思能力，这是令人忧虑的。对于京剧说来，因其典雅，因其乃是一种"致中和"的和谐艺术，万万不能因片面追求快感而不惜削弱美感，以致损害了它完整、统一的审美体系。否则，不仅毁了京剧艺术，而且也同时毁了观众。柏拉图有句名言："过度快感可以扰乱心智。"值得引为警诫。

从上述意义上讲，我们的电视大赛在努力培养造就京剧艺术家的同时，还在努力培养造就高素质的京剧艺术的观众群体。这是京剧事业之双翼，只有双翼齐飞，才能可持续地繁荣兴旺。

2005-10-10

"堂会"办到百姓家

中央电视台 11 频道的《空中剧院》栏目,已满 3 周岁了!

"'堂会'办到百姓家,三年辛苦铸'名牌'。"如今,无论在戏曲界,还是在广大戏迷观众中,"空中剧院"成了热门话题,演员以上"空中剧院"为荣为幸,戏迷以睹"空中剧院"为乐为瘾。人们交口称赞这名声越来越大的电视栏目"是贯彻'二为'方向和'双百'方针的响当当的文艺'名牌'"。

《空中剧院》一问世,就确立了"百花齐放,流派纷呈,强强联合,德艺双馨"的 16 字栏目宗旨。3 年来,它汇国宝之优势,集戏曲之精华,以直播、录播方式,横跨 16 省市的 19 个城市,驻足 54 个剧场舞台,为广大观众原汁原味地呈现了 94 台大戏、108 出折子戏和专业、业余的京剧大奖赛获奖剧目。尽管《空中剧院》永远也不可能完全取代实际剧场里演出的戏曲,但它却凭借着现代化电子传媒的优势,令电视戏曲与剧场戏曲优势互补,相映生辉。它既为遍布全国的戏曲人才搭建了一个直通万户千家的充分展示艺术才华的天字号大平台,又为天南地北的或老或少、或男或女、或健或病的戏迷观众提供了坐在家里就能欣赏戏曲代表作品的便捷途径。这令处于困境的中国优秀传统戏曲艺术顿开了新生面,实在值得在中国戏曲发展史册上大书一笔。

积3年之辛勤耕耘，《空中剧院》继"中国京剧音配像工程"之后，又为中华民族优秀文化宝库增添了逾200场演出的戏曲音像资料。如果说，前者重在抢救已故或年事已高的戏曲名家的艺术精品，那么，后者则重在整理加工当红的戏曲名家的代表力作。戏曲艺术作为中华民族文化的重要组成部分之一，不独关乎着民族自立于世界之林的文化的根，而且也是建设当代先进文化的宝贵资源。从"史"的眼光看，《空中剧院》功不可没。

　　再从现实眼光看，《空中剧院》坚持出戏、出人、走正路，确实为振兴戏曲做出了独特贡献。它力主百花齐放，做到流派纷呈。荧屏小舞台，戏曲大天地。拿京剧来说，无论是梅、程、尚、荀、张，还是余、杨、谭、马、言，无论是生、旦、净、末、丑，还是唱、念、做、打、舞，名家流派的优秀传人，经典剧目的重排再演，都在《空中剧院》粉墨亮相。从老生各个流派的《空城计》，到很难看到的经典武戏《铁公鸡》，从传统经典《四郎探母》，到新编历史剧《宰相刘罗锅》……都让戏迷大饱眼福和耳福。它还力主强强联合，做到德艺双馨。戏曲艺术作为一种精神生产，也同其他艺术一样，存在如何使人才资源实现优化配置和最佳组合的课题。《空中剧院》荧屏虽小，却打破了地方与地方、剧团与剧团之间的界限，使分散在不同地方、不同剧团的优秀人才能够整合起来，有机会同台配戏，相互切磋，取长补短，共同进步。这是过去颇重门户的梨园界难以想象的。据统计，仅中国戏曲学院优秀戏曲演员研究生班的学员，就有101位先后在《空中剧院》与学友中的最佳搭档同台献艺；还有43位年逾花甲的老戏曲艺术家老当益壮，在"空中剧院"一显身手。尤为可贵的是，"空中剧院"高举德艺双馨旗帜，引领戏曲人才健康成长。3年来，它组织优秀戏曲人才赴东北，奔山东，走江苏，深入烟台南山农村和南京钢铁厂，向人民汇报，为工农演出，开始形成心系人民、淡泊名利、德艺双馨、敬业奉献的好风尚。因此，经"空中剧院"推出的戏曲佳作和优秀人才，越来越多。

《空中剧院》的另一大功绩，是扎扎实实地培养造就着真正深爱并懂得戏曲艺术的大批观众群体，以提升中华民族以戏曲方式把握世界的美学精神和艺术修养。须知，戏曲演员在一般剧场里演一场戏，观众不过千人。而现在，一上《空中剧院》，观众至少以数百万人计。这是过去在剧场里演一辈子戏也难赢得的观众数。面对如此诱人的覆盖面，《空中剧院》尽量在每次演出前都聘请戏曲专家、名票友讲解相关的背景知识、欣赏要领；演出结束后又邀戏曲评论家加以评点。《空中剧院》在生产戏曲艺术的同时，也在精心生产着自己有质量的观众群体。时代呼唤戏曲大家，也呼唤戏剧大鉴赏家。我深信，经由"空中剧院"培养和造就的这一观众群体中，一定会涌现出几个真正领悟戏曲规律、为戏曲观众学做出理论建树的大鉴赏家。

　　我为《空中剧院》拍手叫好！

2006-02-28

坚守人类精神家园的"圣地"
——评 30 集电视连续剧《西圣地》

　　中央电视台刚刚播完的 30 集电视连续剧《西圣地》，用真情书写大情大义、至善至美的中国当代石油工人创业史、心灵史，看后令人荡气回肠、思绪万千！是的，正如编剧之一的林和平所言："《西圣地》好像有一种'气场'，写完、读完，看它的人灵魂都会受到教堂圣钟般的荡涤。"作为观者，我的灵魂确实受到《西圣地》营造的精神"气场"的洗礼和荡涤，但内涵不是"教堂圣钟般"的宗教，而是以爱国主义为核心的民族精神和以自强不息、厚德载物为核心的优秀传统道德精神。

　　《西圣地》在荧屏上营造的这种精神"气场"，是审美化、艺术化的具有深刻思想性的品质和氛围；反过来讲，也是具有深刻思想性的美学品格和风貌，堪称有思想的艺术与有艺术的思想较为和谐统一的具有极强吸引力和感染力的优秀作品。它不仅艺术再现了一部新中国石油工人的奋斗史，而且在相当意义上，折射出上世纪五十年代至八十年代末中华民族的精神历程。描写新中国石油工人奋斗史的影视作品，不乏上乘者，如《创业》《铁人》，但大都着意于表现艰苦奋斗、自力更生的精神，这是完全必要的。《西圣地》在继承这一传统、深化这一主旨的基础上，突破过去已有创作模式，有意把艰苦创业的具体历程置于后景，而把镜头焦距对准活跃于这几十年创业历史旋涡中的普通石油人的精神嬗变轨迹，并从中开掘出当今的深刻的历史精神和丰富的人性内涵。

张丰毅扮演的杨大水和于洋扮演的徐正成，是两个具有典型认识价值的艺术形象。前者在解放战争中立过赫赫战功，是有名的战斗英雄，为了祖国和人民，他自强不息，艰苦奋斗，甘当默默无闻的普通石油工；虽有兰妮、田可两位善良而坚韧的女性深爱着他，他却在莫测的历史环境下孑然一身；后者确实"也是怀着一腔热血来到克拉玛依"，但由于一切"以阶级斗争为纲"来看人处事，结果不仅在政治上受"四人帮"思潮影响，干了"亲者痛、仇者快"的蠢事，而且在情爱生活上，先是利用职务之便夺人所爱，后又因怕影响仕途而背叛感情，直到改革开放新时期才幡然悔悟，痛改前非。杨、徐都不是坏人，更非敌对阶级。他们之间在建设油田中长期存在的矛盾和斗争，不是阶级矛盾和阶级斗争，而是两种人格、两种人性、两种荣辱观的较量。杨大水的所思、所想、所为，都是为了祖国、为了石油、为了他人幸福。他坚守"克八井"，他冲撞酒醉伤人的苏联专家，他与田可的从"假结婚"到"真结婚"，他与兰妮的心心相印和阴差阳错，以及他与曾浩、大刘、小豹子和壮子、青克、戴小虹的大情大义，都闪烁着伟大人格、高尚人性和正在大力倡导的社会主义荣辱观的光彩！相比之下，徐正成的人格、人性，显得何等卑下、渺小！

剧雪扮演的兰妮和陈曦扮演的田可，平凡、圣洁、坚韧、崇高，命运独特而个性鲜明。演员表演情真意切，火候适度，为新时期荧屏艺术画廊又增添了两个颇具人性深度的女性形象。她们是中国女性传统美德之集大成者。田可深爱着战斗英雄杨大水，而一旦知道大水的心上人是家乡青梅竹马的苦妹子兰妮时，便理智地克制了自己："有些情感，放在心里头，暖着一天一天的日子，我已经很知足了。"她后来与热烈追求自己的钻井队长小豹子结婚，在遭遇小豹子在克八井的井喷事件中为抢救大水英勇牺牲的不幸后，含辛茹苦养育儿子青克（后来还同时养育地质队队员戴虹的遗孤戴小虹和大水、兰妮的孩子壮子）。"文革"中，看守克八井的大水收留了走投无路的田可母子和戴小虹，造反派即以"非法同居"为名要赶走田可，大水既要保护田可母子，又要"对得起小豹子"（这一点证明他也并非完人，其深层原因恐怕还是"心里一直装着兰妮"），决定与田可"假结婚"。就这样，为了孩子们和克八井，这位平凡而伟大的女性默默地与大水假扮了8年夫妻！再看兰妮。她徒步千里，进疆寻夫未果，与危难中搭救自己的当地农民张粮库相濡以沫廿年有余。她确曾发过誓："杨大水，我等着你，我一辈子都等着你！"但当她最终与杨大水重逢并目睹大水与田可拍结婚照时，她衷心祝愿自己所爱的人幸福，也对已经长大成人的儿子说："娘也离不开20多年甘苦与共的粮库。"古人云："地势坤，君子以厚德载物。"这里，两位女性形象的至善至美，何等感人！难怪导演苗月要发自肺腑地说："我写过也拍过不少情感戏，但只在拍了《西圣地》之后，才深深感悟了什么是大情大义。"

《西圣地》具有较高的历史品格和美学品位。

全剧思想比较精深、人物丰满、语言精彩、画面精美、音乐讲究、结构巧妙、情节跌宕、悬念合理、氛围逼真，制作上堪称一流。它的应运而生，显然为当今实现中华民族的伟大复兴、构建和谐社会和大力倡导践行社会主义荣辱观，提供了宝贵的精神道德资源和审美鉴赏营养。文艺，作为人类审美地把握世界的特殊方式，归根到底是要给人以美感，让人获得思想启迪、情感净化和审美愉悦，以促进人的自由而全面发展，坚守人类神圣的精神家园。我们正身处盛世。盛世文化既须弘扬主旋律，又最具包容性。我们当然需要健康的时尚文化、流行文化和娱乐文化，以满足人民群众日益增长的多样化的精神需求，但我们更需要像《西圣地》这样讴歌爱国主义、讴歌艰苦奋斗精神、讴歌传统美德的优秀作品。毋庸讳言，时下对时尚和流行的宽容远甚于对先进文化和优秀传统的扶持。须知，时尚的流行的未必是永恒的，而《西圣地》彰显的精神圣地才是永恒的！正是在这个意义上，时代和人民呼唤更多像《西圣地》这样的优秀作品问世。

2006-05-26

国防意识与文化自觉

近十年来，我国军旅题材电视剧创作成就斐然，引人注目。从《潮起潮落》到《壮志凌云》，从《和平年代》到《突出重围》，从《光荣之旅》到《DA师》，从《归途如虹》到《沙场点兵》，从《我们的连队》到《炊事班的故事》……一批题材广泛，风格多样，覆盖了海、陆、空三军，兼容了从高级将领到普通士兵的艺术形象的优秀作品，不仅受到全国广大观众的热烈欢迎，而且在荧屏奏响民族精神和时代精神的主旋律中立下了汗马功劳。新近在中央电视台一套黄金时段播出的为我军导弹部队"筑巢"的工程兵传神写貌的21集电视剧《石破天惊》，又一次标志着我国军旅题材电视剧创作在思想上、艺术上取得了可贵的新突破。

这种新突破，首先表现在善于把强烈的国防意识审美化、艺术化地消融在整部作品的创作思维过程中。国家的安全，国防的意识，对于在以和平、发展、合作为共同主题的国际环境下保障祖国改革开放的现代化建设宏伟大业的顺利推进，至关重要。这无疑理应成为军旅题材文艺创作的重大题旨。而通过观众面广、影响力大的电视剧艺术形式，对全体国民进行强化国防意识的熏陶和教育，极有意义。在这里，审美化、艺术化程度的高低，决定着作品吸引力、感染力的强弱，决定着广大观众是否喜闻乐见。观罢《石破天惊》，深为荧屏上栩栩如生、血肉丰满的团长石万山、总指挥郑浩、营长张中原、清华大学国防生魏光亮、士官齐东平、女工程师林丹雁、女军医周亚菲、随军家属高丽美等人物形象各具特色的精神轨迹和灵魂嬗变所感染，深为故事情节的跌宕起伏、环境造型的逼真艰险和艺术节奏的环环相扣所震颤。尤其是孙炳乾为首的间谍网的狡诈行径及其最终被一举全歼，更是令人在"国防"上获得了警示！伴随着荧屏上"大功团"官兵们"筑巢"的"石破天惊"，观众鉴赏心理上也激荡起"国防"的"石破天惊"。人们在不断获得审美惊奇和视听快感的同时，也情之所至理所当然地受到了一次生动而又深刻的国防意识教育。想当年，观众从《导弹旅长》里了解了导弹部队里发射官兵们的风采；如今，又从《石破天惊》里目睹了这支部队里"筑巢"官兵们的风貌。两部作品，堪称姊妹篇。导弹部队的子弟兵通过荧屏以艺术方式向祖国和人民汇报了累累硕果；人民透过作品更加理解和热爱自己的导弹部队子弟兵。军民团结如一人，共筑国防意识的钢铁长城，试看天下谁敢来犯！

这种新突破，还表现在创作主体所具有的对文艺创作有着普遍意义的可贵的文化自觉意识上。包括电视剧创作在内的整个文艺创作，其创作主体在文化建设意识上是自觉还是盲目，直接关乎作品的成败。著名文化学者、社会学家费孝通先生临终前积近一个世纪的人生经验、智慧和感悟，意味深长地告诫后学："一个知识分子应当怎样去履行时代赋予的责任确实值得认真想一想"，"五四这一代知识分子生命快过完了，句号画在什么地方确实是个问题。我想通过我个人画的句号，就是要把这一代知识分子带进'文化自觉'这个大题目里去。"以我的理解，就是要自觉坚持先进文化前进的方向，努力发展和谐文化；就是要自觉地在纵向上既继承发扬中华民族优秀的传统文化而又与时俱进地充分体现鲜明的社会主义时代精神；就是要自觉地在横向上既立足本国而又注重吸收世界文化的优秀成果；就是要自觉地反对文化建设上的民族虚无主义和全盘西化，坚守中华民族神圣的精神家园，提升中华民族的整体精神素质。如果说，伟大的人民军队，捍卫着伟大祖国的物质疆土，那么，像《石破天惊》这样的军旅题材的优秀文艺作品，则从一个重要方面以清醒的文化自觉意识捍卫着中华民族神圣的精神家园，捍卫着伟大祖国崇高的美学疆域。

《石破天惊》创作主体这种可贵的文化自觉意识，突出地体现在自觉地以审美方式理解、诠释和艺术呈现人民军队光荣的革命传统和历史文化，并与时俱进地注入浓烈的实事求是的当代科学精神，从而使以石万山、魏光亮为代表的两代军人形象更富思想新意和时代特色。譬如，围绕着"装空调"事件，总指挥郑浩固守传统，认为必须艰苦奋斗，反对安装空调；而团长石万山则从实际出发，指出因气候炎热，官兵都患上了"烂裆病"，无法正常休息，严重影响工程施工进程，便勇于承担责任，决定给战士宿舍安装空调，结果，此举大大激励了官兵的斗志，有效地加速了工程进度。郑、万两种思维，两种效果，孰是孰非，不言自明。剧中魏光亮带领官兵们不得已到小河边裸晒以治疗缓解"烂裆病"、女军医周亚菲误入令大家虚惊一场的细节描写，真实感人，发人深思，有品位，有情趣，以艺术方式呈现出郑、石两种思维的是非曲直。

2006-07-07

为现实题材优秀电视剧鸣锣开道

　　一个时代，往往会形成一种引领整个文艺潮流的标志性文艺形式，譬如秦之文、汉之赋、唐之诗、宋之词、元之曲、明清之小说。尤其是欣逢盛世，更会有人民喜闻乐见的重要艺术形式产生。当今盛世，在党中央的英明领导下，伴随着改革开放和现代化建设的伟大历史进程，凭借着电子传媒的优势，电视剧艺术已经成为繁花似锦的社会主义文艺百花园里成就最为显著的艺术门类之一，成为广大人民群众喜闻乐见的一份精神文化主餐，在构建社会主义和谐社会中发挥着别的文艺形式难以替代的重要作用。今年以来，中央电视台一套黄金时段连续播出了《都市外乡人》《西圣地》《赵树理》《石破天惊》《插树岭》等一批现实题材的电视剧佳作，《人民日报》《光明日报》《文艺报》等报刊，相继发表评介文章，屏坛兴起现实题材电视剧创作的新态势、新高潮，文坛为之振奋，人民拍手叫好！

　　这批优秀作品，为当今文艺创作坚持现实主义精神，努力促进和谐文化建设，提供了具有普遍意义的成功经验。作为评论工作者，应当运用马克思主义美学的历史的分析方法，总结这批优秀作品直面现实生活，开拓美好未来，努力把现实主义创作精神与促进和谐文化建设的总体目标统一起来，以审美方式讴歌共同理想、激发社会活力、营造和谐舆论、倡导"和合"理念、坚守精神家园，为构建社会主义和谐社会提供强大思想道德力量的新鲜经验，并认真加以推广。

这批优秀作品，为现实题材广阔丰富的创作资源的最佳配置和创作生产力诸因素（编、导、演、摄、录、美、音、化、道等）的优化组合，提供了具有普遍借鉴意义的成功经验。波澜壮阔、日新月异的现实生活，为电视剧创作提供了丰富多彩、取之不尽的资源。珍视资源，发挥独特优势，努力实现创作资源的最佳配置，是确保作品思想艺术质量上乘的先决条件；而珍视人才，集各方之优势，努力实现创作生产力诸因素的优化组合，则是确保作品思想精深、艺术精湛、制作精良的根本因素。如《石破天惊》，就充分发挥了导弹部队在创作资源上的独特优势，实现了这方面题材资源的最佳配置，实现了创作生产力的优化组合，真正做到了以人才确保质量。

面对充满生机和活力的现实题材电视剧创作，评论显然滞后了。创作与评论，原本是文艺的双翼，只有双翼齐飞，文艺才能和谐繁荣。我深感，评论要迎头赶上，担负起时代使命和社会责任，评论工作者就必须努力学习邓小平理论和"三个代表"重要思想，全面落实科学发展观，自觉践行社会主义荣辱观，投身改革开放和现代化建设的现实生活，向人民学习，向作家艺术家及其优秀作品学习，不断提高自身的思想道德修养、科学文化素养和文学艺术学养，把自己锤炼成一名坚持先进文化前进方向、促进和谐文化建设的自觉战士。我们要自觉地用评论来大力弘扬以爱国主义为核心的民族精神和以改革创新为核心的时代精神；要积极评介优秀作品以巩固发展积极健康向上的主流舆论，使有利于国家富强、民族振兴、社会和谐、人民幸福的思想和精神成为时代最强音；要继承发扬中华民族"和合"文化传统，倡导和谐思想观念，并善于吸纳世界文明的优秀成果，使崇尚和谐、维护和谐成为全社会的共同追求，真正实现费孝通先生所憧憬的"各美其美，美人之美，美美与共，天下大同"。

人民是文艺工作者的母亲，也是评论工作者的母亲。人民需要文艺，文艺更离不开人民。人民需要评论，评论更离不开人民。使命光荣，任重道远。为不负党和人民的厚望，我将铭记一位文艺先贤的名言，大概是：知识之败，慕浮名而不劳浅修。名节之败，慕虚荣而不甘枯淡。

我愿以此自励，努力做一名人民需要的评论工作者。

2006-08-18

思想文化才是主持人的灵魂

时下，电视节目繁花似锦，荧屏造就了一大批主持人。无疑，主持人在引领着节目的思想艺术走向。在一定程度上，电视节目品牌的打造，主持人是核心、是关键。

那么，主持人的灵魂究竟何在呢？

毋庸讳言，我们在荧屏上看见了这样一些主持人：或者把功夫下在衣着打扮上，艳丽花哨，奇装异服，发型怪诞；或者把功夫下在打情骂俏，油腔滑调，搔首弄姿，无聊搞笑上……总之，浅薄媚俗，失却了应有的思想品位、文化品位和美学品位。

品位才是灵魂。看来，在大发展、大繁荣、大团结的背景下，有些主持人被暗涌的一股趋时媚俗的思潮所裹挟，晕了头，迷了向，错把皮相的东西当成了本质。因此遭到广大观众的批评，乃在情理之中。

近日《解放日报》谈到该报记者与凤凰卫视董事局主席、全国政协委员刘长乐的对话。刘长乐是资深的电视传媒人，他主张主持人要"有文化，有思想，思想比漂亮脸蛋更重要"；"靠低俗化、娱乐化造就的，是没有长久生命力的，也不可能有潜力可挖掘"。他举例说："我们坚信思想比漂亮的脸蛋更有力量。像曹景行、阮次山、何亮亮、杨锦麟等人，原来都是文人，他们满腹锦绣文章，却从来没有在电视上露过脸，我们为他们量体裁衣，制作适合他们的节目，很快就'红'了起来。"

从根本上说，文化是"化"人的，艺术是"养"心的。文化是人类独有的一种生存方式，艺术是人类独有的以审美方式把握世界并坚守精神家园的方式。人类通过文化把人的整体素质"化"高，通过艺术把人的精神境界"养"高，然后靠高素质、高境界的人，去保障社会经济全面、协调、可持续发展，这才符合科学发展观。唯其如此，覆盖面广、影响力大、渗透性强的各类电视节目的主持人的思想品位、文化修养和审美情趣，直接关系着是引领观众健康、向上呢，还是败坏观众的鉴赏口味。主持人理应以高度的文化自觉意识和社会责任意识，重视提高自身的思想品位、文化修养和审美情趣。这不仅关乎主持人个人业绩成败，更攸关观众素质的提高，切切不可小视！既然如此，为何一些主持人又不着意于自身思想文化审美素质的提高，而一味迎合低级趣味呢？重要的缘由，便是背离了文化"化"人、艺术"养"心的宗旨。在他们看来，文化可以急功近利地"化"钱（片面追求收视率），艺术可以变成仅止于"养"眼（满足观众视听感官心理上的刺激感）的东西。于是乎，放弃先进文化和优秀艺术的引领，一味靠低俗化和娱乐化消极迎合。殊不知，人类视听感官生理上的过度快感享受，势必造成其精神上的美感和反思能力的衰减。

古说云："乐不在外而在心。心以为乐，则境皆乐；心以为苦，则无境不苦。""养"眼仅在一时，"养"心才受用一世。更何况，由于自身学养、修养、素养皆差，以致美丑不分，以丑为美，那就连起码的健康的"养"眼都谈不上，反倒是污染了观众的视听天地。须知，"化"人与"化"钱、"养"眼与"养"心的"度"的和谐把握，至关重要。适"度"则和谐，既"化"人又"化"钱，社会效益与经济效益双丰收，既"养"眼更"养"心，直觉快感升华为精神美感；无

"度"则不和谐，只为钱不"化"人，"养"眼变伤情，势必有损观众的素质和境界。那么，低素质低境界的人，是会把即便搞上去的经济也消费耗尽的，又怎能保障社会经济的全面、办调、可持续发展呢？

2007−09−05

电视连续剧《彭雪枫》观后感言

　　充分珍视革命先辈留给我们的极其珍贵的精神资源、思想资源、文化资源和文艺创作资源。这是重大革命历史题材文艺创作不断深化、不断创新的重要一环。像彭雪枫这样忠诚的共产主义战士、中国工农红军和新四军的高级指挥员、杰出的无产阶级革命家和军事家，文武双全，信念坚定，在实践上和理论上都颇有建树的革命先辈，尽管英年献身，却在 37 岁的年轻生命中，为中国人民的解放事业立下了不朽功勋，真正做到了"功垂祖国""泽被长淮"。毛主席赞扬他是"共产党人好榜样"。今天，我们把他的一生中最光辉的岁月以审美方式搬上荧屏，就是这部长达 18 集的电视连续剧《彭雪枫》。观看这部电视剧，我们能够强烈地感受到他留给我们的丰富精神资源，其中包括思想的、文化的、道德修养的以及文艺创作方面的珍贵资源，这些至今仍具有重要的现实启示意义。这样的艺术作品，真正体现了文化"化"人、艺术"养""心"，是足以把我们的思想素质"化"高、精神境界"养"高的。向彭雪枫学习，像他那样做人，像他那样忠于党、忠于人民、忠于祖国，像他那样勤于学习、勇于实践、努力在实践与理论上都有所建树，那么，我们就会获得强大的精神能源，去推动建设现代化、构建社会主义和谐社会的宏伟大业。

　　重大革命历史题材，是文艺创作的富矿。努力实现创作资源的最佳配置，努力实现创作生产力诸因素的优化组合，十分重要。电视连续剧《彭雪枫》以史诗般的品格，展现了"红色经典"的魅力，给革命历史人物影视画廊增添了新的艺术形象。在当下重大革命历史题材作品好戏连台、广大观众艺术审美标准不断提升的态势下，《彭雪枫》创下央视同时段收视率之最，说明该剧探索出了一条让观众熟知历史、走近英雄的成功之路。该剧的成功经验告诉我们：在这块富矿里，尚有许多等待着我们去进行思想发现和审美发现的资源。该剧在复杂多变的险恶斗争环境中塑造人物，展现了彭雪枫将军坚持真理、坚持原则的政治风范，运筹帷幄、决胜千里的军事才能，描绘了其智勇兼备、极富华彩的"儒将"形象，自强不息、百折不挠的人格魅力，既真实生动，又感人至深。《彭雪枫》的成功启示我们，人物传记类重大革命和历史题材影视创作，既要尊重历史，遵循马克思主义的历史唯物史观，做到忠于史实与艺术真实的高度统一，又要尊重艺术规律，善于从浩瀚的历史资料中寻求和挖掘构成戏剧冲突的材料，塑造形神兼备、鲜明独特的艺术形象。我们应当像《彭雪枫》创作集体那样，认真学习革命先辈创造的业绩，认真领悟他们留下的宝贵精神资源，在学习历史中感知历史，在感知历史中提升历史素养。须知，珍视历史的民族，才是有希望和面向未来的伟大民族。

重视理论，笔耕不辍。在今天，这是彭雪枫留给我们的文化资源中尤其值得珍视的一条。毛泽东同志有两句名言脍炙人口：一句是"没有人民的军队便没有人民的一切"；另一句是"没有文化的军队是愚蠢的军队"。高度重视文化力的作用，在战争年代如此，在和平建设的年代亦应如此。彭雪枫在艰苦战争的岁月里，不忘刻苦钻研理论，及时总结战争实践，予以抽象概括，从感性升华至理性，先后撰写出《八角亭战斗的教训》《游击队政治工作教程》等百余篇重要军事理论著述，并亲自到山西大学等地宣讲。他还曾亲自创办《拂晓报》《猛攻报》、"拂晓剧团"等报纸和文艺团体，高度重视和充分发挥文化在革命进程中的重要作用。这一点，在市场经济占主导地位的今天，对于克服急功近利、喧嚣浮躁的情绪，高度重视和充分发挥文化软实力在综合国力竞争中的作用，从而培养出大批高素质、高境界的人，确保社会经济的全面、协调、可持续发展，全面落实科学发展观，尤其具有宝贵的现实意义和启示意义。

2007-10-12

健康的大发展大繁荣离不开科学的文艺评论

　　党的十七大发出了"推动社会主义文化大发展大繁荣"的伟大号召。无疑，"大发展大繁荣"的必要前提是健康向上。文艺是文化的重要组成部分。文艺的创作与评论，如车之双轮、鸟之双翼，缺一不可。健康的大发展大繁荣自然离不开科学的文艺评论——这是人类文艺历史上反复证明了的一条规律。十九世纪俄罗斯文学彪炳史册，至今为世人称颂，就因为它不仅造就了托尔斯泰等一批伟大的小说家，而且孕育了别林斯基等一批杰出的评论家。两者互补生辉，共同创造了人类文艺史上的灿烂华章。今天，重温一下别林斯基当年的如《1840年的俄国文学》《1841年的俄国文学》《1842年的俄国文学》等纵览全局宏观评论雄文，仍然强烈地感受到他那高屋建瓴、激扬文字、引领潮流的博大气势和论辩雄才。中国现代文学史上，上世纪二三十年代鲁迅先生对活跃于文坛的一批作家如柔石、萧军、萧红、废名等的褒贬评论，对进步文学的引领作用，功不可没。

　　盛世文昌。进入二十一世纪的中国社会主义文艺大发展大繁荣尤须加强科学的文艺评论。在市场经济条件下，有人说文艺评论"失语"，有人说文艺评论"失节"，这值得评论界自省和反思。我以为，缺少科学的文艺评论，尤其是缺少像别林斯基、鲁迅那样的评论大家，这确是事实。反省自身的评论实践，我深刻体会到：评论要努力做到科学，就必须自觉坚持与时俱进的马克思主义中国化的"美学的""史学的"标准。具体说来，我以为科学的文艺评论理应注重强调"文化化人，艺术养心，重在引领，贵在自觉"。

"文化化人"，就是说，文化的宗旨是"化人"——把人的精神素质"化"高。古语云："观乎人文，以化成天下。"文化者，乃人类独有的一种生存方式以"化成天下"也。人靠文化促进自身的自由全面发展，坚守独特的神圣的精神家园。当然，在文化"化"人的前提下同时也"化"钱，此谓双赢，再好不过。但时下确有人背弃"文化化人"，让文化一味急功近利地"化"钱，甚至以降低人的素质为代价，那就必须坚决反对。须知，只有靠文化把人的素质"化"高，高素质的人才能确保社会经济全面、协调、可持续发展。此乃科学发展观的题中应有之义。而低素质的人是迟早会把即便搞上去的经济也消费尽的。文艺评论要坚持以人为本，高瞻远瞩，就须遵循"文化化人"宗旨，既反对忽视读者观众的审美需求与情趣的贵族倾向，又反对发行量、收视率、票房"至上"的一味"化"钱倾向，从而入情入理地靠科学的美学分析与史学分析评价作品。

"艺术养心"，就是说，在娱乐文化居于强势的所谓读图时代，艺术的审美归宿是"养"心——把人的心境"养"高。马克思主义认为，与以经济的、政治的、历史的、宗教的等方式把握世界一样，人以审美的方式即艺术的方式把握世界，也不可或缺。艺术者，乃人类独有的一种审美方式以"把握世界"也。一般说来，艺术切忌说教，当然首先需要养眼悦耳即视听感官的快感。但仅止于视听感官生理上的快感，绝不能成为真正令人愉悦进而获取精神美感的优秀艺术，也绝难进入先进文化之列。至于等而下之的"花"眼、"闹"耳甚至"乱"心的伪劣之作，则根本与艺术无关。中国传统美学讲究"目击道存""养心悦耳"，《礼记·乐记》所谓"君子乐得其道，小人乐得其欲"，都旨在阐明真正优秀的艺术，理应通过"养"眼"悦"耳，使受众获得视听快感，并进而达于心灵，得到认识启迪和精神升华。

这，应当成为科学的文艺评论自觉高举的美学旗帜，不仅要推动创作健康繁荣，而且要培养受众高尚的审美鉴赏情趣。

"重在引领"，就是说，文艺评论的崇高使命在于引领创作、引领鉴赏，"引领人民精神生活"。文艺评论理应自觉以此为准则，在"引领"上狠下功夫。"引领"的反面是"迎合"——趋时、媚俗。文艺评论倘若一味迎合低级趣味，就势必强化民众鉴赏心理中尚存的落后因素，而这些落后因素一旦被强化，又势必反过来刺激产生品位更低下的作品，于是，创作与鉴赏就会陷入二律背反的恶性循环，就会损害国家的文化软实力。这样的文艺评论就给大发展大繁荣帮了倒忙。

"贵在自觉"，就是说，文艺评论真正做到文化化人、艺术养心、重在引领，归根结底在于文化自觉。文化自觉既是一个民族在精神上立于不败之地的根本，也是文艺评论力求科学化的动力。著名社会学家费孝通先生曾精辟总结了包括他在内的"五四"一代知识分子近一个世纪以来文化建设的经验，认为可以归结为"文化自觉"这个大题目，并明言这正是他一生"要过的最后一重山"。他以"各美其美，美人之美，美美与共，天下大同"的"16字经"来阐明何谓"文化自觉"。这应当视为文艺评论的箴言。文艺评论理应自觉继承弘扬中华民族优秀文化之美，自觉借鉴学习其他国家其他民族优秀文化之美，并善于在评论实践中自觉与时俱进地将这两种美交融、整合、创新，从而为构建和谐社会提供精神动力。"自觉"的反面是"盲目"。从事文艺评论者文化上陷入盲目，势必瞎评创作、误导鉴赏，后患无穷。

所以，文化的健康的大发展大繁荣，实在离不开科学的文艺评论。

2008-06-20

美是体育与文化艺术共同追求的至境

举世瞩目、令人翘首以待的北京奥运会一天天临近了。我虽有40余年从事文艺工作的经历，但妻子当体育运动员和教练员的工龄却比我这经历更长两年，因而也把我熏陶成为一名"铁杆体育迷"。闻听人言，著名科学家钱学森先生多次呼吁学科技的人也要学点艺术，因为科学思维（左脑）主智商旨在求真，而艺术思维（右脑）主情商旨在求美，两者互补生辉相得益彰，才可望成为左右脑一齐发达、智情商共同开发的复合型现代化人才。此言极是。在下不才，不敢妄言，但亲身阅历却启迪我深知：二十一世纪，不仅科学与艺术联姻互补是历史发展的大趋势，而且在大文化圈内，倡导体育与文艺联姻互补也是非常自然而必然的事。

何以如此？先从历史说起。现代奥林匹克运动至今已有114年历史了。自1894年创始，它原本就是一个有着鲜明的哲学理念和追求目标的社会文化运动。它既有体育竞赛，又有包括戏剧、音乐等在内的文艺活动。创始人顾拜旦就曾明言：其宗旨在教育青年，激励社会；而欲达此目的，体育就须与文化、艺术、教育相结合。所谓"奥林匹克主义"，就是一种人生哲学，主张通过体育，增强人的体质、意志和精神，促进人的自由全面发展，推动建立一个尊重人的尊严的友好、和平、和谐的世界。可见，体育的终极目标是育人——从育体进而育心。唯其如此，国际奥委会第七任主席萨马兰奇才强调："体育与文化和教育相结合，是奥林匹克的精髓。"现任主席罗格也说："文化和教育是奥林匹克的根本所在。"又是"精髓"，又是"根本所在"，足见这"结合"的紧要。

再从现实看。国际奥委会认为体育既是文化的一部分，又为文艺创作提供了丰富的创作资源。以文艺形式大力传播奥林匹克人文精神，是文艺家的神圣职责。近十余年来，就已举办过世界范围内的三次以"体育与美术"为题旨的比赛、两次以青少年为对象的"体育与文学"为题旨的比赛、一次以"体育与摄影"为题旨的比赛。北京奥运会提出的"三大理念"之一，就是"人文奥运"。与以往的奥运会多数都具有强烈的西方或欧洲文化特色相较，北京奥运会的人文特色，理应在弘扬奥林匹克主义的同时，鲜明地彰显中国文化特色。这是中华文化走向世界、向全人类展示中华优秀传统文化的千载难逢的良机。"世界给我十六天，我给世界五千年。"要让我们的会标、吉祥物、火炬接力、礼仪安排、开幕式、闭幕式、主题曲、奖牌等有形的，与大力开展的"迎奥运、讲文明、树新风"等无形的展示中华民族精神风貌的，都尽见中华文化的强大魅力。开幕式总导演张艺谋告诉我，他去请教顾问季羡林先生时，季老建议他在盛大的开幕式上出现孔子的巨幅画像。我猜度季老的意思，是要形象地向世界宣传中华文化中儒家积极进取的人生态度、以人为本的道德精神、天下为公的大同理想、天人合一的哲学理念、和而不同的兼容气度、以和为贵的中庸之道、格致诚正的精微体验、修齐治平的博大情怀、克己安人的自律仪范、重义轻利的仁侠诚信……这一切，再加上墨学的兼爱精神、非攻精神、节俭精神和救世精神，对于疗救当今世界人类精神领域出现的理想阙如、信仰危机、混乱迷惘以及人类生态环境、人文环境的种种破坏污染，无疑提供了一剂文化良方。

文化化人，艺术养心，体育既养身又养心。毛泽东同志青年时曾在《论体育》中指出"德智皆寄于体"，足见体之重要。如今的教育方针，已明确在"德智体"后加上了"美"。因此可以说"德智美皆寄于体"。没有强健的体魄，一切都将化为乌有。文艺求美，而美在和谐；体育求"更快更高更强"也须求"更美"，而此种美亦是人的全面和谐发展与社会的和平和谐。两者的出发点和落脚点都是以人为本。所以，我提议在奥林匹克精神提倡的"更快更高更强"基础上再加上"更美"——美实在是体育与文化艺术共同追求的至境！明乎此，运动员在参与竞赛时才会自觉遵循公平章程，做到罗格力倡的"人性、干净"和北京奥运会的"绿色奥运"与"人文奥运"理念，观众在欣赏比赛时才能自觉超越狭隘的民族、国家立场而升腾到以审美眼光为无论哪国运动员展示出的速度之美、高度之美、力量之美、技巧之美和精神之美，为体育竞技为促进人类和睦、世界大同所做出的独特贡献，放声喝彩！

2008-07-09

"龙脉"之断与国脉之续

　　只有不断反思自己历史并获得生存智慧的民族，才是有希望的民族；只有对历史进行扎实研究与严肃思考并寓于隽永的美学品位的历史题材电视连续剧，才能给观众以理性思考的快感和诗化接受的美感，也才能赋予此类作品以历史价值和艺术价值。根据同名小说改编、讲述光绪二年至光绪十八年李鸿章起用唐廷枢勠力以赴兴建近代第一座新式大煤矿（开平煤矿）的故事的电视连续剧《大龙脉》，就是这样一部"从场面和情节中自然而然地流露出来"进行深刻历史追问并力图求得正确答案的优秀作品。

　　来自历史固有的矛盾动力赋予了历史题材剧中构建戏剧冲突的更强的艺术张力。《大龙脉》中不管是个人和社会的冲突、理想和现实的冲突，还是情感和理性的冲突、主观和客观的冲突，其深层次根本动力实则来自历史固有的矛盾。剧中怡和洋行的英国人哈里逊为何死死拽住开平矿务局的五十股股票？醇亲王并非天不假年，为何慈禧太后没能让他活过五十二岁？企图"实业兴邦"、为大清延续经济龙脉的李鸿章为何"只为外官不为近臣"，虽夙夜忧叹殚精竭虑却不能解开北洋困局？"富国强民、一心利民、此心拳拳、苍天可鉴"的唐廷枢为何含恨而终？……这一连串的戏剧冲突构成了影像文本悲剧，观众在创作者设置的一个个戏剧事件中进行高密度的深度阅读而不是随意浏览，并在悬念中充满着对下一集的审美期待。

从艺术学角度来说这纯粹是一场悲剧。但从历史学的角度来说，这也是一场喜剧，因为观众通过此剧验证了对那场乍兴又竭的"洋务运动"历史经验总结的正确性，并获得了相应的理性快感；帝国主义要把中国变为他们的殖民地和半殖民地，腐朽的封建制度严重束缚着中国社会生产力的发展，"洋务兴邦"只是一朵不结果实的花朵。《大龙脉》艺术文本的冲突的必然结果是"龙脉"必断，而历史追问的正确是"走向人民共和"国脉必续。

创作历史剧的根本经验是"大事不虚、小事不拘"，但何谓剧中"大事"？何谓剧中"小事"？能否很好地把握住这两条创作原则是检验剧作家驾驭历史题材能力的根本方法之一。剧中"大事"理应是剧作者能够准确把握时代脉搏、顺应时代发展的必然规律，剧中"小事"理应是剧作者通过"从场面和情节中自然而然地流露出来"的戏剧冲突来诱发观众掌握历史的规律。以剧中"小事"反映历史"大事"，以历史"大事"激化剧中"小事"，《大龙脉》主创者很好地把握了这条创作原则。较之"戏说"宫廷戏，《大龙脉》对历史进行了扎实研究与严肃思考，并艺术地回答了"龙脉"何以断与国脉何以续的历史追问。别林斯基说："每个民族都有两种哲理：一类是学究式的、书本的、郑重其事的、节庆才有的；另一类是日常的、家庭的、习见的。"他认为要"忠实地描写任何一个社会"和"认识某一民族"，就"必须首先研究后一种"哲理。这也正如《大龙脉》这部电视剧所表现出来的：历史剧的生活哲理更能够使人认识一个民族的历史哲理、历史剧中生活化事件理应赋予历史的任务。

本文系与博士张金尧合作

2008-07-22

《祈望》：通过真与善而达到美

我看《祈望》时，本想只看个大概，没想到这部 32 集的家庭伦理电视剧，把我完全吸引住了，以致一集不落全都看完了。我认为，在中国电视剧发展史上，就其美学品格而言，它堪称是一部家庭伦理电视剧的范本，同时对了解中国特色的长篇电视剧的美学属性和审美风范，也具有很重要的意义。

剧中男女主角姜文君、芦苇，是一对离了婚又带着各自子女再婚的中年人，他们历经波折，却依然充满了对新生活的憧憬与祈望，不仅题材洋溢着浓烈的时代精神，而且人物集中、情节洗练、节奏明快，看似生活中的涓涓细流，却一波三折、环环相扣，掀起层层激动人心的生活浪花，引人入胜。孙淳扮演的姜文君，是一个有思想、有追求、有人格而又有弱点的立体人物。茹萍作为本剧的女主角，她所塑造的芦苇，也给人留下了难忘的印象，生动地演绎了主人公的情感轨迹，仿佛成了她真实生活的一种写照。至于刘之冰扮演的和芦苇离异的蒲剑峰，虽毛病不少，但内心却留存着对善与美的追求，最后为民工开办便民诊所，回归到正确的人生轨道上来，这个形象把人物的多面性、复杂性表现得很到位。扮演芦苇妹妹的万妮恩，是了一个不善于思考、懵懵懂懂的女性形象，她和比自己年长很多、离异又带着一个十几岁女儿的男人结婚，开始时对于自己作为继母的责任毫无认识，后来成了一位名副其实的母亲，既有了自己亲生的宝贝，又有了一个不是亲生却胜似亲生的好闺女。总之，这部戏中的许多荧屏形象，由于导演的独具匠心的处理，演员朴实无华的表演，让观众都能从中照见自己或多或少的生活影子。可以说，这是一部通过真与善达到美的优秀艺术作品。

20年前的《渴望》，标志着中国电视剧走向自觉，找到了自己独立于电影和戏剧之外的美学品格。而20年之后的《祈望》，标志着中国电视剧创作的美学追求走向自觉。20年前的《渴望》就其美学思维而言，主要是单向取值，非此即彼。刘慧芳是个善的化身，王沪生是个恶的化身，标志着走出"文革"禁锢后的中华民族呼唤真情、呼唤亲情的愿望；今天的《祈望》，里面的人物没有一个是坏的，但却也没有一个是绝对完美的，他们都有着自己的精神追求，从不太完美到比较完美的过程中，迸发出了人类对真、善、美的追求，因此它的美学价值是远胜于《渴望》的。所以这绝不是一部拘泥于个人身边的小悲欢、拿小悲欢当大事件的小气之作，而是一部通过家庭伦理生活和婚姻生活，折射出30年来特别是近几年来中华民族精神轨迹的大气之作，对提高全民族的审美修养和鉴赏水平是大有好处的。

2008-12-12

绿色家园的歌行

——评电视连续剧《清凌凌的水蓝莹莹的天 2》

　　改革开放 30 年来重要成果之一就是人的意识的觉醒，"代表先进阶级的正确思想，一旦被群众掌握，就会变成改造社会、改造世界的物质力量"。而描写和颂扬掌握这种正确思想的过程，是包括电视连续剧在内的艺术作品的历史使命。电视连续剧《清凌凌的水蓝莹莹的天 2》就是一部对新的历史阶段下建设新农村过程中农民意识觉醒的歌行。可以说，上世纪八十年代诸如《芙蓉镇》《月亮湾的笑声》等电影作品较多的是对农民政治层面觉醒的反映，解决的是诸如"资""社"等思想观念的问题；上世纪九十年代诸如电视剧《篱笆·女人和狗》"农村三部曲"较多的是对农民经济和精神层面觉醒的反映，解决的是温饱富裕和思想解放问题；而在新世纪新的历史阶段，诸如电视连续剧《文化站长》《清凌凌的水蓝莹莹的天》等作品则正在更多地关注社会科学发展和人的和谐成长的问题，此类作品更多地反映了农民对与之相处的环境（人与人的环境、人与自然的环境）如何更为和谐的意识的觉醒。从艺术创作与艺术作品本身来说，电视连续剧《清凌凌的水蓝莹莹的天 2》至少有三点值得肯定。

　　首先，为农民写戏、播戏实属不易。农民在城乡差别中依然处于弱势一极，这样的作品在"市场万能"中要取得诸多"大片"的经济"效益"，完全是一种奢望。毋庸讳言，当下在某种片面追求"收视率"思潮"引领"下，农村题材在整个电视剧的制、播环境（剧作者的创作热情、播出时段、媒体宣传、社会关注度等）也同样处于"弱势"一极。电视连续剧《清凌凌的水蓝莹莹的天2》于这样的文化背景下，在中央电视台黄金时间播出，本身就说明了创作主体难能可贵的"眼睛向下"的创作良知和播出主体敏锐的文化引领胆识。因为没有占中国人口绝大多数农民的小康就没有全体人民的小康，没有农民的觉醒就谈不上一个民族的觉醒，更谈不上一个民族的复兴。

其次，写农民的"生态意识"也反映出主创者与时俱进的精神追求和人生境界。当下的电视剧创作生态不尽平衡，电视剧创作者在市场利润的诱惑下，要热情而从容地讲述农民故事并且讲述农民的"生态"故事，既考验着创作者的创作动机，也考验着创作者的叙事技巧。电视连续剧必须讲好故事，而要在一部能引人入胜的故事中完成"生产发展、生活富裕、生态良好"的协调统一的主题而不说教，"从情节中自然流露出来"，就更属不易。剧中也正视了农民发展观念的局限，如钱多多的观光项目与父亲钱大宝的石材项目的严重对立、村主任钱大宝观念转变的曲折、钱二宝苏东升利欲熏心将"花岛"的石材作为了中饱私囊的摇钱树等等，无不是农民涸泽而渔、急功近利局限性的展现。此剧故事流畅、节奏紧凑，将一个具有思辨的命题寓于父女隔阂、兄弟反目、村民刁难、奸商凶残的曲折故事当中，没有主创人员扎实的生活经验和创作经验断难完成。

更为重要的是，此剧所提倡的生态文明并非是一种狭隘的政策图解，并非只是从"人与自然"和谐的一极来解释政府决策，而是从更高层面即"以人为本"的层面——"人与人"和谐的一极来展开故事，这本身符合广义上的生态文明，即"人与自然"及"人与人"的双重和谐。而后者比前者更为重要，因为只有人与人的观念达成了统一，"人与自然"的和谐才能成为可能，才有可能使新的历史阶段的农民更聪敏，进而实现社会、经济与自然的可持续发展及人的自由全面发展。此剧纷争而不恶斗，戏谑而不恶搞，总是在"情"字中化解"人与自然"的矛盾：钱大宝与满一花的恋情、钱大宝与钱多多的父女情、钱大宝与钱二宝的兄弟情以及钱氏父女对乡亲们的"但存方寸土，留与子孙耕"浓浓的乡土情……这样，以"人与人"的和谐来促进和实现"人与自然"的和谐，既符合于社会发展规律也符合于此剧本身的艺术创作规律，达到一种更高层面上的生态平衡。

电视连续剧《清凌凌的水蓝莹莹的天2》还给我们一种启示，那就是如何运用入人也深、化人也速的电视传媒优势促成文艺学的学理深化，在生态伦理学的启示下调整文艺价值观，以更多的文艺作品观照属于人的环境，这也是文艺学建设的新课题之一，从而超越电视剧艺术学科考察本身，以确立一种新的生态道德、文化研究显学和文明发展模式。

当然，"欢愉之辞难工，而穷苦之言易好"，用喜剧的形式表现农民觉醒过程的精神风貌更考验演员们的表演功力。在当下低俗甚至是恶俗风气流行的文化背景中，要准确、形象地表现农民的性格厚道而不愚蠢、农民的生活朴实而不肮脏、农民的语言幽默而不油滑，诚然是艺术的一种理想状态，但理应成为包括电视连续剧《清凌凌的水蓝莹莹的天2》在内的农村题材喜剧的自觉追求。"我本无心说笑话，谁知笑话逼人来"，这种严肃的"笑"在本剧的表演过程中虽有一些探索，还需更进一步。

本文系与博二张金尧合作

2009-03-01

文艺力量振奋人心

面对美国次贷危机引发的这场国际经济危机，中国的文化艺术当有何作为？这是一个值得深思的课题。

人类愈文明，社会愈进步，则人把握世界的方式就愈需要多样互补，才能最终实现整体的和谐。在当代，如同以经济的、政治的、历史的、宗教的、哲学的等方式把握世界一样，人类以文化艺术的方式把握世界也不可或缺。面对这场国际经济危机，中华民族的文化艺术有责任以独特的方式为人民提供强大的精神动力，从而增强信心，发愤图强，渡过难关，迎来更加绚丽多彩的明天。

一切有理想有抱负的文化艺术工作者理应自觉、主动地与人民共呼吸、与时代同前行。文化化人，艺术养心，古往今来，正道如此。"观乎人文，化成天下"，文化的宗旨在"化人"——提高人们的整体精神素质；"美不自美，因人而彰"，艺术者，不止于养眼悦耳，更在于陶冶人的审美情趣，故艺术鉴赏的终极目标在于"养心"。当经济出现困难和窘境时，先进文化和优秀艺术培养造就的高素质、高境界的人就能以自强不息、厚德载物、处变不惊、百折不挠的民族精神艰苦创业、提振经济；当经济健康繁荣时，先进文化和优秀艺术引领下的高素质、高境界的人又能以居安思危、防患未然、高瞻远瞩、奋进不止的思想保障社会经济的全面、协调和可持续发展。

从历史上看，经济危机常常会给文化艺术的发展繁荣带来机遇，这源于人们在困难面前激发出的强大精神力量。确实，"多难兴邦"，这已经为中华民族在震惊世界的"5·12"汶川大地震中的非凡表现所证明；"文穷后工"，这肯定又会为大发展大繁荣中的中国当今文艺所印证。

文化是包容的，但"化人"需要的是先进文化；艺术是多样的，但"养心"呼唤的是优秀艺术。在这里，创作题材资源的最佳配置尤为重要。这场经济危机让我们懂得市场经济离不开科学的宏观调控，同样，对于精神资源的配置，市场经济也不是万能的。因此，我们要更加自觉、更加主动地发挥宏观调控职能，实现文艺创作题材和资源的最佳配置，进而实现精神生产创作人才的优化组合，并最终实现以先进文化和优秀艺术去反映人民的精神生活，引领人民的精神追求的目的。

2009-03-04

一部生动的解放战争形象史

《解放》是一部以50集的鸿篇巨制，全景式地宏观表现震惊中外的中国人民解放战争历史的精品力作，堪称荧屏上的中国人民解放战争形象史。这是向共和国60周年诞辰献上的一份厚礼，它集中体现了中国电视剧重大革命历史题材创作新时期以来所达到的最高思想艺术水平。

它集中了党史界、军史界、史学界和文艺界关于人民解放战争历史的新鲜思维和学术研究成果，使全剧具有了很深广的历史内涵。之前以解放战争为题材的电视剧创作，大都着眼于某一战役、某一城市的解放，而《解放》从时间上贯穿始终，从空间上总揽全局，纵横理顺，经纬史通，逐一道来，以点成面。这得益于中央文献研究室和军事科学院的鼎力相助，也是编剧王朝柱近30年来甘坐冷板凳、潜心学习和感知中国近、现代历史结出的丰硕果实。可以说，《解放》不仅是电视台播出的一部精品力作，而且是深入大、中、小学课堂为广大青少年学生提供的一部学习中国人民解放战争历史的极好的形象教材。

它集中了文化学界，尤其是近现代文化史学界的新鲜思维和学术研究成果，使全剧具有了很丰厚的文化意蕴。这主要表现在活跃于重大战争中的历史人物形象塑造上。无论是毛泽东运筹帷幄、神机妙算、自强不息、所向披靡，还是周恩来披肝沥胆、处变不惊、厚德载物、知人善任，抑或是蒋介石、宋美龄及其身边各色人等的文化人格，都在哲学层面上自觉摒弃了那种简单的二元对立、非此即彼的单向思维方式，而采用了一种全新的执其两端、抓住本质、把握好度、全面辩证的文化思维方式。因此，这些决定着历史发展走向的重要历史人物形象，都给观众以文化意蕴的丰厚感和审美鉴赏的新鲜感。

它集中了电视剧界近30年来在重大革命历史题材创作上美学思维的最新最高成果，使全剧具有了很高的美学品位。《解放》的主创班底，历经《开国领袖毛泽东》《长征》《延安颂》《周恩来在重庆》，已对"大事不虚、小事不拘"原则驾轻就熟，从而能从容适度地实现历史真实与艺术真实、宏大叙事与细节描写的和谐统一。而编剧王朝柱，饰毛泽东的唐国强，饰周恩来的刘劲，饰朱德的王伍福，以及饰蒋介石的马晓伟，饰宋庆龄的于小慧等，在美学追求上都更加自觉，并日臻成熟。编、导、演、表、摄、录、美、化、服、道、音创作生产诸因素方面一流人才的强强联合，铸就了全剧很高的美学品位。

古人云："灭国去其史。"那是说，要灭亡一个国家，就须割断消亡它的历史。《解放》作为一部中国人民解放战争的形象历史昭示我们："强国重其史。"通过鉴赏《解放》，我们可以学习这段辉煌的历史，汲取宝贵的历史经验，为推进中国特色社会主义伟大事业健康持续发展吸取精神动力和思想资源。

2009-09-29

为世博注入审美精神

我赞同这样的论断：世博会既记录了人类智慧和社会文明，又前瞻了未来人类文明发展的路径。

在我看来，世博会理应成为人类的盛大的文化创意和文化集会。文化，乃人类独有的一种生存状态。人之为人，其区别于其他动物的根本标志就在于是一种有文化的高级形态的理性情感动物。完整意义上的人，既为所处的传统文化所塑造，又能创造出有别于传统文化的新文化。这便是人与文化和谐共生、辩证发展的关系。唯其如此，作为完整意义上的人的文化创意和文化集会的世博会，就不仅标注了人类物质生产进步的轨迹，而且也必然呈现出人类精神文明发展的脉络；不仅引领着人类物质生产的潮流，而且也必然开拓出人类精神文明前行的路径。

且看首届世博会被誉为"水晶宫"的主建筑，这座由1060根铁柱和30多万块大型玻璃建构的巨型童话宫殿世界，不仅凝聚着英国工业革命的科学技术成果，显示出经典力学、微积分等先进科学理论的魅力，而且引领人类开创更新更奇更美的未来理想世界。如今有近200个国家和50个国际组织参展的上海世博会，其"主题馆"高扬"城市，让生活更美好"的理念，真实、生动、深刻地诠释了二十一世纪人类物质文明和精神文明所达到的新高度，引领人类在新的历史条件下坚持以人为本，兼容和谐地妥善处理好人与人、人与自然、人与社会的关系，去实现"天下大同"。

世博会上展示的每一项人类科学技术的重大发明创造，都无疑推动了经济发展和社会前进，都给人类"生活更美好"带来了福音。但是，近代以降，科学技术与人文精神之间也曾发生过某些冲突和较量。忘记以人为本，一味追求经济效益的资源开发会破坏人与自然、与环境的生态平衡，以致造成人祸天灾。

我注意到，上海世博会敏锐地以"文化自觉的力量"兼容整合科学技术与人文精神，实现两者的结缘互补，推动人类社会全面、协调、可持续发展。是的，我们理应自觉在世博会中注入审美精神，以坚守人类独有的精神家园，促进人的自由而全面发展；理应自觉摒弃那种在"展会经济"中排斥审美精神的功利化、媚俗化倾向。这是上海世博会的新意，也是上海世博会对当代人类文化的新贡献。

1977年，英国当代诗人菲利浦·拉金（1922-1985）在《逝去了，逝去了》一诗中，曾凭吊那时的英格兰因科学技术与人文精神冲突而"逝去了"的可爱可亲的"树影、草坪、小巷、会馆、雕花的唱诗台"，并厌恶那"剩下的只是混凝土和轮胎"——疯狂的房地产开发的"混凝土"痪毙了大自然的生机，失度的汽车工业"轮胎"污染了清新的大气。而上海世博会的"城市，让生活更美好"，给人类历史留下的，当然不会只是"混凝土和轮胎"，而应当是一种全新的文化理念，即以文化化人、艺术养心、重在引领、贵在自觉的精神，追求人与人、人与自然、人与社会和谐相处，推动人类社会持续发展和物质生活与精神生活更加美好。

2010-05-10

生命绝唱　醒世佳作

　　由中央纪委监察部电化教育中心、中央电视台中国电视剧制作中心联合出品的电视连续剧《远山的红叶》，以"全国优秀共产党员"、"全国纪检监察系统先进工作者标兵"、四川省南江县原县委常委、县纪委书记王瑛的先进事迹为原型，艺术地再现了一位基层优秀女纪委书记感人的生命历程。此剧荡气回肠，堪称一首用真诚和挚爱谱写的生命绝唱，一部将铁骨和柔情融合的醒世佳作，一部有思想的艺术与有艺术的思想完美和谐统一的精品。

　　说它是生命绝唱，是因为此剧是一曲用生命谱就的具有彪炳意义的操守颂歌。王瑛同志对党的事业的忠诚是那样地让人感动，没有半点的杂色和矫情。她的廉洁，是一种人性的真情流露。这正如明代著名思想家薛瑄所认为的"廉洁"有高低层次之分。他说："世之廉者有三：有见理明而不妄取者，有尚名节而不苟取者，有畏法律、保禄位而不敢取者。见理明而不妄取，无所为而然，上也；尚名节而不苟取，狷介之士，其次也；畏法律、保禄位而不敢取，则勉强而然，斯又为次也。"王瑛同志的廉洁不是"畏法律、保禄位"的"勉强而然"，而是一种纯粹的"无所为而然"。她的生命形式恬淡而自然，有一种纯粹的真诚而磅礴于美的天宇。她将救过她命的公安局副局长郎小泉"无情"地下放到村子里做科技员而遭致郎家的憎恨，她在地震后将个别干部中饱私囊的赈灾品分发灾民而遭来干部家属"癌症报应"的谩骂,她组织的"企业对政府部门的面对面投诉会"令"吃拿卡要"的领导们颜面丢尽……生活中的王瑛同志如远山的红叶一样平凡安详,而荧屏上的王瑛艺术形象通过艺术家们的凝练,如一只泣血的杜鹃,其精神辉映时代,其形象肝胆照人。生活是艺术的源泉,如果没有王瑛同志的肝胆照人的生命历程,这一部堪称典范的人物传记电视剧断难完成。同理,艺术又能真切地引领生活,此片中的王瑛艺术形象所散发出来的感召力,以生命的绝唱浇灌出的艺术之花,定能起到教化民众、净化环境的难以替代的作用。

说它是醒世佳作,是因为此剧是一部反腐倡廉的力作,是一部指点迷津的教科书,也是我党决不让腐败分子有藏身之处的宣言书。深入剧情,水利局副局长岳映久之流的挫败,再一次昭示了"莫伸手,伸手必被捉"的箴言。当然,打击不是目的,而是为了使千千万万干部得以警醒。"不教而杀谓之虐,不戒视成谓之暴"。惩前毖后、治病救人是党对失足干部甚至是蜕变官员惩治的目的。运用电视剧这一其他文艺形式难以替代的传播优势,就是要让老百姓看到党的好干部王瑛同志的铁骨和柔情,就是要让蠢蠢欲动者回头是岸,就是要让那些"身后有余忘缩手,眼前无路想回头"的变质分子追悔莫及甚至身败名裂。

《远山的红叶》的艺术性也堪称典范。此剧之所以能让迷者惊醒、廉者更廉,是因为此剧的主创者们有一种"写谁,为谁写"清醒的创作理念。在当下大众娱乐狂欢的"视听盛宴"中,究竟有多少人真诚地将镜头对准了那些为生活奔波的劳苦大众、冷群众安危冷暖挂在心头的基层干部?毋庸讳言,当下的一些伪现实主义作品以票房价值取代思想艺术价值而掩人耳目,一些低俗的作品以高收视率模糊收视质量而挤压艺术作品的生存空间。《远山的红叶》的主创者们严肃地小心翼翼地运用手中的笔、肩上的镜头歌颂崇高、嘲笑卑劣,这种清醒的创作理念不能不说是对当下某些影视剧"谍影重重""阴招使尽"倾向的一种有力匡正。

此剧的艺术性还表现在高妙精当的情景设置上。对于《远山的红叶》这类反腐倡廉的艺术作品，仅有高尚的艺术原型、严肃的创作理念还不够，还需要有高超的艺术呈现技巧，还需要将这一种情怀从"情节中自然地流露出来"。此剧的情景设置可谓天成，毫无斧凿之迹。君不见，当王瑛得知不久于人世之后，她为家人洗涤衣物，并写上"春""夏""秋""冬"叠放整齐，让人体味到"无情岂是真豪杰"的女性柔情；当她昏迷中，电话那头传来岳映久"我希望你多活几天，让癌症好好折磨你"的恶毒话语时，她突然睁开了为民复仇的怒眼，不能不使观众痛恨那些黄钟毁弃、瓦釜雷鸣的顽固分子；当她昏死在抗震救灾的第一线时，农民们用自制担架将她抬往县城，此时余震不断，山上飞石直下，农民们甚至是被她"下放"的干部们，用门板、簸箕、晒席挡住飞石，为她筑起了一道生命之墙。当深夜里"背二哥"暗中保护自己的亲人——王书记时、当老百姓万人空巷赶赴灵堂时、当葬礼上被她"下放"的公安局副局长手捧奖状"汇报"时、当弟弟悔恨地跪在姐姐的灵前时……高尚的精神使人皈依，愚顽的心灵受到洗礼。这些情景浑然天成。

这里还应当感谢王瑛的扮演者颜丙燕同志，据说为了扮演好王瑛这一角色，她深入生活甚至参与办案，才真正走进了王瑛同志的心灵深处，成功地塑造了这一鲜活的艺术形象，让王瑛同志以一种视听形象定格在时代，又永远地活在人民的心里。

本文系与博士张金尧合作

2010-06-25

《兵峰》：树立精神高峰

　　这是一部把镜头对准驻守在祖国西藏边境冰天雪地里的边防军人的精神世界的电视剧。正如片头字幕所云：他们驻守在海拔5037米高的博古拉哨所，"与现代生活离得很远，远到我们几乎不知道他们的存在；可他们却与国家和民族的尊严离得很近，近到他们就等同于国家和民族的尊严"。作为当代军人，他们的理想信仰、国防天职、人格操守和生命意识所铸就的价值坚守，弥足珍贵、感人至深，在浮躁喧嚣、物欲横流、精神滑坡的今天，太需要发扬光大了！

　　这种价值坚守，不是靠空洞说教和概念演绎，而是靠肖沐天、郝大地和兄弟班的当代军人的鲜为人知、引人入胜的连续发生在12天里的故事和故事中人的精神嬗变、灵魂自审来体现的。其间，险救古蒙儿、强渡黑马河、桑红牺牲、险越大风口、对峙异国军人、抢救朗措、护送异国牧民、穿越雪崩区、遭遇暴风雪、攀登冰山达坂、朗措牺牲、娜叶寻回"亡夫"、智斗国际盗猎分子……一系列惊险事件，不止于动作性强、环环相扣，更主要在于镜头的焦距始终对准着活跃于并决定着事件发展走向的人的内心矛盾、选择和升华，尤其是通过古蒙儿这一现代女性视角强有力的烘托，才愈益彰显近当代戍边军人的这种价值取向所蕴含的理想光芒、人性深度、生命意识和永恒意义。

军人不是神，也不是苦行僧，军人是人，是有理想信仰和七情六欲的人。《兵峰》中的当代成边军人，是血肉丰满、精神崇高的活生生的凡人。且听听肖沐天连长带着战士们在郝大地意外"失落一百多封家信"后所诵读的那封"代写的家信"吧，当代成边军人对远在故乡的未婚妻的绵绵深情怎不叫人肝胆欲碎！郝大地对"失落家信"的愧疚又昭示出这个"外刚"的硬汉是多么"内柔"！肖沐天与郝大地两位同具理想信仰和国家使命而性格迥异的军人，在对待古蒙儿、对待朗措、对待生存困境和恶劣的自然条件，以及对待国际盗猎分子等矛盾冲突中，显现出的品质、情义、胸怀、抱负，都是那么光彩夺目、通向崇高。在这里，值得称道的是，除了与国际盗猎分子的矛盾冲突外，编导在全剧诸多矛盾冲突的设计构思上，自觉克服了长期以来在阶级斗争为纲指导思想制约下形成的二元对立、非此即彼的单向思维，不再是简单的正确与错误、先进与落后，甚至革命与反动的二元对立，而是代之以是非分明的执其两端、兼容和谐的辩证思维，从更深层更宏观的人文视角把矛盾冲突的设置和产生都主要归结为人物的不同性格、人生经历、生存环境、行为方式、生命态度所导致。这样的主要属于观念上的冲突，对抗愈激烈，愈有亲和力，愈有现代感，愈有人性深度，愈有普适意义。统观肖沐天与郝大地、与古蒙儿、与团队、与自然灾难和生命困境，乃至与自己的矛盾冲突，郝大地与肖沐天、与古蒙儿、与团队、与自然灾难和生命困境，乃至与自己的矛盾冲突，古蒙儿与郝大地、与肖沐天、与军嫂娜叶和军犬神龙、与自然灾难和生命困境，乃至与自己的矛盾冲突，其艺术构思的创新，都源于这种哲学层面的思维方式的创新。

　　无疑，《兵峰》是在极其恶劣的自然环境下拍摄完成的。全剧的镜头运用、影调处理、音乐设计、环境氛围和人物造型，以及主要演员的表演，都堪称一流。这不禁让我想起了在高原拍摄现场号令三军的导演——年轻而瘦弱的女中校刘岩。这是一位以常香玉的"戏比天大"为人生座右铭的"要戏不要命"的女导演。她以身作则，自己在现场就曾昏晕休克过。她带头以生命的价值坚守了艺术的价值。

任何时代，文艺犹如一座宝塔。盛世包容，塔座愈多样愈丰富则愈繁荣，但选择眼光应以不突破我们民族历来倡导的价值取向和道德准则为底线；至于塔尖，则应是推举那些体现了时代民族历史思维和美学思维较高成果的有思想的艺术与有艺术的思想和谐统一的精品力作，因为身居塔尖起着引领民族精神航程的神圣职能。《兵峰》是有资格进入塔尖的。切忌在市场经济面前，任凭那只看不见的手强行把本应位居塔尖的精品力作拽到塔底，甚至挤出了塔身；而靠强势媒体极其错位地把本来只有资格在塔底占一适当位置且尚须提升思想艺术品位的作品，戴着"高收视率"的光环升至塔尖！

2010-08-05

调控民族文化生态环境

——在戏曲晋京展演会上的发言

我想说一下这次展演的体会：

一、这次展演活动是调控我们当下人文生态环境和民族的文化生态环境的一项重要举措。因为我们的生态已经出现了某些令人忧虑的失衡现象，比如说庸俗、低俗、媚俗的倾向；比如说在物质与精神的关系上出现了重物质而轻精神，重经济而轻文化的倾向；在科技与人文的关系上出现了重科技而轻人文的倾向。在群体与个体的关系上出现了重个体而轻群体的倾向。在历史观上出现了某些历史虚无主义的倾向。这些都是令人忧虑的，而这次展演活动就是要使这种在某些方面失衡的人文生态和文化生态环境得到一种切实的、有效的调控，让我们的人民能够生活在一种真正的健康向上、繁荣兴旺的文化生态环境里，这是一个民族、一个国家文化软实力的真正所在。

这次展演既有经典作品，又有在改革开放现实生活的土壤上创作出来的新作品，真正体现了一种领导文化建设的自觉态度，这就是费孝通先生所言的"16字经"——各美其美，美人之美，美美与共，天下大同。首先各美其美，我们有优秀的传统节目，如京剧《杨门女将》经历了50年，生动地体现了民族戏曲艺术的审美优势和美学魅力。然后在此基础上防止闭关锁国，做到美人之美。本次展演，也有其他国家和民族的优秀文化，比如芭蕾舞《天鹅湖》等。尤其可贵的是在这两条基础上美美与共，把我们民族的优秀的美学传统同吸收其他国家、其他民族的一些好的东西加以交融整合，创作出适应时代要求的优秀文艺作品。

二、文艺工作者携起手来精心营造一种洗涤心灵、净化灵魂的文化氛围，而这种氛围体现着一个社会、一个时代的文明水准，也是软实力的核心。虽然有些剧目还有争议，没有关系，好的作品都是在争议当中出来的。所以我诚恳地希望我们各省市有文化眼光和文化自觉性的领导，都要重视这个问题，各省，以省里主干院团为主导，也搞这样的展演，中华民族的文化氛围就得到改观了，文化生态环境就得到改观了。

三、我们国家的文艺是个宝塔，盛世文化宝塔的塔座里多样与繁荣我不反对，但有一个底线，塔腰到塔尖肯定选择那种经过历史和人民检验的，真正实现了有思想的艺术同有艺术的思想和谐统一的艺术上品、优秀作品，才有资格推到塔尖。这个展演活动有力地匡正在某些地方出现的在市场看不见的手的作用下利用强势媒体，把本来只有资格在塔座里面占一席位置的东西强行推到了塔尖，而把本来应该在塔尖的东西挤到了塔座，甚至推出了塔身，位置都没有了。这样的展演明确地指明了艺术导向，它匡正或者防止可能出新的问题，已经出现了的就要得到有力的匡正。

最后一点，展演一方面是造就艺术人才，培养演员的，打造一个很好的品牌；另外一方面很重要的是，培养造就像我这样的观众。

2010-09-09

异中有同　同中有异

——观电视剧《黎明前的暗战》有感

谍战题材作品倾力塑造的主人公艺术形象所传递出的鲜明浓烈的情感、所具有的坚贞不渝的理想信仰的永恒魅力，是吸引观众的重要原因。

作为中央电视台综合频道开年大戏的 25 集电视剧《黎明前的暗战》与观众见面了。这是继近年来热播的同类题材、同类风格的电视剧《永不消逝的电波》《黎明之前》之后的又一力作。为何反映以表现我党地下斗争为题材内容、以谍战剧风格样式呈现的电视剧一再受到观众青睐？这的确是当下大众艺术创作与鉴赏中的一个耐人寻味的有趣话题。

我想，这首先还是因为这些作品倾力塑造的主人公艺术形象所传递出的鲜明浓烈的情感、所具有的坚贞不渝的理想信仰的永恒魅力。这是诸剧之同。看《黎明前的暗战》中的肖天济形象，称颂他为潜伏于保密局的中共地下党员"坚冰"，实不为过。这"冰"之"坚"，就"坚"在共产党人终生为之奋斗的理想信仰的坚定性。毋庸讳言，今天中华民族正在进行着前所未有的伟大的现代化建设的宏伟大业，但也正遭遇了一种重实惠、轻理想，重功利、轻信仰，重科技、轻人文，重个体、轻群体的思潮的侵扰，人们不满那种缺乏道德的商业、缺乏劳动的财富、缺乏奉献的追求、缺乏人性的科学和缺乏美感的文化。正是在这样的人文生态环境下，以重塑理想信仰为宗旨的大众艺术创作应运而生，理所当然、势所必然地赢得了大众艺术鉴赏的认同。

其次，该剧当然同中亦有异。倘在内容和形式上都是简单重复，是不会具有吸引力和感召力的。该剧之异，十分明显。《永不消逝的电波》据红色经典同名电影改编，遵循着原著理想信仰的价值取向和主要人物形象建构体系而深化、丰富、发展。《黎明之前》则为原创，是编剧认真学习我党地下斗争历史、感悟这种在革命理想信仰支持下的惊险生活而以审美方式创造出来的完全艺术虚构的故事。《黎明前的暗战》又不同了。它完全依据湖南和平起义的历史史实，注重以艺术再现中共湖南省工委书记周里为首的地下党组织抓住解放战争节节胜利的大好形势，遵照中共中央关于"在国民党军队中，应争取一切反对内战的人，孤立好战分子"的指示精神，力争程潜、陈明仁弭兵罢战，走和平起义道路的真实历史。这给全剧奠定了厚重、真实的历史感。为增强作品的艺术魅力，编导又在艺术再现湖南和平起义历史事件时充分发挥审美创造的合理虚构和想象能力，在谍战剧的戏剧化上下功夫，既设计出一系列环环相扣的悬疑和惊险的情节，又塑造出活跃于这些情节中的并决定着这样情节发展走向的与真实的历史人物周里、程潜、陈明仁等发生着密切关系的肖天济、梁小民、司马楠、肖天池等完全虚构的人物形象。这是一部"大事不虚，小事不拘"的把历史真实与艺术真实较为和谐地统一起来的成功作品。

时下，人们总在责难中国荧屏常出现的"一窝蜂"创作现象。一部家庭伦理剧播火了，一窝蜂的家庭伦理剧便接踵而至；一部谍战剧播火了，一连串的谍战剧便蜂拥而至。确实，艺术贵在创新，切忌雷同。但像《黎明前的暗战》这样的作品不能以"一窝蜂"视之，而实在是从不同方面、不同视角对中国电视剧创作谍战剧的"类型化"的不断探索和创新。

2011-01-21

艺术学成为独立学科门类随想

　　艺术学获批成为独立学科门类，这是我国高等教育史、学科建设史和人才培养史上的一件具有里程碑意义的大事，是二十一世纪中华民族伟大复兴历史进程中艺术自觉、艺术自信、艺术自强的一项重大举措。

　　我作为国务院学位委员会艺术学学科评议组召集人，有幸亲历了为艺术学学科门类身份正名的十余载努力的全过程。上世纪末，我国艺术学一级学科的奠基学者东南大学教授张道一、中央音乐学院教授于润洋、中央美术学院教授靳尚谊、首都师范大学教授欧阳中石等先生，就做了大量学术铺垫工作。本世纪初，换届后的评议组又继续在于润洋、靳尚谊和我为召集人的工作中坚持不懈地努力申报。2008年，又一届新的评议组成立后，我继任召集人，又荣任全国政协委员，于是郑重其事地就此提出提案，得到全国政协提案委员会和教科文工作委员会的高度重视。全国政协专门就此组织专家委员组成调研组深入中央音乐学院、中央美术学院考察，形成调研报告，提请国务院学位委员会、教育部、文化部、中国文联等相关部门研处，有力地促进了此项工作的圆满落实。

　　应当承认，过去将艺术学置于文学门类之下，有其历史缘由。

学科目录制定时，全国各综合性高校都设有阵容较强、学术积累较丰的中文系，而专门开设艺术学专业的甚少。于是，将艺术学隶属于文学门类之下"托管"，也就成了一种顺理成章的权益之举。近二十年来，伴随着艺术的大发展大繁荣，全国高校开设艺术各种专业的学校已逾千所。艺术在整个国民精神文明建设和高等教育中的覆盖面之广、影响力之大已越来越凸现。尤其在科学与艺术结缘互补的二十一世纪，人类在以经济的、政治的、历史的、宗教的、哲学的等方式把握世界的同时，还不可或缺地需要以艺术的即审美的方式把握世界，以坚守独特的神圣的精神家园。为了面向现代化、面向未来、面向世界，为了救治当下人类面临的经济危机、精神危机、道德危机和生态危机，都必须从文化自觉、文化自信、文化自强的高度去实现艺术自觉、艺术自信、艺术自强，去加强艺术学学科的理论建设。这是从改革开放和现代化建设伟大实践出发的一种必然。

再从人类文学艺术发展的历史看，确是先有艺术而后有文学，文学乃语言的艺术。岩画是先于文学的美术。照鲁迅先生的说法，婴儿坠地的第一声"哇"，便是音乐的先声。所以，是文学隶属于艺术，而非艺术隶属于文学。将艺术学误置于文学门类之下，不仅颠倒了这种历史上的先后关系，而且从思维学上考察，势必导致以文学思维统摄和限制艺术思维的发展，也就势必妨碍艺术学各分支学科的本体研究和体系构建。须知，虽然当代艺术各分支思维均离不开以文学思维为基础，但文学思维毕竟以语言为载体形成叙事，没有具象作用于读者的阅读神经，激发读者产生一种对应的空间联想，以完成鉴赏。读小说《红楼梦》，那大观园是没有具象的，要靠读者对语言的阅读把玩去想象完成。而艺术思维则迥异，音乐是听觉思维，美术是视觉思维，电影电视剧则是视听综合思维。艺术学"自立门户"，就从哲学思维科学层面上充分肯定了艺术在促进人的全面自由发展中的独特地位和作用。艺术学学科建设，任重道远，使命光荣。艺术学学科门类的增设，结束了艺术学类本科生、硕士生、博士生毕业授予文学学位的历史，为学科建设和人才培养搭建了更广阔的平台，提供了更大的自由性，也带来了新的挑战。

2011-05-20

从哲学思维根除"过度娱乐化"

　　荧屏滋生的"过度娱乐化"现象，固然缘由复杂，但从创作思维层面深究，根子在哲学上出了毛病。因此，从哲学思维上根除"过度娱乐化"，乃为治本。

　　一是二元对立、非此即彼的单向思维。过去，曾习惯于简单地将文艺从属于政治，走以政治思维取代审美思维的极端；如今，面对市场经济，又误将文艺笼统地从属于经济，跑到以利润思维取代审美思维的另一极端，片面追求收视率，便坠入过度娱乐化。反映在创作上，从过去忽视观众娱乐快感乃至说教化的极端，跑到以视听感官的娱乐刺激冲淡乃至取代精神美感的极端；从过去曾把人性、人道主义视为禁区的极端，跑到以展示"人性恶的深度"和"窥人隐私"为能事的极端；从过去对传统经典敬若神明不敢越雷池半步的僵化极端，跑到专门逆向拆卸、解构、颠覆传统经典以吸引眼球寻求"娱乐"的极端；从过去普遍盛行的"高大全"式的浪漫主义形象塑造的极端，跑到"好人不好、坏人不坏"的"无是无非"的"非英雄化"倾向极端；从过去一度忽视审美化、艺术化程度的极端，跑到大制作、大投入的"营造视听奇观"的唯美主义的极端……凡此种种，其结果都导致"过度娱乐化"，都有悖于"提高民族素质和塑造高尚人格"。

二是片面认识观赏性，盲目追求观赏性。注重观赏性，本是唯物史观和接受美学的题中之义。但观赏性与属于创作美学范畴的思想性、艺术性不同，乃属接受美学范畴。思想性、艺术性是作品自身的历史品格和美学品格，是一种客观存在的恒量；而观赏性却是观众的一种接受效应，是因人而异、因时而变、因地而迁的一种变量，主要是决定于观赏者的人生阅历、文化修养、审美情趣以及与作品发生关系时的时空条件的一种综合效应。辩证法和范畴学认为：什么范畴的矛盾应主要在什么范畴里解决，并关注到与之相关的范畴里的相关矛盾。那么，观赏性就应主要在接受美学范畴里解决，一是下功夫净化观赏环境，二是着力提高观赏的鉴赏修养。

三是混淆收视率与收视质量的界限。收视率当然必须关注，但首先要科学统计收视率。时下这种抽样法，尚缺乏代表性和权威性。我们追求收视率与收视质量的统一，但收视率高收视质量不高的情况确实存在。如某台一电视选秀栏目，收视率虽高，但令青少年观众仅获得视听感官生理上的刺激感，却并未真正得到思维启迪和艺术美感，倒是多少滋生了"一夜成星""一夜致富"的美梦，其收视质量并不好。快感往往直接影响收视率，但快感只是审美的途径，美感才是审美的宗旨。快感过度之时，伴随而来的往往是精神反思能力的衰减。荧屏上的"过度娱乐化"现象，应当休矣！

2011-10-24

新农村的和谐画卷

——看电视剧《青山绿水红日子》

　　中央电视台新近播出的电视剧《青山绿水红日子》是当前农村生活尤其是我们党带领广大农民群众进行社会主义新农村建设的生动写照。该剧以黔北火热的新农村建设为时代背景，以"四在农家"（即"富在农家、学在农家、乐在农家、美在农家"）活动中干部群众各色人等的所思所想为艺术原型，集中细腻地刻画了以林心竹为代表的基层干部形象，他们对群众真诚关怀、对家人体贴入微、对挫折永不言败、对丑恶疾恶如仇。

　　首先，从艺术风格和表现形式来看，《青山绿水红日子》始终给人一种朴实的美感和贴近生活的真实感。近年来，反映我国当下农村生活的电视剧不可谓不多，而且一些作品总是以喜剧甚至是闹剧手法加以呈现。而此剧一改此风，以一种几乎是"镜子"般的手法加以反映，该哭的时候哭，该笑的时候笑，散发出一种久违了的泥土芳香。我们并不是反对娱乐，但是，毋庸讳言，一些反映农村生活的电视剧尚没有脱离低级趣味，一些主创者总是以城市人所谓的高雅来俯视形如蝼蚁的农村人的蒙昧，甚至以一种伪现实主义的手法将一些想当然的桥段强加在农民身上：要么生得歪瓜裂枣，要么衣着不合时令，要么行为笨拙，要么口齿不清……其实，整体而言，现时代的中国，农民的性格厚道却不愚蠢、农民的生活朴实而不肮脏、农民的语言幽默而不油滑。农村题材电视剧不能将农民想当然地写成难以教化、有生理缺陷的丑陋群体，不能让几亿农民在辛勤劳动之余还成为饱受嘲笑的对象，不能让他们面对荧屏说"那不是我"，而应让农民在电视荧屏上找到"自我"。而电视剧《青山绿水红日子》真实地写出了建设新农村的艰辛历程：由于信息的闭塞，农民的柑橘差点烂在了树上，急得村委会副主任罗金福大喊大叫；由于受国际金融危机的影响，正当大批返乡民工就业无着时，村委会自办茶厂将他们组织起来进行二次创业；黔北农村现实生活中开发石斛、辣椒、竹雕甚至是山歌、红军洞等自然、人文资源的生活画卷，都成了该剧反映这一群农民追求幸福生活的艺术源泉……不难设想，倘若主创者没有深入生活的勇气和真实地反映农村生活的创作热情，要织就这幅多姿多彩的生活画卷断难完成。

其次，从精神内蕴和价值取向上，《青山绿水红日子》无不是一曲对当下农村干部群众的充满艰辛的新农村建设的由衷赞歌。建设新农村是建设小康社会不可或缺的重要组成部分，艺术地反映这一艰辛历程是当下艺术家们理应肩负的历史担当。黔北农村创建的"富、学、乐、美"活动，其根本落脚点还是在"美"。诚如剧中所彰显的精神内蕴与价值取向一样，此剧之"美"，并非仅仅是一种环境的改变，更是一种心灵的和谐。

《青山绿水红日子》并未回避矛盾。该剧总是以戏剧的冲突表现建设新农村中不可回避的矛盾，而现实生活的矛盾又给戏剧的冲突注入了应有的原动力，如罗金福与林心竹的权力之争，也是当下基层农村一些干部的现实写照，"老歪哥"、金涛妈的迷信愚昧在当下农村还依然存在，罗金福袒护小舅子以及"二毛"一系列的恶行并非一时能彻底荡涤。凡此种种,《青山绿水红日子》增强了表现力,拓展了艺术鉴赏中的反思功能,从而完成了深刻思想的艺术表达。

本文系与博士张金尧合作

2012-02-13

生命不息　思维不止

——痛悼恩师朱寨先生

3月9日，参加全国政协十届五次会议，正从人民大会堂散会返回北京国际饭店，手机响了，师弟德祥告知："朱老走了……"

我顿时蒙了！难道真有心灵感应？前天晚餐后，我匆匆欲去，挚友丹增问我何往。我说："国际饭店离恩师朱寨先生家不远，他近来癌症转移，我要去拜望老人家。"行至建国门外，天色已晚，我又踌躇起来，想起春节去探视时师母的告诫："他想你来，又怕你来。想你来，好聊聊文艺界的事；怕你来，是担心你见他皮包骨头，人已脱形，会很难过。我也怕你来，是因为你们师生见面，他就兴奋，有聊不完的话题。但他胃癌术后已转移，食道只能每日进点流汁，谈吐困难，说时激动，你走后病痛会加剧。"天色既晚，是去，还是改日白天再去？我选择了后者，退回饭店。殊不知，这本周全的选择，却铸就了终生的遗憾……

我是在上世纪七十年代末有幸拜在朱老门下求学的。时任中国社会科学院文学研究所副所长的陈荒煤先生主持完在昆明召开的全国文学研究规划会后到川考察，发现了我这个刚进四川社会科学院文学研究所工作的青年后生，同意调我进京深造学习，参加由朱老主编的全国社会科学研究"六五"规划重点项目之一的《中国当代文学思潮史》的撰写工作。我兴冲冲赴京，见到了久仰的恩师。我知道，新时期之初，正是朱老的一篇评论，首肯了刘心武的《班主任》和"谢惠敏形象"，石破天惊，推出了这位后来驰骋文坛的新人。时任文学所当代室主任的张炯老师告诉我，朱老青年时代就奔赴延安，就学于鲁艺，是我们党培养的文艺理论家、批评家。新中国诞生后，他先后在中共中央东北局宣传部、中共中央宣传部工作过，是文学所当代文学研究的学科带头人，也是新时期当代文学理论批评的领军人物。不久，我随朱老住进了由文学所为科研人员租用的陶然亭公园的小庭院里，每人一小间，那时租金尚低，每日9元。朱老笑着对我说："待遇不低呀，要对得起人民，在这里做学问要甘于寂寞，享受孤独，独立思考，潜心治学。每天力争能写1500字，才可抵消公家给交的房租啊！（当时的稿酬标准是每千字6元）"他总是严于律己，每日黎明即起，伏案攻读，挑灯夜战，实乃常事。我住他隔壁，一日三餐，都在公园的食堂吃。早餐照例是2分钱一碗的玉米粥、6分钱一张的油饼和1分钱的咸菜；午餐总是馒头4两、炒菜一份、汤一碗；晚餐往往是馒头2两、煎蛋一个和一份熬白菜。他幽默道："住在公园里，营养不足可以环境补，睡眠不足可以空气补呀！"那时经济条件差，科研条件确实不够好，但朱老总是乐观地以当年的延安精神教育我。每逢周末他回家，周日晚或周一归来，常捎上师母熬得很香很浓的一暖瓶鸡汤，叫我去分享，改善生活，并笑道："写东西费脑子，需要补充营养。脂肪蛋白这东西，可以促进思维。"间或，他还带我登上22路公共汽车，去"砂锅居"之类的名餐馆营养营养，当然都是他解囊招待。

生活上似慈父，学术上是严师。一入师门，朱老便首先把老所长何其芳给研究生开过的一张书目单给我，要我照此一部部认真研读，打好基础。他要我做的第一桩学问，是从图书馆里借来了一整套自1949年7月第一届中华文学艺术工作者代表大会就创刊的《文艺报》，逐张查阅，梳理清楚自第一次文代会到第四次文代会的30年间中国当代文艺发展的历史脉络。他还要求我挤出半年时间，每天早晨骑自行车到图书馆查阅并抄录这段历史，以及省级以上的出版社和报刊发表的产生过全国影响的小说、诗歌、散文、戏剧、电影、文艺理论批评的作品篇目和书目，有助于编好《新中国文艺大事及重要作品年表》。谨遵师嘱，半年有余，我早去晚归，从图书馆开门到关门，整天泡在里面，总算完成了任务。书稿呈朱老审视，他字斟句酌，逐页修改，校正其中的错漏，令我受益匪浅，奠定了我的学术功底。该书正式出版后受到学界好评，主要是因为注入了朱老的不少心血。

后来，范际燕教授、蔡葵研究员也先后加入到撰稿组中来。朱老带领我们，以实事求是的学术态度，还原历史真相，科学评价"小资产阶级可不可以当作品的主角""对萧也牧《我们夫妇之间》创作倾向的批判""电影《武训传》批判""《红楼梦》研究""胡风反党集团批判"等一系列文艺思潮史上的重要公案。记得为了弄清关于电影《武训传》那场批判运动的来龙去脉，朱老亲自带我几次前往第二传染病院探访批判运动的亲历人、他在鲁艺时的学长钟惦棐先生。他说，钟老当年在中宣部与江青一起主管电影，对那场批判运动的历史真相最有发言权。他带我乘小公共汽车到了医院，只见病重的钟老正坐在病床角落上望着一摊失禁的小便发愣。朱老对这位饱学多识而又历经坎坷的学长充满了敬意和同情。那次，只听得钟老慢吞吞地说了一句："老朱，你有这样的助手，我羡慕啊！"我们便无功而返。待钟老病况稍愈，我遵嘱去了多次，钟老深情而严谨地回忆了当年他目睹的毛泽东同志再度观看赵丹主演、孙瑜导演的电影《武训传》的情景和他与江青、袁水拍组成三人小组赴山东武训老家调查武训历史的全过程。我回来向朱老详细汇报后，他沉思良久，认为这段口述历史极其珍贵，并精辟分析说："毛主席第一次看《武训传》拍案叫绝，称赞'阿丹的演技绝了'，主要是审美思维使然；而第二次再观《武训传》，陷入沉思，一支烟接着一支烟抽，在办公室里踱来踱去，最后打电话告诉周总理，认定《武训传》宣扬行乞兴学，不触动旧制度，是改良主义的，要批判，这主要是政治思维得出的结论。因为毛主席当时正在领导全党全国人民'将革命进行到底'。"注重和擅长从哲学层面的思维方式上分析问题、探寻真理，是朱老治文艺思潮史的一大特征和一大优势。唯其如此，朱老总是告诫我要摒弃长期以来影响制约我们的那种二元对立、非此即彼、好走极端的思维方式，而代之以执其两端、把握好度、兼容整合的全面辩证的思维方式。哲学管总，哲学通，一通百通。朱老的言传身教，令我受用终生。

除治文学思潮史外，朱老还致力于当下优秀作品的评介。他与陈荒煤、冯牧、钟惦棐一起，是上世纪八十年代新时期文艺现实主义复苏的领军人物。他主张文艺批评务必秉笔直书，说真话，抒真情，求真理，好处说好，坏处说坏，虽不能改，心向往之。他对我打了一个寓意极深的俏皮的比方："你选择了文艺批评这一职业，就要心甘情愿地为作家艺术家'洗脚'，且明白一旦洗干净了，可能一脚把你踢开；一旦没有洗干净，当心吐你一脸的唾沫！"谌容的《人到中年》一发表，朱老读后激动不已，连夜命笔评介，精辟地对"陆文婷形象"做出美学的历史的分析，确立了谌容及其创作在新时期文学史上的重要地位。朱老的散文，精雕细琢，字字珠玑，如《中国现代文化名人散记》中关于李文田、何其芳、钱锺书、钟惦棐等的美文。

从师朱老，五载有余，我完成了由他主编的《中国当代文学思潮史》撰稿任务，提升了自身的人文素养。在朱老、钟老这些前辈大家身边，我总感受到一种看不见摸不着的震慑着我灵魂的学术思维和人格操守，这引领着我的精神航程，提升着我的智商情商。有一次朱老问我："你以为文艺思维究竟是什么思维？"我照例答："主要是表象思维。"朱老不以为然，道："这是过去的传统看法。完全把文艺思维归结为形象思维，完全排斥抽象思维，恐欠妥。因为经历史和人民检验的传世的经典之作，都是有思想、有精神、有灵魂地将高级的抽象思维融入丰富精湛的形象思维并创造出美的意象的结果。所以，我要写一篇《文艺思维是意象思维》。意，即有抽象思维；象，即形象思维。"1987年钟老仙逝后，我奉调到国家广播电影电视部工作，主持电视剧"飞天奖"评选。钱锺书先生的小说《围城》搬上荧屏后，我请朱老来研讨会指导，他的一番关于文学思维与视听思维异同论和转换论的分析，令与会者大开眼界。

　　恩师仙逝，教诲永存。生命不息，思维不止。朱老长女告诉我：先生留下的最后一句话是："要编写一部高质量的当代文学教材……这就是我的意见。"愿永不停歇的恩师思维，山高水长。

2012-03-16

马老及其新作给我们的启示

马识途是我极敬重的前辈和恩师，年近百岁的他，笔耕不辍，新近写成 20 集电视剧剧本《没有硝烟的战线》，令人感佩。这部作品是他根据真人真事，结合他"长期地下党斗争的经历编写而成"的。一气读罢这部力作，感慨良多，受益匪浅，觉得马老及其新作给当下的影视剧，尤其是谍战剧的创作留下了三点启示——

一是革命的理想信仰和坚定的理论定力。马老曾为《光明日报》题词："人无信仰，生不如死。"铿锵八字，掷地有声。在剧作中的主人公李亨的身上，正寄托了马老一生坚守的革命理想信仰。文艺要为提高民族精神素质和塑造高尚人格提供精神能源，马老的这部新作无疑为此应运而生。值得深思的是：因何迟迟未能搬上荧屏？除了市场经济条件下资金筹措的因素之外，电视剧创作界选择剧作时的文化眼光是否也应自省？当下某些作品胡编乱造，违背党的地下工作纪律，靠"情杀""枪战"制造视听感官刺激，以致冲淡和取代了革命的理想信仰，甚至模糊了革命与反革命的是非界限，但为什么这样的作品却能一部部地登上荧屏、蛊惑观众呢？

二是优秀传统文化的厚实功底和坚实的人文修养。马老毕业于西南联大，曾师从于上世纪集合于此的一批学问大家，继承了这批学问大家的人格与学识。他不仅擅长小说创作，且诗词、书法皆为一流。马老的作品让人感受到浓烈的传统文化气息：李亨艺术形象中蕴含的"天行健，君子以自强不息；地势坤，君子以厚德载物"的传统文化精神，以及典型的中国长篇评话式剧作结构，再到传统的"大团圆"结尾，都是彻头彻尾"中国化"的。不仅如此，马老的西学底子也很棒，他在艺术创作上决非闭关锁国派。因此，他首先是"各美其美"，继承弘扬优秀的民族文化传统；其次是"美人之美"，学习借鉴别的民族优秀文化中为我所用的好东西；然后再"美美与共"，善于把上述两种"美"加以交融、整合、创新。反思时下某些同类题材的编造之作，创作者既在优秀传统文化的功底上欠缺，又往往喜欢东施效颦、囫囵吞枣地模仿套用西方的谍战片模式，焉有不败之理！

三是哲学层面思维方式的自觉与自信。这是马老一种最可贵的文化自觉和文化自信。长期以来，一种二元对立、非此即彼的单向思维制约和影响着我们哲学的解放，而马老无论是对社会政治、经济、文化的分析，还是对艺术形象的审美创造，都自觉贯注了一种执其两端、关注中间，兼容整合、全面辩证的科学思维方式，对事物和人物都是其所是、非其所非、全面把握。李亨这一形象，就既非不食人间烟火的"高大全"，又非亦好亦坏的"非英雄化"，而是努力实现人物性格的质的规定性、表象的复杂性以及情致的始终如一性的和谐统一。

他说："耐得住大寂寞者方可成大作家。"他不追风，不趋时，甘于寂寞，享受孤独，潜心创作，不慕虚名，坚持"独立之精神，自由之思想"。这恐怕是这位世纪老人留下的最珍贵的精神财富。

2012-03-30

形丑而质美的赵青山啊

——评《丑角爸爸》

　　我与李保田相识，是在上世纪八十年代初。他思想之锐敏、感悟之深切、表演之娴熟，令人叫绝。除演艺外，他还擅长雕刻。春节前河北送来他新近主演的 36 集电视剧《丑角爸爸》，要我先睹为快。我知他上戏素来很挑剧本，能担当主演，剧作肯定甚佳。

　　观罢《丑角爸爸》，感觉这无疑是保田表演艺术生涯的一部力作。说实话，我已不由自主地把演员保田与角色青山合二为一了。保田把自己的人生感悟水乳交融地带入青山形象的血肉之中。青山形象所包蕴的历史内涵、时代风貌、文化意义、审美指向和人格价值，确实很够我们品味一番。

　　保田对青山形象的性格的质的规定性的把握，准确到位。形丑而质美的赵青山，原名赵明亮。如果说，他与青衣名角筱月红的婚姻生活中，尽管他委曲求全，忍辱负重，把妻子当"娘娘"侍奉，却也避免不了婚姻解体的悲剧。严酷的生活现实令他顿悟出自己在人生途程中感情生活既不"明"也不"亮"，于是改名"青山"——像青山不倒那样坚强地生活下去。此后，他性格中质的规定性便是：坚强，自尊，正直，善良。他的坚强，表现在对中华民族近 200 年来利用戏曲艺术形式审美把握世界的京剧文化的发自内心的自觉和自信，他对丑角艺术的独到见解和发现，他对爱女小萍从不愿让其学戏到全力支持她成角儿，他对团长吴志强被迫让女演员们陪大款喝酒签演合同的愤慨和临危受命担任代副团长后的勇担责任……其源盖出于这种可贵的对京剧文化的自觉和自信。他的自尊，表现在他对编剧何中信介入其婚姻、小萍介入编剧徐刚的婚姻的鲜明立场，他对团长夫人马艳丽率众女演员去陪酒的怒不可遏，他对马晓华与郎嫣的苟且关系的决不姑息。他的正直和善良，表现在他处理与团长兼师弟的吴志强、与师妹兼邻居的翠花、与徒弟皮小球、与爱女小萍及其同学们等复杂的人际关系中。他性格中的这些质的规定性，活脱鲜明，给观众留下了深刻的印象。

保田塑造的青山形象的性格表现又是丰富而不单一的。这绝非一个"高大全"的形象，而是一个活在我们身边的一个可亲可敬的人。他当然坚强。他曾一度抱怨自己"活得窝囊"，"就是个丑角"；他当然既正直又善良，但在马晓华与郎嫣违法乱纪、偷运毒品的勾当面前，在何中信这种第三者面前，也曾略施计谋和毫不手软。正是这种性格表现上的丰富性，使荧屏上的青山形象不是扁平的，而是圆形的和立体的。其强大的艺术吸引力和感染力，由此发生。

保田创造的青山形象的性格还具有情致的始终如一性。所谓情致的始终如一性，就是人物性格在其发展全过程中，伴随着时空条件的变化，其质的规定性与表现的丰富性都必须辩证统一在人物的情感逻辑和行为逻辑之中。考察青山形象，从始至终，其语言、行为、情感表达方式，都一以贯之，符合人物独特的性格逻辑。这显现出保田难得的文化内功和表演才华。正因为人物性格的内核抓得准，所以全剧故事的演进、情节的发展、命运的起伏，才一切都既出人所料，又在情理之中。

2012-06-09

世俗情态中的精神坚守

——评电视连续剧《青瓷》

刚刚在湖南电视台热播、又登陆央视电视剧频道的电视剧《青瓷》改编自作家浮石的同名畅销小说。它以国内影视剧鲜有涉猎的拍卖界为故事背景，立足商道，探讨人性，上演了一场场情与理、义与利的取舍而最终情义融化坚冰的动人故事。剧作对社会生活进行了多层面的描写，揭露了以颜如水为代表的官员私欲膨胀、走向堕落的丑恶行径，颂扬了以丛林、侯昌平为首的执法者执政为民、清正廉洁的担当精神，称赞了以张仲平为代表的信仰尚存的不法商人迷途知返的自省勇气，肯定了陷入情感纠葛的两位女人在理解、尊重的基础上理智解决问题的行为方式。全剧以华彩的乐章，在复杂人际关系和世俗情态的描写中奏响了时代的主旋律，捍卫了人类精神家园的圣洁与美好。

创作者在人物刻画上摒弃了"二元对立，非此即彼"的创作理念，既描写了张仲平作为商人奸诈、圆滑、世故的一面，又描写了他作为老板、朋友、长辈重情、重义、尽责的一面。最终他在内心至真、至善、至美的力量引领下，摔碎了花巨款买来用于行贿的青瓷瓶，勇敢地向生活中的假、恶、丑宣战。颜如水对金钱厚颜无耻的贪婪、丛林对崇高信仰的忠贞坚守、侯昌平用生命对理想的践行使他彻底明白：人的欲望无止境，真、善、美才是人生最有价值的追求。

相比《蜗居》中突破道德底线、最终踏上不归路的宋思明，张仲平主动放弃了与曾真的"精神恋爱"，还给妻子、女儿一个幸福完整的家，也让自己的灵魂与肉体同时获得自由与新生。相比《蜗居》中为满足物质欲望导致终生不育、远走他乡的海藻，曾真主动选择退出并请求唐雯原谅，从此走向阳光新生活。剧作在表现人性复杂之外，引导观众对现代人际关系进行最朴素的思考，给予传统伦理道德最起码的尊重。《青瓷》通过张仲平由不法奸商到正人君子的转变，通过张、曾二人对婚外恋的理性抉择，站在文化自觉的高度，积极引领观众感悟人生、净化心灵、升华思想，足见创作者在纷繁世界中的良苦用心。

就叙事风格而言，商战题材电视剧一般都选择跌宕的情节和紧凑的节奏，《青瓷》则运用舒缓的节奏和清新的白描手法，把故事讲述得张弛有度，细腻地展现人物在现实和欲望之间的复杂心态。剧作以客观、全面的视角展示了官商相互勾结、依赖又彼此陷害的暗箱交易，不仅把权谋与智慧的博弈演绎到变幻莫测，更是由此展开了一张巨大的中国式关系网。对这张错综复杂的人情关系网，创作者既没有刻意抹黑，也没有故意美化。过去的诸多同类作品往往过于纠结于中国式人情的灰暗面，一味批判现实的残酷、人心的险恶，却忽略了其中很多温暖的元素。《青瓷》以温情的目光注视着处在尴尬、无奈的人际关系中的剧中人，引导着向真、向善、向美的心灵一步步由黑暗走向光明，亲切感人。

唐雯与张仲平之间的促膝长谈，唐雯与曾真的推心置腹，为当下陷入情感纠结的男男女女提供了新的解决感情问题的方式。《青瓷》坚持对受众鉴赏修养、审美情趣，以及对文化环境、鉴赏氛围的正面引导，以可贵的道德自觉，让观众看到一部"商战言情片"所蕴含的向上精神力量。

剧作不仅聚焦于阴谋重重的官场、险象环生的商场、意乱神迷的情场，而且满怀崇敬地歌颂了清廉者执政为民的高尚品德，并以舐犊深情关注了下一代的教育问题。作为法官的丛林时刻想的是如何解决胜利大厦建筑商拖欠农民工工资的问题，如何安排香水河两百多名职工就业的问题；侯昌平一生廉洁，在退休的前两天为救闯红灯的孩子献出了宝贵的生命。在政府公信力日渐低落的今天，创作者关注民生、民意，代表民众呼唤用行动维护个人信仰和国家尊严的人民公仆。

丛林与妻子因文化修养和价值观念的差距经常大吵大闹，使女儿误以为父母要离婚，对生活充满恐惧与敌视。丛林意识到父母的不良关系对孩子成长的负面影响，主动与妻子化干戈为玉帛，共同承担起教育女儿的职责，重获女儿的信任。当张仲平认识到徐艺的唯利是图也是自己言传身教的恶果，他不惜一切代价，割破多年处心积虑营建的关系网，毅然带领徐艺去检察院自首。剧作为每个迷途的人点亮一盏温暖的灯，让他们满怀感恩之心找到回家的路，再次体现了创作者以民族文化之精华、为观众充当精神领航员的艺术担当。

《青瓷》真正引发观众共鸣的是剧作对人性的深度剖析，对人生意义的深刻思考。正如剧中台词所言："一尊青瓷可以价值连城，也可以一文不值，其道理在于人心中的欲望，所谓一念善一天堂，一念恶一地狱，可善、可恶、可爱、可恨，在于自己对欲望的追求和道德的掌控。"

本文系与博士宋晓星合作

2012-07-16

文艺要化人养心

我们要靠文化艺术去化人养心，我不赞成有人说进京展演是搞政绩，首善之都，首先就应该成为全国的文化艺术中心，国家的文化主管部门，通过从首都展演开始，逐步遍及全国，营造一种良好的文化艺术氛围，这正是立意高远的明智之举。反之，如果急功近利地让文化去化钱、让艺术去止于养眼甚至花眼乱心，那么必然会败坏人的素养！

这次展演体现了主旋律与多样化的并举。有审美化地表现英模人物的作品，也有为普通人传神写貌的力作，还有表现革命历史题材的。新创作的历史剧《七步吟》，确实是好戏，写出历史哲学意味来了。"引领"不是一句空话，引领是通过具体的创作实践透视出来的规律和方向来实现的。

2012－09－11

用优秀剧目营造文化鉴赏氛围

对本次展演，我有两个关键词：一个是"国家"，代表国家水平。这是国家的艺术宝塔塔尖上的作品，是代表着一个民族的文明水平，也代表着一个民族的艺术水准。另一个是"优秀"。这些优秀剧目对于我们国家形象和我们这个国家的文化氛围的营造，起到了重要作用，它营造了一种引领而不是单一去迎合的文化鉴赏氛围。说白了，就是既要培养顶尖的艺术家，也要培养顶尖的鉴赏群体。这其实也是一种文化自觉和文化自信。

我想就国家京剧院的作品谈点观感：我认为国家京剧院抓了四个戏参加展演，布局很好，指导思想很明确，也很有代表性。《清风亭》就是自信中国优秀传统的孝文化的魅力。第二个戏是《太真外传》，我认为是精益求精的，对梅派的代表作品在唱腔艺术上进行了非常出色的加工提炼。这个戏在剧本的整理上还存在问题，它原来很长，把它压成两个多小时之后，有些方面，人物的情感逻辑、行为逻辑、文学性还不到位。不是很理想，还需要进一步加工。第三个戏《韩玉娘》，是老领导李瑞环同志据梅派剧目《生死恨》整理改编的，为我们整理传统剧目提供了一个样板。首先把原来四个多小时压到两个小时，去除了冗长的东西。第二，强化了价值取向，即按照生死价值取向丰富深化强化。而不像现在有些作品，是逆势方向，即反方向地解构颠覆拆卸，如电影《赵氏孤儿》。我们不能在前辈人的经验的基础上去继续前进，反倒做了一些对不起祖宗的事，反方向的拆卸解构是极其危险的。还有一个就是梳理了韩玉娘性格逻辑和情感逻辑中不太合理的东西，而且还注入了今天的当代感。《大破铜网阵》是久违了的老戏，再不演就失传了。那天演出最感人的是张春华，他比戏还精彩。他讲自己对艺术的投入，讲他对青年一代武生演员的厚望，并说这个戏就是他的命。讲得太好了。我觉得这也是一种创新，为演出营造了良好的欣赏氛围，把大家的情绪调动起来了，知道怎么来欣赏武戏。所以我就觉得国家京剧院的布局很好，虽然很遗憾没有上一个表现当代生活的戏。

2012-10-31

思维的创新让整个剧立起来

《孤军英雄》为什么赢得了那么好的收视效果，关键在于思维的创新。是将抗日战争时期的历史当作活的整体来把握，还是把这段历史过滤成简单的双方矛盾？《孤军英雄》选择了前者。它较为全面地向观众呈现了1942年包括新四军、国民党军队、伪军、日军等各方矛盾相互交织的中国。这样一来，在题材的资源配置上，就显得很高明。

在典型人物的艺术塑造上，《孤军英雄》也取得了新的突破。这主要体现在对车道宽和郝俊杰这两个代表性人物的呈现上。

分析起来，大体上我认为这两个形象具备了3个条件，这也是黑格尔在《美学》中讲到的：第一，质的规定性。代表历史前进方向的英雄车道宽，九死一生、自强不息地沿着自己的理想和信仰奋斗不止，这一价值取向是真正的精神制高点，是这部戏的灵魂。另一个是对蒋介石集团效忠、为国民党利益服务的郝俊杰，他只能作为车道宽的陪衬而存在。第二，是性格的复杂性。这在郝俊杰身上体现得最为明显。演员李雪健通过形体、动作、语言、声音等手段，成功塑造了一个既练达、智慧，又世故、奸诈的国民党军队的高级将领形象。剧中还入情入理地表现了车道宽和来自敌对阵营的于晨露的倾心相爱。可以说，《孤军英雄》中的这些表现，都有利于观众走进完整的、复杂的、真实的历史，并且从历史当中吸取营养。第三，是"情致"的始终如一性。我认为，这部剧在这方面，还有商榷的余地。

应该说，《孤军英雄》不仅做到了题材和人物上的创新，而且做到了表现技法上的创新。剧中，四方力量的戏份处理得很好。每一集都有主脑，集首有呼应，集里有高潮，集终有悬念。重要的是，还有让人过目难忘的细节。沙汀说，"故事好编，细节难找"。《孤军英雄》的细节分配很平均，在每集中都有一两处让人过目难忘的细节，它们一直吸引着观众的注意力。

2012-11-23

引领风尚的军旅剧

　　《麻辣女兵》的创作成功，为电视剧这种艺术形式如何表现当代军营生活，开辟了一条新的路径。学习党的十八大报告，我体会最深的是报告对当代文化功能有一种全新的概括。报告仅仅用了 16 个字，即"引领风尚，教育人民，服务社会，推动发展"，而摆在最前边的是"引领风尚"。我以为，《麻辣女兵》就是这样一部"引领风尚"的电视剧。作品所彰显的就是爱国家、爱人民、爱军队的高尚情怀和奉献精神。

　　《麻辣女兵》故事结构并不复杂：主人公汤小米的军人母亲米蓝一心扑在国防建设上，她要忠于她的职守，而身为父亲的汤沐阳要下海经商，于是家庭的不和谐因素便出现了。作为女儿的汤小米在中间起什么作用？这个矛盾该怎样通过必要的斗争达到新的和谐？这便构成了这部电视剧的主题。实际上，汤小米的精神历程就是寻求道德的历程。在这个家庭中，汤小米无疑成了和谐的黏合剂。在她从军的道路上不仅践行了她的社会责任，而且践行了她的家庭责任。结合学习党的十八大报告，来分析观看这个电视剧，我认为作品的精神指向正是它作为艺术品的历史品位。

　　学习党的十八大报告，很重头的内容就是弘扬社会主义核心价值观。讲到国家层面报告用了 8 个字概括："富强、民主、文明、和谐"；讲到社会层面又用了8个字，"自由、平等、公正、法治"；讲到个人层面也用了8个字，"爱国，敬业，诚信，友善"。《麻辣女兵》所张扬的主题就是要爱国，要敬业。通过汤小米这个女兵形象，审美地引领了"90后"青年的精神航程，让他们懂得只有把个人的追求、个人的个性与国家的主流精神有机结合的时候，才能实现个体价值的最大化，社会才能进步。《麻辣女兵》对具有假小子性格的汤小米的缺点，没有回避和粉饰，而是详细写了人物的成长过程，而这个过程，恰恰给作品增加了看点。如剧情中"90后"一代人的语言方式、思维方式、行为方式在这部戏中得到了很好的体现，年轻的编剧们用新一代人的思维、语言方式重新结构了中国第一部真正反映"90后"青年人生活的电视剧。这部戏的价值取向、故事框架和美学追求都是有创造性的。

　　军旅题材如何吸引青少年观众，这些年电视剧创作都在努力探索，《麻辣女兵》做出了新的尝试。它的叙述方式、结构故事的形态都特别适合青年观众口味，应该视为为青年观众量身打造的引领风尚的好作品。我以为，《麻辣女兵》这样一部思想上有新鲜发现、审美上有创新的好作品，是践行十八大报告精神的一部力作，因此，它也必然会得到广大观众的审美认同。

2012-12-12

元帅的传奇人生

——33 集电视连续剧《刘伯承元帅》观后

电视连续剧《刘伯承元帅》（33 集）是 2012 年央视一套电视剧黄金档的收官之作。全剧以刘伯承元帅出生入死的战争生涯为主线，生动地展示了刘帅超凡的军事指挥艺术、深厚的军事理论造诣、过人的英雄胆略和伟大的人格魅力，热情地讴歌了刘帅为中华民族的自由和解放，征战沙场、九死一生的牺牲精神和英雄气概，成功地塑造了刘伯承作为卓越战略指挥家的感人形象。刘帅戎马一生，军事生涯横贯 1911 年以来几乎所有的革命时期，作为首部将刘伯承 50 年光辉军事生涯完整搬上荧屏的长篇电视连续剧，该剧使军事题材中将帅类历史传记片提高到一个新的审美高度。

首先，《刘》剧首次完整、生动地叙述了刘伯承元帅一生辉煌而富有传奇色彩的军事生涯。该剧精心撷取其中的华彩乐章和最能表现他卓越军事才华的重要战役，浓墨重彩地进行渲染：革命初期领导泸顺起义、襄助八一南昌起义；红军时期智取遵义、强渡大渡河、巧过彝族区；抗战时期奇袭阳明堡、伏击神头岭、巧胜七亘村、强攻响堂铺；解放战争时期发起上党战役、千里跃进大别山、指挥淮海战役、席卷大西南，直至新中国成立后创办人民解放军军事学院。《刘》剧以这些史实为线索，行云流水般地叙述了"常胜将军"刘伯承为缔造人民军队、建立新中国所立下的不朽功勋。

其次，《刘伯承元帅》显现出颇为宏观开阔的历史叙述视野。在反映一位元帅长达50年军事生涯的同时，之所以仍要花费诸多笔墨，搭建一个从毛泽东、周恩来到蒋介石、陈诚等国共双方高层运筹帷幄、斗智斗勇的历史场景，正是为了将其长征路上临危受命红军先遣司令、抗战时期开创晋冀豫抗日根据地、解放战争中率大军千里挺进大别山等等历史功绩，尽量放置于中国共产党及人民军队不断发展、壮大及走向胜利的历史大格局下。正是在这点上，《刘伯承元帅》超越了一般将帅传记片仅拘泥于主人公事迹的格局，不仅显示出《刘》剧大气的叙述格局，也丰富了编年史体例"将帅传记片"的表现手法。

最后，《刘伯承元帅》成功而娴熟地运用了革命历史题材剧"大事不虚、小事不拘"的创作原则。这点具体体现在《刘》剧虚实结合、张弛有致的叙事手法上。所谓"虚实结合"，主要是指该剧虚构了单战（三娃子）这个人物，成功将其"栽植"于刘帅身边。从情节设置上也可以看出，他是除刘伯承外，该剧的另一个贯穿性人物。《刘》剧细致地描写了三娃子从少年时代起即跟随刘帅走上革命道路，历经艰难困苦的长征、艰苦卓绝的抗战、战火纷飞的解放战争，直至成长为英勇善战的人民解放军高级指挥员。剧作通过各种艺术手法，使他成为众多在人民军队中成长起来的解放军各级将领的艺术化身，也为《刘》剧残酷的战争环境平添了几多革命浪漫主义色彩。

本文系与博士马潇合作

2013-01-14

"天人合一，美美与共"

——北京国际电影节感言

第三届北京国际电影节已如期隆重开幕。这届电影节与前两届的最大不同之处，是启动了"天坛奖"评奖单元。其中最引人注目的，是旗帜鲜明地推出了"天人合一，美美与共"的核心价值理念。这一价值理念既是中国优秀传统文化的精髓，具有鲜明的民族特色，强调人与自然和谐共存，有着深刻的哲学内涵，又具有兼容整合的时代精神，倡导国家与国家、民族与民族之间电影文化的平等交流和互补生辉，因而，有着重大的现实意义、国际意义。它从历史观、美学观高度提出的独特见解，不但增添了北京国际电影节的文化内涵，而且是对中华传统优秀文化的继承创新，是一次中华文化走向世界的远航，体现出中国电影人在推进文化强国战略中的文化主张和时代担当。

突出"和谐"理念，彰显文化自觉

北京国际电影节立足中国优秀传统文化，放眼世界文化走向，提炼出"天人合一，美美与共"的核心价值理念。作为电影节，特别是影片评奖的价值标准，作为处理不同民族、不同国家和地区之间电影文化交流融会的准则，具有浓厚的本土民族特色和国际视野的时代特色。

在中国思想史上，"天人合一"是一个基本的哲学理念，最早由庄子明确阐述，后被汉代董仲舒发展为"天人合一"的哲学思想体系，并由此发展构建了中华传统文化的独特体系。季羡林先生对其解释为：天，就是大自然；人，就是人类；天人合一，就是互相包容，合成一体。张世英先生也认为，"天人合一"论，是中国文化对人类智慧、人类哲学的一个独特贡献。1990年12月，费孝通先生在东京"东亚社会研究国际研讨会"上提出"各美其美，美人之美，美美与共，天下大同"的十六字箴言，并在《美美与共和人类文明》一文中说：各个国家、各个民族"在欣赏本民族文明的同时，也能欣赏、尊重其他民族的文明，那么，地球上不同文化、不同民族、不同国家之间就达到了一种和谐，就会出现持久而稳定的'和而不同'"。"天人合一，美美与共"结合起来，不但包含了人与自然的和谐共生，而且包含了社会各个个体之间的融洽相处，互补共存，完整地呈现了中国和谐哲学的深刻内涵。

人类进入二十一世纪，科学技术高度发展，人们的物质和精神生活水平不断提高，但面对生态环境的失衡，面对激烈的社会竞争，面对人与自然、人与社会的种种矛盾，人们也产生了诸多困惑，开始探索解决这些矛盾的途径。记得在1988年，诺贝尔物理奖获得者、瑞典物理学家汉内斯·阿尔文博士，在其等离子物理学研究生涯将近结束时，得出如下结论：二十一世纪的人类要生存下去，就必须回到2500年前的东方，去汲取孔子的智慧和营养。当然，他所说的孔子，就是东方文化的代名词，他思考的实质可以归结到"天人合一，美美与共"上来。中国电影人从中国传统哲学中寻找智慧，把以兼容整合的和谐思维为代表的优秀思想继承配置起来，促进当今电影文化的健康持续繁荣发展，促进国际电影的交流与合作，不但很好地体现了北京国际电影节独有的民族气质，更是顺应了世界思想文化的发展潮流和全人类共同的价值取向，体现了高度的文化自觉和文化自信，完全符合科学发展的理念。

费孝通先生在诠释"十六字箴言"的同时，还阐述了一个很重要的思想。他认为，人类每到一个重要的历史关头，总会出现一批志士仁人引领风气之先。文艺复兴至十九世纪是西方先知先觉者举起"人的自觉"旗帜，造就了文化新风气，掀开了人类文化的新篇章；那么，二十一世纪的中华民族同样应该有一批文化自觉者，高举起"人的文化自觉"的旗帜，为人类文明谱写新的篇章。北京国际电影节提出"天人合一，美美与共"核心价值理念，就是立足国情，胸怀天下，高举起一面中华民族文化自觉的旗帜，必将促进中华优秀文化的国际传播，同时成就北京国际电影节的鲜明特色和文化品牌。

强调和而不同、求同存异，弘扬交流合作的时代主旋律

人们对哈佛大学塞缪尔·亨廷顿教授 1993 年提出的"文明冲突论"，一直争论不断。有人以为世界确有文明冲突，但更多的人认为，文明冲突实质上是利益冲突，应该倡导"文明对话"和"文明融合"。亨廷顿在 1996 年写成的《文明的冲突与世界秩序的重建》一书中，也郑重说明："多元文化的世界是不可避免的，因为建立全球帝国是不可能的"，"在多样性文明的世界里，建设性的道路是摒弃普世主义，接受多样性和寻求共同性。"也就是说，不同的文明应该和平共处，不同的文化应该和谐共生，不同的个体应该包容大度，只有这样"美美与共"，才能共同营造世界的和平、社会的和皆、人际的和睦。否则，如果处处以自我为中心，唯我独尊，就只能是矛盾重重，冲突不断，战乱纷繁。中华文明不赞成唯我独尊、唯我独美、多元对立、非此即彼的思维方式，而是主张不同文明之间各美其美，美人之美，美美与共，平等交流。这也正是西方思想敏锐的学者提出向东方学习

的深层次原因。

在电影文化的发展进程中，也必然遇到不同价值观念的碰撞。好莱坞凭借先进的科学技术手段，拍摄了一大批感官刺激效应很强的大片，以此吸引观众，并承载和推销自己的价值观。其市场份额占据了世界电影的八至九成，即使是法国、意大利等昔日电影强国，目前电影产业发展也难以为继。这种状况不是在推进人类电影文明的进程，恰恰相反，是在扼杀世界其他民族的优秀电影文化成果，阻碍了世界多样文明的进步。

"美美与共"的实现渠道，就是交流与合作。通过认真对话，沟通交流，达到"美美与共"的目标。"与共"的过程，就是互补、交融、整合、创新的过程。电影艺术正是一门可供人们交流与沟通的世界性语言，可使多样文化呈现其价值，通过相互欣赏借鉴实现共同发展。比如，第三届北京国际电影节共展映了 56 个国家和地区的 260部影片，组织各有关国家新片发布会、观众见面会近 70 场，中外电影合作论坛、电影科技论坛得到了中外电影人士的热情参与，起到了很好的交流合作促进作用，对推动世界电影艺术的繁荣发展，颇具积极意义。

推陈出新，海纳百川，全球化背景下电影艺术的生存之道

改革开放 30 多年来，呼唤文化自觉、建立文化自信、实现文化自强已经成为凝聚人心、激发人们创造力、释放巨大精神驱动力的有力引擎。明白自己文化的来历，懂得反思它、欣赏它、建设它，并把优秀传统文化与民族精神、时代精神有机结合，是一种正确的历史观，也是现实的需要。鲁迅先生对继承和发扬本民族传统文化的血脉有着深刻的见解，他在《〈浮士德与城〉后记》中写道："因为新的阶级及其文化，并非突然从天而降，大抵是发达于对于旧支配者及其文

化的反抗中，亦即发达于和旧者的对立中，所以新文化仍然有所承传，于旧文化也仍然有所择取。"同时，他还主张要有宽广胸怀，广泛吸纳多民族优秀文化成果，学会理解它、借鉴它、学习它，实行"拿来主义"，即李瑞环同志所主张的"见好就拿，拿来就化"。这样，文化就会生生不息，保持永续发展的活力。中华民族五千年的发展史，并且成为人类发展史上唯一未曾中断的文明，一个很重要的原因，就是她对传统优秀文化的绵延承续创新和对外来优秀文化的不断借鉴吸纳，形成了一种极具传承性和包容性的文化特质。

在新的历史时期，中国经济建设取得举世瞩目的成就，而文化建设如何与时俱进、破浪前行，实现从传统向现代的发展更新，并在世界文化体系中找到自己的坐标，是应该重点思考的问题。作为一种影响面广、受众多的大众文化艺术，电影在对中国文化的国际传播和国家形象的塑造上，有着得天独厚的优势和不可推卸的责任。一要积极配置、充分传播传统优秀文化，弘扬时代精神，赋予其新的生命力。要用"天人合一，美美与共"的核心价值理念引导电影创作，使不同国家、不同民族的观众通过对电影作品的欣赏，产生对中华优秀文化的理解与认同。二要借鉴文化发达国家的成功经验，大力发展电影事业和产业，提高文化传播力。美国文化产业的就业人数占全国就业人数的20%，其中版权产业对美国经济的贡献甚至超过任何一个制造行业。美国发展文化产业的经验是：国家投入和社会资助相结合，加强产业基本建设；重视文化的艺术性表现，大力培养文化管理人才；积极利用国家政治、经济优势，促进文化商品销售和营利；充分利用政策杠杆，引导社会各阶层的文化消费，等等。这些有效做法，值得中国电影业界认真借鉴。我们应当自觉追求电影的社会效益与经济效益的统一，当两者发生矛盾时，要坚持以社会效益为最高准则。要发挥政策杠杆作用，扶持两个效益统一的和社会效益好但经济效益不好的电影创作，万勿扶持那种社会效益不好而经济效益好的作品。三要加强电影市场建设。一个国家的电影产业发展道路，应该是在尊重艺术规律、审美规律的同时，重视和遵循市场规律，重视市场配置资源的有效性，逐步形成中国特色的电影市场体系。前两届电影节共促成 31 个项目洽商签约，交易总额达 80.64 亿元；本届电影节把原来的"电影洽商"改名为"北京电影市场"，就反映了这种意识在增强，这种能力在提高，正逐步成为中国电影走向世界的重要交流交易平台。

2013-04-22

科技与艺术的成功结缘

伴随着科学技术的迅猛发展，极大地拓展了艺术审美表现的空间，使艺术获得了新的生长点；但另一方面，对科技手段的过分依赖和强调，也可能冲淡乃至淹没艺术的本体，使视听奇观的营造过了度，令视听感官的刺激感冲淡乃至淹没掉了艺术本应追求的精神美感，所以，这是一把双刃剑。

观罢 3D 动画电影《冲锋号》，我很兴奋，认为这部优秀作品正是在新的时代条件下，对科学与艺术的成功结缘进行了一次大胆的探索。

《冲锋号》作为一部 3D 动画片，着眼于提高全民族的精神素质和塑造高尚人格，着眼于下一代的培养，着眼于引领风尚、教育人民，这一点尤其值得肯定。毋庸讳言，近几年来，我国的动画影视作品得到了很大发展，但精品不多，不少作品不是立足于中国改革开放和现代化建设的实际，着眼于培养造就少年儿童健康向上的价值观和道德观，而是生吞活剥地套用一些西方观念和西方生活形态，花了不少钱，拍出的动画片却离中国风格与中国气派相去甚远，而《冲锋号》的成功实践带了个好头，闯出了一条新路。它的意义超过了动画片，对于整个文学艺术事业，整个文化建设，都具有一种普遍的借鉴作用。

《冲锋号》充分考虑了要为少年儿童喜闻乐见，在审美表现上做出了可贵尝试。譬如，我很欣赏那条狗的设计，既适应了儿童的欣赏趣味，又着意于提高他们的欣赏趣味。那条狗与它的小主人即作品的主人公相辅相成，互补生辉，在与自然的搏斗中，在与围追堵截敌对势力的斗争中，体现了中华民族自强不息、百折不挠的民族精神，体现了"天人合一"，人与动物和谐的人生哲理。这条"狗"是一个角色，很好地完成了任务。我呼吁舆论界和电影市场院线，都应为这样的优秀作品鸣锣开道，大力扶持，让它取得更理想的社会效益和经济效益。这部影片，"冲锋"在真正让文学艺术担负起党的十八大所提出的"引领风尚、教育人民、服务社会、推动发展"神圣使命的正确航向上。

　　本世纪初，26 集电视剧《长征》，是在中央文献研究室、中央党史研究室、军事科学院的鼎力扶持下，创作出来的一部中国电视史上占有重要地位的经典作品。今天，为了贯彻落实习近平总书记的号召，用少年儿童喜闻乐见的形式，进行党史教育，让下一代"知党爱党、知党爱国"，《冲锋号》以最先进的 3D 动画形式，真实、形象、生动地再现了可歌可泣的伟大的长征历史，让少年儿童喜欢看、寓教于乐，真正得到长征精神的教育，懂得我们党的革命历史，学习红军精神，学习革命前辈的人格、理想和信念，真是功莫大焉！《冲锋号》昭示了一条科学与艺术结缘互补、促进社会主义文艺健康持续繁荣的具有普遍意义的创作道路。

2013-05-20

我看"赵氏孤儿"的诸多改编

　　中央电视台不久前在一套黄金时间播出的 41 集电视剧《赵氏孤儿案》，又引起人们对这一题材近年来不断地被电影、话剧和戏曲改编的缘由得失，议论纷纷。我对此亦饶有兴味。

　　据史家考证，记载春秋历史甚详且具有权威性的《左传》和《国语》中均未细录此事，倒是太史公司马迁《史记·赵世家》才叙此事：晋景公三年，大夫屠岸贾设奸计诛杀赵氏满门，赵朔妻子晋成公之姊身怀六甲，藏入后宫，屠岸贾仍欲追杀遗腹子。程婴与公孙杵臼一人舍子一人舍命使赵氏孤儿幸免于难。15 年后，在将军韩厥的帮助下，长大成人的赵氏孤儿杀死屠岸贾为赵氏报仇。至元人，纪君祥创作杂剧《冤报冤赵氏孤儿》显然是依据《史记》的。而作为经典的这出元杂剧，广为流传，家喻户晓，甚至到清雍正年间还远传欧洲。法国文学家伏尔泰 1755 年就将其改名《中国孤儿》翻译介绍过去。这便是这一题材从历史到艺术的大致形成过程。

　　有史学家坚持史学思维道：《史记》所叙不可信，历史并非如此。梁玉绳《史记志疑》就说像此类"匿孤报德，视死如归"的故事，"春秋之世，无此风俗"，"此事固荒诞不可信"，甚至"屠岸贾、程婴、杵臼，恐亦无其人"。赵翼在《廿二史札记》中也断言"屠岸贾之事，出于无稽"。在他们看来，司马迁可能是根据民间传说虚构了这一故事，而非真实的历史记录。

我倒觉得弄清历史真相是史学家的事。他们的考证当然令我佩服。但我又想，《左传》《国语》未记，司马迁就不可以从别的什么记载乃至民间传说中采集一点史料吗？他毕竟比我们离那段历史更近一些。堪称大古籍整理家和经学家的刘向在《新序·节士》与《说苑·复思》中，就两次依据《史记·赵世家》记载了这一故事。只不过，前者的侧重在讴歌程婴、杵臼的节士情怀，而后者的侧重变成了彰显韩厥助孤报仇罢了。

我们的改编原则应该是：循着经典作品经历的历史和人民检验的至今仍有生命力的抽象出的道德价值取向顺势丰富、深化、发展；切忌逆势方向解构、颠覆。纪君祥是颇具文化眼光和审美眼光的，他创作的元杂剧就看中了司马迁和刘向记载的历史故事中蕴含的"忠"战胜"奸"的道德价值取向，故而作品不仅在国内传唱，而且走出了国门。京剧《赵氏孤儿》循着元杂剧顺势丰富、深化、发展，既成功了马（连良）派经典唱段"搜孤救孤"，又成功了裘（盛戎）派经典唱段"我魏绛"，令"忠"战胜"奸"的主题和节义情怀征服了代代观众。豫剧《程婴救孤》也顺势丰富、强化程婴的节义情怀和忍辱负重的操守，主演李树建的表演炉火纯青、唱腔余音绕梁，感人至深。

但也有挂着"创新"旗号进行逆向解构、颠覆性改编的。如电影《赵氏孤儿》，导演声称"我特别怕唱高调，所以我对程婴进行了改编，他就是一个朴素、真实的人，不必整天陷在大义里"。于是，银幕上的程婴形象自然就被矮化、俗化了，"忠"和"义"都被淡化了，"舍子救孤"被改成了阴差阳错的偶发事件，世俗哲学解构了牺牲精神。还有话剧《赵氏孤儿》，导演则明言她把主题改变为"面对困难，我要选择"。竟让孤儿长大后发出了"你们老一代的事儿于我何干"的诘问，颠覆了复仇主题。另一部同名话剧还别出心裁地让孤儿发出了"昨天我还有两个父亲（程婴和屠岸贾），今天起我将成为真正的孤儿"的悲思。这些，或凭借自身所持"现代化"的主观臆念，或生吞活剥西方人性的复杂性理论，陷入了对中华优秀传统文化的盲目和自卑中，失却了自觉和自信，背弃了传统经典作品原有的道德价值取向和永生的艺术魅力。个中教训，值得记取。

当然，改编中也还有一个搞加法而忌减法的问题。经典情节乃至经典唱段，改编时理应尽量保留，切忌为标新立异而弃之不用。如京剧《赵氏孤儿》中"程婴拷打公孙杵臼"和"魏绛误打程婴"两段戏，既成就了马派和裘派经典唱段，又精确表现了程婴的政治成熟、魏绛的正义凛然和屠岸贾的老奸巨猾，豫剧《程婴救孤》刻意避之，代之以于特定情境、人物性格逻辑都欠通的新的情节设计，倒是可惜又可憾了。改编经典，宜聪慧地站在经典的肩上攀登思想艺术的更高峰，而不要"猴子掰苞谷"地弃其精华而刻意"创新"。电视剧《赵氏孤儿案》在改编上的值得称道之处，在对"诚信、忠义、责任、担当、气节、坚守、敬畏、牺牲"精神的讴歌中传达出了主流价值观。

2013-05-20

电影《正骨》：正人正心

　　詹文冠作为编剧，已有好几部电影作品。但作为导演，《正骨》是其处女作。7月7日，正是"七七事变"76周年纪念日，有幸在中国电影家协会观摩他的抗日题材影片《正骨》，感触良多。时下，此类题材影视作品，虽不乏佳作，但确实冒出了不少以赚钱为目的、戏说消费历史的"雷剧"，遭到观众的批评。《正骨》以独特的视角，通过具有300多年历史的"平乐郭氏正骨医术"传人在抗日战争背景下"正骨"的故事，深刻揭露了日本侵略者从物质上、精神上对中华民族进行掠夺的卑劣行径，讴歌了以中医正骨为代表的中华优秀儿女自强不息、厚德载物的伟大精神。影片不趋时、不媚俗，坚守"文化化人、艺术养心"的原则，努力将"有思想的艺术"与"有艺术的思想"统一起来，给人以宝贵的认识启迪和难得的审美享受。

　　片名《正骨》，顾名思义，首先是正生理之骨；但又不仅于此，更深层的是正精神之骨。生理之骨的健壮固然重要，而精神之骨的坚强更为重要。中华民族之所以不可战胜，中华文化五千年历史之所以未曾断档，伟大的抗日战争之所以取得胜利，其根源还在于以从郭健三到郭春运为代表的中国人坚信和践行着"己骨不正，焉能正人"；"精神之骨不正，何能自立于世界民族之林"的真理。一个人、一个民族乃至一个国家，自觉在任何艰难困苦的条件下都在精神上"正骨"，就能保证具有强大的文化实力。这在当下，何其重要！这便是影片《正骨》的文化品位、精神指向。

《正骨》告诉我们：侵略者绝不止于掠夺中国领土和物质，而且贪得无厌地从精神文化上向中华民族进行掠夺。影片一开始，伊东之流冒充八路军，欺骗郭健三为之诊治正骨，乃是为了掠夺"平乐郭氏正骨医术"文化和医术秘方，更是为了掠夺郭健三的民族自尊乃至掠夺了郭健三的生命。老药师"酸叔"的慷慨陈词，与其说是对郭健三的批评，倒不如说是对日寇的掠夺和侵略的血泪控诉！往后，伊东之女骑马摔成骨折，求郭春运医治，间谍西村又设计诱惑郭春运使用祖传郭氏秘方，以便盗窃而据为己有。这是又一次掠夺中华医学瑰宝。令人深思的是，郭春运坚守"医者仁心"之道，以中华民族的博大胸怀和包容性为伊东之女诊治正骨，并粉碎了伊东、西村之流掠夺秘方的阴谋。

《正骨》虽未正面表现侵略与反侵略战争的炮火硝烟，但却从精神文化的更高层次上描写了"没有硝烟的战争"。中华优秀传统文化与日本大和民族"菊花与刀"的文化在正义与邪恶上的这场激烈较量，使影片《正骨》在抗日战争题材作品中具有了独特的文化品格和认识、审美价值。

《正骨》既为处女作，稚嫩之处，在所难免。首先，窃以为导演的案头准备，尤其是对中华文化和大和民族文化的学术准备尚不充分，因而有些人物的对话并未深刻准确地升华到哲学层面的文化档次，个别道白，还带有知识性硬伤。其次，片尾让侵略者伊东反思大和民族文化并获得辩证之认识，窃以为不符合伊东的思维逻辑、情感逻辑和行为语言逻辑，是编导有意为之，多少有点美化了侵略者形象。再次，作为导演，全片的整体把握上似用力过度，而在细节与氛围的营造上又略嫌粗疏；百姓服装也太新、太干净，实在与日寇侵略者铁蹄蹂躏下的苦难民众实际相距甚远。也许这样讲，是因为爱之既深，求之过苛吧。

2013-08-05

"至今沧海上，无处不馨香"

——评长篇神话电视剧《妈祖》

近年来，以海洋文化为题材的电视剧频现荧屏，其中，2013年中央电视台播出的开年大剧——长篇神话电视剧《妈祖》，创全国卫视电视剧收视新高。一年来，央视和多家地方卫视反复重播，至今热度不减，海外发行也连创佳绩。《妈祖》缘何能获如此佳绩？

《妈祖》所倡导的和谐大爱精神实为时代之需。妈祖文化源远流长，自宋雍熙四年殒殁以降，历经宋、元、明、清诸朝，计有26个皇帝敕封妈祖36次。2009年，妈祖信俗入选"人类非物质文化遗产代表作名录"，成为中华民族文化认同的标志。电视剧《妈祖》讲述了妈祖文化在维护家庭和睦、社会和谐、世界和平等方面的独特作用。该剧为我们塑造了一个集真善美、神勇侠于一身的女性形象，其"战睚眦""观海象""驱病魔""助擒寇"等情节，无不体现着妈祖慈悲为怀、广施仁爱、扶贫济困、救苦救难的大爱精神。而这些大爱精神，实为现时的中国乃至世界所亟须。一部中华民族精神的构建史，不能离开艺术作品的"审美中介"。离开了这一中介，主流价值就难以使人心悦诚服，道德主张必成为高台教化，长此以往，民族精神难以深入人心，道德主张难以形成，民族深具的无处不在无时不需的集体主义意识难以作为"族类DNA"而遗传。因此，《妈祖》以电视剧这一其他艺术难以取代的形式，传播了妈祖文化的和谐大爱精神，这对于构建现时代的民族精神必将产生令人震撼的艺术力量。

《妈祖》反映了中华民族正在觉醒的强烈的海洋意识。中华民族有着征服海洋、利用海洋的勇气，有着扬帆远航、探求未知的智慧，拥有海洋文化和农耕文化的双重民族特质。电视剧《妈祖》与中华民族正在觉醒的海洋意识同声相应、同气相求。剧中的吴宗伦抵抗外敌、战死疆场，妈祖前来助战、劝退敌兵、收复失地等情节就与当下"保卫蓝色国土"的时代主题相契合。通过诸如电视剧《妈祖》这样的艺术作品，有利于在全民族建立科学、全面的现代海洋意识，使我们全面实施"建立中国的新东部""走向深蓝"的民族战略因具备民族基础而上升为国家力量。

《妈祖》蕴含着高度的文化自信和文化自觉。她是历史上真实存在的人物，本名林默娘。但作为渔民的女儿，能够以凡人善举而位列仙班，甚至被封为天主教七圣母之一，在全世界20多个国家和地区中拥有2亿多信众，这本身就充分说明了妈祖文化具有一种开放的文化特质。在当下实施"文化走出去"的战略中，如何充分弘扬中华优秀传统文化，是每一个文艺工作者绕不过的文化建设的时代命题。文化有先进与落后之分、腐朽与文明之别、开放与封闭之异，让哪些文化"走出去"进而提升"国家软实力"，没有一种强烈的文化自觉和文化自信断难完成。电视剧《妈祖》的主创者们就具有这样一种敏锐而精准的文化判断力，故事中"勇救外国商船"等情节较之于"海上生存的丛林法则"更具有海纳百川的东方民族的包容气派。主创者们将开放精神作为中华民族的先贤们所开创的诸多民族优良品格之一，以电视剧的形式在世界人民的精神宴会上奉上了精美艺术大餐。妈祖文化，由闽南而中国而世界，灵应洋洋，惠泽荡荡，充分应验了鲁迅先生的那段名言，"有地方色彩的，倒容易成为世界的，即为别国所注意。打出世界上去，即于中国之活动有利"。

总之，电视剧《妈祖》主题鲜明，制作精良，意义深远。让观众品味《妈祖》的艺术魅力，让妈祖文化走向世界，让世界沐浴妈祖灵光，这是该剧创作者们传递的和平福音和精神愿景。"至今沧海上，无处不馨香"，愿更多的具有中华民族精神内蕴的艺术作品能艺昭海表，德被四方。

本文系与博士张金尧合作

2014-01-12

"四个讲清楚"与"河北现象"

习近平总书记在去年 8 月份的全国宣传思想工作会议上提出了"四个讲清楚",立足历史传统、文化积淀、基本国情,深刻论述了宣传阐释中国特色的重要性。影视界的"河北现象"以鲜明的中国特色、河北特点的社会主义影视艺术发展道路的成功实践,雄辩地证明了习近平总书记上述"四个讲清楚"的重要理论阐释是马克思主义中国化的伟大真理。

第一,"河北现象"孕育于河北影视艺术工作者对历史文化传统的熟悉。他们既努力讲清楚了中华民族独特的历史传统、文化积淀和基本国情,又进而努力讲清楚了河北独特的燕赵历史传统、文化积淀和基本省情,探索出了一条独特的具有鲜明河北优势和燕赵风骨的影视艺术发展道路。

第二,"河北现象"形成于河北影视艺术工作者的高度文化自觉。他们自觉讲清楚中华文化中包括河北燕赵文化中积淀着中华民族包括河北人民最深沉的精神追求,蕴含着中华民族包括燕赵儿女生生不息、发展壮大的丰厚滋养,从而自觉认清当今覆盖面最广、影响力最大、受众最多的影视艺术在提升民族整体精神素质中的重要地位和时代担当,并进而在创作实践中坚持"导向为魂、内容为王、人才为本、特色为要","把服务群众与教育引导群众结合起来,把适应需求与提高素养结合起来"，努力高扬河北文化优势，实现燕赵文化资源的深入发掘和最佳配置，实现创作生产力诸因素和人才的优化组合，以确保作品的思想、艺术质量。

第三，"河北现象"植根于河北影视艺术工作者的高度文化自信。自信中华优秀传统文化尤其是源远流长的燕赵传统文化是河北影视创作的突出优势，其间蕴含着深厚的文化软实力，"东方人类从这里走来，中华文明从这里走来，新中国从这里走来"，唯其如此，从《谁主沉浮》到《周恩来的四个昼夜》，从《我的故乡晋察冀》到《先遣连》，从《闯天下》到《丑角爸爸》，从《节振国传奇》到《为了新中国前进》，从《打狗棍》到《营盘镇警事》……一批有思想的艺术与有艺术的思想较完美统一的优秀作品造就的"河北现象"，彰显出深厚的文化软实力。

第四，"河北现象"启示我们：影视艺术作为当代中华文化的组成部分之一，必须反映中国人民意愿和适应时代发展进步要求，必须"走适合自己特点的发展道路"。这对于推动中国特色社会主义文艺的持续繁荣，具有普遍借鉴意义。认真学习、领悟、践行习近平总书记关于"四个讲清楚"的马克思主义中国化的重要理论阐释，必将有力地推动中国特色社会主义文化建设的持续繁荣，必将有效地增强国家的文化软实力。

2014-01-27

骨肉天亲　原乡情长

——评 31 集电视连续剧《原乡》

近日，两岸倾力打造的 31 集电视连续剧《原乡》在中央电视台播出，为观众讲述了一段台湾老兵痛彻心扉的悲情往事，再现了一段两岸令人叹惋的尘封历史。这是一部催人泪下、感动人心的优秀电视剧，是一部具有强烈的艺术吸引力和感染力的佳作。

1949 年国民党溃败，台湾迎来一百万背井离乡的游子，大陆留下一百万破碎的家庭。这些被称之为"原乡人"的老兵无法重回故土，不能和大陆的妻子团聚，不能为老迈的爹娘尽孝送终。一湾海峡，却阻隔了所有家乡的血脉和音信。大陆的"根"，台湾的"家"，纠缠着这些老兵破碎的一生。要艺术地将这种既具有宏阔历史背景又具有个人悲情色彩的中国故事再现荧屏绝非易事，电视剧《原乡》可谓义理俱足、情事毕现。

首先，电视剧《原乡》可以促人思考历史。30 余年来，两岸探访不断，尤其是近几年来"两岸一家亲"的理念正深入人心，这段骨肉团聚的历史是"原乡人"拼死相争的必然结果。正如《原乡》中所展示的那样，聚居在台湾"眷村"的"原乡人"老兵们洪根生、杜守正、八百黑、董家强等遭遇了不公平的歧视和对待，甚至连最基本的思乡表达都受到台湾当局的监控和恐吓。深入剧情，我们可以看到，思乡切，回乡难。台湾"警总"的淫威愈盛，这些老兵归乡的信念愈坚定。当年十七八岁到台湾的小伙子们冲破枷锁，在花甲之年发出了自己最朴素、最痛彻心扉的呼声，终于踏上了漫漫"归乡"路。至此，《原乡》就给予了我们应有的历史正解，今日的团聚都是剧中的"原乡人"奋争的必然结果，都是两岸中国人用人心凝聚的"顺之则昌"的历史潮流。

其次，电视剧《原乡》具有高超的艺术表现力。例如，《原乡》中妙用具有象征意义的文化符号，如具有故乡意味的"授田证""山西陈醋""闽剧"等，即可探知那些老兵割舍不断的乡音乡情。"授田证"是特殊历史时期的产物：60多年前，国民党退守台湾后，为笼络人心，给从大陆背井离乡而来的官兵发了"战时授田证"，承诺反攻成功后，每人即凭此证获得私有土地。然而反攻终究是黄粱一梦。"战时授田证"成了永不能兑现的空头支票。但老兵们却将一纸空文的"授田证"视若珍宝，成了他们的压箱之纸、思乡之托。在《原乡》一开始，农历新年除夕，主人公洪根生的老婆王氏便替丈夫将"授田证"供到了洪家的祖宗牌位上。对此，出生在台湾的女儿晓梅有些不解，但是出于对父亲的爱与理解，让晓梅比同龄人多了一番思考和担当。一个"授田证"就将洪根生一家中每个人的个性展现出来。一张象征意义大过实际意义的"授田证"，在故事里穿针引线，串联起每个老兵的辛酸情感。在老兵杜守正眼里，这张薄薄的"授田证"比生命都重要——当女儿小芳和晓雄私奔偷走了"授田证"，当黑社会头子"山猪"从守正女儿那儿骗走"授田证"，狮子大开口地向守正勒索三万块钱时，守正的天塌了下来。眷村的邻里们都劝守正，反攻大陆早成了无稽之谈，还要一张发黄了的空头期券做什么。但守正却茶饭不思，仿若丢了魂一般。为了这张毫无实际用处的"授田证"，岳将军和战友们为守正凑足了三万元的高额赎金；为了这张"授田证"，一向懦弱胆小的守正不惜和"山猪"以及他的手下对峙并遭到痛打和羞辱；为了这张"授田证"，哪怕被追杀，守正也要不顾性命去讨回。

难道守正不知道这张纸毫无用处吗？可它之于根生、杜守正等许多老兵而言，正是一辈子苦苦坚守的一切和家乡有关的念想。

《原乡》刻画的人物具有地域性格和历史真实感。张国立扮演男主人公洪根生，善良、胆小、幽默、助人为乐，心中有一个始终解不开的沉重心结：数十年来思念江西婺源的老家。陈宝国饰演的是"警总"长官路长功，可谓传神写貌、入木三分。前半段，路长功以"冷面"示人，屡次对渴望"回家"的老兵们横加阻挠。随着故事不断深入，路长功内心深处对母亲的眷恋，还有那些有关家乡的往事，终于冲溃了他为求自保、经年来为自己打造的心理防线，内心的天平渐渐地偏向了那些社会底层归乡情切的老兵。陈宝国外冷内热的表演，呈现出了路长功这个人物精神世界的复杂性。

《原乡》的播出，再一次证明"两岸同胞一家亲，谁也不能割断我们的血脉。两岸同胞命运与共，彼此没有解不开的心结"。只要两岸同胞携手同心，定能共圆中华民族伟大复兴的中国梦。

本文系与博士王茵合作

2014-03-03

师友远去　山高水长

——追思钟惦棐与吴天明的电影情缘

那日，突然接到电话，说老友吴天明突发心肌梗塞驾鹤西行了！真是晴天霹雳，悲痛欲绝。再过几天，就是恩师钟惦棐先生远行27周年忌日了。缅怀先贤之际，我自然想起了二十世纪八十年代，恩师与时任西安电影制片厂厂长的吴天明之间那段"福荫所及，不独当代"的电影情缘。

那时，伴随着改革开放，中国电影迎来了现实主义复苏的崭新局面。吴天明率西影厂同仁，尤其是后来被称为"第五代导演"的陈凯歌、张艺谋、黄建新等青年，拍摄出了《人生》《老井》《黑炮事件》《野山》等一批优秀作品，轰动影坛。西部这家过去不起眼的电影小厂，一下子成了中国电影发展的中坚力量。而这每一部优秀作品的问世，都凝聚着钟惦棐与吴天明之间浓浓的电影情缘。众所周知，钟惦棐先生因那篇石破天惊的《电影的锣鼓》罹难，被错划为右派，远离他钟爱的电影界二十余载，新时期复出后体弱多病，住在北京西单振兴巷6号。而这个小院慢慢地成了彼时中国电影创作与评论的研讨中心之一：当导演的，有了新作，都喜欢到这里来讨教；搞评论的，有了发现，都高兴来这里交流。吴天明便是这里的常客。我作为先生的学生兼助手，见证了他们间的深情厚谊。

1984 年，吴天明把路遥的小说《人生》成功地搬上了银幕。先生亲赴西影厂观罢样片，兴奋不已，为这位自学成才的导演拍手叫好，认为此片"已不满足于时尚，而企图和自己的乡土联系起来，从中开拓出中国银幕的新境界"。（《鸟有喙》）他激动地告诉吴天明："西影厂就应当这样发挥西部的地理、人文优势，走出一条有鲜明西部特色的中国西部电影发展道路来。"这话真令上任不久的吴天明厂长开了窍。自此，西影厂每有新作创意，吴天明都要进京到振兴巷 6 号向先生讨教。先生一针见血地指出："电影题材追求时尚，甚至特意把题材集中在山明水秀、月白风清，而又是财源茂盛之区，以至有的描写西部边疆的题材，连摄制组也组织不起来，这种精神状态的萎缩，与在创作中昧于电影美学上的追求相表里"，而"中央发出了开发大西北的号召，我以为在西北从事电影工作的同志们，是没有理由将视线转移到它的对角线东南方向去的"，应当"自觉地挖掘和展示大西北足以令世界为之倾倒的美"。果然，实践在前，理论概括在后，而理论一旦符合实践的需求，就会反过来极大地推动实践。吴天明领导的西影厂高举起"中国西部电影"的旗帜，一发而不可止地拍摄出了一部又一部优秀作品。他身先士卒，率先垂范，捧着小说《老井》几番进京，与先生商讨如何改编成电影。其时，先生双眼有疾，便请专人为之朗读，录下音来，供反复放诵，深长思之。电影《老井》倾注了他们的心血，是他们电影情缘的结晶。

　　当有人简单地以美国"西部片"比附中国"西部片"，并非议地提出"中国西部电影"的理论主张是"东施效颦"时，先生挺身而出，撰文争鸣，为吴天明的创作实践正名："名者，实宇宙天体也。循名责实，是常理；因名废实正如因人废言一样，是偏见。一定要说中国的'西部片'就是美国的'西部片'，并由此而害怕'东部片''南部片'和'北部片'，甚至进而论断中国有了'西部片'，乜会是宽边帽、牛仔裤、腰缠弹夹、手持双枪、英雄美人、文明征服落后，那叫实事求是吗？……值此之时，理论的任务不是求教于书本，看看别人关于某一片种说过些什么，而是针对电影创作的实际情况，看看我们能多大程度上帮助创作者们摆脱困境。"待到吴天明倾力扶持的《野山》《黑炮事件》问世，"中国西部电影"已成气候，前者荣获第六届中国电影"金鸡奖"最佳故事片大奖，后者亦获最佳故事片提名。先生夜不能寐，兴奋至极，挥毫致书吴天明——

巩之固之　建之树之

西影厂在 1985 年逮住了两只"硕鼠"！窃以为在一两年或两三年内，不必忙于生吞，仔细把玩，务期成为大家的经验。因为它们形质各异。以风格论，一是严格的现实主义，在传统的基础上上升到一个新的美学层次；一个基于现实，力图表现上的再创造。盖今之论表现者，易于忽略现实性、战斗性和典型性。《黑炮事件》在创作中充分考虑观众，完成了银幕上的"赵书信性格"，主角荣获表演大奖，均一一说明了你们的努力对当前中国电影的巨大贡献。

但要形成中国西部的格局，决非一二部、二三部所能完成的。千里之行，始启步耳。

夜不成寐，披襟展纸，书之以奉天明同志。

吴天明接此札后，视为珍宝，将其精心裱装起来，悬挂于西影厂会议室正壁上，当成治厂方略；而吴天明代表西影厂致先生仙逝的挽联——"远见卓识首为西部电影鸣锣开道；踔厉风发常铸警调哲语振聩发聋"——则置于先生灵堂。

师友远去，山高水长。如今，先生与吴天明，重逢于天堂，续接他们未尽的电影情缘。我猜想：吴天明定会告慰先生，27 年来，他一直秉承先生的教诲，尽管历经风雨，也曾远涉重洋，甚至卖过水饺，开过碟片店，但实现中国电影腾飞的梦想始终不变。从《变脸》《首席执行官》到临终前的收官之作《百鸟朝凤》，他一直坚韧不拔地前进在有中国风格、中国气派、中国特色的社会主义电影发展的康庄大道上！

据此，我们也足以告慰两位师友的在天英灵。

2014-03-21

展示平民中国梦的一个样本

　　电影《腊月的春》是一部仅投入 200 万元的小成本影片，平实地讲述了一个发生在甘肃贫困农村的"双联"故事——市级机关青年干部刘为民到农村基层贫困户腊月家扶贫。影片为普通农民和干部传神写貌，把"以人民为中心的创作导向"落到了实处。

　　习近平总书记指出："要使中华民族最基本的文化基因与当代文化相适应、与现代社会相协调，以人们喜闻乐见、具有广泛参与性的方式推广开来"，影片以审美方式成功地践行了这一要求。腊月的"孝"和"仁爱"，刘为民的"忠"和"慈善"，爷爷的"自强不息、厚德载物"，以及马县长的"重民本，守诚信，求大同"，都是中华传统文化的优秀基因，在"双联"故事的叙述中水乳交融。影片珍视中国电影的历史传统、文化积淀和基本国情，展示出一条有着自己特色的发展道路。

　　因此，《腊月的春》虽然在艺术上尚有升腾的广阔空间，但在当下却尤其值得称道。"以人民为中心的创作导向"产生的影片，却不能让"以人民为中心的工作导向"彻底落到实处。一个绕不过去的严峻难题是：这样的值得向广大观众推荐的影片却难上电影院线，难与广大观众见面！究其缘由，是没有高票房。这个严峻的问题值得我们深思。

遭遇《腊月的春》如此境况的还有许多作品。荣获中国电影"金鸡奖"，即中国电影最高学术奖的"最佳故事片提名奖"的优秀影片如《额吉》《爱在廊桥》等，都享受过"一日游"甚至"一场游"的"待遇"。一生紧系电影情缘的著名导演吴天明，临终前的最后一部倾心之作《百鸟朝凤》，直至斯人瞑目也未进入电影院线。

　　马克思在《资本论》里曾深刻分析过，一切资本运作的最大原则概莫能外，都是"追求利润的最大化"；而"审美的最佳境界是超功利"。笔者认为，对票房应有清醒态度。据调查，时下的票房主要对象集中在20岁左右的群体。"以人民为中心"的"人民"，当然不是仅指这一群体。因此，我们还是应以高度的文化自觉和文化自信，坚守中华民族独特的电影发展道路，坚守中华文化倡导的至今仍有生命力的电影审美观和价值观，这是最为紧要的无价之宝。当下，我们切莫为了百亿票房，而在不知不觉中拱手交出了中华文化的电影审美权和道义权。

2014-05-29

文学与视听思维融合的成功范例

　　《百年潮·中国梦》是学习、领悟、践行习近平总书记一系列重要讲话精神的极好教材。它讲的不仅是中国梦，而是从中国梦深化开去，从而达到哲学精神的指引、历史镜鉴的启迪、文学力量的推动。

　　同时，这部作品也是成功把文学思维转换为视听思维的一个榜样。该片充满历史的厚重感，将五千年的文明史尽收眼底，中国共产党 90 多年的党史也都涵盖在里面，非常难得。这部作品也体现了文学的魅力。文学只能作用于一般读者的阅读神经，本身没有形象，只能激发我们产生思考，而电视政论片是用视听语言作为载体的艺术品。它作用于观众的视听感官，激发观众产生一种对应的视听联想，与文学联想完全是两回事。该片的画面也相当精妙，红日、雪峰、大江、大河这些意象都是视觉语言，烘托与陪衬了解说词，加上解说员如诗如画、饱含感情的解说，使这部片子获得了强大的穿透力和感染力。

2014-06-19

文艺要为核心价值观建设凝魂聚气

习近平总书记在中共中央政治局第十三次集体学习时的讲话中强调，要培育和弘扬社会主义核心价值观，打好凝魂聚气、强基固本的基础工程。文艺作为人类审美地把握世界不可或缺的重要方式，理应以高度的文化自觉和文化自信，为培育和弘扬社会主义核心价值观做出独特贡献。

从哲学思维层面上讲，二十一世纪是人类进入科学思维与艺术思维结缘互补的崭新世纪。科学求真，为人类探求真理开辟通道；艺术求美，为人类探求真理开辟通道营造良好的文化氛围。两者理应互补生辉，携手共进。对于今天的中华民族来说，支撑两者的共同基石——实现中华民族伟大复兴中国梦的团结奋斗的共同思想基础，正是社会主义核心价值观。因此，文艺的神圣职责和社会担当，便是要自觉为培育和弘扬社会主义核心价值观强基固本、营造氛围。

文艺，尤其是影视文艺、网络艺术等覆盖面广、影响力大、渗透性强的大众文艺，在培育和弘扬社会主义核心价值观上，发挥着独特的重要作用。文艺要自觉以人们喜闻乐见、具有广泛参与性的方式，使中华民族最基本的文化基因与当代文化相适应、与现代社会相协调，既"各美其美"——继承弘扬优秀文化传统，又"美人之美"——尊重其他国家优秀文化，且"美美与共"——学习借鉴世界文明中适合中国国情的优秀成果，使立足本国、面向世界的当代中国艺术传扬开去，形成有利于培育和弘扬社会主义核心价值观的文化语境和艺术氛围，使核心价值观的影响像空气一样无所不在、无时不有。电影《焦裕禄》《周恩来的四个昼夜》《百鸟朝凤》，电视剧《长征》《媳妇的美好时代》等一大批优秀作品，都在形象地阐释中华优秀传统文化自强不息、厚德载物、讲仁爱、重民本、守诚信、崇正义、尚和合、求大同的时代价值和中国共产党领导人民创造的革命文化、红色文化的永恒魅力，为当今培育、涵养社会主义核心价值观提供了有力的精神资源和正能量。

培育和弘扬社会主义核心价值观，必须立足中华优秀传统文化。中国特色社会主义植根于中华文化沃土。中华优秀传统文化有着优秀的传统文艺。中华文艺大厦，是由代代相传、深入民心且历经时间和人民检验的杰出作家、艺术家及其经典作品为支柱搭建起来的。经典作品之所以经受住历史和人民的检验而成为经典，正因为其间蕴含着至今仍有强大生命力的中华民族最基本的能与当代文化相适应、与现代社会相协调的文化基因，如忠孝节义、礼智仁信、和谐包容等等。这些文化基因，与时俱进地经过创造性转化和创新性发展，完全可以成为培育、涵养社会主义核心价值观必不可少的重要精神源泉。须知，社会主义核心价值观，是当今中华民族文化软实力的灵魂，植根于中华文化沃土。强基固本，就必须继承传统，敬畏经典；相反，抛弃传统、颠覆经典，就等于割断了自己的文化之根和精神命脉。唯其如此，文艺要为培育社会主义核心价值观凝魂聚气，就必须慎重对待经典的传承与创新。

经典不是凝固不变的。伴随着历史的演进，不同时代的人们在传承经典的艺术实践中往往会注入新的时代感悟与阐释，激活经典的当代魅力。这里的关键，是"不忘本来才能开辟未来，善于继承才能更好创新"。我们主张坚持马克思主义的历史观、美学观，遵循着传统经典所蕴含的中华民族最基本的文化基因和代代相传的至今仍有生命力的伦理道德、人文情怀、价值取向，与时俱进地加以丰富、深化、发展，使之既富有民族精神又富有时代精神。为此，我们反对鹦鹉学舌、食洋不化，生搬硬套一些不合国情不切实际的理念来逆向对传统经典中蕴含的有生命力的文化基因和价值取向进行解构乃至颠覆。时下打着"创新"旗号的某些戏说经典、消费经典、糟蹋经典的流行作品便属此类，倘容此风蔓延，则中华民族优秀传统文艺大厦的根根支柱将被拆卸，大厦终将坍塌，社会主义核心价值观建设必不可少的重要精神源泉也将被切断，那将是多么危险！

　　培育和弘扬社会主义核心价值观，还必须引领人们在日常的社会道德生活中感知它、领悟它、实践它。国无德不兴，人无德不立。文艺求美，其对生活的审美评判，中介往往是道德评断。列夫·托尔斯泰有句名言：文艺归根结底是传达情感的。情感，就离不开道德的评判。一部优秀的文艺作品，往往对一个人的道德信仰、人文情怀产生终生影响，也往往对一个社会的道德风尚产生重要影响。习近平总书记精辟地指出，培育和弘扬社会主义核心价值观，"必须加强全社会的思想道德建设，激发人们形成善良的道德意愿、道德情感，培育正确的道德判断和道德责任，提高道德实践能力尤其是自觉践行能力，引导人们向往和追求讲道德、尊道德、守道德的生活，形成向上的力量、向善的力量"。文艺在落实这一重要指示中有着广阔的用武之地。一大批优秀文艺作品，如电影《额吉》《爱在廊桥》《山东兄弟》，电视剧《父母爱情》《大丈夫》《老有所依》，戏曲《山村母亲》《挑山女人》等等，都得到了社会各界的广泛赞誉。但毋庸讳言，也确有少数文艺作品，解构传统美德，突破传统道德底线，或以凶杀、打斗、情色等内容刺激受众视听感官之生理快感，冲淡乃至取代文艺本应产生的思想启迪和精神美感。或鼓吹及时行乐、金钱至上的"娱乐至死"和功利主义倾向，消解革命理想信仰，为道德沦丧张目……所有这些，既不利于社会的安定和谐，又败坏国民的审美情趣和道德修养，此种教训，极为深刻。

文艺要自觉为培育社会主义核心价值观凝魂聚气、强基固本，说到底，是攸关文艺工作者坚持道路自信、理论自信和制度自信的大是大非问题。要对与时俱进的中国化马克思主义理论充满自信，对中国特色社会主义制度的先进性、优越性充满自信，对走有中华民族历史传统、文化积淀的中国特色文艺发展道路充满自信。有了这些自信，才能在当今这场没有硝烟的世界文化激荡和文明对垒中站稳脚跟，保持清醒的是非判断力和理论定力，自觉发挥好文艺为建设社会主义核心价值观的正能量作用。唯其如此，文艺方能在实现中华民族伟大复兴中国梦的历史进程中建功立业，做出贡献。

2014-07-21

电视剧发展史上的一座丰碑

　　《历史转折中的邓小平》是一部在中国电视剧发展史上占有重要地位的史诗性作品，是具有中国特色的重大革命历史题材创作和领袖伟人传记创作的重大成果。全剧气势磅礴，极具艺术魅力地成功塑造了历经三落三起的邓小平自"四人帮"覆灭后到1934年国庆阅兵这八年历史转折中的伟人形象，把我们重新带进了那段难忘的峥嵘岁月。作为改革开放和现代化建设的总设计师和邓小平理论的主要创立者，邓小平以非凡的胆略和智慧，率领全党、全军和全国各族人民，开创了中国特色社会主义的宏伟大业。

　　这是一部真正实现了题材资源的最佳配置、创作生产力诸因素优化组合的力作。由于各有关方面的鼎力配合，从而保证了全剧有思想的艺术和有艺术的思想尽可能完美地统一，使全剧在宏观把握与微观表现、历史真实与艺术真实、领袖伟人与普通民众、刻画人物与叙述事件的辩证结合上都达到了新的高度。

　　观看《历史转折中的邓小平》，重温邓小平同志率领全国人民解放思想、实事求是，冲破禁区、改革创新，绝不走封建僵化的老路；感悟邓小平同志率领我们坚持四项基本原则，科学评价毛泽东的历史地位，维护社会政治稳定和思想稳定，反对自由化，绝不走改旗易帜的邪路，我们就能自觉地有"左"反"左"、有"右"反"右"，超越

"左""右"，吸取哲学营养，辩证思维，把准航向。

观看《历史转折中的邓小平》，重温改革开放初期那段风云变幻、雄健奋进的历史，宝贵的历史镜鉴给我们以深厚的历史营养、深刻的历史启迪和高超的历史智慧。观看本身就是一次精彩的审美享受和艺术鉴赏。文学艺术，尤其是大众化的影视艺术，理应自觉承担起为伟人树碑立传、传播伟人精神风范的时代重任。

此剧的成功播出必将掀起广大观众的收视热潮，也必将对培育和弘扬社会主义核心价值观、为实现中华民族伟大复兴的中国梦，提供强大的精神动力和正能量！

2014-08-25

讲好中国故事的成功尝试

观罢电视剧《舰在亚丁湾》，心潮澎湃，对人民海军的敬意油然而生。这是一部为海军近年在亚丁湾索马里海域执行护航任务的英雄业绩谱写颂歌的优秀作品，是为现代海军将士及军嫂传神写貌的力作，也是一部向广大观众普及国防教育、增强海防意识的形象教材。

面对世界风云激荡、海洋争端时有发生的国际情势，人民总在关切着人民海军在现代化历史进程中保卫祖国战斗力的提升。观《舰在亚丁湾》，可以满足人们渴望了解人民海军这支威武之师、文明之师的精神风貌和战斗力的愿望。这里的"舰"我以为有着双重含义：作为实体，展示着人民海军现代化军事装备及其作战水平；作为意象，象征着人民海军的现代文明水准。肖伟国的大智大勇，对海盗巧施心理战术，以一场假演习真威慑，直升机俯冲，特战队发射爆震弹，不战而屈人之兵；韩世杰率570导弹护卫舰、毛大华率特战队与海盗数次直面交锋，历经险情，击溃海盗"狼群战术"，解救商船。我海军履行国际主义义务，为菲律宾"斯图尔特力量"号商船提供及时救援，树立了执行联合国和平使命决议的负责任大国形象。

"舰"在亚丁湾之所以无往不胜，是因为有伟大人民作坚强后盾。《舰在亚丁湾》血肉丰满地成功塑造了性格各异的军嫂形象。这里有"讲仁爱"的护航官兵家属服务中心主任、肖伟国的妻子龚新华；

有"尚和合"的为解家中小叔子与未婚妻住房的燃眉之急，去参加服装模特大赛赢得不菲奖金的军嫂周韵；有"自强不息"为支持丈夫一心护航只身来到部队附近艰苦创业，开"辣妹子饭馆"的军嫂杨灵儿；还有那位舰长韩世杰之妻、战胜乳腺癌病魔一心扑在工作上的区政府办公室主任曹冰冰。所有这些，组成一幅幅人民海军护航部队军嫂的伟大巾帼群像图。正是她们，筑就了人民海军背后坚如磐石的钢铁长城。

习近平总书记精辟指出，民族文化是一个民族区别于其他民族的独特标识。要加强对中华优秀传统文化的挖掘和阐发，努力实现中国传统美德的创造性转化、创新性发展，把跨越时空、超越国度、富有永恒魅力、具有当代价值的文化精神弘扬起来，把继承优秀传统文化又弘扬时代精神、立足本国又面向世界的当代中国文化创新成果传播出去。要"讲好中国故事，传播好中国声音，阐释好中国特色""使中华民族文化基本的文化基因与当代文化相适应、与现代社会相协调"。《舰在亚丁湾》可以说是以人们喜闻乐见的长篇电视剧艺术形式去学习、领悟、践行上述重要指示精神的成功尝试。人民海军指战员及军嫂的精神世界中传承着中华民族优秀传统文化基因，如"忠孝节义""礼义仁智信""讲仁爱、重民本、守诚信、崇正义、尚和合、求大同"等，这些优秀传统文化基因与现代社会相协调，成为"舰在亚丁湾"壮举的宝贵精神资源。这，正是该剧成功的重要文化奥秘。

2014-09-03

"美美与共"的成功范例

——芭蕾舞剧《红色娘子军》公演 5C 周年断想

50 年前,中央芭蕾舞团首次公演了创作的芭蕾舞剧《红色娘子军》,轰动艺坛;50 年来,该剧久演不衰,愈演愈精,几乎场场爆满。一部采用舶来的艺术形式演绎中国故事和中国精神的作品,历经半个世纪历史沧桑的实践检验,演员至少换了五代,观众也一茬接着一茬。今年春节甚至登上了覆盖面最广、影响力最大的全民族盛典——春节电视文艺晚会,中央电视台选上了《红色娘子军·练兵》一场,北京电视台也选上了该剧的《军民鱼水情》一场,足见其受广大观众喜爱的程度之深。在人类芭蕾舞发展历史上,该剧也占有一席重要位置。君不见,中外的艺术史家在论及人类芭蕾舞剧发展历史时,大都不能只提俄罗斯的《天鹅湖》而忘掉中国的《红色娘子军》!

唯其如此,思考这部作品的成功经验,尤其是其间蕴含的对于发展繁荣整个中国特色社会主义文艺创作具有普遍意义的经验,就吸引了包括我这个舞盲在内的艺术批评工作者的研究兴趣。

首先,凭借多年从事影视艺术研究所锻造的审美直觉,深感这是一部道地的中国化了的芭蕾舞剧。说它是中国化的,是因为其舶来的艺术形式里始终灌注着浓郁的中华音乐舞蹈艺术的精魂,它演绎的是一个地道的中国故事,传递的是地道的中国精神和中国文化。不忘本来才能开辟未来，立足本土文化方能借鉴他山之石，有根才能嫁接。首先"各美其美"才能进而"美人之美"，这是国家与国家、民族与民族之间文化交流互鉴的一条普遍规律。只要那"向前进，向前进！战士的责任重，妇女的冤仇深。古有花木兰，替父去从军；今有娘子军，扛枪为人民"的旋律歌声一起，欣赏着刚健婀娜的舞姿，观众就会强烈感受到多彩、平等、包容的中华文明和中国艺术精神。

其次，以对中华文化高度的自觉和自信，以开放包容的心态去"美人之美"，是该剧成功的又一宝贵经验。文化的发展，艺术的繁荣，闭关锁国、夜郎自大是不行的。改旗易帜的西化邪路决不可走，封闭僵化、故步自封的老路也不可走。应走的，是像芭蕾舞剧《红色娘子军》这样，以对中华文化的高度自觉与自信，以开放包容的心态去学习借鉴世界文化宝库中芭蕾舞艺术的丰富成果，勇于并善于"美人之美"，为我所用。这在50年前那个"以阶级斗争为纲"的年代，显得多么可贵！

当然，该剧的功力，最终显现在"各美其美""美人之美"之后的"美美与共"上。所谓"与共"，就是将上述两种"美"交融、整合、创新。李瑞环同志有句名言："见好就拿，拿来就化。"说得极是。该剧堪称是"见好就拿，拿来就化"的典范。它是见"好"才"拿"，而非"好""坏"不分、囫囵吞枣；它是着力于"化"，而非鹦鹉学舌、东施效颦。"化"的功夫，亦即"与共"的能力。在这个关节点上，芭蕾舞剧《红色娘子军》为我们留下了珍贵启示。

但是，对经历半个世纪历史检验、对中国艺术创造了"各美其美、美人之美、美美与共"宝贵经验的芭蕾舞剧《红色娘子军》的评价，有人却并不实事求是。譬如，在一部影响颇大的电影里，它竟然被简单甚至相当粗暴地当作了中国文化的反人性的符号使用。片中，年轻的女学生白天在艺校里如痴如狂地排练芭蕾舞《红色娘子军》，争演"琼花"，高唱"打倒南霸天"；晚上回家，就在工宣队的诱逼下丧尽人性地把亲生父亲当"南霸天"来打！不是说作品不能反映在那个特定时代芭蕾舞剧《红色娘子军》蒙上的历史印记和"左"的影响，而是说，对这样一部重要的创作绝不能简单化甚至相当粗暴地当成"反人性"的文化符号来乱用。在习近平总书记著名的"四个讲清楚"中，第一就是"宣传阐释中国特色，要讲清楚每个国家和民族的历史传统、文化积淀、基本国情不同，其发展道路必然有着自己的特色"。讲得何等精辟！对中国舞蹈艺术，包括中国的芭蕾舞剧艺术，其历史传统、文化积淀都应十分珍视，都应在"讲清楚"的基础上选择有自己特色的发展道路，而绝不应似这部电影这样简单粗暴地加以否定。须知，倘中华文化艺术的传世经典都被一部部或戏说或解构或否定后，靠这些经典作为支柱支撑起的中华艺术大厦就会坍塌，中华民族又靠什么作为强大的精神力量自立于世界先进民族之林呢！

2014-09-15

坚持以人民为中心的创作导向

——学习习近平总书记在文艺工作座谈会上的讲话

2014 年 10 月 15 日，习近平总书记在文艺工作座谈会上发表了重要讲话。"讲话"的重要思想之一，就是坚持以人民为中心的创作导向。这一重要思想，与马克思主义文艺观一脉相承，具有丰富的时代内涵，对文艺创作具有重要的指导意义。

坚持"以人民为中心"的创作导向与马克思主义文艺观一脉相承。
这"脉"就是马克思主义经典理论家一贯坚持的文艺创作的"人民性"。毛泽东同志早在《新民主主义论》中就明确指出：新民主主义文化就是"民族的科学的大众的文化"，这种"大众的文化"观点，在稍后 1942 年的《在延安文艺座谈会上的讲话》5 月 2 日"引言"中升华为"立场问题"，在 5 月 23 日的"结论"中列为第一个问题：我们的文艺是为什么人的？明确提出了"为工农兵服务"的文艺方针。可以说，"为什么人"的问题统领了毛泽东思想整个文艺观。改革开放和现代化建设的总设计师邓小平的文艺理论，在新时期全党实现了从"以阶级斗争为纲"到"以经济建设为中心"的历史转折的新情势下，及时提出不要再令文艺为"临时的、具体的、当前的政治"服务，提出了"二为"方向，即"文艺为人民服务、为社会主义服务"，并强调"人民是文艺工作者的母亲",人民离不开艺术，艺术更离不开人民。这是邓小平理论的重要组成部分之一。江泽民同志"代表中国先进文化的前进方向"的文化观，是"三个代表"重要思想的重要内涵之一，而"以科学的理论武装人，以正确的舆论引导人，以高尚的精神塑造人，以优秀的作品鼓舞人"和"弘扬主旋律，提倡多样化"则是实现这一"以人为本"的文化观的根本途径。胡锦涛同志倡导以科学发展观紧紧抓住和用好重要战略机遇期，文艺要为推进经济建设、政治建设、文化建设、社会建设、生态文明建设"五位一体"的建设提供强大的精神能源和智力资源，他提出"一切进步的文艺创作都源于人民、为了人民、属于人民"的论断，也是将文艺创作源泉、服务对象、成果归属等都统一于"人民性"之中。

习近平总书记这次在文艺工作座谈会上的讲话，是在新的历史条件下治国方略中对文化建设特别是文艺创作的重要指示和全面阐述，坚持"以人民为中心"创作导向的重要思想，突出了马克思主义文艺观一以贯之、一脉相承的"人民性"。毛泽东同志的《在延安文艺座谈会上的讲话》，是二十世纪四十年代马克思主义中国化进程中文艺思想成果的集中体现；习近平总书记此次在文艺工作座谈会上的讲话，则是在新的历史阶段马克思主义文艺观中国化的最新理论成果，为进一步繁荣发展中国特色社会主义文艺提供了强大的理论指南。

坚持"以人民为中心"的创作导向蕴含着新的丰富的时代内涵。

学习习近平总书记系列讲话，特别是文艺工作座谈会上的讲话，我们深刻地体会到，其治国方略中关于文化建设的理论蕴含着新的丰富的时代内涵，形成了科学的文化建设思想体系。

"讲话"极大地提升了文艺工作者的使命意识。习近平总书记指出，"实现'两个一百年'奋斗目标，实现中华民族伟大复兴的中国梦，文艺的作用不可替代"，"作家艺术家应该成为时代风气的先觉者、先行者、先倡者，通过更多有筋骨、有道德、有温度的文艺作品，书写和记录人民的伟大实践、时代的进步要求，彰显信仰之美、崇高之美。文艺工作者要自觉坚守艺术理想，不断提高学养、涵养、修养，加强思想积累、知识储备、文化修养、艺术训练，认真严肃地考虑作品的社会效果，讲品位、重艺德，为历史存正气，为世人弘美德，努力以高尚的职业操守、良好的社会形象、文质兼美的优秀作品赢得人民喜爱和欢迎"。习近平总书记的讲话，使广大文艺工作者提高了认识，增强了使命感，深刻认识到文艺作为一种独特的审美意识形态，在巩固全党全国人民团结奋斗的共同思想基础和推进中国特色社会主义事业的伟大进程中，具有重要地位并发挥着独特的不可替代的作用。

"讲话"强调了"以人民为中心"的文艺业绩观。习近平总书记指出，"一旦离开人民，文艺就会变成无根的浮萍、无病的呻吟、无魂的躯壳"，"能不能搞出优秀作品，最根本的决定于是否能为人民抒写、为人民抒情、为人民抒怀"，"文艺工作者要想有成就，就必须自觉与人民同呼吸、共命运、心连心，欢乐着人民的欢乐，忧患着人民的忧患，做人民的孺子牛"。远离人民甚至背离人民注定是没有成就、没有出息的，只能是"咀嚼一己小小的悲欢，并视之为大世界"。历史的经验告诉我们，一旦离开人民的阅读、人民的收听、人民的观看，文艺作品就没有了欣赏的对象、评鉴的主体、检验的尺度。一句话，离开了人民，文艺作品就没有价值和意义。

"讲话"阐述的"人民性"具有深厚的历史人文基础和宏阔的世界视域。习近平总书记指出：除了"向今人学习""深入群众、深入生活，诚心诚意做人民的小学生"外，还理当包含"向古人学习"。他说："中华优秀传统文化是中华民族的精神命脉，是涵养社会主义核心价值观的重要源泉，也是我们在世界文化激荡中站稳脚跟的坚实根基。要结合新的时代条件传承和弘扬中华优秀传统文化，传承和弘扬中华美学精神。"这段精辟的论述与习近平总书记提出的著名的"四个讲清楚"先后呼应，深刻体现出中国共产党人不是历史虚无主义者，也不是文化虚无主义者。中国共产党人始终是中华优秀传统文化的忠实继承者和弘扬者。这样，我们就能在传承中华民族血脉中开拓前进。习近平总书记阐明的"人民观"还有宏阔的世界视域，即"向世界学习"。他说，"我们社会主义文艺要繁荣发展起来，必须认真学习借鉴世界各国人民创造的优秀文艺。只有坚持洋为中用、开拓创新，做到中西合璧、融会贯通，我国文艺才能更好发展繁荣起来"。的确，倘若我们的文艺创作不向世界人民创造的适合中国国情的先进文明学习，我们的作品就只能"用笛子二胡演奏军乐"，就定难有磅礴的交响回荡在人类美的天域。

坚持"以人民为中心"的创作导向具有深刻的现实意义。

习近平总书记在文艺工作座谈会上的讲话，具有深邃的历史洞察力和明确的现实针对性。当前，文艺创作确实迎来了社会主义文化繁荣发展的大好时机，但是，我们必须正视诸般确已存在的有悖于坚持以人民为中心的创作导向的不良倾向。

一是脱离人民的倾向。有的创作确实或多或少地出现了脱离人民不问世事的现象。这种作品表现的只是一群脱离国情超前消费的公子小姐形象，广大的工人、农民、知识分子、国家干部在这种作品中看不到自己的影子。文艺创作应当防止"尾巴主义"。那种认为群众要怎么办就怎么办的口号是十分错误的，也正如毛泽东同志所指出的"对于人民群众中发生的不正确的意见，则必须教育群众，加以改正"。习近平总书记多次强调，要树立以人民为中心的工作导向，"把服务群众与教育引导群众结合起来，把满足需求与提高素养结合起来"。这"两个结合"充满了辩证法，是对于消极顺应落后、低级趣味而放弃积极教育引导的脱离人民倾向的警戒和根治良方。

二是做市场的奴隶的倾向。在市场经济条件下，文艺既有商品属性，又有意识形态属性。习近平总书记石破天惊地告诫我们"文艺不能在市场经济大潮中迷失方向，不能在为什么人的问题上发生偏差，否则文艺就没有生命力"。这话一针见血。当前，确实出现了一股电影唯票房、电视剧唯收视率、出版物唯码洋的文艺政绩观。只问经济效益、不问社会效益是背离人民利益的。熟知中国文学史的人都知道，假如文艺依附于市场，中国历史上定不会出现陶渊明，因为他的作品是五百年后的苏轼重新发现并进行"市场推广"的。假如文艺依附于市场，中国绝不可能出现"字字看来皆是血，十年辛苦不寻常"的旷古奇书《红楼梦》，因为《红楼梦》在曹雪芹完成时不过只有脂砚斋几个人传来抄去，成为世界名著是后来的事。熟悉世界艺术史的人也都知道，凡·高的绘画，生前并未卖出去过，而他在世界美术史上的地位和价值，也是他去世之后人们才逐渐认识和发现的。文艺作品切忌急功近利。我们不能以利润方式取代审美方式去评判文艺作品的价值。习近平总书记明确指出："一部好的作品，应该是把社会效益放在首位，同时也应该是社会效益和经济效益相统一的作品。文艺不能当市场的奴隶，不要沾满了铜臭气。""优秀的文艺作品，最好是既能在思想上、艺术上取得成功，又能在市场上受到欢迎。"所以，文化化人，艺术养心，重在引领，贵在自觉。文艺之功能在于化人而非止于"化钱"，在于养心而非止于"养眼"。只有靠文化把人的素质化高、靠艺术把人的境界养高，高素质、高境界的人才能保证经济社会生态全面协调、可持续发展。这才是应有的智慧的文化社会经济学。

三是娱乐化的倾向。"化"者，彻头彻尾之谓也。当前在一些文艺创作领域确实出现了娱乐化倾向，一些文艺工作者在文艺创作中一味迁就一些受众的感官生理快感需求。对此，习近平总书记讲得好："低俗不是通俗，欲望不代表希望，单纯感官娱乐不等于精神快乐。"可谓既是告诫又是棒喝！柏拉图说过，"过度的快感会扰乱人的心智"，可以进一步说，只知道笑而不知道为什么笑的民族是悲哀的民族。过度娱乐化的作品只能使观众止于养眼而不养心、止于视听快感而无诗意美感，甚至是花眼乱心。长此以往，人心会乱，那就只有欲望而没有希望了。我们应当牢记习近平总书记在五四青年节视察北京大学时的箴言：推进中国改革发展，实现现代化，需要哲学精神指引，需要历史镜鉴启迪，需要文学力量推动。

习近平总书记在讲话中指出："随着人民生活水平不断提高，人民对包括文艺作品在内的文化产品的质量、品位、风格等的要求也更高了。"我们坚信，习近平总书记暖人心、鼓干劲、促创作的讲话，必将激励广大文艺工作者坚持"以人民为中心"的创作导向，以充沛的激情、生动的笔触、优美的旋律、感人的形象创作生产出人民喜闻乐见的优秀作品，让人民精神文化生活不断迈上新台阶。

本文系与博士张金尧合作

2014-10-17

继承中发展　发展中继承

——"福建戏曲文化现象"刍议

　　最近，闽剧《贬官记》和《兰花赋》、莆仙戏《叶李娘》、芗剧（歌仔戏）《保婴记》、高甲戏《阿搭嫂》、梨园戏《皂隶与女贼》和提线木偶剧《赵氏孤儿》等福建地方戏曲集体晋京演出。从国家大剧院到梅兰芳大剧院，再到中央党校礼堂，刮起了一股观剧热潮，甚至出现了一种"福建戏曲文化现象"。堪称举国注目之艺坛"文化现象"者，这必须具备几个硬件条件：一是有相当数量有一流思想、艺术质量的代表作品；二是有公认有影响力的创作领军人才；三是有一支为之总结创作经验的有较高美学、史学品位和修养的理论批评队伍；四是有数量可观的爱艺术、懂艺术、会欣赏的受众群体。以此标准衡量，窃以为"福建戏曲文化现象"已经客观存在，值得珍视。

　　戏曲是中华民族审美把握世界的独特方式；地方戏曲是地方人民代代相传的审美把握世界的独特方式。其间蕴含着中华民族最基本的文化基因和道德、伦理、情感追求及人生价值取向。改革开放和现代化建设的总设计师邓小平同志就高度重视继承发展地方戏曲的工作。二十世纪七十年代末，他在出国访问途经成都短暂休息时曾兴致勃勃地调看了几出川剧经典折子戏，指示要爱川戏、看川戏，一定要"振兴川剧"，并从中了解四川的民情民意。习近平同志在福建工作期间，也曾指示一定要促进福建这个戏曲大省的戏曲事业的健康、持续繁荣。可见，从邓小平到习近平，党和国家领导人都以高度的文化自觉和文化自信，从建设文化强国的战略实施上强调关注戏曲事业。

福建的戏曲工作者在福建省委、省政府领导下，没有辜负人民和时代的厚望。"福建戏曲文化现象"不仅惠及福建人民，为福建创建文化强省创造了具有普遍借鉴意义的新鲜经验，而且属于全国人民，为各地方戏曲的振兴和繁荣，树立了一面旗帜，提供了宝贵启示。

首先，要真正沉下心来，紧密联系戏曲继承创新的实践，反复学习、领悟、践行好习近平总书记关于文化建设的一系列重要讲话精神。抓住根本，才能纲举目张。习近平总书记强调："中国特色社会主义植根于中华文化沃土"，而"中华文化"由中国传统文化和中国共产党领导中国人民创造的革命文化、红色文化组成；"培育和弘扬社会主义核心价值观，必须立足中国优秀传统文化"，而戏曲文化乃是中国传统文化的重要组成部分之一。因此，要善于把戏曲文化中代代相传、至今仍作用于广大观众心里的那些有生命力的文化基因发掘出来，"与当代文化相适应，与现代社会相协调"，"努力实现传统文化的创造性转化、创新性发展"，"共同服务以文化人的时代任务"。这是戏曲工作者的一项光荣而神圣的使命。且看福建此次晋京演出的剧目，无论是传统经典还是新编剧，都相当成功地践行了上述重要指示精神，值得称道、推广。

其次，七台多个剧种剧目的成功演出，昭示出一条繁荣发展地方戏曲的中国道路，借用费孝通先生的名言，叫作"各美其美、美人之美、美美与共"的中国特色道路。习近平总书记在联合国教科文组织总部阐述中华文明观时，用了"多彩""平等""包容"六个字。据此，可以说每种地方戏曲在中华文化大家庭中都是一彩儿，相互间都是平等的，应当交流互鉴，共筑中华文化绚丽多姿的百花园。譬如高甲戏《阿搭嫂》，就坚守高扬高甲戏丑角独特的审美优势，在"各美其美"即高甲戏本体的历史传统、艺术积淀上下足功夫，并以开放的眼光将京剧锣鼓点等其他姊妹艺术形式中适合自身有用的东西为戏所用，"化"到自身主体中去，进而实现"美美与共"，实现交融、整合、创新。这一经验，弥足珍贵。唯其如此，七台戏闽剧是闽剧，莆仙戏是莆仙戏，芗剧是芗剧，高甲戏是高甲戏，提线木偶剧是提线木偶剧，各具特色，丰富多彩，毫无同质化痕迹。

再次，高扬地方文化优势，精心实现地方戏曲资源的最佳配置，努力实现地方戏曲创作生产力即编、导、演、音、美等人才的优化组合，以确保有思想的艺术与有艺术的思想的和谐统一。福建省戏曲资源丰厚。七台戏对五个地方剧种和提线木偶剧的资源的珍视、开掘和配置，令人钦佩。勿以为只有物质生产才有资源配置的课题，"福建戏曲文化现象"雄辩地证明，精神生产也应强化资源的最佳配置。福建立足地方，培养出编剧郑怀兴、导演吕中文、演员吴晶晶、音乐朱伟捷、美术黄永碤等一批领军人才，七台戏都尽可能实现了编、导、演、音、美创作主因素的优化组合，从而保证了台台戏都具有较高的历史品位和美学品位。

习近平总书记最近再次强调：要科学对待文化传统，"优秀传统文化是一个国家、一个民族传承和发展的根本，如果丢掉了，就割断了精神命脉。我们要善于把弘扬优秀传统文化和发展现实文化有机统一起来，紧密结合起来，在继承中发展，在发展中继承"，"中国共产党人不是历史虚无主义者，也不是文化虚无主义者"，"中国共产党人始终是中国优秀传统文化的忠实继承者和弘扬者"。戏曲文化作为优秀传统文化的重要组成部分之一，理应遵循这一重要指示，在继承中发展，在发展中继承。这也正是"福建戏曲文化现象"给我们的宝贵启示。

2014-10-20

继承和弘扬中华美学精神

　　传承和弘扬中华美学精神，是涵养社会主义核心价值观、促进中国特色社会主义文艺健康持续繁荣发展的重要条件之一，也是中华民族在二十一世纪为人类以审美方式把握世界、促进和谐安定开出的一剂美学良方。

　　中华美学思想、理论和精神具有极其鲜明的民族思维和民族学理标识，概括起来，主要是更重天人合一的和谐包容理念、既入世又出世的人间情怀和营造意象的诗性写意品格。

　　追溯中华美学精神的源头，自然是公元前人类轴心时期的老子、孔子和庄子。是他们，开创了把文艺求美放到整个社会文化、宇宙自然、人伦道德的大视野中加以观照阐释的好传统。如果说，老子的"道法自然"强调了天人合一，那么孔子的礼乐观和美善观就凸现了从个体的社会责任出发去观照人类的审美活动，而庄子的大美不言和逍遥之美则是从生命的律动来观照人类的审美活动。这就奠定了中华美学的根基：讲仁爱，重诚信，尚和合，求大同。

　　再说营造意象的诗性写意品格。与西方古典美学精神重写实不同，中华美学精神重写意。"美在意象"，是中华美学精神的真谛。中国国画妙在"似与不似之间"，中国戏曲"以歌舞演故事"，以虚代实，程式化，营造意境，都旨在追求诗性品格和超越精神。强调写意的中华美学精神孕育出包括情、趣、境、气、韵、味、品等一系列具有民族学理特质的美学范畴。

毋庸讳言，二十世纪以来，学术界却盛行一股唯西是瞻、以西观中的思潮，研究美学，言必西方学术资源，对中华美学资源的开掘、整理、配置都很不够，加之一种盲目西化的思潮把中华美学精神原本的文化基因加以解构后贩卖"转基因"，影响制约了对中华美学精神的传承和弘扬。唯其如此，学习、领悟、践行习近平总书记关于"传承和弘扬中华美学精神"的重要指示迫在眉睫。事实上，中华美学是一座亟待开采的富矿。传承和弘扬中华美学精神，大有可为！

2014-12-02

中华美学是一座亟待开采的富矿

美学是隶属于哲学的。中华美学精神包含在中华哲学之中，与西方哲学主张主客二分不同，中华美学主张天人合一、道法自然，为二十一世纪人类面临着的人与自然、人与社会、人与人等矛盾提供了一剂哲学良方，或叫美学良方。要把中华哲学精神和美学精神的长处同西方哲学里适合中国国情的东西兼容整合，取长补短。中国的文人是既出世又入世的，中国的审美思维通向民生、民情、民意，通向大地，而不是寄托于虚幻的宗教的天堂，和以人民为中心的创作导向非常契合。中华美学精神是超功利的，有追求意境的写意传统，与西方古典美学强调写实不同。中华美学的写意精神和美感的神圣性相契合，与西方过度的狂欢娱乐不同。柳宗元早在公元815年被贬柳州刺史时为其兄写的散文《马退山茅亭记》中就提出过'美不自美，因人而彰'，准确地从主客观辩证统一的高度回答了"美是什么"。叶朗先生领衔并邀请30多所高校的百余位专家编著的19卷、千余万字的《中国历代美学文库》记载了中华民族丰富而深刻的美学资源。今后，传承和弘扬中华美学精神大有可为！

2014-12-26

创建当代的中华美学精神是我们的使命

习近平总书记在文艺工作座谈会上强调"中华美学精神"这个命题，是为了珍视中华文化的文化基因，为了让中华民族沿着自己有民族特色的艺术思维方向去自立于世界民族之林，为人类审美地把握世界提供独特的贡献。我们看到，中华美学精神讲求道法自然，和而不同，它的高明之处在于将入世和出世统一起来。我们主张入世是因为我们强调以民为本，接民心、接地气、通民生，这是我们一切工作的准则。与西方哲学强调主客二分不同，中华美学精神还强调天人合一，它协调着人与他人、人与自然、人与社会的矛盾，是当前解决二十一世纪世界不安宁因素的一剂美学良方或哲学良方。我们要以中华民族自己的文化美学传统为主，对西方哲学美学中的精华部分应见好就拿、拿来就化、交融整合、互补生辉，创建当代的中华美学精神，这是我们的使命。

2015-04-20

观《王大花的革命生涯》三思

曾几何时，打开电视机，抗日"神剧""雷剧"不少。这些"神剧""雷剧"的存在，亵渎了那场神圣的战争，也亵渎了中华民族的文化基因。《王大花的革命生涯》的出现，给人耳目一新的感觉。这部剧凭借其艺术力、感染力，紧紧抓住观众，格调健康，给人以愉悦的审美快感，思之有三。

一是编剧之功不可没。这是编剧郝岩长期在抗日题材创作方面不断积累、不断思考、不断发酵的结果。他找到了一个新的视角，来书写这场波澜壮阔的抗日战争。清晰地突出了在共产党领导下的抗日的本质特点：人民战争、全民抗战、全民族抗战，逼过王大花这一崭新的艺术形象来凸现这一本质特点。编剧没有跟风，而是走了一条反类型化的创作道路，兼容并收，将传奇剧的优势、谍战剧的优势以及喜剧的元素全部拿来为他所用，从他所选择的审美对象及题材的需要出发，按照生活的积累和情感的积累去创作。编剧郝岩显然非常熟悉西方的"类型片"理论，但他不是东施效颦，而是通过自己的消化、借鉴，调动自己对于同类题材的艺术积累、思想积累、情感积累，走出了独具中国特色的一条创作道路。创作方法正如习近平总书记说的，一千条一万条，最重要的一条就是扎根生活、扎根人民。《王大花的革命生涯》以王大花这样一个卖鱼锅饼子的普通农妇，作为主视点和故事的切入点，描写了她在抗日战争的洗礼下，完成了精神上一次又一次的升华，最后成长为一个坚定的共产党员，出色地完成了抗战使命。《王大花的革命生涯》绝不仅是一个以情节取胜的谍战剧，而是超越了情节的跌宕起伏，通过王大花的视点和视角，表现了全民抗战、全民族抗战的宏大主题，这正是坚守中国特色、中国气派、中国风格的电视剧创作需要的好作品。这是《王大花的革命生涯》最值得称道之处。

二是"为角儿写戏"的方法值得借鉴。戏曲界曾经有一条成功的经验，那就是"为角儿写戏"，剧本创作之初，就考虑到演员的审美个性、审美风格、审美优势，编剧为演员量体裁衣度身定制。《王大花的革命生涯》在这方面也做出了有益的尝试。在创作之初，就充分考量主要演员闫妮的艺术特长、审美优势，在人物设定、剧情设定上加以倾斜。事实证明，这是一条可以走得通的路。王大花、夏家河这两个主人公，确实是站住了。他们的精神轨迹，观众看得很清晰。王大花开始的时候懵懂无知，丈夫死了，还不知道丈夫是个什么人，政治身份是什么，究竟是一个好人还是坏人。她要查清楚丈夫是怎么死的，要替他报仇，与夏家河产生矛盾冲突。而女二号江桂芬的到来，又为剧情的发展增添了更多的曲折和纠葛。可以看出，男女主人公的精神轨迹，是一步一步符合性格逻辑、情感逻辑来推进的，男女主人公既要坚守人类两性情感里最纯真的爱情，也要面临最严峻、最冷酷的政治考验；既要保留生活中的点滴快乐，也随时要在抗日严酷环境下，面临内心的痛苦和挑战，这绝不是简单的外化呈现能够做到的。两个人物凭借剧情的设置，形象地立起来了。而演员的表演更是恰到好处，那种内心的痛苦，那种外表的形态，绝不是简单化的。《王大花的革命生涯》在人物设定和剧情设定上做了充分考量，在演员的选择上准确对位。演员闫妮、张博在表演这方面是达到了一定的美学高度，从其剧情设定和演员表现来说，是匹配的。可以说如果不是闫妮来演王大花，很可能难以达到现在的效果。

三是《王大花的革命生涯》的艺术品质可圈可点。全剧注重整体历史环境、氛围的营造，注重人物精神走向的把握，以其本身的历史品位和美学品位去吸引、感染受众，而不是依靠单纯的视听、感官生理刺激，去招徕受众，去冲淡受众的精神美感。《王大花的革命生涯》把"革命是最好的启蒙"这样一个先进的主题融入故事当中，融入男女主人公的爱情之中，用这种正向的能量，用人物形象塑造的历史品位和美学品位，去提升观众的鉴赏修养，而不是反向去败坏观众的审美趣味。

2015-04-22

《伞头和他的女人》：化人养心之作

　　好久未见如二十世纪八十年代的《野山》那样以严谨的现实主义、深化的创作精神，为改革开放大潮中的普通中国农民谱写心灵变迁史的电影了。日前，有幸先睹牛建荣编导的新片《伞头和他的女人》，此种愿望得到了满足。

　　这是一部描写普通农民在改革开放背景下的婚姻爱情故事的电影。聂得人与吕翠花青梅竹马，有共同的文化爱好和精神追求，一个是唱民歌的伞王，一个是最佳的配角，彼此相爱本是顺理成章的事。但由于贫穷，翠花娘硬要逼聂得人拿五千元彩礼方可娶走吕翠花，限期两个月。从小失去双亲而又忠实于自己爱情的聂得人，只好拿倚仗钱势要抢夺吕翠花而打伤了自己的杨红卫所赔偿的医疗费为押金，租了辆拖拉机拉货赚钱来凑彩礼。他自己不会开，便雇了女司机张爱兰。然而，杨红卫很快靠钱硬逼翠花娘把翠花嫁给了他。迎娶路上，正碰上了外出拉货归来的聂得人与张爱兰。这如晴天霹雳，令得人心痛欲碎。已经在共同运货中爱上了他的勤劳真挚的爱兰，陪他借酒消愁，并悉心抚慰，甚至主动与他发生了关系。在这种情境下，可以说，得人在爱兰的逼迫下与她结婚了。又谁料，杨红卫强娶翠花后竟没有起码的尊重，翠花的真爱还是得人。几年后，翠花离婚了，独立养着孩子奔奔。得人与爱兰也有了女儿青青，但他爱的仍是翠花。

他想"偷偷地帮翠花开澡堂",却在与翠花去县里澡堂取经时情不自禁被翠花拖去"包房同浴"。一对有情人——得人与翠花终于走到一起,进城靠唱民歌创造幸福生活。好景不长,杨红卫再娶,新欢点名出重金要伞王聂得人前去唱和,得人鄙其卑劣,誓不肯从,双方厮打起来。翠花赶至,眼见得人被恶人杨红卫一帮人打到在地,情急之下,捡起一块砖头照杨红卫头上拍去……惨案发生了,翠花被判服刑20年。爱兰闻讯,找到得人与奔奔,百般安慰。得人探监,翠花也含泪要得人"回爱兰那里去"。然而,由于翠花在监中不能与得人办理离婚手续,因而得人与爱兰也就办不成复婚手续。得人与爱兰相濡以沫,含辛茹苦,共同培育奔奔和青青成长。快20年后,奔奔大学毕业在城里医院当了大夫,还有了未婚妻。但好人多难,命运多舛,爱兰不幸吐血,查出已是癌症晚期。考虑到奔奔结婚花费大,她坚持要把饭店赔偿款的大部分都分给非亲生子奔奔,引来亲生女青青的不满。翠花再过5天就要出狱了。爱兰在生命的最后日子里,一边派奔奔去接亲妈回家,一边幸福地听到得人真诚而动情地回答她"现在真爱您了"。翠花回家了,爱兰深情地对她说:"请求您明天与得人去把离婚手续办了,我后天才好与他补办复婚手续,我需要这个名分;等我去世,你们再复婚。"这话,发自肺腑,感天动地。次日,善良厚道的爱兰便辞世了。

片末,在洁白无瑕的雪路上,得人遵守爱兰的临终遗嘱,去村口迎接在城里奔奔家住不惯而归家的翠花。我之所以不惜笔墨,详尽复述了影片展示的这催人泪下的爱情故事,是因为这故事通人心、接地气,其间蕴含的人生爱情况味和人生哲理足以发人深思。

首先,影片"化人",启示人们真正懂得人世间什么样的婚姻才是道德的。影片以生动的形象和揪心的故事雄辩证明:杨红卫与翠花的婚姻有金钱而无爱情,因而是不道德的,是注定要解体的;而得人始与翠花、后与爱兰的结合,才是以精神文化追求的一致性和在患难与共的人生拼搏中产生的真爱为基础的,因而才是道德的。

其次，影片"养心"，陶冶人们真正懂得珍惜两性间的纯洁爱情。有爱情的婚姻才是道德的，但有婚姻未必真有爱情。不仅杨红卫与翠花的婚姻没有爱情，而且就连爱兰开始单相思乘得人情感失落"逼"来的婚姻也缺乏爱情，因而一遇风波即刻解体。可以说，爱兰正是从自身的婚姻挫折中汲取了人生营养，懂得了应当如何宽容和关爱对方，在相互体贴中培养爱情。唯其如此，当翠花入狱后爱兰与得人虽未有法律上的婚姻关系，却真正在相濡以沫的共同生活中培养了与日俱增的爱情。爱必须时时生长，婚姻才能真正持久。为什么爱兰明知自己不久于人世，却一定要恳求得人大声反复对她说"现在爱您了"呢？为什么她一定要在临终前正妻子的名分呢？就因为她曾饱尝过没有爱情的婚姻的痛苦，如今她要享受真有爱情的婚姻的幸福。从她对爱情的这番悲欣交集的人生况味中，观众足以怡养心性、净化心灵、感悟爱情的真谛。

再次，影片中仅杨红卫是为钱异化心术不正者，伞头和他的女人皆为有点过失的好人。他们虽确为情所激在两性关系上曾触犯过底线，但其情感与精神的指归都是奔向真善美。称影片的价值取向是引人向真、向善、向美，诚不为过。

编导牛建荣的电视剧作品如《喜耕田的故事》《湖光山色》等，我看过好几部，而电影作品这是第一部。他涉足电影起点不低，既发挥了自己"农民编导"熟悉生活、感悟生活的审美优势，又在驾驭电影语言和银幕造型上显露了可贵的艺术才华。

2015-07-27

文艺晚会《胜利与和平》：
谱写中华民族抗战史诗

　　纪念中国人民抗日战争暨世界反法西斯战争胜利 70 周年文艺晚会《胜利与和平》在庄严的人民大会堂隆重上演，以诗乐舞的艺术形式，谱写了中国人民伟大抗日战争和世界反法西斯战争的史诗新篇。这台晚会的成功上演，再一次昭示了历史要前进，改革要深化，离不开哲学精神的指引，离不开历史镜鉴的启迪，离不开文学力量的推动。

以文学艺术之力再现慷慨悲歌的抗日战争史

　　文学艺术只有以历史为底本，才能富有真切的感人力量。在中国人民抗日战争和世界反法西斯战争中，中国人民亢日战争开始时间最早、持续时间最长，以伤亡 3500 万人的巨大民族牺牲才换来了最终的胜利。这慷慨悲歌的抗战历程，赋予了《胜利与和平》这台晚会深厚的历史底蕴。整台晚会共分为 3 个篇章，从第一篇章《浴血中华》之《民族吼声》九一八事变的再现，至第二篇章《同仇敌忾》之《义勇军进行曲》"取得了百年来抵御外侮的第一次全面胜利"的抗战胜利的再现，一些重大的战争场面和重要的历史事件都得以展现。《怒吼吧！黄河！》是一曲视死如归、气壮山河的民族呐喊，被周恩来誉为"为抗战发出怒吼，为大众谱出呼声"，在晚会中再一次激发了众志成城的爱国激情。舞蹈《铁血雄师》表现了在抗日战争的关键阶段，八路军发动了克敌制胜扬威天下的"百团大战"。此外，晚会节目还再现了平型关大捷、夜袭阳明堡、血战刘老庄等扬我国威的著名战斗。歌曲与情景表演《山丹丹开花红艳艳》《延安颂》等，讲述了中国共产党在中华民族最危急的时候促成了抗日民族统一战线的建立，树起抗日先锋的旗帜的历程，展现了在中国共产党倡导建立的以国共合作为基础的抗日民族统一战线旗帜下，中国共产党在中国人民抗日战争胜利中发挥的中流砥柱作用。

以辩证的哲学思维展示全面的抗战历史观

中华民族的血液里始终流淌着每当在外敌当前民族生死存亡之际往往能以地不分南北、人不分老幼地发扬同仇敌忾的爱国主义精神，这是中华民族生生不息的力量源泉。《胜利与和平》以辩证的哲学思维，全面审视历史、还原历史，以兄弟般的手足情再现了包括国民党军队曾有的正面抗战的历史功绩。例如，在《胜利与和平》文艺晚会舞台上，那蜿蜒起伏的长城不仅镌刻着在中国共产党领导下使日军不可战胜神话破灭的重要战役，也镌刻着国民党将士"一寸山河一寸血，十万青年十万军"历次战役英勇战斗的不朽功勋。舞蹈与合唱《大刀进行曲》就是作曲家麦新1937年7月在上海创作的一首抗日救亡歌曲，在舞台刀光剑影、殊死拼杀中歌颂了当时在长城附近用大刀砍杀日军的国民革命军第29军"大刀队"，此时天幕上的视频呈现的是台儿庄大战、淞沪会战、武汉保卫战、长沙会战等令人震撼的正面战场的战斗场面。正如习近平总书记在纪念抗战胜利69周年座谈会讲话中指出，"在那个血雨腥风的年代，抗击侵略、救亡图存成为中国各党派、各民族、各阶级、各阶层、各团体以及海外华侨华人的共同意志"，"全民族抗战是中国人民抗日战争胜利的重要法宝。中国人民抗日战争胜利是全民族抗战的胜利，同世界所有爱好和平和正义的国家和人民、国际组织以及各种反法西斯力量的同情和支持也是分不开的。"另外，《胜利与和平》全面的历史观还表现在其体现了"得道多助，失道寡助"的国际道义。中国人民不会忘记为我们提供了宝贵的人力物力支持的苏联、美国、英国等反法西斯盟国，永远不会忘记直接参加了中国人民抗日战争的朝鲜、越南、加拿大、印度、新西兰、波兰、丹麦以及德国、奥地利、罗马尼亚、保加利亚、日本等国的反法西斯战士。《胜利与和平》晚会中的男声合唱与情景表演《并肩战斗》，就再现了著名的"史迪威"公路，以及中国远征军走出国门，艰难跋涉进入缅甸，与盟军并肩战斗、互相支援的艰苦过程。可以说，《胜利与和平》也是一曲缅怀国际主义战士的深情颂歌。

表达珍惜和平、共创双赢的真挚愿景

在纪念中国人民抗日战争暨世界反法西斯战争胜利 70 周年的重要历史时刻，中国人民希望和平的国际环境的心情是那样真切。纪念抗战不是为了延续仇恨，而是为了热爱和平、保卫和平。《胜利与和平》就表达了这种珍惜和平、共创双赢的真挚愿景。晚会第三篇章《和平梦想》就是这台晚会的宗旨呈现。童声合唱《天耀中华》展现了壮丽的祖国、锦绣的河山、美好的家园。洁白纱裙的青春少女发出赞美诗般的歌唱："风雨压不垮，苦难中开花，天耀中华，愿你平安昌盛，生生不息……"晚会的主创者精巧构思，由《义勇军进行曲》的旋律引出合唱及情景表演《光荣与梦想》，这是一种史学力量的镜鉴：抗联战士洒过热血的大地上，麦浪滚滚，高速铁路呼啸疾驶；将士们牺牲的山冈上鲜花烂漫，"神舟号"飞船翱翔天际……道路自信、民族自豪，观众胜利喜悦以及对和平珍视之情油然而生。中国人民从70年前的胜利走来，必将走向新的胜利，而和平，就是走向新的胜利的可贵因素，这是历经磨难的中国人宝贵的历史智慧。领唱与合唱《和平——命运共同体》就表达了这份美好期盼，而二十一世纪中国"一带一路"的宏图铺展，奏响了和平发展、合作共赢的交响。

纪念中国人民抗日战争暨世界反法西斯战争胜利70周年文艺晚会《胜利与和平》共有30余家单位3600余名演员参演，可谓气势恢弘，大气磅礴，是近年来我国大型文艺晚会的精品力作。《胜利与和平》晚会主创者精心编排、倾情演出，生动地表现了在中国人民抗日战争的壮阔进程中，形成的伟大抗战精神，天下兴亡、匹夫有责的爱国情怀，视死如归、宁死不屈的民族气节，不畏强暴、血战到底的英雄气概，百折不挠、坚忍不拔的必胜信念。

本文系与博士张金尧合作

2015-09-21

《穿越硝烟的歌声》：用音乐去战斗

影片《穿越硝烟的歌声》用电影艺术手法展现了无产阶级音乐家贺绿汀在抗战时期从爱国青年成长为共产主义革命战士，用音乐作为武器积极投身抗日战争的一段人生经历。该片先后围绕贺绿汀的两部音乐作品展开叙事。钢琴作品《牧童短笛》是主人公刚刚进入上海国立音专时创作的，一举获得"齐尔品"中国风格音乐创作大赛一等奖。影片用片中的人物语言和镜头强调了这次获奖的意义：二十世纪三十年代的大上海，一面是食洋不化的音乐崇洋派，一面是沦为下里巴人的民间音乐——街头的乞丐拉着悲惋的二胡曲《孟姜女》，似乎也在诉说民间音乐的悲哀。

在这种背景下，既能接受大洋海风，身上又有泥土芬芳味儿的贺绿汀以唤起国人力量为己任，结合欧洲作曲技法和中国传统调式创作出《牧童短笛》，探索出一条在"各美其美"的基础上又"美人之美"并进而在"美美与共"上下功夫的创作道路。在经历别妻离子、上海沦陷、战友牺牲、烽火洗礼之后，贺绿汀参加的抗战演出小分队暂时来到八路军游击队进行慰问和休养。火热的战争经历历练了书生意气的贺绿汀，使他的创作热情和才华深深扎根于抗战生活。在这一时期，他创作了《游击队歌》，其歌词、旋律、声部设计反映了抗日战斗中八路军战士对革命乐观的态度和英勇向前的气概。歌曲脍炙人口，很快唱遍各个战区，激励着八路军的战斗豪情，也实现了贺绿汀用音乐去战斗的理想。

在人物塑造方面，影片将历史真实与艺术虚构相结合，通过三条主线深入刻画主人公。贺绿汀与穷人阿强感情甚笃，他鼓励阿强学习音乐，参加八路军。这反映了贺绿汀的人民情怀。与劳苦人民深厚的情谊坚定了他"音乐来自民间"的信念，这是他音乐创作观的重要基础。贺绿汀与聂耳是两个志同道合的热血青年，他们在音乐上追求"灵魂深处的呐喊"。两人交流的戏不多，但都是影片的点睛之笔。影片展现爱国主义情怀的高潮就出现在贺绿汀与聂耳黄埔江边道别的一幕：绚烂的晚霞映照水面，两位青年才俊在江边畅谈爱国情怀和音乐创作追求，场面宏大，感情真挚，感人至深。如果说阿强、聂耳这一虚一实两位是中规中矩的正面人物刻画，那么钢琴家张一凡的塑造则更具丰富性。张一凡在抗战之前傲慢自负，瞧不起农民出身的贺绿汀，而在贺绿汀勇敢地替他在日本人面前演奏并赢得尊重后，改变了对贺绿汀的看法。在贺绿汀的影响下，他积极投身革命，参加抗战宣传队，转变为一位英勇的革命战士。贺绿汀与张一凡这条线索，从战前到战火燃遍大片国土，情节交织递进，多角度反映了贺绿汀豁达耿直的性格，也展现了国难之时知识分子勇于献身、积极投身抗战的家国情怀，为中国艺术家谱写了一段精神奋进史，极具现实启示意义。

与众多音乐题材影片一样，《穿越硝烟的歌声》也是一部音乐饕餮大宴。影片不仅呈现了贺绿汀创作的音乐《牧童短笛》《四季歌》《天涯歌女》《谁说我们年纪小》《游击队歌》，也恰当引用了《义勇军进行曲》《旗正飘飘》《松花江上》等同时代其他有影响力的作品烘托氛围。与此同时，影片也塑造了抗战前后上海著名的进步艺术家萧友梅、黄自、聂耳、周璇、欧阳山尊等人物形象，增强了影片的文献价值，也多角度地丰满了主人公的形象塑造。

作为纪念中国人民抗日战争暨世界反法西斯战争胜利 70 周年的献礼影片，《穿越硝烟的歌声》独特的艺术价值和政治意义已经超越了对作曲家贺绿汀个人的褒扬和缅怀。影片结尾镜头又回归湖南乡间的油菜梯田、小河流水、牧童短笛，与之前激烈的战火场面形成鲜明对比，也恰巧应对了《牧童短笛》对立统一的曲式结构，创造出一种"画"外之"境"。镜头在一片和谐的乡村美景中结束，仿佛在提醒观众，是革命先贤的奋勇战斗赢得了今天的胜利与和平。"铭记历史，珍爱和平"是我辈对先贤的纪念，也是中国对世界的承诺。

本文系与博士冯亚合作

2015-10-26

推进文艺繁荣发展的理论指南

　　《中共中央关于繁荣发展社会主义文艺的意见》(简称《意见》)是贯彻习近平总书记文艺工作座谈会重要讲话精神，联系二十一世纪新的时代条件和文化语境，总结中国共产党把马克思主义文艺观中国化的最新成果和丰富经验，集中人民群众和广大文艺工作者的智慧出台的，是推进社会主义文艺繁荣发展的理论纲领和实践指南。《意见》纵览全局，高屋建瓴，深刻阐明了文艺在实现中华民族伟大复兴的中国梦的历史征程中的重要地位和作用。

　　文以化人，文艺的本质，在于化人养心，在于坚守人类独特的精神家园。文化是民族的精神血脉，文艺是民族以审美方式把握世界的独特创造。靠文化把人的素质化高、靠艺术把人的境界养高，高素质、高境界的人就能确保社会经济的全面、协调、可持续发展。《意见》以人为本，以艺铸魂，坚持以人民为中心的创作导向，把创作优秀作品作为中心环节。人民是文艺工作者的母亲，只有把立足点和思想感情都完全转移到人民一边，文艺工作者才可望创作出为民立言、为民抒情、为民放歌的，有思想的艺术与有艺术的思想和谐统一的精品力作，真正为实现中华民族伟大复兴的中国梦提供强大的价值引导力、文化凝聚力、精神推动力。

　　《意见》强调"让中国精神成为社会主义文艺的灵魂"，培育和弘扬社会主义核心价值观，唱响爱国主义主旋律，强调传承和弘扬中华优秀传统文化，珍视中华民族的优秀文化基因，彰显中华民族美学精神和审美风范。这些，都为推进社会主义文艺的繁荣发展提供了强大的理论指南，明确了实践方向。

2015-11-16

关于文艺与哲学关系的断想

习近平总书记在哲学社会科学工作座谈会上的重要讲话中精辟地指出："哲学社会科学是人们认识世界、改造世界的重要工具，是推动历史发展和社会进步的重要力量，其发展水平反映了一个民族的思维能力、精神品格、文明素质，体现了一个国家的综合国力和国际竞争力。"文艺乃人类以审美方式认识世界、改造世界即把握世界的活动，这个过程中彰显出的思维能力、精神品格、文明素质，都与哲学密切相关，甚至受制于哲学。这是因为，哲学总揽全局，哲学通，一通百通。哲学是人类的智慧学、明白学，是关于人类认识世界、改造世界的世界观和方法论的一门总的学问。研究文艺就是研究其审美方式，审美的学问即美学，亦即文艺哲学。唯其如此，文艺大家必然也是善思想、通哲学的行家。

一

先说思维能力。文艺创作能力主要是创作主体的审美思维能力。这种思维能力，必须植根于创作者的生活积累、情感积累、思想积累和文化积累，必须坚持以中国化、时代化、大众化的马克思主义历史观、美学观与辩证法为导引和内在驱动力。为什么匡正了把文艺简单地从属于政治、以政治思维取代审美思维的错误倾向后，在市场经济条件下，又出现了一种笼统地把文艺从属于经济、以利润思维取代审美思维，一切唯票房、唯收视率、唯点击率、唯码洋即唯经济效益是从的错误倾向呢？这种忽左忽右、好走极端、趋从时尚、心无定力的思维歧途，病根便在哲学。要从文化自觉与文化自信的高度，真正弄懂弄通文艺乃是人类以审美方式把握世界的独特创作，它与人类以经济的、政治的、历史的、宗教的、哲学的方式把握世界是相辅相成、互补共存，但决不可彼此替代的。这就需要我们从哲学层面上学会以执其两端、取法乎中、兼容整合、全面辩证的和谐思维，去取代过去长期影响制约我们的二元对立、非此即彼、好走极端的单向思维，实现哲学思维领域里的一场深刻变革。再如，从一定意义上讲，哲学就是人类思维的一门学问。哲学思维聚焦于人类与世界的关系。而文艺说到底也是一门人学，它也聚焦于人，强调要描写人、表现人、服务于人。坚持马克思主义哲学，首先要解决好为什么人的问题；中国特色社会主义文艺，必须坚持以人民为中心的创作导向。这两者在内在指向上完全一致。所以学好弄通哲学，文艺才能真正以人为本。

二

次说精神品格。文艺作用于人的精神世界，旨在坚守人类独特的精神家园。中华民族哲学史上，从先秦子学到两汉经学，从魏晋玄学到隋唐佛学，从儒释道到宋明理学……经历了一次次学术繁荣时期，孕育出儒、释、道、墨、名、法、阴阳、农、杂、兵等学说，各家程度不同，但均含哲学意蕴，都作用于中华民族的精神家园，从不同方面滋润了中华民族的审美优势、审美风范和美学精神。从区别于西方哲学"主客二分"的中华"天人合一"哲学滋生的"美是和谐"，从区别于西方宗教把希望寄托于上帝的中华儒道的人生哲理派生的"为生民立命""为万世开太平"的审美理想，从区别于西方古典美学的写实主义的中华艺术"贵在似与不似之间"，到"讲求托物言志、寓理于情，讲求言简意赅、凝练节制，讲求形神兼备、意境深远，强调知、情、意、行相统一"……这诸多方面，都雄辩地证明了中华艺术的美学精神和审美风范与中华哲学的内在联系渊源甚深。这是中华民族审美创造对人类美学的独特贡献，也是中华民族精神品格的艺术显现。"为学之道，必本于思。"以研究西方黑格尔哲学起家、晚年又钟情于研究中华哲学的北京大学95岁高龄的著名哲学家张世英先生，立足中国，借鉴西方，珍视历史，把握当代，关怀人类，面向未来，"通古今之变化，发思想之先声"。他近年针对市场经济条件下物欲横流精神滑坡，旗帜鲜明地提出"美指向高远"的重要命题，针对低俗化、媚俗化、庸俗化的世俗欣赏情趣泛滥，针锋相对地强调"美感的神圣性"。这极有见地，应当引起我们重视和深思。

三

再说文明素质。以文化人，以艺养心，是中华民族优秀的文明传统。宁静致远，和谐求美，是中华民族可贵的文明素质。马克思主义哲学是人的哲学，认为环境塑造人，人也改造环境，认为任何精神生产（文艺创作当然包含在内）在生产自身的同时也在生产自身的欣赏对象。因此，文艺创作坚持唯物辩证法，就必须坚持把服务群众与教育引导群众、把适应需求与提高素养结合起来，在普及的基础上提高，在提高的指导下普及；切勿只讲适应，不讲提高，甚至一味迎合，趋时媚俗。一段时期以来，正是因为有人在哲学上背离了范畴学和逻辑学的基本法则，一方面把本来不在同一逻辑起点上的思想性、艺术性与观赏性放在同一范畴里，做出并不科学的判断。另一方面又把本应在接受美学范畴里解决的观赏性矛盾推到创作美学范畴去解决，逼文艺创作者在市场经济条件下面对审美素养下滑的受众和被功利污染了的鉴赏环境去占领市场，迫不得已只能迎合市场、放弃引领，结果愈迎合受众素养愈被败坏，鉴赏环境愈糟糕，而素养愈低下的受众和愈糟糕的环境，又势必反过来刺激一心谋利、缺乏文化自觉的创作者生产思想艺术品位更低劣的产品。于是，精神生产与文化消费、文艺创作与鉴赏的二律背反即恶性循环由此产生。出现这种怪圈，难道不正是哲学思维上的病症？只有根治哲学思维上的这种病症，才能走出这种怪圈，真正营造出深刻而不肤浅、沉稳而不浮躁、幽默而不油滑、高雅而不低俗的社会文化氛围和鉴赏环境，令每位国民身处其中，便不由自主地受到灵魂的洗礼、精神的升华和文明素质的提升。

四

习近平总书记号召我们"着力构建中国特色哲学社会科学，在指导思想、学科体系、学术体系、话语体系等方面充分体现中国特色、中国风格、中国气派"。要强化继承性与民族性、原创性与时代性、系统性与专业性。所有这些，都理应成为我们构建中国特色文艺科学的指导方针。习近平总书记还专门引述了毛泽东同志 1944 年就说过的一段十分精彩的话："我们的态度是批判地接受我们自己的历史遗产和外国的思想。我们既反对盲目接受任何思想也反对盲目抵制任何思想。我们中国人必须用我们自己的头脑进行思考，并决定什么东西能在我们自己的土壤里生长起来。"毋庸讳言，在构建中国特色社会主义文艺科学的伟大实践中，确实已经出现了如习近平总书记深刻批评的那种"以洋为尊""以洋为美""唯洋是从'，把作品在国外获奖作为最高追求，跟在别人后面亦步亦趋、东施效颦，热衷于"去思想化""去价值化""去历史化""去中国化""去三流化"那一套危险倾向，数典忘祖、生搬硬套西方文论来裁剪、阐释和误导今日之中国文艺实践，这"绝对是没有前途的"！譬如，百余年的中国电影本来有过上世纪四十年代以《一江春水向东流》《八千里路云和月》《乌鸦与麻雀》《小城之春》等为代表的左翼文艺运动影响下的进步电影历史传统，有过新中国以《女篮五号》《青春之歌》《红旗谱》《李双双》《红色娘子军》《我们村里的年轻人》等为代表的共和国的人民电影历史传统，也有过新时期以《人生》《天云山传奇》《巴山夜雨》《人到中年》《野山》《黑炮事件》等为代表的与改革开放的时代同脉搏、与人民解放思想的潮流同呼吸的现实主义的历史传统。但是，令人忧虑的是，如今赢得高票房的某些影片，却并未继承弘扬中国电影的优秀历史传统和文化积淀，而是忽视中国国情，走了一条西方类型片的创作道路。这正是因为在哲学层面的创作思维丢掉了"各美其美"的中国特色、中国风格和中国气派，是拾西方类型片之牙慧，谈不上真正"美人之美"，更难以谈得上"美美与共"。

2016-07-04

治理电视文化生态的一剂良方

　　《信仰的力量》兼具政论片、文献片、纪录片之长，将展现历史、刻画人物、阐述理论融为一体，以人带史、以事论理，主题鲜明突出，故事真实感人，表现手法新颖，是一部思想性、教育性、艺术性很强的文献纪录片。作品弘扬主旋律、汇聚正能量、树立新风尚，为实现两个一百年奋斗目标和中华民族伟大复兴的中国梦提供精神力量，是对广大党员、干部和全国人民进行理想信念教育的教育片，是开展社会主义核心价值体系宣传教育的优秀电视片。在当下中国影视创作存在过度娱乐化倾向的背景下，我们迫切需要《信仰的力量》这样的作品为观众提供正能量，调节文化生态失衡现象。从这个意义上说，我们为《信仰的力量》的制作方叫好点赞。

　　我们在坚守道路自信、理论自信、制度自信的同时，还要坚守文化自信。文化自信的核心是什么？我认为就是坚守自己的理想信念。《信仰的力量》的片名，让我想起了马识途。老人家曾给《光明日报》题词："人无信仰，生不如死。"这是对一个老共产党员的人生经验和革命生涯的集中概括。人之为人，是因为人是拥有精神和信仰的。《信仰的力量》集中表现95年来中国共产党人杰出代表们坚守精神信仰的故事，这正是创作团队践行文化自信理念的一次良好实践。

我建议《信仰的力量》进学校、进课堂，让青年学生观看影片，接受党史教育，激发他们爱党爱国的热情，激励他们为实现中华民族的伟大复兴贡献自己的力量。

2016-07-25

不忘初心方能勇攀"高峰"

设立国家艺术基金，是在社会主义市场经济条件下，推动艺术创作从"高原"攀登"高峰"、走向健康持久繁荣的明智之举。

应当说，面对市场经济大潮和前所未有的文化体制改革，文艺创作出现机械化生产、快餐式消费等现象，有其深刻复杂的社会经济原因和历史必然性。马克思早在《资本论》里分析剩余价值的产生时就精辟指出：一切资本运作即市场运作的最大原则是追求利润的最大化；而人类的精神生产其中包括文艺创作作为审美创造活动，其最佳境界是"超功利"。想一想西方从毕达哥拉斯到黑格尔，东方从老子、孔子、庄子到现代的朱光潜、宗白华，都强调过审美须"超功利"，陶渊明的名言"不为五斗米折腰"便典型地说明了这个真理。唯其如此，马克思在《资本论》里的结论才是："资本生产对于精神生产的某些部门如艺术、诗歌相敌对。"为什么迎来了文艺创作的新的春天，又确如习近平总书记尖锐批评的："在有些作品中，有的调侃崇高、扭曲经典、颠覆历史，丑化人民群众和英雄人物；有的是非不分、善恶不辨、以丑为美，过度渲染社会阴暗面；有的搜奇猎艳、一味媚俗、低级趣味，把作品当作追逐利益的'摇钱树'，当作感官刺激的'摇头丸'；有的胡编乱写、粗制滥造、牵强附会，制造了一些文化'垃圾'；有的追求奢华、过度包装、炫富摆阔，形式大于内容；还有的热衷于所谓'为艺术而艺术'，只写一己悲欢、杯水风波，脱离大众、脱离现实。凡此种种都警示我们，文艺不能在市场经济大潮中迷失方向，不能在为什么人的问题上发生偏差，否则文艺就没有生命力。"认真学习、反复领悟习近平总书记这些重要指示，就能加深我们对马克思主义关于精神生产包括文艺创作的经典论述的理解，也更能帮助我们从文化自觉与文化自信的高度，去加深对市场经济大潮下设立国家艺术基金的重要现实意义的理解。

首先，引领艺术创作不忘初心：化人养心。习近平总书记号召全党要"不忘初心，继续前进"。艺术创作也应不忘初心，才能持续繁荣。以国家艺术基金的强力资助，力挺坚持以文化人、以艺养心、以人民为中心的艺术创作。毋庸否认，市场既有激活艺术生产力的正面效应，也有滋生化钱养眼甚至化眼乱心的负面效应。习近平总书记尖锐批评的在市场经济大潮下迷失方向、在为什么人的问题上发生偏差的错误倾向，在哲学思维层面就是从过去简单地以政治思维取代审美思维把艺术从属于政治的极端，又走向了笼统地以利润思维取代审美思维把艺术从属于经济的另一极端。这种二元对立、非此即彼、好走极端的单向思维，离开了执其两端、取法乎中、兼容整合、全面辩证的和谐思维的哲学精神的指引，也离开了人类艺术地把握世界的初心乃是化人养心，坚守独特的精神家园。

现在好了，国家艺术基金旗帜鲜明地鼎力资助了一批旨在艺术地表现中国梦、弘扬社会主义核心价值观、唱响爱国主义主旋律、继承发展中华优秀传统文化、讴歌美的中国、纪念反法西斯战争和抗日战争胜利 70 周年、庆祝中国共产党成立 95 周年等重大题材的艺术创作，不仅助有理想、有抱负、有担当的艺术工作者拨开迷雾，不忘初心，端正创作航向，而且有效地调控了当下多少有些失衡的艺术生态环境。越来越多的人清醒地认识到：艺术创作只有不忘初心，化人养心，才能靠高素质高境界的人去保障社会经济生态的可持续协调发展；反之，艺术忘了初心，急功近利地化钱乱心，那么，低素质低境界的人就会把搞上去的经济吃光花光消费光，国家和民族都会垮下来。这是中华民族现代化的题中之义。于此，国家艺术基金功在当今，荫及千秋。

其次，净化艺术生态环境，在培养造就靠优秀作品立身的忠于党、忠于人民、忠于艺术的德艺双馨的艺术家队伍的同时，培养造就大批懂得欣赏艺术的具有较高文明素质的观众群体。三年来，国家艺术基金受理了14017个（次）申报主体的15906个项目，纵向覆盖了从中央到省、市、县四级单位，横向覆盖了文化、教育、部队、社会组织和国有、民营企业甚至艺术个体户，可谓影响遍及全国，在全民族营造了一种尊重艺术、热爱艺术、呼唤化人养心的优秀艺术的文化氛围和鉴赏情趣，令每位国民身入其间，都不由自主地感受到艺术的熏陶、心灵的净化和精神的提升。尤其是与政府文化部门密切配合，在各艺术节和各展演活动中，一批受国家艺术基金资助的作品大放光彩，起到了重要的引领作用。可以预料，随着时间的推移，国家艺术基金的功能与作用将愈加显现出来。

我以为，自2013年起设立国家艺术基金，是与时俱进地在艺术创作领域里把马克思主义中国化、时代化、大众化的有力举措。尽管世界上有的国家早就设立了国家艺术基金，但我们的国家艺术基金是珍视中华民族的历史传统、艺术积淀、基本国情，坚持走一条具有中国特色的发展道路，旗帜鲜明地坚持以人民为中心的工作导向，与党的文艺方针政策同向同调同步。三年来，国家艺术基金在实践中逐步建立起关于项目指南发布、申报评审、基金发放、实施监督、滚动资助和结项验收等一整套规章制度，充分依靠专家，严格纪律规矩，努力做到公正公平、公开透明，不断提高自身的公信力和权威性，已经初见成效，在促进艺术创作从"高原"攀登"高峰"的过程中发挥了举国瞩目的积极作用。

2016-08-13

《小镇》之"大"

近观江苏省淮剧团晋京演出的淮剧《小镇》，兴奋至极，深感编导俱佳，唱词唱腔一流，可谓《小镇》不小，意蕴之大，艺术之精，令人震撼！正如戏之主旨在"诚信"一样，《小镇》编导极讲诚信，在宣传说明画册上就标明："该剧部分情节取材于马克·吐温的小说《败坏了赫德莱堡的人》。"其实，在我看来，这完全是一出从当今中国普通小镇真实生活中生长出来的现实主义艺术。说它受到马克·吐温原小说立意的启发，借鉴了原小说精巧的情节构思，符合实际；但这一切，都已经"美美与共"实现"中国化"了。它堪称是近年来中国最优秀的现实题材地方戏曲。

这是一个从改革开放后小镇精神文明建设生活中生长出来的题旨深刻、悬念迭起、出人意料、引人入胜的中国故事。在一个历史悠久、民风淳朴的千年小镇，一位30年前在困境中受过素不相识的小镇人雪中送炭（可贵的不仅是物质上的而且还有精神上的）的京中企业家，如今身患绝症，派女儿来小镇寻恩人，以500万元酬谢。秦镇长欲以此重塑小镇形象，却迟迟找不出这位恩人。于是，这笔从天而降的重金，检验并考问着小镇的纯洁和小镇人的灵魂。小镇的精神领袖是朱老爹。秦镇长动员30年前的救助者到朱老爹那里报到。果然，竟有4名冒领者报到。而桃李满天下的退休教师朱文轩适逢儿子朱小轩在省城替人担保遭陷，急需 500 万元救难，朱师母爱子心切，饥不可择，也逼朱文轩半推半就向朱老爹报了到。全镇大会上，朱老爹义正词严、有理有据揭穿了 4 名冒领者的嘴脸，却未让忐忑不安的朱文轩当众出丑。会后，朱文轩夫妇灵魂反省，自我救赎，主动向朱老爹坦露真情。不料朱老爹一方面说因知朱文轩儿子遭难事出有因，故加保护；另一方面却又希望朱文轩为了维护小镇形象，权且承认自己就是那位恩人，免得舆论再加造作。朱老爹甚至讲述了自己在上世纪六十年代初困难年间在小镇捡到过百斤粮票，曾为让病重老母吃顿饱饭而生出贪念，后虽及时归还，但为了维护小镇形象，却不能承认贪念以致被小镇人当作救星圣人而自责终生的往事来说服朱文轩。朱文轩思之再三，终于从精神上超越了前贤朱老爹，奥敢地向公众坦承了事情的全部真相。他的心灵得到了救赎！整个小镇人的精神升华了！小镇的道德形象重塑了！

这仅仅是一个灵魂自省、道德反思、文明建设的好戏吗？是，但我觉得它还进一步深层次地触及了在实现中华民族伟大复兴的中国梦的现代化历史进程中往往被我们忽视了的一个重要课题：公民意识的觉醒和建设。试想，在小镇，秦镇长一心要重塑小镇形象，不能不说或多或少是与政绩联系在一起的；朱老爹德高望重，警钟长鸣，不能不说或多或少是与对往事的内疚心情联系在一起的；而朱文轩艺术形象所昭示的，才是这个伟大祖国伟大人民和伟大时代千呼万唤的、从文化自觉与文化自信出发的、从维护家乡形象到维护祖国形象的最宝贵的公民意识！这，正是《小镇》之"大"。

2016-08-29

开创从高原勇攀高峰的文艺新局面

——写在习近平总书记在文艺工作座谈会上发表重要讲话两周年之际

马克思曾精辟地指出："理论只要说服人，就能掌握群众；而理论只要彻底，就能说服人。所谓彻底，就是抓住事物的根本。"2014年10月15日，习近平总书记在文艺工作座谈会上的讲话，集中体现了二十一世纪中国共产党领导人民把马克思主义文艺理论中国化、时代化、大众化的最新成果，是抓住了时代本质和文艺规律的彻底的能说服人的科学理论。两年来，文艺界认真学习、领悟、践行习近平总书记这一重要讲话精神，推动创作与评论发生了深刻喜人的变化，开创了从高原勇攀高峰的文艺新局面。

一

思想是创作与评论的先导。没有马克思主义文艺理论中国化、时代化、大众化的思想指引，便没有中国特色社会主义文艺的持续健康繁荣。习近平总书记在讲话中针对中国当下社会主义市场经济条件下的文艺实践出现的新问题、新矛盾，高瞻远瞩地运用马克思主义历史观美学观，旗帜鲜明地提出了解决这些新问题、新矛盾的新思想、新观点，无论对作家艺术家还是理论家批评家，都是醍醐灌顶之启示、鞭辟入里之警示，作为理论指南，具有强大的引领作用。

关于文艺的宗旨和方向，针对时下创作与鉴赏出现的媚俗化、低俗化、庸俗化倾向和社会审美水准滑坡的现象，习近平总书记强调："文艺是时代前进的号角，最能代表一个时代的风貌，最能引领一个时代的风气"，这就指引创作与评论回到人类以审美方式认识改造世界需要文艺"给人以价值引导、精神引领、审美启迪"的初心：以文化人，以艺养心，移风易俗，提升素质，推动时代前进和历史发展。关于文艺与资本的关系，是市场经济条件下必须正视和科学解决的一个关键课题。针对已经出现的"唯票房""唯收视""唯码洋""唯点击率"等唯经济效益的错误倾向，习近平总书记明确指出："优秀的文艺作品，最好是既能在思想上、艺术上取得成功，又能在市场上受到欢迎"，实现社会效益与经济效益相统一。这就廓清了背离马克思在《资本论》中揭示的精神生产与资本运作的矛盾规律的种种迷雾，摆正了文艺与经济的关系，确保文艺在市场经济大潮中不迷失方向。关于文艺为什么人这个根本的原则的问题，针对丑化人民群众和英雄人物的创作邪风，习近平总书记谆谆告诫："文艺需要人民。人民是文艺创作的源头活水。"必须坚持以人民为中心的创作导向，"为人民抒写、为人民抒情、为人民抒怀"。这就引领创作与评论拨开迷雾回到深入生活、扎根人民的唯一正确的道路上来。关于文艺创作与评论倾向，针对确实存在的问题，习近平总书记精准指明：创作上存在着有数量缺质量、有高原缺高峰，存在着抄袭模仿、千篇一律，机械化生产、快餐式消费；评论上存在着"褒贬甄别功能弱化，缺乏战斗力、说服力"甚至"红包厚度等于评论高度"的现象……真是一针见血，切中时弊。

所有这些新思想、新观点，为文艺创作与评论提供了强大的理论武器和行动指南，历经两年实践，都日渐深入人心，刻在广大作家艺术家评论家的脑海里，化为自觉意识和准则。理论创新势必带来思维变革。以全面辩证、兼容整合、取法乎中的和谐哲学精神取代那种简单的二元对立、非此即彼、好走极端的单向思维，不仅个人端正了文艺航向，提高了创作和评论水平，而且从根本上提升了文艺从业人员的整体学养、素养和涵养，净化了整个社会的文化环境，营造了良好的鉴赏氛围，为文艺创作与评论的繁荣发展创造了先决条件。

二

　　理论创新还势必促进文艺创作与评论取得实绩。两年来，文艺界坚持以人民为中心的导向，把创作生产优秀作品作为工作的中心环节，普遍开展"深入生活、扎根人民"主题实践活动，作家艺术家评论家的时代使命意识和社会责任意识普遍增强，创作与评论氛围正气上升，"讲品位，重艺德，为历史存正气，为世人弘美德，为自身留清名"，创作了一批有筋骨、有道德、有温度的从高原勇攀高峰的作品和评论。

　　创作上，文艺各门类都出现了思想较为精深、艺术颇为精湛、制作相当精良的精品力作。电影《周恩来的四个昼夜》《百团大战》《战狼》，电视剧《海棠依旧》《彭德怀元帅》《太行山上》《三八线》《北平无战事》，长篇小说《装台》，豫剧《焦裕禄》，评剧《母亲》《红高粱》，淮剧《小镇》，沪剧《挑山女人》，湘剧《月亮粑粑》，话剧《麻醉师》……一批从高原勇攀高峰的优秀作品着力讴歌中国精神，讲好中国故事，凝聚中国力量，弘扬社会主义核心价值观，书写和记录中国人民的伟大实践，唱响时代的主旋律，彰显了理想之美、信仰之美、崇高之美。新近，我有幸先睹为快，观看了几十台即将参演第十一届中国艺术节的优秀剧目，还看了一些晋京展演的全国地方戏曲的优秀剧目以及国家直属艺术院团 2016 年演出季剧目，真是佳作迭出，情势喜人。这都是学习习近平总书记讲话精神和贯彻《中共中央关于繁荣发展社会主义文艺的意见》催生的丰硕成果。

评论上，也与创作比翼齐飞，开始步入正轨，勃发生机。为落实习近平总书记关于"要高度重视和切实加强文艺评论工作"的指示精神，中国文艺评论家协会和中国文学批评研究会应运而生，全国近30个省市的相应学术团体也纷纷问世。全国专业的业余的文艺评论工作者响应习近平总书记的号召，组织起来，创办刊物，研讨培训，秉笔直书。《中国文艺评论》《中国文学批评》《长江文艺评论》等作为文艺评论的新阵地，开始发出科学的评论声音。文艺评论界以马克思主义文艺理论为指导，继承创新中国古代文艺批评理论优秀遗产，批判借鉴现代西方文艺理论，运用批评这把"利器"，实事求是，褒优贬劣，一方面热情评介优秀作品，另一方面对那种"套用西方理论来剪裁中国人的审美"和"用简单的商业标准取代艺术标准"的错误倾向，对那种"以洋为尊""以洋为美""唯洋是从"的西化思潮，对那种热衷于"去思想化""去价值化""去历史化""去中国化""去主流化"的谬论，对"调侃崇高、扭曲经典、颠覆历史"和"是非不分、善恶不辨、以丑为美，过度渲染社会阴暗面"的作品，都敢于亮剑，说真话，述真情，求真理，以理服人，营造"文艺批评要的就是批评"的良好氛围。同时，全国文艺评奖制度的改革也初见成效，各类评奖数量大大精简，质量却明显提高。中国京剧节等艺术节用"一剧一评"取代评奖，让评论家与艺术家当堂会审，切磋交流，受到文艺界和全社会的普遍好评。

三

与理论创新和创作实绩相较，更深层次的重要收获和深刻变化是：两年来，学习贯彻习近平总书记在文艺工作座谈会上的讲话，促使广大作家艺术家评论家坚守中华文化立场，传承中华优秀文化基因，文化自觉与文化自信大大增强。这是确保中国特色社会主义文艺能够持续健康繁荣、永远自立于世界先进民族之林的文化根基。

习近平总书记指出："中华优秀传统文化中很多思想理念和道德规范，不论过去还是现在，都有其永不褪色的价值。我们要结合新的时代条件传承和弘扬中华优秀传统文化，传承和弘扬中华美学精神。"这些话，激起文艺工作者的极大振奋和强烈共鸣，开始化为大家共同的文化自觉与文化自信。特别是在纪念中国共产党成立95周年大会上，他进一步阐明了文化自信较之于道路自信、理论自信、制度自信是"更基础、更广泛、更深厚的自信"，更是深得党心和民心。文化是人的一种生存状态，是人价值选择与道德修为的内在精神基础；文化攸关人的一切物质活动与精神活动，广泛到无处不在、无时不有；文化深入到每个人的心灵，厚实到决定每个人在世界各种思潮激荡中的竞争耐力与精神定力。习近平总书记关于"古为今用、洋为中用，辩证取舍、推陈出新"的深刻论断，关于"中华美学讲求托物言志、寓理于情，讲求言简意赅、凝练节制，讲求形神兼备、意境深远，强调知、情、意、行相统一"的精辟阐述，都正在成为广大作家艺术家评论家努力实现中华优秀传统文化结合新的时代条件与当代文化相适应、与现代社会相协调的创造性转化与创新性发展的指南。在习近平总书记讲话精神的指引下，大家的文化自信显著增强。文化自信带来文艺自信。大家自信文艺创作与评论都能在增强中华民族的文化自信中发挥不可替代的独特而重要的作用。唯其如此，大家深感任重道远，使命光荣，对中华文化的素养和对中华美学精神的修养更加重视。这就令我国文艺队伍的整体人文素质和审美水平有了明显提升，为面向现代化、面向世界、面向未来构筑了新的文化制高点和文艺创作评论的内在驱动力。

弹指一挥间，两年来，在习近平总书记文艺工作座谈会上讲话精神以及《中共中央关于繁荣发展社会主义文艺的意见》指引下，文艺界确实发生了令人振奋的深刻变化。但我们必须清醒地看到，离党和人民的希望、离伟大时代的呼唤、离习近平总书记讲话精神的要求，都还有较大差距。我们务必总结经验，以利再战，从高原攀登高峰。"蓄芳待来年"！

2016-10-15

理想之美 信仰之美 精神之美
——赞电影《血战湘江》

继成功执导为共和国总理周恩来树碑立传的电视剧《海棠依旧》后，导演陈力马不停蹄，迎难而上，又在纪念红军长征胜利80周年的献礼电影《血战湘江》中出任导演。夜以继日，奋战数月，用长征精神拍摄长征，向人民交出了一份优秀的答卷。

众所周知，关于长征题材的影视创作，表现"湘江之战"是一大难题。此役因博古、李德拒听毛泽东的正确建议，顽固执行脱离中国革命实际的错误战略，导致红军伤亡惨重。如何忠于史实，用一部电影的有限容量表现中国共产党领导的工农红军在这场悲壮的失败之战中所彰显的长征精神的深刻内涵和丰富意蕴？记得著名电影美学家钟惦棐先生曾言："什么叫真正意义上的审美创造？艺术家勇于为自己设置难点，并善于用政治智慧与审美智慧征服并翻越难点，令难点转化为作品的亮点，这就是真正意义上的审美创造。"《血战湘江》正是这种真正意义上的成功的审美创造。

首先，《血战湘江》以气势宏大、鲜明生动的电影语言，讲述了红军指战员为实现北上抗日的爱国主义理想信念而血战湘江的动人故事，形象揭示出"长征是一次理想信念的伟大远征"。无论是毛泽东、周恩来、朱德等领袖人物，还是林大哥和他的三个儿子等普通战士，抑或是陈树湘率领的为保证红军主力渡过湘江而牺牲的几千名红34师将士，哪一个不是为理想信念而奋不顾身？《血战湘江》是一曲红军将士理想之美、信仰之美、精神之美的悲壮颂歌。

其次，《血战湘江》以曲折惊险、引人入胜的情节构思，讲述了以毛泽东为代表的把马克思主义普遍真理与中国革命具体实践相结合的实事求是路线，与以李德、博古为代表的脱离中国实际、僵化执行国际共运指示的教条主义路线之间的较量与斗争，形象揭示出"长征是一次检验真理的伟大远征"。没有湘江之战惨重教训的实践检验，就不可能有周恩来、朱德、张闻天、王稼祥等越来越多的红军将领发现真理在毛泽东一边，进而通过遵义会议实现了伟大的转折，开始在斗争中形成了以毛泽东为核心的党的第一代领导集体。

再次，《血战湘江》把宏大叙事与底层叙事水乳交融般结合，既浓墨重彩地塑造了毛泽东、周恩来、朱德、张闻天、王稼祥、彭德怀、林彪和博古、李德等红军将领形象，又遵循"大事不虚、小事不拘"的原则，有血有肉地虚构刻画出以林大哥和他的儿子们为代表的底层红军战士及老百姓的形象，从而形象地揭示出"长征是一次唤醒民众的伟大远征"。林大哥原本是一个民间裁缝，他义无反顾地带领三个儿子参加红军。通过长征，接受革命洗礼，全家人都成为坚定的革命英雄，连仅留家乡、负责传宗接代的老四，在父亲与三个哥哥都为革命捐躯后也找到毛泽东，成为了一名红军英雄。影片精心设计了毛泽东与林家父子之间充满真挚情感的动人故事，尤其是关于"军帽""军装"等托物言志的细节表现和意象营造感人至深，令人久久难忘。影片的史诗品格，也由此奠定。

观看《血战湘江》，我深感正是伟大、永恒的长征精神，孕育了《血战湘江》这样"有骨气、有个性、有神采的作品"。长征精神是中华民族无坚不摧、艰苦卓绝的民族精神的集中体现，是中华民族生生不息、发展壮大的文化基因的集中体现。《血战湘江》的成功问世，大大增强了我们对中国共产党领导人民创造的红色文化、革命文化的高度自信，增强了我们对中华民族自身的文化理想、文化价值的高度自信，增强了我们对中华民族自身的文化生命力、创造力的高度自信。

2016-12-19

为全国舞台艺术优秀剧目展演点赞

春暖花开，生机盎然。文化部调集来自 10 个省市院团、3 个中央直属院团和 1 个军队院团创作演出的 18 台舞台优秀剧目荟萃于京展演，形成了一道亮丽夺目的文化景观，给广大观众奉献出了一份美学品位和历史品位颇高的精神大餐。这些剧目，包括不久前荣获第十五届"文华大奖"的 10 台优秀剧目和得到国家舞台艺术精品创作扶持工程重点扶持的优秀剧目京剧《西安事变》《宸熙大帝》、评剧《母亲》《红高粱》、豫剧《焦裕禄》、淮剧《小镇》、晋剧《于成龙》、湘剧《月亮粑粑》、话剧《兵者·国之大事》《麻醉师》《从湘江到遵义》《北京法源寺》、儿童剧《红缨》、歌剧《大汉苏武》、音乐剧《烽火·冼星海》和芭蕾舞剧《八女投江》、舞剧《沙湾往事》《家》。真可谓题材广泛，形式多样，争奇斗艳，美不胜收。

这次展演，充分展示了全国舞台艺术工作者学习、领悟、践行习近平总书记在文艺工作座谈会和中国文联十大、中国作协九大开幕式上的重要讲话精神，以及贯彻落实《中共中央关于繁荣发展社会主义文艺的意见》取得的优秀成果，对推动全国文艺创作健康发展、提升全民族艺术鉴赏修养，都具有宝贵的示范和引领作用。艺术当然要讲量，没有量就无所谓质；但没有质的量是没有价值的。艺术更重在讲质，而且归根结底，艺术是以质取胜。一部曹雪芹的《红楼梦》，远胜于数十部《续红楼梦》。这次展演的 18 部舞台艺术作品，在其代表的舞台艺术门类中都至少堪称高原上的力作，其艺术性、思想性和价值导向都具有一定的示范和引领作用。无论是讴歌英模人物的豫剧《焦裕禄》、评剧《母亲》在其人物形象的艺术化、典型化程度所达到的水准，还是话剧《兵者·国之大事》在把握时代大势、以审美方式表现当代军事变革所彰显的雄浑气魄，抑或是淮剧《小镇》、湘剧《月亮粑粑》、话剧《麻醉师》对现实生活的深度、广度的开掘，晋剧《于成龙》、歌剧《大汉苏武》对历史精神的准确把握、古为今用，话剧《北京法源寺》在思想的发现与形式的创新上的大胆探索，以及评剧《红高粱》从小说文学思维到戏曲舞台思维的成功转换……都能以一当十、以质取胜，充分发挥其示范作用，既引领舞台艺术创作从高原勇攀高峰，又培养造就懂得欣赏艺术的不断提升审美鉴赏修养的观众群体，并依靠这些观众群体滚雪球似的吸引越来越多的观众踊跃鉴赏这些优秀剧目。

这次展演，还坚持重视创作、精雕细琢，在演出中广泛听取意见，在听取意见后进一步打磨，力促这些优秀剧目勇攀高峰，成为立得住、传得下去的精品力作。荣获大奖也罢，参加展演也罢，都不是这 18 部优秀剧目创作的终点，而是精益求精的新起点。毋庸讳言，过去有一股不良风气，剧目一旦获了奖、晋京展演了，便高奏凯歌，班师回朝，刀枪入库，马放南山，很少或索性再也不演出了。如此似猴子掰苞谷，掰一个扔一个，最后仍是两手空空，艺术何来积累？经典怎能铸就？这 18 部优秀剧目坚决摒弃这种不良风气，把这次展演当成进一步加工提高的极好机会。据我所知，如豫剧《焦裕禄》已成功演出 400 余场、评剧《母亲》也已公演 100 余场，都是边演边改，越演越精。这次展演中，18 部优秀剧目都要分别听取专家、观众的意见和建议，以精心修改，勇攀高峰。

为了更好地把文化惠民、服务观众落到实处，让热爱戏曲的普通观众能进剧院，以饱眼福，这 18 部优秀剧目演出尽管都由名家领衔，但每场票价百元以下的票占50%，还有百张十元票以满足低收入观众之需。同时，许多剧目还将采用下基层、进校园、办讲座等方式，让优秀剧目为更广泛的人民群众共享。我为全国舞台艺术优秀剧目这次在京展演点赞叫好。

2017-03-10

谭门艺术的启示

——京剧电影《定军山》观后

近日，由北京市委宣传部组织创作的京剧电影《定军山》在第七届北京国际电影节期间举行了首映式。在中国京剧史上甚至是世界戏剧史上都堪称奇迹的谭门传人，又为中国和世界人民奉献了一部具有民族气派、中国品格的精美的艺术作品。自百余年前中国第一部电影《定军山》到现在多媒体时代加工提高的同一题材电影《定军山》，充分证明了电影传入中国后与京剧艺术的天然的艺术血缘联系。自"谭门初晖"谭志道、"伶界大王"谭鑫培到唱谭门本派戏的谭小培，从"大角儿"谭富英、"小谭"谭元寿、"小小谭"谭孝曾，再到堪称谭门之幸的谭正岩，"谭门七代"表现出的文化定力，在传承弘扬优秀传统文化的时代语境中显得尤其珍贵，值得我们深入思考。

首先，京剧艺术所表现的历史文化内涵夯实了谭门的文化定力。谭门京剧发展已经一百余年，可谓中国近现代京剧发展的缩影。谭门各代，无论是战战兢兢的皇室座上宾，还是誓为老生艺术重光的京剧忠实守望者，无论是抱恙受辱为军阀堂会演出而成绝响的"杨六郎"，还是享誉全国、树为样板的《沙家浜》郭建光，如果没有舞台上的《失空斩》《战长沙》《捉放曹》《搜孤救孤》《当铜卖马》《桑园寄子》《碰碑》《洪羊洞》《乌盆记》《四郎探母》等这些谭派艺术经典剧目厚重的历史内蕴和坚实的精神力量的支撑，如果没有坚韧不拔的文化定力，谭门传人也许早已另觅他途而不会将谭派艺术自觉地传之于后人。历史本身比历史艺术更为丰富、更为迷人，历史智慧总是能够丰富着民族的生存智慧，历史中的道德力量又有选择地营造着一个时代的主流价值。正如《定军山》里就具有"得定军山则得汉中，得汉中则定天下"的历史智慧，同时也塑造了"只杀得红日无光耀，只杀得地动山又摇，只杀得战马声咆哮，只杀得鲜血染战袍"建功立业的黄忠老英雄形象，彰显着传统文化中的家国情怀。谭门所演出的历史和谭派艺术本身发展的历史，对于那些抹杀中国精神的历史虚无主义者来说，难道不是一堂生动的历史课吗？

其次，京剧艺术本身所具有的美学意蕴滋养了谭门各代。中国戏曲是中华文化的重要载体，坚守了中华文化立场，传承了中华文化的基因，彰显了中华美学精神。假如这门艺术没有托物咏志、寓理于情，强调知情意行的艺术理想，没有空纳万境、虚实相生、形神兼备、意境悠远的美学特征，假如没有独特的无声不歌、无动不舞的"四功五法"的表现技巧，假如没有诸如"谭门"各代的绵绵用力、久久为功的工匠精神，假如没有艺术家们在幼蒙庭训口传心授中领悟其魅力、享受其美感，这条艺术长河势必会枯竭断流。百余年先后问世的两部京剧电影《定军山》启示我们：与其说是谭门丰富了京剧艺术，不如说是京剧艺术滋养了谭派艺术，而谭派艺术又使京剧艺术更具魅力。

另外，京剧艺术的流派发展离不开诸如谭门的文脉不断的代际传承。可以说，当今表演艺术，鲜有如戏曲艺术那样特别追求流派而求发展的。一个流派的形成如谭派艺术等，大致需要四个因素。一是要有代表人物的代表作。京剧是"角儿"的艺术，谭派各代，每一位传承人都有其其他人难以替代的代表作，如谭鑫培的《定军山》、谭富英的《将相和》、谭元寿的《沙家浜》等。二是要有相对独立又具有包容性的审美个性。如在京剧历史上，谭派艺术始终被认定为老生行当中的主流派别。有研究表明，后来的余叔岩、马连良、言菊朋、杨宝森等重要的老生流派"无腔不学谭"，都是从谭派衍化出来的，即使享誉中外的旦角"梅派""程派"的唱腔，也受到谭派的启发和影响。三是要有一定数量的观众群体。近现代的谭派艺术无论是在宫廷还是在宣南地区，无论是在当今的中国还是远隔重洋的北美，都拥有一批真正懂戏、热爱谭派艺术的观众群。这些观众经过历史的淘洗，与艺术创作者达成了具有民族气派的审美约定，不仅入乎其内熟知所表现的历史故事，又能出乎其外醉心于谭派唱腔的巧俏之中，因此他们又是谭派艺术的天然传播者。四是要有其他艺术流派或者说其他艺术家的支撑。就谭门艺术而言，谭杨两家的梨园佳话，程长庚之于谭鑫培，以及这一次《定军山》中尚长荣倾情相助饰演曹操，等等，使得这部电影更为"角儿"匀妥而互补生辉。上述诸多因素无不证明了戏曲流派发展的艺术要件。

总之，谭门传人以清醒的文化自觉、坚定的文化定力奉献七代人的艺术青春，自信地将戏曲艺术薪火相传，对于繁荣传承中华戏曲艺术具有普遍意义，其精神可贵，值得褒扬。我们相信，中国的戏曲如谭派艺术以深厚的历史智慧教益观众，以浓郁的美学意蕴熏陶观众，必将枝繁叶茂地绽放在世界艺术园林。

本文系与博士张金尧合作

2017-05-24

知识绘成风景　民心铸就伟业

——河北梆子现代戏《李保国》感言

燕赵大地，多孕育慷慨悲歌之士。河北农业大学教授李保国，扎根太行山区扶贫育人，践行自己"把李保国变成农民，把农民变成李保国。也就是让教授、科技工作者懂得农民、贴近农民，让农民成为有知识、懂科技的专家"的理想追求，用生命谱写了一曲当代先进知识分子报效祖国、献身人民的慷慨悲歌。习近平总书记深情地高度评价："李保国同志 35 年如一日，坚持全心全意为人民服务的宗旨，长期奋战在扶贫攻坚和科技创新第一线，把毕生精力投入到山区生态建设和科技富民事业之中，用自己的模范行动彰显了共产党员的优秀品格，事迹感人至深。李保国同志堪称新时期共产党人的楷模，知识分子的优秀代表，太行山上的新愚公。"

把李保国感天动地的平凡而伟大、独特而光彩的人生搬上舞台，以艺术的魅力传扬李保国精神，无疑是"胸中有大义、心里有人民、肩头有责任、笔下有乾坤"的文艺工作者的神圣使命。河北梆子剧院义不容辞地担负起了用素以唱腔激越高昂为审美优势的河北梆子为李保国传神写貌的光荣重担。

毋庸讳言，以戏曲现代戏塑造当代英模人物的艺术形象，作品不少，而真正具有强烈的吸引力、感染力的作品却不多。个中缘由，便在戏曲审美规律不够、艺术化程度不高，公式化、概念化、说教痕迹较重的问题中。正如习近平总书记在中国文联十大、中国作协九大开幕式上的讲话中精辟指出的："文艺作品不是神秘灵感的产物，它的艺术性、思想性、价值取向总是通过文学家、艺术家对历史、时代、社会、生活、人物等方方面面的把握来体现。面对生活之树，我们既要像小鸟一样在每个枝丫上跳跃鸣叫，也要像雄鹰一样从高空翱翔俯视。中国不乏生动的故事，关键要有讲好故事的能力；中国不乏史诗般的实践，关键要有创作史诗的雄心。"

河北梆子现代戏《李保国》显然认真总结吸取了以往戏曲现代戏在塑造当代英模人物形象上所积累的经验教训。它之所以具有较强的吸引力、感染力，催人泪下，归功于创作者对李保国人生理想、人生奋斗、人生业绩的认真学习、深刻领悟和对其审美化、艺术化表现的执着追求。全剧没有空洞地对理想和信仰进行口号式宣传，也决不把李保国写成不食人间烟火、无人之常情的"高大全"形象。相反，创作者一方面努力做到"像雄鹰一样从高空翱翔俯视"，从哲理思维上凝练出最具独特表达李保国理想信念的人生箴言："把李保国变成农民，把农民变成李保国"。并以这句人生的箴言作为全剧题旨统领全篇。这是极高明、极精准的。其高明处在于：这句话极精练地浓缩了他作为共产党人的楷模、知识分子的优秀代表和太行山上的新愚公与人民的血肉关系，表现了他既甘当全心全意服务农民的孺子牛、又誓做农民提升科技文明素质的引领者的伟大人格。李保国的人民性的高明，正在于他清醒自觉地牢记自己是农民之子，是农民培育了他；正在于他坚定自信地相信自己有能力传播科技知识，帮助农民提升文明素质。他矢志不渝地要"让教授、科技工作者懂得农民、贴近农民，让农民成为有知识、懂科技的专家"。而中国农民科技文明素质的普遍提升，才是实现中华民族伟大复兴的中国梦的题中要义，才是中华民族走向现代化历史进程中必备的可贵的素质。这个主题，开掘极深，提纲挈领，照亮全篇，全剧八场戏，场场紧扣，逐次深化，无论是对岗底村、葫芦峪、绿岭、邢台的或扶贫，或救灾，抑或是对爱子李东奇的"回眸时看小於菟""怜子如何不丈夫"，都从不同侧面烘托强化了这一宏大的具有鲜明时代感和史诗意味的题旨。其精准处在于：这句出自生活中李保国之口的人生箴言，是他的独特发明，正如那句"吃别人嚼过的馍没味道"的实践哲理发玥权属于焦裕禄一样，进入审美创造和艺术塑造便成了黑格尔所称许的精准的"这一个"了。

《李保国》的成功，还在于创作严格遵从戏曲审美创造的优势和规律，以浓郁的河北梆子戏曲味精雕细刻燕赵大地的当代英杰。一是注重细节表现。著名作家沙汀曾言："故事好编，零件难找。"零件者，细节也。讲好李保国的生动故事，是全剧的骨架枝干；而采自生活的李保国的丰富细节，则是全剧的血肉树叶。两者相辅相成，互映生辉。创作者注重"要像小鸟一样在每个枝丫上跳跃鸣叫"，深入生活，扎根人民，走进李保国的精神世界，遍采"套袋""论文""合同""推墙""送行""年饭"等一系列流淌着生活露珠的鲜活细节，靠细节感人，靠细节制胜。二是注重核心唱段的锤炼。"以歌舞演故事"是王国维对戏曲的经典定义，而核心唱段则是戏曲塑造人物形象的重要手段。《红灯记》《沙家浜》《智取威虎山》等革命样板戏的正面经验都证明了这一点。《李保国》中，第二场李保国"到秋后效益归岗底，损失由我来补齐"那段唱，勇于担当，至真至情，感人肺腑；第三场李保国"老人们为儿女苦熬一生双鬓染"那段唱，如泣如诉，娓娓道来，痛煞人心；第四场李保国"好论文应当写在农民心里边"那段唱，寓教于唱，把实践哲学唱得深入浅出，明白如话；尤其是第七场李保国"情愿把农民变成我，把我变成一个老农民"那段唱，唱出了胸中大义，唱出了心怀人民，唱出了肩上重责，唱出了台上乾坤，令全剧题旨充分体现!

　　知识绘成风景,民心铸就伟业。《李保国》是戏曲工作者学习、领悟、践行习近平总书记指示精神结出的又一硕果。我作如是观。

　　　　　　　　　　　　　　　　　2017-06-11

习近平文艺思想：时代的召唤　人民的需要

　　习近平新时代中国特色社会主义思想，已经与马克思列宁主义、毛泽东思想、邓小平理论、"三个代表"重要思想、科学发展观一起，庄严地写进了党的十九大通过的新党章。习近平文艺思想，作为习近平新时代中国特色社会主义思想的重要组成部分，是繁荣发展新时代中国特色社会主义文艺的理论纲领和行动指南。

　　党的十八大以来，习近平总书记就治国理政发表了一系列重要讲话，其中关于文艺的重要指示已经形成了完整、科学的习近平文艺思想体系。如果说，集中体现在《在延安文艺座谈会上的讲话》中的毛泽东文艺思想，是二十世纪四十年代在抗日战争环境中的中国共产党人把马克思主义文艺观中国化、时代化、大众化的最高成果，那么，集中体现在 2014 年 10 月 15 日在文艺工作座谈会上的讲话和 2016 年 11 月 30 日在中国文联十大、中国作协九大开幕式上的讲话，以及党的十九大报告中的习近平文艺思想，就是二十一世纪中国共产党人在继承毛泽东文艺思想基础上，与时俱进地把马克思主义文艺观中国化、时代化、大众化的最新成果。习近平文艺思想是从党的十八大以来，党和国家事业发生历史性变革，我国发展站到了新的历史起点上，对新时代中国特色社会主义文艺与人民、经济、政治、社会、生态关系的辩证阐释与科学总结。因此，认真学习、深刻领悟、坚决践行习近平文艺思想，是时代的召唤，是人民的需要，是强精神支柱、建精神家园的必由之路，事关国运兴衰、事关国家文化安全、事关民族精神独立性、事关建设中国特色社会主义强国。

"中国特色社会主义文化，源自于中华民族 5000 多年文明历史所孕育的中华优秀传统文化，熔铸于党领导人民在革命、建设、改革中创造的革命文化和社会主义先进文化，植根于中国特色社会主义伟大实践。"习近平文艺思想，源自于中华优秀传统文化和中华美学精神，熔铸于马克思主义文艺观中国化的历史进程和继承发展毛泽东文艺思想和中国特色社会主义文艺理论，植根于繁荣发展新时代中国特色社会主义文艺伟大实践。习近平作为党中央领导集体的核心，高瞻远瞩，立足中国，放眼世界，统观大势，吸吮着中华优秀传统文化和中华美学精神的丰富营养，紧密联系新时代中国特色社会主义文艺实践的新矛盾、新问题，科学、辩证地提出了成体系的新思想、新观念。他深刻精辟地指出："发展中国特色社会主义文化，就是以马克思主义为指导，坚守中华文化立场，立足当代中国现实，结合当今时代条件，发展面向现代化、面向世界、面向未来的，民族的科学的大众的社会主义文化，推动社会主义精神文明和物质文明协调发展。要坚持为人民服务、为社会主义服务，坚持百花齐放、百家争鸣，坚持创造性转化、创新性发展，不断铸就中华文化新辉煌。"

为达此目的，习近平总书记号召我们一是要"牢牢掌握意识形态工作领导权"，二是要"培育和践行社会主义核心价值观"，三是"要加强思想道德建设"，四是要"繁荣发展社会主义文艺"，五是要"推动文化事业和文化产业发展"。字字珠玑、句句铿锵，旗帜鲜明，激浊扬清。他强调："要繁荣文艺创作，坚持思想精深、艺术精湛、制作精良相统一，加强现实题材创作，不断推出讴歌党、讴歌祖国、讴歌人民、讴歌英雄的精品力作。发扬学术民主、艺术民主，提升文艺原创力，推动文艺创新。倡导讲品位、讲格调、讲责任，抵制低俗、庸俗、媚俗。加强文艺队伍建设，造就一大批德艺双馨名家大师，培育一大批高水平创作人才。"这就为新时代中国特色社会主义文艺的性质与任务、内涵与主旨、标准与生态、道路与方向、继承与创新、人才与队伍等重要课题指明了方向，绘就了蓝图。

习近平文艺思想是在新时代中国特色社会主义伟大实践和伟大斗争中产生形成的，是在党的十八大以来解决了许多长期想解决而未能解决的难题，办成了许多过去想办而没有办成的大事的历史性变革中产生形成的，因而必然带有鲜明的时代性、针对性、战斗性和实践品格。毋庸讳言，针对文艺领域出现的某种"去思想化""去价值化""去中国化""去历史化""去主流化"倾向，习近平文艺思想强调要"牢牢掌握意识形态工作领导权"，"旗帜鲜明反对和抵制各种错误观点"；针对文艺界确曾出现的"唯票房、唯收视率、唯码洋、唯点击率"，即"唯经济效益"倾向，"经济效益要服从社会效益，市场价值要服从社会价值"；针对文艺创作与批评领域一度刮起的愈演愈烈的"非英雄化""戏说历史""解构经典"等形形色色的历史虚无主义思潮，习近平文艺思想针锋相对地提出："祖国是人民最坚实的依靠，英雄是民族最闪亮的坐标。歌唱祖国、礼赞英雄从来都是文艺创作的永恒主题，也是最动人的篇章。""文学家、艺术家不能用无端的想象去描写历史，更不能使历史虚无化。""戏弄历史的作品，不仅是对历史的不尊重，而且是对自己创作的不尊重，最终必将被历史戏弄。"针对文艺界尤其是影视荧屏上出现的娱乐化、低俗化泛滥和以视听感官生理上的快感冲淡乃至取代文艺本应给人带来的精神美感的倾向，习近平文艺思想突出强调"要把提高作品的精神高度、文化内涵、艺术价值作为追求"，要坚决反对"是非不分、善恶不辨、以丑为美"，坚决反对"搜奇猎艳、一味媚俗、低级趣味，把作品当作追逐利益的'摇钱树'，当作感官刺激的'摇头丸'"……这些真是语重心长，振聋发聩！理论只要彻底，就能吸引群众。习近平文艺思想的真理一旦为广大文艺工作者和人民群众所掌握，就一定能转化为强大的精神正能量，铸就新时代中国特色社会主义文艺的新辉煌！

2017-11-02

为优秀作品鼓与呼

习近平总书记在党的十九大报告中，向全党全国人民发出了"坚定文化自信，推动社会主义文化繁荣兴盛"的伟大号召。他深刻精辟地指出：发展中国特色社会主义文化，就是以马克思主义为指导，坚守中华文化立场，立足当代中国现实，结合当今时代条件，发展面向现代化、面向世界、面向未来的，民族的科学的大众的社会主义文化，推动社会主义精神文明和物质文明协调发展。这就为包括文艺在内的整个新时代的中国特色社会主义文化建设提供了理论指南和行动准则。

我们要坚持以人民为中心的创作导向，坚持为人民服务、为社会主义服务，坚持百花齐放、百家争鸣，坚持实现创造性转化、创新性发展，深入生活，扎根人民，讲品位、讲格调、讲责任，抵制低俗、媚俗、庸俗，勤奋耕耘，努力创作出更多思想精深、艺术精湛、制作精良的优秀作品，讴歌党、讴歌祖国、讴歌人民、讴歌英雄。文艺评论工作者要贯彻执行习近平文艺思想中关于文艺批评的重要指示，紧密联系创作实践，激浊扬清，为优秀作品鼓与呼，同时严格区别政治原则问题、思想认识问题、学术观点问题，旗帜鲜明地反对和抵制各种错误观点，开创新时代中国特色社会主义文艺批评的崭新局面。

2017-11-06

对中华戏曲的自信与自觉

——人文新淮剧《半纸春光》启示录

看了上海淮剧团晋京演出的《半纸春光》，思绪联翩，我觉得这个戏带给我们的启示是多方面的——

第一，它启示我们对于中国的优秀传统文化的重要组成部分之一的中华戏曲，应该采取自信、自觉的态度。这出淮剧定性叫作"人文新淮剧"，自有其道理，但我觉得其价值超越了淮剧自身，它给整个中华戏曲的继承创新提供了一种启示，这就是要使中华戏曲与时俱进不断发展。之所以称它为新淮剧，是因为它比起传统的淮剧有了新元素、新因素，这就是我们创造性转化的成果，也是我们创新性发展的成果。而这个成果经受得住广大青年观众的检验，也接受了我们的检验。我们承认它是淮剧，而且承认它是注入了创造性转化和创新性发展的新淮剧。这一条经验，优秀戏曲都要学，都有普遍意义。

第二，这出戏又启示我们，必须对中华戏剧文学、戏曲文化充满自信。对于地方戏曲，包括淮剧在内，都要自觉认识到它们是当地人民用审美形式把握世界的一种独特创造，都有其生命力和感染力，我们要自觉认识到它们在当代人民的文化生活中占有的地位和应有的价值，不要轻率地摒弃它们、冷落它们或者商业化它们。过去我们戏曲改编创作大概很少光顾郁达夫留给我们的文学资源，郁达夫在中国现代文学史上占有一席地位。现在大家越来越自信它也能够与当代文化相适应，与现代社会相协调，能够成为戏曲改编创作的资源。曾几何时，一窝蜂找张爱玲，找沈从文，搞了不少文化。这都对，但现在视野更开阔，找到郁达夫了。我特别佩服燕草的眼光，她找了这两篇小说，以今天正确的历史观美学观去统领，使之转化为一种与当代文化相适应、与现代社会相协调的价值取向，这是她的高明之处。

这出戏把郁达夫两部小说糅在一起，刚好互补了。编剧不仅把艺术的焦距聚焦于底层民众，而且非常有意味地把中国有思考、懂民心、讲仁爱、重民本的知识分子同底层民众结合在一起，告诉人们一个真理，中国的知识分子只有像慕容先生那样扎根民众才有出息，才会发现真理，才会实现自我价值。这一点郁达夫原来的小说中都没有那样鲜明。这是难能可贵的。

第三，启示我们在搞新剧目的时候，一定要坚持追求思想精深、艺术精湛、制作精良相统一，万勿再盲目追求观赏性了。这部作品有艺术性，感染人，完全不说教，讲好了上海那个时代的中国故事，塑造好了这个故事中的人物性格，其中特别是慕容先生和二妹，李三也很有性格。它讲好了一个中国故事，在艺术性上经得住检验。编剧本来搞小说、散文创作，后转到戏剧文学，因为得益于文学，再加上有比较娴熟的戏剧构思能力，所以这部戏唱词文学性强，故事讲得很流畅、很感人，这条启示也是非常宝贵的。

第四，我很佩服这样一个年轻的创作团队，编剧管燕草，还有导演俞鳗文。这位导演的综合能力很强，她对于这个故事的呈现，对于人物的塑造，包括舞美、音乐作曲，整个统摄能力显现出她的才华。整出戏的艺术肌体通体和谐，不论艺术、造型、舞美，看不出有什么疙瘩，或者明显败笔的地方。当然还可以更加精致，这是我们从高原勇攀高峰的必然追求。我认为这样一个班子，包括主要演员，都很称职。

第五，我赞成说这出戏是有人文气息的，让人们回到了习近平总书记主张的以文化人，文艺最终是养人的、化人的观点。这出戏坚持了以文化人，以艺养心，以美塑像，重在引领，贵在自觉，胜在自信这样一条创作的正确道路。

2017-12-15

《红海行动》：在世界舞台
展现中国军人的使命担当

中国进入新时代，最重要的标志之一，即中国日益走近国际舞台中央。走近国际舞台中央意味着，中国军人既要担负保卫祖国的责任，又要担负起"构建人类命运共同体"的任务。"构建人类命运共同体"这一重要理念目前已被写入联合国文件，成为人类共同遵守的原则，影片《红海行动》就很好地体现了在世界舞台上中国军人的使命担当。影片最后的高潮，是我海军特战队官兵拼死狙拦核放射物质落在恐怖分子手上的情节，充分体现出中国军人站在人道主义立场上主动承担国际义务、勇于牺牲的大无畏精神，艺术化地呈现了习近平总书记所倡导的大国担当和构建人类命运共同体的现实使命。

电影《红海行动》取材于中国海军海外武装撤侨任务的真实战例，尽管片中发生战乱的国名和恐怖组织的名称都做了虚构处理，但丝毫没有影响其震撼的真实感，充分展现了人民海军主动承担国际义务、勇于牺牲的大无畏精神，折射了国家、军队精神层面的自信与强大。

《红海行动》是一部弘扬主旋律的优秀战争题材作品。近年来，影视界有一种误解，认为主旋律是一种题材。笔者则认为主旋律主要是一种精神，是作者主体对时代负责、对人民负责的精神。这种精神体现在作品中，形成作品独特的、震撼人心的艺术感染力。今天，主旋律是什么？是一切有利于改革开放和现代化建设的思想精神；是一切有利于弘扬爱国主义、集体主义、社会主义的思想和精神。关于集体主义，中国著名伦理学家罗国杰曾说：中华文化与西方文化根本的区别之一，在于中华文化从孟子开始就强调重民本，强调集体观念，而西方文化是重个体，重个人英雄主义。优秀的文艺作品，应该取中华文化的优点长处，重民本；取西方文化的优长，重视培养个人创造的能力，建立互补其短、互展其长、互补生辉的精神架构。可以说，在艺术作品中，没有个性鲜明的个体形象，就没有动人的细节；而没有集体主义、英雄主义的概括，同样没有对心灵的震撼。《红海行动》在这个方面下了功夫，取得了一定程度的突破。

十九大报告指出，发展中国特色社会主义文化，就是以马克思主义为指导，坚守中华文化立场，立足当代中国现实，结合当今时代条件，发展面向现代化、面向世界、面向未来的，民族的科学的大众的社会主义文化，推动社会主义精神文明和物质文明协调发展。举精神之旗、立精神之足、建精神家园应该追求作品的精神高度、文化内涵、艺术价值。《红海行动》作为一部艺术作品，它本身所具有的诗化的史学品位、艺术品位、美学品位，必将散发强烈的吸引力、感染力。

"面对生活之树，我们既要像小鸟一样在每个枝丫上跳跃鸣叫，也要像雄鹰一样从高空翱翔俯视。"这正是指我们的艺术家既要扎根大地又要俯瞰大地。从习近平总书记的这段话再来看《红海行动》，故事细节之栩栩如生、人物之生动真实也值得称道。例如海清扮演的女主角，从一名海外华裔记者到最终拿起枪参与到这场反恐战争中，影片通过闪回交代了她的丈夫、孩子在伦敦恐怖袭击中丧生的前史，从而也就揭示了她作为一个女人为什么英勇无畏地参与残酷的战斗，从而使这个人物与作品都具有了历史厚重感。再比如大队长杨锐，从单纯地解救人质到最后主动承担国际救援、反恐使命，体现了我军官兵在战争环境中的成长过程，展现了我们军人以理性与信念战胜恐惧，向死而生，使得人物精神情感境界完成了完美的升华。

　　诚然，战争是对人性的挤压，但战争却又有正义与非正义之分。《红海行动》这部电影既体现了爱国主义、集体主义、社会主义，又是站在"构建人类命运共同体"的立场上，可以说思想高度立起来了。相信《红海行动》在大年初一上映之际将会大涨中国士气、大涨军队士气，成为献给中国人民的一份新年贺礼。

2018-02-07

民族歌剧《英·雄》三题

　　由张林枝编剧、黄定山导演、王丽达和王传亮主演、湖南省株洲市戏剧传承中心创作演出的民族歌剧《英·雄》，2017年从百余部参与"中国民族歌剧传承发展工程"的作品中脱颖而出，成为遴选出的九部佳作之一，先后在湖南、北京公演四十余场，场场爆满，反响强烈。我有幸先睹为快，受益良多，信笔记来，感慨有三。

一

　　该剧创作在题材资源发掘、配置上所具有的可贵的文化自信和文化自觉。创作民族歌剧，首先碰到的是题材选择，即写什么的问题。在中国共产党领导人民创造革命文化、红色文化的历史上，英才荟萃，唯楚为甚。湖南涌现出毛泽东、蔡和森、邓中夏等一批杰出英才引领革命潮流。但在中国共产党的早期党员中，确还有第一位女性党员缪伯英虽巾帼英气、精神超群，但由于牺牲过早，宣传不够，竟连同她的丈夫、亦为革命英烈的何孟雄一起，如今已鲜为人知。这一"英"一"雄"，"英·雄"夫妻，名垂青史，万世流芳，既为中华民族留下了宝贵的红色精神财富，也为文艺创作提供了珍贵的题材资源。文艺工作者为他们树碑立传、传神写貌，塑造立得住、传得开、留得下的艺术形象代代相传、深入民心、弘扬光大，是神圣的天职。株洲市戏剧传承中心肖鸿斌主任在率队深入生活、重温红色文化中，深为"英·雄"夫妻的革命生涯和精神人格所震撼，于是以对文艺举精神之旗、立精神之柱、建精神家园的高度自觉和对红色文化生命力的强烈自信，产生了把缪、何"英·雄"夫妻搬上民族歌剧舞台的夜不能寐的创作冲动。如今，这创作冲动已化为精耕细作，并结出了硕果。这种高扬地方文化优势，尤其是地方革命文化和红色文化优势，发掘配置独特题材资源的文化自觉与文化自信，极为可贵，值得推广。因为果如是，各地文艺创作自然会各具特色、异彩纷呈，社会主义文艺的百花齐放便指日可待，同质化、雷同化的创作便会烟消云散。

二

　　该剧创作所蹚出的一条继承、发展中国民族歌剧优秀历史传统的具有鲜明中国特色的民族歌剧发展道路。于歌剧艺术，我是外行。但在我的中国民族歌剧鉴赏经验里，从《白毛女》到《小二黑结婚》，到《洪湖赤卫队》再到《江姐》，一以贯之的浓郁的中国特色和民族风格令我终生难忘。如今，观赏《英·雄》，我强烈地感受到渗透到我精神血脉中的当年的从《白毛女》到《江姐》的中国民族歌剧的文化基因和美学风范。《英·雄》讲的是中国革命故事，唱的是中国音韵旋律，传的是红色文化基因，彰显的是中华美学风范。剧中《初恋·俚歌》，吟诵的是缪与何这对热血青年男女相识于五四新文化策源地的北京大学，在先后加入由李大钊组织领导的北京大学马克思主义学说研究会后，共同的理想信仰孕育了真挚的爱情；《热恋·酒歌》唱响的是缪与何共同为理想信仰赴汤蹈火、在所不辞的奔放豪迈之歌；《苦恋·离歌》抒发的是缪与何身处两地，各自肩负重任不怕牺牲的离别思念和以苦为乐的报国情怀；而《生死恋·长歌》则是缪与何生死与共、长留天地的永恒赞歌。塑造人物靠托物咏志，寓理于情；场场戏都言简意赅，凝练节制；整部剧力求形神兼备，意境深远，做到知、情、意、行的统一。诚如导演黄定山所述，他在"新婚""二七大罢工""五卅声援大游行""回故乡"等重点段落中，既在纵向上注重继承创新中国民族歌剧的优秀历史传统，"各美其美"，并以此为本；又在横向上注意"美人之美"，学习借鉴外国歌剧中适合中国国情的成功经验和有用的东西，为我所用；还努力扎根生活、扎根人民，向中华戏曲（如花鼓戏）、湘东民歌以及唢呐、大筒等民族乐器汲取营养。唯其如此，《英·雄》既有浓郁的民族性，又有鲜明的时代感；既是湖南的，更是中国的。《英·雄》昭示出当今中国民族歌剧创作的一条具有普遍借鉴意义的有自己特色的发展道路。

三

观罢全剧，听完三十几个唱段，激动之余，沉思良久，似乎还有某种不满足感。其一，就舞台美术而言，布景有点过实过满，空灵不足，营造意境尚有改进升腾的审美空间。其二，就音乐唱腔而言，作曲家杜鸣匠心独运，民族歌剧味甚浓，三十几个唱段普遍水准较佳，但缪、何这两位主要英雄人物应独具的音乐形象还不够鲜明突出，尤其是全剧还缺少一两段像《白毛女》中的"北风吹"、《小二黑结婚》中的"清粼粼的水来蓝莹莹的天"、《洪湖赤卫队》中的"洪湖水浪打浪"、《江姐》中的"红梅赞"那样的确能广泛传唱、深入民心的经典唱段。而一部民族歌剧能否经过人民和历史的检验真正成为经典，有没有产生这样的核心经典唱段，乃是一个重要标志。因此，精益求精地锻造核心经典唱段，是摆在民族歌剧《英·雄》进一步攀登高峰征程上必须攻克的堡垒。

2018-07-07

《画的画》：小之大

看了上海市杨浦区出品、上海淮剧团演出的小剧场淮剧《画的画》很兴奋，总体感受是小戏不小，小剧场的戏演出了大意义，非常值得戏曲界重视。这个戏能够给人启示，第一审美层次、美学层次比较高。它不是一个真实的历史事件、历史的艺术表达、审美表达，基本上是属于艺术家主体创构出来的一部带有寓言性的、形式感极强的、很好地彰显了戏曲的行当、程式和审美优势的作品。这部作品的出现，预示着我们搞戏曲的创新发展及创造戏曲的新繁荣，第一条要重视的就是离不开戏曲艺术的优秀历史传统，不能丢掉戏曲本体。

这个戏完全是审美化的结构。"生旦净末丑"五个行当齐全了，包括鼓手在内六个演员把一台戏演下来，讲了一个可以说是虚构出来的、但不乏历史感、历史真实性的带有启迪意义的故事，塑造了这么几个人物，这是很不容易的事情。《画的画》好就好在是在很小的剧场里，气氛很活跃、观众很有共鸣。对于戏曲艺术走进观众，特别是走进除了热爱淮剧的老戏迷之外不熟悉淮剧的青年观众，无疑是跨出了有效的一步。

一个戏产生精神共鸣离不开思想性。剧名起得很好：《画的画》。第一层"画"是皇帝要找《逐鹿中原》的画，把所有当官的人都在生活里驱赶了一遍，检验了一通；第二层"画"是因这个画的众生相，又是一幅人生百态相。这两幅画融合起来创造了艺术家给我们创造的意境的画，这就是一种人生意境。人应该怎么样追求名和利，当官应该当什么样的官，官和人民是什么样的关系，可以这样说，它不著一字尽得风流，把优秀传统文化以民为本、民生意识、民本思想，形象地阐述了张载总结的优秀传统文化，主要是儒家文化所颂扬的，为天地立心，为生民立命，为往圣继绝学，为万世开太平，当官要当这样的官才有价值。而最宝贵的是它现实的讽喻感，我发现编剧管燕草在里面有意用了很多现代化的语言，用"喝茶"代替"双规"等。优秀的前辈编剧也这样做过。吴祖光的一场戏给我印象非常深，《三打陶三春》，最后有一句台词是"万岁明儿见"，这当然是现代的话，全场哗然。但今天的人们并不觉得违和，而且还有意想不到的戏剧效果。

《画的画》这个戏很有趣味性，趣味是一种美学品格。剧中演员时而成了道具，时而成了角色，时而起到情节的铺垫作用。导演在这方面的创造很值得肯定，给了我们欣赏戏曲艺术全新的感受。

这个戏的美学品位、历史品位都值得肯定。历史品位找出了皇帝要画，你去献画，献上去以后嫂子又说出来祖传之画是假的，还有欺君之罪，引出了一层一层的波澜。其实戏曲艺术要讲好中国故事，归根到底不同于史学家讲故事，要用戏曲的语言讲好中国故事。剧中几个关键的情节，皇上要找画，嫂子那里有画，要画，结果没有要到，就动武了，画到手了，嫂子说出来是假的，都是环环相扣的情节。情节干什么呢？就是经典作家说的人物性格发展的历史。最后是每一个人物的历史、县官的历史、哥哥的历史、妻子的性格、县官的性格，包括我们这五个演员各是各的性格，包括没有中举也没有考上的，经介绍进了县衙里做文书的，每个人都有每个人的身世情节展示出来的性格特征。而且这个戏是一个寓言，不仅展示了人物性格历史，还进一步展示了那个特定的封建社会的人际关系、社会关系。而且非常凝练又节制地艺术表现出来，因而有了认识价值，也有了审美价值。所以我对这个戏很喜欢。我们现在搞创作的应该多一点像管燕草这样的剧作家，多一点吴佳斯这样的导演，用心用情用功地排一出小戏。没有小戏的支撑，戏剧艺术整体繁荣是很难的。

当然，这个戏还有美学呈现上、思想开掘上深化的空间。从美学上作为一个寓言体喜剧风格的戏，我认为县官放得不够开，他是可以搅活这一台戏的中心人物，虽然很多正面道理是哥哥说出来的、嫂子唱出来的，但是他的言行和情感逻辑、精神逻辑，仕途的追求决定了这个戏要表述的精神价值，就是对他的一种审美批判。他应该喜剧色彩更浓，丑行的本事应用得更多才好。

2018-11-24

用心用情用功讴歌生态文明建设

——赞话剧《塞罕长歌》

"久久为功，玉汝于成，经过三代务林人的艰苦创业，如今塞罕坝 112 万亩的浩瀚林海，不但为北京、天津构筑了一道坚固的屏障，挡住了南下的风沙，而且为京津地区涵养水源，输送了大量的淡水。塞罕坝每年提供的生态服务价值已经超过 120 亿元。……塞罕坝的绿水青山，真正变成了金山银山。——全剧终"

目睹这在激越的主题歌声中缓缓映出的字字铿锵的字幕，我发自肺腑地为河北省承德话剧团来京演出的《塞罕长歌》鼓掌：一出用心用情用功讴歌生态文明建设的好戏！此前，我曾为同一题材的在中央电视台一套黄金时段播出的 36 集电视剧《最美的青春》撰文叫好；今天，我还要为仅仅两个小时的舞台话剧《塞罕长歌》抒怀点赞。因为两部作品以不同的艺术形式和艺术语言的审美优势，相映生辉，共同讲好了 2017 年 12 月 5 日被联合国环境规划署授予环境最高荣誉"地球卫士奖"、创造了人间重绘绿色、修复生态奇迹的中国塞罕坝的史诗般实践的故事，彰显了彪炳人类史册的"塞罕坝精神"。

这成功的艺术实践，又令我想起了习近平总书记在中国文联十大、中国作协九大开幕式上的讲话中的名言："中国不乏生动的故事，关键要有讲好故事的能力；中国不乏史诗般的实践，关键要有创作史诗的雄心。"以不同的艺术形式审美化地讲好中国的生动故事，当然迥异于史学家以历史思维叙述中国故事。故事者，有故有事，史学家须严格遵循史实，讲清前后相随的原始事件全过程，复原所有素材的总和；艺术家则主要是靠审美思维通过精心选择提炼出的情节来讲好故事，并诉诸独特的艺术话语组织。而不同的艺术形式的语言符号体系，都可能按照各自的审美个性和优势，调整、挑选甚至破除故事演进的原始程序并建构独特的情节叙述。长篇电视剧因其容量大，视听语言优势明显，因而《最美的青春》讲好塞罕坝史诗般实践的故事所建构的情节自有其特色；话剧因其容量有限，但台词有重要作用和审美张力，因而《塞罕长歌》同样要讲好这人间奇迹所建构的情节就大不相同了。比较研究这同一题材创作的电视剧与话剧的成功经验，极有裨益。

诚如茅盾先生所言：对于艺术创作，"情节是人物性格发展的历史"。《塞罕长歌》精心写了六场戏、序（一）、序（二）和尾声，塑造了三代人形象。序（一）、序（二）分别交代1962年初创林场"黄沙遮天日，飞鸟无栖树"的天寒地冻情境与1980年夏遭遇大旱12万多亩松林旱死的困境，尾声是全剧营造的人的天地境界的升华，而6场戏建构的情节都聚焦于人物的性格发展轨迹。第一场，二嫂用搓雪来抢救冻僵的佟保中生命，适逢从北京把妻、子都接来塞罕坝扎寨安营的李场长、杨总工程师归来，以及从城市以下乡知青邢燕子、侯隽为榜样放弃高考上坝造林的一群中学毕业生，大家共赏电影《上甘岭》受到感染，使原本因妻子重病、老母病危要返城的佟保中、秦海生们坚定了要"像上甘岭的战士守住阵地一样，守住塞罕坝，决不撤退"的决心。第二场，高志运苗大雪献身，佟保中丧妻携幼子上坝，李场长安排妻子代养，秦海生为育苗放弃探视病母坚守坝上。大家践行"一日三餐有味无味无所谓；爬冰卧冰冷乎冻乎不在乎——乐在其中"。第三场，"文革"后恢复高考，任晓君放弃高考。在坝上高棚外向佟保中倾诉爱恋，秦海生与张莉相恋相爱，塞罕坝北梁庄人韩大伯对林场情深意笃。第四场，1980年，在北京读林业大学的杨娜奉父命送坐着轮椅正住院治疗腿伤的杨总工程师上坝指挥抗旱保林，李场长临终前抱病上坝"走进林子"嘱咐"我死后你们一是把我埋在这片林子里……"。第五场，八十年代中期，第二代佟刚、二桃夫妻携子榛子坚守于望火楼，粗茶淡饭，大桃上坝来楼接榛子进城上学，佟保中来楼报喜佟刚入党。第六场，2013年春夏，第三代佟小林（榛子）已任分场场长，率众进而试验在余下的十几万亩石质阳坡上种植樟子松，林科院杨娜博士上坝感动佟小林妻舒纹上坝，共建绿色家园。请看，六场戏，从上世纪六十年代初写到新世纪二十年代初，横跨半个多世纪，惜墨如金地精心雕塑了佟家三代务林人佟保中、佟刚、佟小林薪火相传的艺术形象，他们"把爱交给青山，今生无悔无怨；把爱交给绿水，久久为功不变。牢记使命，听从党的召唤；艰苦创业，建设绿色家园。塞罕长歌行，铭刻在生命的年轮间……"。

更可贵的是，这六场戏的情节、二序幕和尾声，不仅是佟家三代人及秦海生夫妇、李场长、杨总工程师和二嫂等人物的性格发展史，讴歌了他们的理想、信仰、情志，而且相当精准地展示出人物性格发展的社会关系史。须知，社会关系乃是人物性格形成与宏大历史衔接的中介和背景。社会关系构成社会文化、经济、政治的内在肌理，是性格发展的依据。马克思主义认为，人在其现实性上，是一切社会关系的总和。在一定程度上，性格可视为社会关系之网在人物形象上的网结。《塞罕长歌》的二序幕和尾声显然是为展示形成人物性格的社会关系营造时代背景与环境氛围的，而六场戏的情节，无疑都牵出了那个时代社会关系特定的复杂性与深刻性。譬如，从第一场上世纪六十年代初的那群放弃高考上坝造林的中学毕业生性格形象中，分明蕴含着那个时代学雷锋、学邢燕子的鲜明时代信息；从第三场上世纪七十年代中期任晓君倾诉城中其母对她的安排，从秦海生母病负债3000元的重压中，都传达出那个时代沉重的社会历史信息；从第四场李场长、杨总工程师从北京还坝的言传身教中，让人强烈地感受到党中央对生态文明建设的高度重视；从第五场、第六场大桃接榛子进城入学、佟小林科技攻关石质阳坡也要植树中，传达出教育兴邦、科技强国的改革开放信息……唯其如此，大大增强了《塞罕长歌》的历史厚重感。

话剧《塞罕长歌》值得称道。

2018-12-08

逐梦 40 年: 在文艺中触摸时代脉搏

　　说来真巧, 1978 年, 我由川进京求学, 在北京这个新时期中国政治、经济、文化中心的改革开放大潮里经风雨, 见世面, 受启迪, 长智慧。作为一名文艺工作者, 我在党的指引和人民的培养下行进在文化强国的康庄大道上, 亲身见证了 40 年来文化事业生机勃勃、波澜壮阔的繁荣发展。

　　毛泽东同志有句名言: "政策和策略是党的生命……万万不可粗心大意。" 改革开放之初, 党审时度势, 总揽全局, 辩证分析, 实事求是地对文艺政策进行调整, 这才有了后面 40 年文化事业的健康持续繁荣。1978 年, 党的十一届三中全会决定全党工作从过去的以阶级斗争为纲转为以经济建设为中心, 在这一总背景下, 聚焦于文艺与政治的关系, 果断地以 "文艺为人民服务、为社会主义服务" 即 "二为" 方向取代过去战争年代以来一直实行的 "文艺为政治服务"。改革开放的总设计师邓小平同志在第四次文代会上更是指出: "党对文艺工作的领导, 不是发号施令, 不是要求文学艺术从属于临时的、具体的、直接的政治任务, 而是根据文学艺术的特征和发展规律, 帮助文艺工作者获得条件来不断繁荣文学艺术事业, 提高文学艺术水平, 创作出无愧于我们伟大人民、伟大时代的优秀的文学艺术作品和表演艺术成果。"

新的文艺政策极大地解放了文艺工作者的思想，激活了文艺生产力，拓宽了创作题材和视野，丰富了文艺形式和艺术风格，从"伤痕文艺"的突破到"反思文艺"的深化再到"改革文艺"的兴盛，从"文化寻根"到"文化反思"再到"东西方文化八面来风"，开创了新时期现实主义文艺复苏的百花齐放的崭新局面。

面对新局面，党又及时提出"弘扬主旋律，提倡多样化"，并深刻阐明了二者的辩证关系。江泽民同志此时向文艺家提出"四个一切"——"大力倡导一切有利于发扬爱国主义、集体主义、社会主义的思想和精神，大力倡导一切有利于改革开放和现代化建设的思想和精神，大力倡导一切有利于民族团结、社会进步、人民幸福的思想和精神，大力倡导一切用诚实劳动争取美好生活的思想和精神。"面对新世纪，党更突出强调中国特色社会主义文艺的人民性。伴随着改革开放的历史大潮，面对着市场经济取代计划经济的总情势，确如邓小平同志在第四次文代会上的警示：在调整文艺与政治的关系时务必牢记"归根结底，文艺是不能脱离政治的"，因而也要防止出现从一个极端又走到另一个极端的错误倾向那样，实践中克服了过去以政治思维取代审美思维把握世界、笼统将文艺从属于政治的倾向后，又出现了一种以经济思维取代审美思维把握世界、统领文化建设的倾向，唯经济效益的主张便是如此。

党的十八大以来，习近平总书记高瞻远瞩，明察秋毫，聚焦于文化与经济、文艺与经济的关系，对文化战略、文艺政策进行了英明的调整。

首先，在2013年8月19日全国宣传思想工作会议上，习近平总书记就旗帜鲜明地指出："经济建设是党的中心工作，意识形态工作是党的一项极端重要的工作。"他提出了治国理政中具有文化战略意义的"四个讲清楚"："讲清楚每个国家和民族的历史传统、文化积淀、基本国情不同，其发展道路必然有着自己的特色；讲清楚中华民族在5000多年的文明发展进程中创造了博大精深的中华文化，中华文化积淀着中华民族最深沉的精神追求，包含着中华民族最根本的精神基因，代表着中华民族独特的精神标识，是中华民族生生不息、发展壮大的丰厚滋养；讲清楚中华优秀传统文化是中华民族的突出优势，是中华民族自强不息、团结奋进的重要精神支撑，是我们最深厚的文化软实力；讲清楚中国特色社会主义植根于中华文化沃土、反映中国人民意愿、适应中国和时代发展进步要求，有着深厚历史渊源和广泛现实基础。"经济只能致富，文化方能致强。这便是党领导的中国特色社会主义坚定不移走文化强国之路的宣言。

中国特色社会主义，不是植根于经济富裕的沃土（当然离不开经济的繁荣发展），更不是植根于西方文化的沃土（当然也需要学习借鉴为我所用），而是植根于中华文化沃土的！习近平总书记多次引用邓小平、江泽民、胡锦涛同志关于正确认识和处理社会效益与经济效益关系的论述，并在 2014 年文艺工作座谈会上深刻概括剖析了文艺创作中存在的种种重经济效益轻社会效益的错误倾向后强调："文艺不能在市场经济大潮中迷失方向，不能在为什么人的问题上发生偏差，否则文艺就没有生命力"，"低俗不是通俗，欲望不代表希望，单纯感官娱乐不等于精神快乐"。他还明确指出："同社会效益相比，经济效益是第二位的，当两个效益、两种价值发生矛盾时，经济效益要服从社会效益，市场价值要服从社会价值。文艺不能当市场的奴隶，不要沾满了铜臭气。"

在 2016 年 11 月 30 日中国文联十大、中国作协九大开幕式上，习近平总书记再次告诫文艺家"要遵循言为士则、行为世范，牢记文化责任和社会担当，正确把握艺术个性和社会道德的关系，始终把社会效益放在首位，严肃认真考虑作品的社会效果。要珍惜自己的社会形象，在市场经济大潮面前耐得住寂寞、稳得住心神，不为一时之利而动摇、不为一时之誉而急躁，不当市场的奴隶，敢于向炫富竞奢的浮夸说'不'，向低俗媚俗的炒作说'不'，向见利忘义的陋行说'不'。"言之谆谆，语重心长。

在党的十九大报告中，习近平总书记又明确提出要"加快构建把社会效益放在首位、社会效益和经济效益相统一的体制机制"，要"坚持思想精深、艺术精湛、制作精良相统一"的文艺评价标准；在今年全国宣传思想工作会议上，他再次重申"要坚持把社会效益放在首位"。所有这些指示，都激励文艺家在学习、领悟、践行中不忘初心，牢记使命，有信仰，有情怀，有担当，把提高质量当作文艺作品的生命线，讲品位、讲格调、讲责任，抵制低俗、庸俗、媚俗，用心、用情、用功抒写伟大时代，讴歌党、讴歌祖国、讴歌人民、讴歌英雄，谱写中华民族新史诗。

　　在实现中华民族伟大复兴的中国梦、建设中国特色社会主义文化强国的康庄大道上，习近平总书记殷切希望文艺家"坚定文化自信，用文艺振奋民族精神"，强调"文化自信，是更基础、更广泛、更深厚的自信，是更基本、更深沉、更持久的力量"，因为"坚定文化自信，是事关国运兴衰、事关文化安全、事关民族精神独立性的大问题"，"没有文化自信，不可能写出有骨气、有个性、有神采的作品"。

　　文化自信，是对中华优秀传统文化、中国共产党领导人民创造的革命文化和社会主义先进文化充满自信。为了培育和增强全民族的文化自信，党的十八大以来，中央相继发布了《中共中央关于繁荣发展社会主义文艺的意见》《关于实施中华优秀传统文化传承发展工程的意见》等重要文件，切实有效地改善了党对文化、文艺工作的领导，提升了文化、文艺工作的管理、治理能力，同时也增强了人民群众对改革开放大潮带来的文化、文艺成果的获得感和幸福感，人民群众不仅是文化、文艺的创造者、鉴赏者，同时也是权威的评判者。面对新时代，中华民族正以坚定的文化自信开启下一个四十年。只要坚持"以文化人，以艺养心，以美塑像，贵在自觉，重在引领，胜在自信"，我们就一定能在文化、文艺建设上实现"各美其美、美人之美、美美与共、天下大同"。

2018-12-13

《闪亮的名字》：英雄是民族最闪亮的坐标

由中共上海市委宣传部指导、东方卫视打造的文化纪实寻访类节目《闪亮的名字》于2019年年初播出。该节目创新性地采用了"寻访纪实＋明星演绎"的叙事方式，将纪实思维与审美思维相结合，真实再现了索南达杰、郭永怀、常书鸿等8位英雄的感人事迹。这些英雄涵盖社会各行各业，有为科学发展、民族复兴贡献自己宝贵生命的已逝英雄，也有为人民服务、在平凡岗位上做出不平凡成绩的在世英雄。节目透过英雄这一民族"最闪亮的坐标"探寻了中国时代发展、民族复兴的力量之源，解读了中国历史性变革所蕴藏的内在逻辑，实现了精神高度、文化内涵与艺术价值的和谐统一，起到了为时代画像、为英雄立传、为人民明德的积极作用，是电视文艺工作"培根铸魂""守正创新"的又一新鲜尝试。

《闪亮的名字》由寻访者与演绎者共同完成对英雄形象的塑造。寻访是人物纪实类节目的常用手法，在《闪亮的名字》中，主持人陈辰通过"重走英雄路"的形式，带着对英雄人物的崇敬展开实地寻访，透过身边人的回忆和讲述，还原英雄的成长经历、性格特征、精神品质，深刻体现英雄人物的家国情怀和赤子之心。在围绕可可西里"环保卫士"索南达杰的故事中，主持人以设问形式营造对英雄人物的悬念，通过寻访其后辈、亲人、战友等抽丝剥茧、层层解密，在对英雄人物具象化的过程中展现其环保精神、爱国精神、奋斗精神和牺牲精神。而在对我国"两弹一星"著名科学家郭永怀的寻访过程中，寻访者来到当年的二二一厂，在爆轰试验留下的痕迹中体会当年繁荣"会战"的景象，了解"有人情味的科学家"郭先生当年"两个土豆一碗菜汤"的艰苦生活。这种生活化的表达方式使高大辉煌的英雄形象不再遥不可及，如同身边普通人般有血有肉、生动鲜活。

节目组每期会请一位"英雄演绎者"，通过人物扮演和场景搬演弥补历史影像资料的缺失，重现重要历史时刻下英雄人物的内心世界。如让蒲巴甲扮演藏族环保英雄索南达杰，面对藏羚羊被残忍猎杀痛心疾首，发誓要用生命给盗猎者"画个底线"；让于震饰演我国"两弹一星"著名科学家郭永怀，烧毁论文毅然回国，即使飞机失事也要用生命守护实验数据；让刘奕君还原"感动中国"的马班邮递员王顺友，为了把信按时送到村民手中，受伤也要咬牙坚持。英雄们正是通过平凡人生中不平凡的抉择，以惩恶扬善、激浊扬清的风骨和维护民族独立、建设美好家园的信仰坚持自己的人生抉择，最终成了民族脊梁。

《闪亮的名字》将英雄当年的奋斗与今日收获之成果紧密联系，开辟了两个平行时空的交叉叙事。当年对着满地藏羚羊尸体哭泣的索南达杰可曾想到，20多年后可可西里再无盗猎者，设备齐全的索南达杰保护站守护着这一方净土，中国迎来了生态文明的新时代。当年倾家荡产、为敦煌文化保护工作献了青春献终身的常书鸿可曾看到，如今的千佛洞已举世闻名，科学技术让洞窟避免了风沙的侵袭，敦煌学正在中华大地上茁壮成长。见证祖国积贫积弱、以生命保护研究数据的郭永怀可曾看到，如今中国已然成为科技强国，正朝着伟大复兴的目标不断奋进。节目将寻访者的现在时空和演绎者的历史时空交替展现，以两者的对比和因果关系隐喻了英雄是时代发展、民族复兴的力量之源。

在每一期节目最后，寻访者、演绎者和受到英雄精神感召的人们都会聚在一起，对英雄表达纪念和敬意。正如节目所说，英雄所期盼的时代就是现在这个时代，英雄所畅想的社会就是现在这个社会。祖国强盛，英雄无悔，报国真情，薪火相传。《闪亮的名字》是一部用心、用情、用功，靠脚力、眼力、脑力、笔力讴歌英雄的成功之作。它告诉我们崇尚英雄就是崇尚中华民族真善美的精神高地，捍卫英雄就是捍卫中华民族历史文化的根与魂。不忘过去，继往开来，祖国是人民最坚实的依靠，英雄是民族最闪亮的坐标。

本文系与博士林玉箫合作

2019-04-17

多样交流　互鉴发展

习近平主席在亚洲文明对话大会开幕式上的主旨演讲，精辟阐述了亚洲文明乃至整个人类文明发展应遵循的历史规律——"文明因多样而交流，因交流而互鉴，因互鉴而发展"。这一论断是马克思主义文明观与时俱进的重要成果。

文明，是人作为高级形态的理性情感动物独具的生存方式和精神追求。每个国家、每个民族在其发展的历史进程中，都创造出了独具风采的文明。而每一种文明都深深扎根于自己赖以生存的国家的土壤中，体现着民族的独特智慧。因而，在人类文明史上，每一种文明都有其不可替代的地位与价值，都为人类文明做出了独特的贡献。正是在这个意义上，文明只有姹紫嫣红之别，而绝无高低优劣之分。明乎此，才能以博大的胸怀拥抱并维护世界上不同国家、不同民族创造的多样性的文明。世界也正因文明的多样性而生机勃勃、繁花似锦。

今天，来自亚洲47个国家的相关人士和学者聚首北京，就是要摒弃傲慢与偏见，秉持平等和尊重，在承认人类文明多样性的前提下，既继承传统、各美其美，又学习借鉴、美人之美，推动不同文明的交流对话，和谐共生。

文明正因多样，故须交流。交流就是拓宽视野、互通有无、美人之美、美美与共。改革开放以来，大量世界各国的经典名著译介到中国来，中国的经典名著也越来越多地译介到世界各国去。仅以受众面广、影响力大、发展迅猛的电视剧艺术为例，从上世纪八十年代起，中国就先后引进了日本的《血疑》、韩国的《大长今》等电视剧。而中国的《三国演义》《媳妇的美好时代》等多部电视剧，也传播到了亚非许多国家，受到广泛欢迎。国家之间的电视剧艺术交流活动，连绵不断，越办越好。

文明以交流而互鉴，因互鉴而进一步获得发展。须知，无论哪种文明，倘若长期自我封闭，势必衰落。只有以高度的自觉自信与其他文明交流互鉴、取长补短，才能永葆活力。交流互鉴是文明获得发展的必要条件。"互鉴"就是"与共"，就是开放包容，海纳百川，兼容整合，互学互鉴。唯其如此，每种文明才能以各美其美为本，以广阔视野去美人之美，进而实现美美与共，即交融、整合、创新，以求得发展，人类文明也才能更加丰富多彩。

2019-05-17

为时代画像　为时代立传　为时代明德

　　习近平总书记在看望参加全国政协十三届二次会议的文化艺术界、社会科学界委员时强调，一个国家、一个民族不能没有灵魂。文化文艺工作、哲学社会科学工作就属于培根铸魂的工作，在党和国家全局工作中居于十分重要的地位，在新时代坚持和发展中国特色社会主义中具有十分重要的作用。习近平总书记的重要讲话，彰显了党中央对文化文艺界、哲学社会科学界的高度重视和亲切关怀。

　　要正确处理社会效益和经济效益的关系，做好培根铸魂工作。市场经济条件下文艺不能迷失方向，文艺不能当市场的奴隶，文艺不能沾满了铜臭气，当两个效益、两种价值发生矛盾时，经济效益要服从社会效益。文化文艺界、哲学社会科学界要"勇于回答时代课题""描绘我们这个时代的精神图谱，为时代画像、为时代立传、为时代明德"。

　　文化文艺创作要守正创新。我们要明方向、正导向，转作风、树新风，出精品、育人才，在正本清源上展现新担当，在守正创新上实现新作为。新担当，就要做担当民族复兴大任的时代新人，要守中华民族优秀传统文化之正，要守中国共产党领导人民创造的革命文化、红色文化之正，要守社会主义先进文化之正。只有在守正基础上，创新才是真正的创新，才是有生命力的创新。

文化文艺创作要表现时代的精神图谱。习近平总书记强调，今年是新中国成立 70 周年。70 年砥砺奋进，我们的国家发生了天翻地覆的变化。无论是在中华民族历史上，还是在世界历史上，这都是一部感天动地的奋斗史诗。希望大家深刻反映 70 年来党和人民的奋斗实践，深刻解读新中国 70 年历史性变革中所蕴藏的内在逻辑，讲清楚历史性成就背后的中国特色社会主义道路、理论、制度、文化优势，更好地用中国理论解读中国实践，为党和人民继续前进提供强大精神激励。这一重要论述彰显了我们党对文化文艺工作重要意义的深刻把握，是我们党对文艺"为了谁"的价值基点的再次重申，是我们党对文化文艺工作者的殷切期待。文化文艺创作要表现时代的精神图谱，勇攀文艺高峰，精品奉献人民，要成为文化文艺工作者的自觉追求。要让文化文艺工作者的身影活跃在脱贫攻坚主战场、在深化改革的最前沿、在普通劳动者的生产生活中。

　　好的文艺作品要植根于人民。一个时代有一个时代的文艺，一个时代有一个时代的精神。文艺是时代前进的号角，推动文艺繁荣发展，最根本的是要创作生产出无愧于伟大民族、伟大时代的优秀作品。人民是生动故事的创造者，也是精彩艺术的酿造者。文化文艺创作要植根于中华文化的沃土，好的作品要植根于文化文艺工作者对人民的感情，这种情感伪装不来，移植不了，更改编不成。人民是创作的源头活水，只有扎根人民，创作才能获得取之不尽、用之不竭的源泉。

　　文艺作品要追求作品的精神高度。习近平总书记强调，文化文艺工作者、哲学社会科学工作者都肩负着启迪思想、陶冶情操、温润心灵的重要职责，承担着以文化人、以文育人、以文培元的使命。大家理应以高远志向、良好品德、高尚情操为社会做出表率。要有信仰、有情怀、有担当，树立高远的理想追求和深沉的家国情怀，努力做对国家、对民族、对人民有贡献的艺术家和学问家。要坚守高尚职业道德，多下苦功、多练真功，做到勤业精业。要自觉践行社会主义核心价值观，自尊自重、自珍自爱，讲品位、讲格调、讲责任。

培根铸魂，绝不能见物不见人。中国不乏生动的故事，关键要有讲好故事的能力；中国不乏史诗般的实践，关键要有创作史诗的雄心。文化文艺工作者应成为中华传统美德的践行者和弘扬者，以高远志向、良好品德和高尚情操为社会做出表率，以实际行动诠释什么是对国家、对民族、对人民有贡献的艺术家。

2019-06-12

《麦香》：新农村建设的生动画卷

近日，在中央电视台播出的电视剧《麦香》，讲述了军烈属麦香、退伍军人云宽艰难的创业历程和他们在伟大变革中成就个人价值、人生理想的曲折故事，以艺术的形式展现了这场伟大变革的宏伟画卷。

《麦香》深情地注入了时代精神。改革开放 40 年，中国农村正在经历一场百年少有之大变局。这场大变局中新农村建设的践行者们探索、引领了正如《麦香》中江南小镇落雁滩发生的一系列伟大变革：农村土地承包责任制的实行、乡镇企业蓬勃发展、农工商联合体的构想、绿色发展与乡村振兴战略等。中国农村改革历史都在《麦香》中的"落雁滩"这个地方留下了雪泥鸿爪，麦香从船娘到著名女企业家，云宽以退伍军人"退伍不退志"的担当精神成长为共同致富的领路人，使落雁滩变成了"最美丽的珍珠"等感人故事，让观众在历史画卷中找到自己的影子。

《麦香》坚持以人民为中心的创作导向。任何伟大的历史业绩皆由人民创造。任何伟大历史进程皆由人民推动，而在"人民"中选取典型人物即"为谁而歌"则体现了艺术家们特有的创作智慧。《麦香》中选取军烈属、退伍军人这一特殊群体，他们的性格特征、价值追求与改革攻坚、一往无前的时代精神相契合。现实农村中，退伍军人群体往往是一个村落、一个乡镇的精神象征，他们拥有不可替代的事业的号召力。"脱了军装还是一个兵",他们确实为推动中国农村改革进程贡献了伟大力量。正如《麦香》中展现的那样,麦香有一种中国农村宝贵的拥军爱军的荣誉感,她的军人丈夫在1998年抗洪救灾中失去了生命,但她还将弟弟麦收和麦田送到了部队,她以一个坚韧无畏女性的执着、以自己奋发图强的经历换来了亲人和乡亲们对军烈属的爱戴和尊崇。退伍军人云宽成了村委会的主心骨,在每个历史节点中为落雁滩付出了一切,体现了一个军人应有的时代觉悟。观看电视剧《麦香》,不禁让人想起了现实生活中那些隐瞒战功、扎根基层的战斗英雄李文祥、张富清们,他们为祖国的繁荣发展贡献着自己的力量。

《麦香》坚持以精品奉献人民。作为叙事艺术的电视剧能以精美的艺术品相问世,关键在于写真人、动真情。《麦香》中三代农村人物的情感真实可信,就连云飞的性格变异都可以完全理解为这场深刻变革的真实可信的"副产品"。《麦香》中麦香、云宽、天来等几个优秀的乡村年轻人的爱情、婚姻和家庭情感故事看似平凡,但由于他们有了"共同富裕"这一精神追求,故事便具有了社会主义建设才有的历史特质,其宏大的历史背景使"儿女情"的小我升华为"天下事"的大我。因此,《麦香》中的麦香嫁给了天来、云宽娶了阿莲、没有成眷属的两个饱经创伤的人各自维系自己的家庭等,这些情节告诉我们,正是他们对情感的隐忍反而使他们的人格显得更为高贵。

《麦香》坚持用明德引领风尚,通过电视剧这一入人也深、化人也速的艺术形式,对农村伟大历史进程进行史中觅诗、精神呼唤。观罢此剧,面对新时代精准扶贫、脱贫攻坚的乡村振兴战略,我们可以提出这样的假设,如果《麦香》中没有麦香的隐忍和她"女云长"似的气概、没有云宽作为"退伍不退志"的精神,落雁滩就变不成"珍珠滩",乡亲们也会在愚昧思想带来的贫穷生活中苦苦挣扎。往大处说,如果没有诸如《麦香》的艺术作品来探寻以落雁滩为代表的农村深刻变化的力量之源,从而引领整个农村的道德风尚,我们这个民族要实现伟大复兴将会延缓速度。

电视剧《麦香》立足"培根铸魂"这一创作宗旨，力求以守正创新的艺术方式去培育新时代农村文化的根，铸就新时代农村发展的魂。

本文系与博士张金尧合作

2019-06-19

不忘初心、牢记使命的形象教材
——评电视连续剧《可爱的中国》

　　当前，为筑牢信仰之基、补足精神之钙、把稳思想之舵，全党正在开展"不忘初心、牢记使命"主题教育。中央电视台日前播出的电视连续剧《可爱的中国》，讲述了红十军创始人方志敏投身革命，始终不忘初心、牢记使命，为中国人民解放事业无私奉献一生的故事。该剧以精深的思想、精湛的艺术和精良的制作，强烈感染了广大观众，在这次主题教育活动中，发挥着不可替代的"入人也深、化人也速"的审美教育作用。可以说，电视连续剧《可爱的中国》是这次主题教育的生动教材。

　　筑牢信仰之基。电视连续剧《可爱的中国》展现了中国共产党人追求的坚定信仰。剧中方志敏接受马克思主义，组织人民通过武装斗争反抗外敌、翻身做主，体现了中国共产党"为民族谋复兴"的初心。这个初心和使命，是激励中国共产党人不断前进的根本动力。中国共产党人首先是坚定的爱国主义者，中国共产党一经成立，就义无反顾地肩负起实现中华民族伟大复兴的历史使命。深入剧情，当毛泽东、方志敏、彭湃在珠江口参观虎门炮台的时候，我们感受到他们身上流淌着沸腾的热血，因为这虎门销烟的炮台，展示出了中华民族反对外来侵略的决心。而这，与方志敏后来在狱中写下的《可爱的中国》所作的深刻反思相契合："我想，欲求中国民族的独立解放，绝不是哀告、跪求、哭泣所能济事，而是唤起全国民众起来斗争，都手执武器，去与帝国主义进行神圣的民族革命战争，将他们打出中国去，这才是中国唯一的出路，也是我们救母亲的唯一方法。"正是有了这伟大而坚定的信仰，整部电视剧所展现的方志敏波澜壮阔的一生，才有了真实可信的情感起点和信仰基石。他之所以在组织农民武装、创建红色政权、打土豪分田地、与敌人斗争中坚定不移、实事求是、以民为本、宽严有度、攻心为上、大义灭亲，其动力和缘由皆在于此。方志敏形象的精神高度、文化内涵、艺术价值，值得称道。

补足精神之钙。在向"两个一百年"豪迈挺进的新时代，中华民族从来没有像今天这样接近实现伟大复兴的目标。行百里者半九十，越是在这样的历史关头，越是要回望来路、不忘初心，越是要牢记使命、砥砺前行。越是物质财富丰富，越要补足精神之钙。"一个国家、一个民族不能没有灵魂。文化文艺工作、哲学社会科学工作就属于培根铸魂的工作。"观罢电视连续剧《可爱的中国》，我们不禁要问：方志敏从"两条半"步枪，发展到工农武装万人之众，靠的是什么？靠的是他这个"农运大王"有广大工农群众的坚定支持，靠的是他的高尚精神和人格魅力，靠的是他在《可爱的中国》中喷发出的爱国主义情怀和在《清贫》中表现出的人格情操。正是这种源自中华优秀传统文化"为天地立心，为生民立命，为往圣继绝学，为万世开太平"的精神和人格，不仅赢得了民心，还征服和感化了中间分子乃至某些敌对营垒中人。剧中那位为了不让方志敏受更大痛苦，悄悄给他换上较轻的脚镣的狱警，就是一例。因此，民心所向，决定成败。举精神之旗，立精神之柱，建精神家园，离不开像《可爱的中国》这样优秀的文艺作品。试想，如果方志敏没有劳苦大众的支持，他的头颅也许早就被人换成了响当当的铜板，他的手稿也断难被送到鲁迅先生处并得以保存和传播。《可爱的中国》启示我们，如果失去人民的坚定支持，任何美好的设想都是镜中月、水中花，任何华丽的外表也是没有精神之钙的躯壳。

把稳思想之舵。与方志敏《可爱的中国》齐名的还有他在狱中所作的《清贫》。他写道："洁白朴素的生活，正是我们革命者能够战胜许多困难的地方。"方志敏这一伟大思想直到今天乃然具有现实意义。当前，全党以整治"四风"为突破口，着力解决党内存在的突出问题，以雷霆万钧之力反对腐败，刹住了一些过去被认为不容易刹住的歪风邪气，克服了一些司空见惯的顽症痼疾，党风政风明显好转。可以说，电视剧《可爱的中国》对于把稳思想之舵，对于把牢政治方向、严守政治纪律和政治规矩，对于坚持党的领导、加强政治建设、坚持廉洁自律等要求，具有重要的启示意义。

"无情未必真豪杰。"电视剧《可爱的中国》以情动人，尤其是方志敏对于爱人缪敏和孩子的爱，更是感人肺腑。他说"心有三爱：奇书骏马佳山水；园栽四物：青松翠竹洁梅兰"。他将四个子女取名为柏、竹、梅、兰。但丈夫的爱、父亲的爱，都是以他对祖国母亲的爱为基石。饰演方志敏的青年主演林江国用心、用情、用功塑造英雄形象，完成了至今荧屏上堪称最为成功的方志敏艺术形象。而导演吴子牛对戏剧结构的精妙构思（以"发现遗骨"开篇并以"传保遗篇"贯穿剧情）、对历史氛围的精心营造、对人物形象塑造的精雕细琢，尤其是既注重"像小鸟一样在每个枝丫上跳跃鸣叫"，又注重"像雄鹰一样从高空翱翔俯视"，既有生动丰富审美细节的艺术化表现，又有深刻的思想发现和哲学观照。今天，我们可以告慰方志敏先烈的是，他的可爱的中国已经变为了现实："朋友，我相信，到那时，到处都是活跃的创造，到处都是日新月异的进步，欢歌将代替了悲叹，笑脸将代替了哭脸，富裕将代替了贫穷，康健将代替了疾病，智慧将代替了愚昧，友爱将代替了仇恨，生之快乐将代替了死之忧伤，明媚的花园将代替了暗淡的荒地！这时，我们民族就可以无愧色地立在人类的面前，而生育我们的母亲，也会最美丽地装饰起来，与世界上各位母亲平等地携手了。""这么光荣的一天，决不在辽远的将来，而在很近的将来，我们可以这样相信的，朋友！"

本文系与博士张金尧合作

2019-07-11

革命历史题材的新突破

一部作品能否契合新时代文艺发展的要求，关键在于它是否具有精神的高度、是否体现了人类最先进的思想、是否开掘了人类世界的深刻性和丰富性。从这些层面进行考量，《可爱的中国》可以说是中国电视剧发展史上重大革命历史题材创作的一次新成果、新突破，堪称当前进行"不忘初心、牢记使命"主题教育的一部艺术精品。

《可爱的中国》艺术地再现了方志敏最核心的精神世界。方志敏怀着民族复兴的初心投身革命，这与当下实现中华民族伟大复兴的初心一脉相承。另一方面，方志敏除了对祖国、对人民的奉献外，没有任何个人的利益诉求，这部作品将这种先进思想体现了出来，让观众的精神受到洗礼、灵魂受到震撼。不仅如此，该剧非常典型地坚持了打造精品的创作理念，无论是其历史氛围的营造、人物性格的刻画，还是细节之处的呈现，在如今电视剧创作中都属一流。

在迎接新中国成立 70 周年之际，这部作品是一份真诚的献礼。我呼吁电视界多出这样的精品，电视台多播出这样的作品，助力文艺创作在新时代开创新局面。

2019-08-03

吸取"活水" 以文化人

统编教材守正创新，为语文教材甚至各科教材改革，都提供了具有借鉴意义的宝贵经验。

在教材编写的思维方式上，既注重中国语文教材和教学的传统经验，如重视选文质量，强调读书为本、经典为要等。精心从中华优秀传统经典诗文中选出 67 篇（首），占全套教材篇目的 49.3%。所选文章题材多样、体裁各异、百花齐放。从《诗经》《离骚》到清人作品，从古风、民歌、绝句、律诗到词曲，从诸子散文到历代散文，从两汉论文、魏晋辞赋到唐宋明清古文，从文言小说到白话小说，均有入选，有利于培养学生对中华优秀传统文化的了解、感悟和热爱，增强文化自信。

教材加大选文中革命文化的选取力度，选取了讴歌革命领袖、英雄志士的作品和相关革命理论著作，有利于激发学生热爱党、热爱祖国、热爱人民、热爱英雄的情怀。教材还注重选入社会主义先进文化的篇目，反映社会主义建设、改革开放伟大成就和科技新进展，以增强时代精神，紧随经济社会发展新变化、科学技术新发明、学科理论建设新进展，更新选文和话语体系，以激励学生树立高远志向，敢于奋斗，勇于创新，乐于奉献。此外，为开阔视野，精心选入了不同时期、不同国家和民族的文学、文化经典作品，以利于学生"美人之美"。这样就做到了兼容并包、重点突出。

在教材的结构体系设计上，摒弃了过去惯常采用的以单向知识传授为中心的方式，针对传统语文教材与语文教学中"题海训练多、读书思考少"的应试教育弊端，着意于调动学生学语文的主动性，强化教材的实践性，重在提升学生语文核心素养，以深度阅读、读写结合为途径，灵活设计"阅读与鉴赏""表达与交流""梳理与探究"等交融互补的语文实践活动。

每个单元都注意整合真实的学习情境、内容和方法，促进学生在实践中动脑、动手、动情，自主、合作、互补地探究思考，这就有利于从语文教学方式上真正摒弃"应试教育"带来的"读死书、死读书"顽症，开创语文核心素养的新教学生态，构建以语言建构与运用为基础的综合性、实践性语文教学新体系。

"问渠那得清如许？为有源头活水来。"统编版普通高中语文教材之所以有新意、有突破，归根结底，就在于它顺应了新时代人民的呼唤，从中华民族伟大复兴的实践中自觉吸取营养"活水"。希望教材再接再厉，在教学实践中继续吸取营养"活水"，勇攀高峰，精心修订，使它更臻完美。

2019-09-24

《攀登者》：向着电影艺术的高峰攀登

由上海电影（集团）有限公司出品、阿来编剧，李仁港导演，徐克监制，集结了吴京、章子怡、张译、井柏然、胡歌、王景春、何琳、成龙、刘小锋、曲民次仁、拉旺罗布等一批实力派演员拍摄的《攀登者》，在隆重庆祝新中国成立 70 周年之际与广大观众见面了。

这是一部用心、用情、用功创作的电影力作。该片艺术地再现了 1960 年和 1975 年中国登山队的攀登英雄从中国境内北坡排除万难，两度破天荒地成功登上世界屋脊珠穆朗玛峰峰顶的历史奇迹，题材可谓独特而重大。说它独特，指的是人类攀登史上的首创；说它重大，乃言标识着不畏艰险、敢为天下先的中华民族精神和民族气派。题材虽不是决定一切的，但题材却是重要的。这样的独特而重大的题材，本身就提供了创作一部具有中国特色、中国精神、中国气派、中国风格的电影艺术大片的基础和可能。

这里的关键，在于电影艺术家们能否站在新时代的高度，重温、反思、发酵这一独特而重大的历史事件，开掘出其间蕴含的精神高度和文化内涵。

如今呈现在银幕上的《攀登者》，正是朝着电影艺术大片的高峰登攀，取得了可喜的成功。参与《攀登者》创作的电影艺术家们认真学习、感知当年向生命极限挑战、首创人间奇迹的登山英雄的理想信仰、豪情壮志、精神人格，以攀登精神齐心合力拍好《攀登者》共勉。正如饰气象员徐缨的演员章子怡所说："每个人心中都需要有一座精神的高山。"影片表现的是登山英雄攀登世界屋脊的物质形态高山；而影片"举精神之旗、立精神之柱、建精神家园"所彰显的是"培根铸魂"实现中华民族伟大复兴的中国梦的精神高山。上影集团领导率领主创团队，开赴西藏，深入生活，走访登山英雄。唯其如此，才获得了厚实的生活积累、真实的情感积淀和坚实的思想发现。饰演队长方五洲的吴京深情说："影片中我们就像一家人，组成了攀登大家庭。"

这就确保了《攀登者》的创作行进在深入生活、扎根人民的最牢靠的现实主义道路上。影片用较小篇幅，凝练节制地复述再现了1960年中国登山队秉持"中国人自己的山，要自己登上去"的中国精神和中国骨气，超越上世纪五十年代英国人、瑞士人曾先后从尼泊尔境内南坡登顶珠峰，首次从中国境内"连飞鸟也无法飞过"的北坡登顶珠峰。但遗憾的是，由于当时条件局限，记录这一伟大创举的摄像机丢失了，因而西方发出了"1960年中国登山队是否登顶珠峰"的质疑。接着，影片用主要篇幅，表现为了维护民族尊严和历史事实，击破这种无端质疑，1975年中国登山队继承发扬攀登精神，再次登顶珠峰，让鲜艳的五星红旗在世界屋脊高高飘扬，把"中华人民共和国登山队"的红色觇标矗立在珠峰上。这是多么扬国家之威、长民族之气啊！

《攀登者》的大气，正源于此。这正是面对新时代培根铸魂、培养担当民族复兴大任的时代新人所亟须。更可贵的是，影片的这一深刻主旨，主要不仅是靠讲好中国故事、更靠精心刻画活跃于中国故事中并决定着故事发展历史走向的人物形象来艺术表现的。吴京饰演的队长方五洲与章子怡饰演的气象员徐缨的攀登梦想、事业追求、爱情轨迹，都描写得有信仰、有情怀、有担当，有品位、有格调、有责任。张译饰演的老登山队员曲松林虽思维方式上似有瑕疵，但称得上有骨气、有个性、有神采。而因为选择实景拍摄珠峰，主演们都曾真实地体验过高原险境、高海拔、极度缺氧、变化无常的恶劣气候，所以基本上都能做到以真实、真情、真态的表演去还原登山英雄们勇攀珠峰的历史壮举。影片确实填补了国产电影在独特的登山、探险题材上的类型空白，其精心营造的那东方雪域的奇观险境，那冰镐、冰爪、氧气瓶、登山服……呈现的真实历史氛围和环境特色，以及那四人拴在一根绳上"结组"攀登一坠三拉的互助精神，那方五洲在冰天雪地峭岩上架人梯托举队友的壮举，那徐缨顶风雪流鲜血为登山队员传递最新气象情报的情景，那李国梁在垂直于地平线的陡峭隙坡中抢救队友……这一幅幅撼人心魄的画面，都是艺术家们用攀登精神铸就的。

《攀登者》是一次向电影艺术大片高峰的攀登。我为它点赞叫好。

2019-10-09

提供正能量，攀登文艺新高峰

今年国庆档《我和我的祖国》《中国机长》《攀登者》三部影片热映造成一种电影文化现象，对于当下文艺繁荣发展具有普遍的指导意义。中国式大片是建设电影强国的需要。大片是标志性的，代表着这个国家电影文化的思想和审美的水平。它是人民所需要的，时代所需要的。三部影片的共同创作宗旨是培根铸魂，共同创作经验是守正创新。这再次证明：只要我们认真学习、领悟、践行习近平总书记五年前在文艺工作座谈会上的重要讲话精神和关于文艺的系列重要论述，面对新时代，中国特色社会主义文艺就一定能攀登新高峰，中国电影艺术就一定能开创新局面。

新时代的中国文艺，宗旨在培中华民族精神之根，铸中华民族伟大复兴中国梦之魂。《我和我的祖国》《中国机长》《攀登者》都以可贵的文化自信坚持以文化人，以艺养心，培根铸魂，给观众以激越向上的精神正能量。譬如《攀登者》以 1960 年和 1975 年中国登山队英雄两度攀登珠穆朗玛峰创造前所未有的人间奇迹的史实为题材，着意刻画登山英雄自强不息、排除万难、所向披靡的民族志气和为国争光精神，激荡起今日广大观众的爱国情怀和民族自豪感，于惊天动地的攀登鉴赏中吸取了宝贵的精神营养。这三部影片都要达到一个目的，即让观众通过欣赏电影获得思想的启迪和精神的美感。我们不反对电影要有视听快感，但是这种视听快感要通过感官达于心理，从生理的快感上升为精神的美感，这才是电影成功的关键。三部影片坚守这样的精神高度、文化内涵和艺术品位，理所当然地赢得了人民群众的欢迎。

无论是《我和我的祖国》以几位知名导演的短片集结表达共同主题"我和我的祖国"的结构方式，还是《中国机长》和《攀登者》的叙事技巧，都是在守中国电影优秀历史传统之"正"的基础上有所创新，因而彰显出为广大观众喜闻乐见的中国风格和中国气派，受到普遍赞赏也就在情理之中。

这三部影片从没有离开过中国电影的表达方式，没有盲目套用西方电影模式，也没有把到国外拿奖当成最高目标，所以它们被称为中国式大片。每个国家、每个民族都有自己特色的发展道路，都应该讲清楚自己独特的历史传统、文化积淀、基本国情。这三部影片的故事完全中国化，它们继承了新中国成立后《青春之歌》《我们村里的年轻人》等电影的创作传统，也继承了改革开放以来现实主义电影传统。

以坚定的文化自信培根铸魂，守正创新，三部影片的成功经验值得珍视，值得普遍推广，以推出更多提振民族精神、表现家国情怀的"中国式大片"。

2019-10-18

文艺创作需要长征精神

《伟大的转折》表现的不仅是历史层面的史实，更是中国共产党领导中国人民在革命斗争当中走向成熟的一场思想路线的伟大转折。所以从这一点上，我高度地肯定这部作品。对于历史题材的创作，我们要坚持努力走进历史，感悟历史，从历史中获取营养。历史也是一种生活，对这个生活最起码的要求是熟悉，再高一点的要求，是要把这段历史经过积淀，站在今天的时代高度重新加以认识，要有新的发现。

在新中国成立 70 周年之际，推出《伟大的转折》这部作品，有利于我们在新时代增强"四个意识"，特别是核心意识，如果说当年没有形成以毛主席为核心的领导集体，中国革命不可能从一次次的胜利走向下一次胜利。现实意义是这部作品最重要的一部分，长征精神为什么伟大？初心是什么？这部作品都形象地告诉了我们。

我去过拍摄现场，那天细雨蒙蒙，全体演职员在泥泞地中穿着草鞋，这就是还原历史。对于伟大的转折这段历史生活，我们创作者要做到入身、入心、入情，还要有独到的思考。这部作品追求了精神高度、文化内涵和艺术价值。精神高度表现在对毛泽东精神境界的把握上；文化内涵则是浸润着"天行健，君子以自强不息"的影响，充满了独立自主的意识。

我们不断强调要增强文化自信，这关系着国运兴衰，关系着国家的文化安全，关系着民族精神的独立性，这些在这部作品中都有体现。而这个创作集体带出了扎根生活、扎根人民，以长征精神来拍长征的好作风，这也是我们应该在电视剧创作中大力倡导的东西。我相信这部作品会在电视剧史上留下它的位置，会为我们研究中国重大革命历史题材电视剧提供一个很好的研究对象，从中总结出具有普遍意义的宣传经验。

2019-11-05

《寻找英雄》：礼赞楷模　培根铸魂

　　浓墨重彩地记录英雄、讴歌楷模，让英雄在文艺作品中得到颂扬，是影像时代电视文艺工作者的光荣使命。近期由内蒙古自治区党委宣传部策划、内蒙古广播电视台承制的大型寻访纪实节目《寻找英雄》第一季开播。它把镜头聚焦于内蒙古新时代的奋斗者，讴歌他们在平凡岗位上克己奉公、无私奉献的精神。以影像方式引领社会大众特别是尚在校园的莘莘学子树立正确的历史观、民族观、国家观、文化观。《寻找英雄》的录制彰显了创作者们高度的艺术自觉和在建设中国特色社会主义伟大进程中的文化自觉。

　　中华民族生生不息，就在于每个时代都有英雄精神的引领。在当前百年未有之大变局中，更离不开新时代奋斗者的开拓引领。《寻找英雄》以纪实风格真实地再现了为国家舍小家的全国公安楷模赵永前、全国脱贫攻坚模范武汉鼎、永远不输第五局的中学女排教练郝振生、因村民57个红手印而留下继续扶贫的第一书记解良、在革命年代屡立奇功又在和平年代默默奉献的老兵任明德、向火而行的消防员程磊、北疆楷模于海俊、时代楷模苏和、用心灵呵护生命的护士娄世新，以及在生命禁区挥洒青春热血的算井子边防派出所干警这些新时代的奋斗者。其中，武汉鼎、于海俊、解良、郝振生等入选"最美奋斗者"候选人。

在《寻找英雄——赵永前》中，赵永前30年戍守北疆、恪尽职守。其女从小热爱舞蹈却忽然身患绝症，时日无多。赵永前为了维护边疆安全稳定，忍受着巨大悲痛，离开女儿奔赴边疆。这些年来，赵永前先后带队完成重大安保任务80多次，指挥破获跨境走私贩卖枪支案等重大涉边案件120余起，挽回人民群众经济损失1200余万元。节目中运用了逆光剪影般的写意舞蹈，那仿佛是女儿离世前对父亲赵永前的依依不舍与深深遗憾。在《寻找英雄——于海俊》中，曾带领科研团队累计完成重大林业工程项目100余项、参与编制国家森林工程标准4项、完成林业科研课题10余项、撰写学术论文数十篇的优秀共产党员于海俊，在2019年夏天扑救森林雷电火灾中不幸因公殉职。于海俊致力于将"绿水青山就是金山银山"的生态文明理念转化为推动林业改革、促进林区发展、保护边疆生态的实际行动，这也是他的毕生追求。节目中伴随着肃穆深情的歌声，在柔和的日光中，森林郁郁葱葱，宛若一排排挺拔的士兵，坚守着祖国北疆的生态屏障，见证着英雄人生的光荣梦想。

《寻找英雄》通过树立典型英雄形象，为当代青年人树立了榜样。节目在呈现形式上突破了传统记者采访的成规，由记者化身为"寻访人"，并且每期加入一名"观察者"，这些观察者主要是来自高校的青年人。在《寻找英雄——武汉鼎》这一期，来自内蒙古高校的学子积极参加了清水河县暖水湾村的寻访历程，与寻访人一同回顾了武汉鼎这位八旬老人带领26户村民努力脱贫的感人历程。武汉鼎通过群策群力，饲养山羊、种植玉米、改良品种，增加了村民的物质财富，同时又兴办教育，以文育人，为暖水湾村带去弥足珍贵的精神财富。

《寻找英雄》不仅力图为青年学子树立榜样，也以春风化雨、润物无声的方式传递了以唯物史观为基石的人民英雄观。历史是人民群众创造的，历史伟业的开创也要依靠人民群众。与西方文艺作品强调个人英雄主义不同，中国的优秀文艺作品对英雄的讴歌一贯突出英雄的"人民性"，即英雄是全心全意为人民服务的楷模与典范。在《寻找英雄——解良》中，乌兰察布市阿令朝村第一书记解良作为精准扶贫优秀干部典型，在其离任之际，村民们以按有 57 个红手印的联名信挽留他。在继续留任的日子里，解良带领村民们建设集体经济，通过引进滴灌技术、开发肉驴产业、打造绿色品牌、改善卫生条件等途径提升村民经济收入与生活水准。解良的扶贫事迹曾被搬上话剧舞台，这部命名为《红手印》的话剧将优秀党员干部与人民群众的鱼水深情表达得酣畅淋漓。"任明德"式与"解良"式的新时代奋斗者用真情与行动诠释了何为"一切为了群众，一切依靠群众，从群众中来，到群众中去"的真谛。

如今，人民英雄的担当与使命需要新时代青年来传承和坚守，《寻找英雄》正是对文艺"培根铸魂"职责的践行，通过当代青年的参与和观察、思考与励志为其人生航向确立了"航标"。

本文系与博士苏米尔合作

2019-11-28

《我为你牺牲》：为武警战士树碑立传

　　近日，刚刚在中美电影节获得"金天使"奖的《我为你牺牲》正在全国院线热映。这部电影改编自武警十大忠诚卫士的事迹，通过三个平行时间轴，讲述了武警官兵在缉毒、反劫持人质，家属支持丈夫在高原坚守岗位，舍"小家"保"大家"驻守边疆的故事，真实展现了武警官兵忠于党、忠于祖国、忠于人民，甘于奉献、勇于牺牲的精神。

　　《我为你牺牲》是一部经典之作，其通过平行叙事，刻画了三位英模的事迹，成功塑造了武警十大忠诚卫士中的典范，是一首弘扬新时代正能量的正气歌。电影通过讴歌时代、讴歌人民、讴歌英雄，为观众提供了精神上的正能量。众所周知，武警部队是中华人民共和国国家体制建设当中的一种独特的力量。当前，武警部队同中国人民解放军共同完成着保卫祖国、保卫人民、促进国家统一、人民幸福，乃至世界和平的责任与使命。在电影《我为你牺牲》之前，没有一部电影完整地为武警英雄们树碑立传、传神写照。因此，电影《我为你牺牲》是一部新时代下致敬国家英雄的优秀作品。

　　片名中的"我"既是大我，也包含了小我，既是整个武警部队的总称，又包含着每一位忠诚的武警战士。"你"既指祖国，也指人民，也指爱人们的默默付出。这部作品鲜明地体现了当前文艺工作的时代方向，即我们应该为新时代那些值得讴歌的群体立传，让他们的故事为更多的国人所熟悉和了解，让他们得到社会应有的尊敬与赞美。

从电影《我为你牺牲》的主题立意来看，这部影片的创作者真正地把自己当成人民的一员，真正地用心、用情、用功去讴歌了新时代，讴歌了新时代下的国家英雄。与此同时，这部影片还具有很强的新闻性。该片以武警十大忠诚卫士及十佳军嫂的真实故事改编而成，写了三个英雄，加上一位妻子。影片拍摄转战南北，采用了真实的场景。回忆起拍摄过程中的经历，导演安战军十分感慨。他直言，剧组遇到的困难与真正的武警官兵们相比微不足道："我们只需要在高原拍摄几天，他们一守就是许多年。"话到此处，安战军甚至哽咽落泪。这也从侧面体现了创作者对于新时代的敏锐体察和专业性所在。

从影片内容角度梳理，电影《我为你牺牲》中的三位英雄是相映生辉的。如果说王刚、李报国是体现了我们红色基因的传承，体现了延安精神的发扬光大，那么杨国富则体现了中华优秀传统文化和中国共产党领导人民自强不息、厚德载物、无私奉献的民族精神。他的妻子是伟大的中华民族女性的光辉写照，当她去探望自己日夜戍边的丈夫时，发现犯有高原病的他，很难有孩子。当她备孕时，又在一次车祸中遇险。面对必须截肢的残酷现实，她想到的首先是要为英雄留下骨血，而不是自己的安危。她决定不打麻药，因为打了麻药之后很可能要影响胚胎，伤及后代，她咬紧牙关，忍着剧痛，坚持不用麻药截肢。可以看到，影片把伟大女性的无私奉献和令人震撼的牺牲精神表现得淋漓尽致，影片用主人公的行为诠释着"我为你牺牲"的意涵。同样，她的爱人杨国富也有着中华民族古已有之的大情怀、大气度。他们夫妻之间是理解、信任和担当，他们有着共同的理想和信念，他们的小情感也升华到了对祖国深厚的大爱，他和她共同成为一个小家庭代表的"我"，为祖国而奉献的"我"，向祖国表白的"我"。较当下仅仅聚焦身边的小悲欢，并拿着小悲欢当全世界的所谓情感故事形成了鲜明的对照。

电影《我为你牺牲》还认真地探寻人类内心深处的精神世界，着力讴歌了最丰富、最感人的光辉人性。比如电影中对男女主人公之间情感的描写。女主人公克服身体残疾，带着孩子又照顾着公婆。有一次，她带着孩子八月十五来到了冰天雪地高原哨所要与孩子的爸爸相见，但是我们的英雄在山顶哨所坚守岗位，为不给守岗值守带来不便，他自己坚持在恶劣环境中加强警戒，他向妻子提出："你带着儿子趁中午太阳出来的时候站在山下，我站在山顶，在红旗下咱们招手相见就算相会了。"这是何等地感人！这种舍小我的牺牲，不就是人类精神世界最深处最闪光的吗？电影以纪实的手法把它再现了出来，难能可贵。

影片写了三个故事，代表了70余万武警战士，让人燃起对武警官兵的真诚敬意，这是影片最大的贡献。

2019-12-11

中国前行需要文学力量的推动

"新中国文学记忆"系列文章的刊发，是作为知识分子精神家园的《光明日报》在文艺宣传上的一次创新。

总结新中国文学 70 年成就，我们首先要把新中国文学的历史传统讲清楚，将我们的文化积淀讲清楚。我曾经跟随已故的朱寨先生研究中国当代文学思潮史，他说，新中国的文学史就是一部关于作家、作品，包括评论家的历史。因此，在新中国成立 70 周年之际，用 24 期、48 个版面对经典作品、经典作家进行宣传、再现、评价，并且把这些作品创作的时代氛围、历史条件和造成的巨大影响回顾一番，是极具历史感的、极好的纪念方式。

"新中国文学记忆"形象地展示了新中国发展历史上文学的推动力量——文学作为一种精神能源，推动着新中国不断前进，这超越了文学自身的意义，是整个新中国历史进程的科学总结。所以，"新中国文学记忆"值得在《光明日报》的历史上大书一笔，也应在新中国的新闻史上记上一笔。

"新中国文学记忆"也为我们知识分子的报纸提供了一条成功经验，今后每逢重大节庆都可精心策划推出这样的版面，相信也会产生这样的宣传效果。

说到新中国文学记忆也不应少了评论家，如何其芳、冯牧、朱寨……许多重要的作家、作品之所以能产生重大的影响，都来自评论家的推介，比如谌容、刘心武、蒋子龙。朱寨先生的一篇评《人到中年》的文章，确定了这部作品在中国新时期文学史上的地位；当年蒋子龙携《乔厂长上任记》来到北京时心情颇为紧张，冯牧先生在北沙滩2号主持召开会议，对《乔厂长上任记》进行讨论。我们应该有一个版面来介绍一些已经为历史和人民检验了的、有实力的文学评论家。

总之，看了"新中国文学记忆"的这些文章，我很兴奋，很振奋。确实如王蒙先生所说，这一系列文章增加了《光明日报》的亲和力——它是为作家和艺术家说话的，是团结我们知识分子的，是我们知识分子的精神家园。

2019-12-27

培根铸魂　守正创新

　　《绝境铸剑》这部重大革命历史题材电视剧的创作走出了一条有中国精神、中国风格、中国特色的健康繁荣的道路。这条电视剧创作所坚守的道路，归结起来符合习近平总书记提出的"培根铸魂"的宗旨，培中国共产党领导号召我们继承发扬的民族精神之根，铸实现中华民族伟大复兴的中国梦之魂。这条道路是守正创新的道路，守中华优秀传统文化之正，守中国共产党领导人民创造的革命文化、红色文化之正，守社会主义先进文化之正，在这个基础上进行创新。

　　这部剧在革命历史题材创作的历史上，它的创新意义是具有一个标志性的成果的，就是通过讲故事的方式把古田会议的精神审美化、艺术化到感染力更强的境界上去。其艺术价值是通过人物形象来塑造的。人物形象除了李化成、陈天佑，唐运龙这个人物也很重要，他的精神轨迹，是从一个带有痞气的人到革命队伍里来一步一步成为坚强而坚定的革命战士。包括吕臻这位女副政委，以及很多小人物的设计，比如林木根等。

　　要高度重视中国电视剧的发展，就要花力气去培养导向正确、有创造力、有战斗力、讲品质、讲骨气、讲筋骨的创作集体。加强党对文艺工作的领导就是两个尊重：第一，尊重文艺工作者。尊重文艺工作者就是尊重文艺家。第二，尊重艺术规律。这部《绝境铸剑》就是尊重了艺术规律。

2020-01-21

通过对人生的回顾培根铸魂

人生有很多第一次，把人生的各个"第一次"呈现在广大观众面前，无疑是一次对人生的回顾与反思。近日，由中央广播电视总台央视网出品，央视网视频中心与上海广播电视台纪录片中心联合制作的纪录片《人生第一次》上线。该片采用蹲守拍摄的方式，以出生、上学、长大、当兵、上班、进城、买房、结婚、退休、相守、养老、告别为主题，撷取不同人群一生当中最重要的12个"第一次"，串联起中国人平凡而又伟大的一生。

从第一次目睹孩子出生，到孩子第一次脱离父母怀抱，直至暮年与世界告别，在一生中，每个人都会有令人感动的瞬间。纪录片首次将镜头聚焦于每个人都无法回避的人生时刻，既是对生命的真实记录，也是一次对生命本源的温柔触摸。该纪录片网台联动的排播方式，以及关注普通人重要人生断面的独特视角，是一次对纪录片的全新探索，并因此散发出韵味深长的人文魅力。

诗歌可以带给孩子们什么体验？一群公益志愿者来到偏远的山区，开始教孩子们写诗。结果令所有人都大吃一惊。《人生第一次》第三集讲的是孩子们和诗歌的第一次亲密接触。作品中，一位孩子这样写道："我不会把风变色的秘密告诉你"。这诗句多么富有想象力，多么天真烂漫，同时又十分智慧甚至有几分狡黠。诗歌激励了孩子们的心智，培养了他们的想象力，拉近了他们与自然的和谐关系，增进了他们对社会的理解，而且调和了人与人之间的关系。在以前，这些关系对于孩子们来说只是一种不自觉的状态，但写诗的信念和诗的启蒙，令他们的智慧、情商和智商都达到一个新的高度，这种变化在他们以后成长的道路上将非常难能可贵。

通过纪实手法，纪录片不仅在人生哲理的意义上发人深思，对教育学也有所启迪，对诗学研究和文学培养也具有非常重要的启示意义。它绝不仅仅是几个小学生的长大，对观众的成长也有着积极的影响，让他们明白在今后的人生道路上应如何更和谐地处理人与文学艺术、人与自然社会、人与他人的关系，这样就能够潜移默化地提升民族素质，达到培根铸魂的目的。

《人生第一次》记录了新时代背景下中华民族普通百姓的真实生活，他们的光芒也在清晰可见的变化中得到了彰显。《进城》记录了云南曲靖的王银花从家乡到上海打工时的点滴故事和心理变化。在家乡时，王银花或许闪不出"金花"，但当她来到繁华的大城市上海，她眼睛里的光通过镜头和画面表达出来，那种发自内心的喜悦，真实而感人。

"让目光再广大一些、再深远一些，向着人类最先进的方面注目"，其中"广大"指的是空间感，"深远"讲的是时间感，要求文艺作品要有历史感，要向着人类最先进的方面走。当前中国电视文艺领域，过度娱乐化的内容尚多，人文含量丰厚的内容不够。中国的电视文艺需要走守正创新之路，具体的方法就是要追求作品的精神高度、文化内涵和艺术价值。优秀的电视文艺作品从来不是单一的纪实思维，而是必须以纪实思维为本，辅之以巧妙的审美思维，这样才能够有丰富的细节发现、生动的人物刻画，而只有把这两者相结合才会产生艺术价值。

好的作品要向着人类精神世界的深处去探寻，使其走向真善美，抛弃假恶丑。进一步来讲,如果这部作品能够把"人生第一次"的生动细节纳入到中华民族伟大复兴的历史潮流中进行哲学观察,使其具有一种自觉探寻深度和高度的创作思维,将会呈现出更好的效果。

2020-03-18

顶天立地 融会贯通 实现新的创造

习近平总书记在党的十九大报告中精辟指出："文化自信是一个国家、一个民族发展中更基本、更深沉、更持久的力量。"他还在中国文联十大、中国作协九大开幕式上，向广大文艺工作者发出了"坚持为人民服务、为社会主义服务，坚持百花齐放、百家争鸣，坚持创造性转化、创新性发展"的繁荣发展文艺的号召。将"创造性转化、创新性发展"（简称"两创"）与"以人民为中心的创作导向"和"二为"方向、"双百"方针并提，足见其重要性。因此，学习、领悟、践行"两创"方略，至关重要。

坚实基础：各美其美，美人之美

"两创"不可能从空而降。首先，必须弄清楚：实现"两创"的坚实基础何在？

"不忘本来"——表明了中华民族秉持的文化自信、文艺自信和历史意识。中华民族有着从未中断的 5000 多年的文明史，有着公元前 800 年至公元前 200 年人类文明"轴心时代"就出现的伟大思想家老子、孔子、孟子、墨子等诸子百家留下的哲思华章，有着诗经、楚辞、秦文、汉赋、唐诗、宋词、元曲、明清小说等各个时代独领风骚的优秀文艺传统，有着"讲求托物言志、寓理于情，讲求言简意赅、凝练节制，讲求形神兼备、意境深远，强调知、情、意、行相统一"的中华美学精神和艺以载道、怡情养心的中华美育传统，更有中国共产党领导人民创造的革命文艺和社会主义文艺传统……我们理应从历史纵向上充满自信地"各美其美"，学习继承好先辈为我们创造的丰富的文艺遗产。这正是实现"两创"的坚实基础之一。

且看五四新文化运动的旗手鲁迅先生，他的小说名篇《狂人日记》《阿Q正传》的"两创"成就，不正是与他深入学习研究撰写《中国小说史略》和《唐宋传奇》等"不忘本来"吸取的创作营养密切相关吗？应当看到，从毛泽东到习近平，都一脉相承地强调"从孔夫子到孙中山"都要继承，毛泽东在战争环境里强调"批判继承"，习近平在和平建设时期提出"扬弃继承"。我们既要反对数典忘祖，又要反对复古泥古，坚持历史唯物主义和辩证唯物主义，以客观、科学、礼敬的态度，在"不忘本来"中取其精华，弃其糟粕，扬弃继承，古为今用。

"吸收外来"——彰显了中华民族放眼世界、和而不同、有容乃大、兼收并蓄的胸怀与气度。我们尊重人类文艺的多样性。一花独放不是春，百花齐放春满园。构建人类命运共同体是历史发展的必然趋势，如同以文明交流超越文明隔阂、文明互鉴超越文明冲突、文明共存超越文明独尊一样，我们要以各国之间的文艺交流超越文艺隔阂、文艺互鉴超越文艺冲突、文艺共存超越文艺独尊。要深信，中国人民的文艺梦与各国人民的梦息息相通，互补生辉，交流促进繁荣，互鉴推动发展，共存才百花齐放。还是以鲁迅先生为榜样，他在文学、美术领域里"两创"的显赫实绩，不也与他力倡"美人之美"、介绍域外小说、研究世界版画并从中吸取创作营养密切相关吗？众所周知的巴金的小说名著《家》、曹禺的成名话剧《雷雨》，不都明显地标示着他们成功借鉴外国文艺名著的烙印吗？我们既要防止闭关锁国、夜郎自大的排外倾向，也要防止"以洋为尊""以洋为美""唯洋是从"的"西化"倾向，从而坚持鲁迅先生的"拿来主义"，辩证取舍，"美人之美"，见好就拿，为我所用。

中华文艺既是历史的，也是当代的；既是民族的，也是世界的。从时间观上看，我们要"不忘本来""各美其美"，坚守中华美学精神，彰显中华美学风范，传扬中华美育传统；从空间观上看，我们要"吸收外来""美人之美"，取人之长，补己之短。这样，我们的文艺才能既"立地"——深深扎根于脚下这块生于斯、长于斯的具有悠久优秀文艺传统的中华大地，接住地气、增加底气、灌注生气；又"顶天"——高瞻远瞩地把天下各国的优秀艺术尽收眼底，学习借鉴，从而为不断实现"两创"奠定坚实的基础，在世界文艺的交流互鉴中繁荣发展中国特色社会主义文艺。

实践路径：同当代中国文化相适应，同现代社会相协调

"不忘本来"和"吸收外来"都是为了"面向未来"，实现当代文艺的创造性转化、创新性发展。那么，这种"转化"与"发展"的正确路径何在呢？

习近平总书记深刻阐明了实现"两创"的实践路径："要加强对中华优秀传统文化的挖掘和阐发，使中华民族最基本的文化基因同当代中国文化相适应、同现代社会相协调，把跨越时空、超越国界、富有永恒魅力、具有当代价值的文化精神弘扬起来，激活其内在的强大生命力，让中华文化同各国人民创造的多彩文化一道，为人类提供正确精神指引。"文艺乃文化的重要组成部分，文化如是，文艺亦然。文化包括文艺实现"两创"的实践路径，便是"同当代中国文化相适应、同现代社会相协调"。这"两相"也正是中国特色社会主义文化包括文艺实现"两创"的鲜明的实践品格。

"同当代中国文化相适应"——无论是"不忘本来"的时间纵向上的中华优秀传统文艺，还是"吸收外来"空间横向上外国的优秀文艺，都要适应当代中国文化，即做到与当代中国的时情国情相适应。文化是人的生存状态，文艺是人以审美方式把握世界的创造。当代中国文化，即以中国共产党领导人民创造的革命文化、社会主义先进文化为主流的文化。要"转化"、要"发展"，实践路径必须当代化、中国化。再好的"古经""洋经"，倘不与当代中国文化相适应，都只能食古不化、食洋不化，都只能束之高阁，装点门面，何谈"转化"与"发展"？芭蕾舞这种艺术形式从外国传来，中央芭蕾舞团的艺术家们，不正是完美地将其同当代中国文化相适应，千锤百炼地实现创造性转化、创新性发展，才造就了享誉全球、久演不衰的当代化、中国化的芭蕾舞经典作品《红色娘子军》吗？实际上，一部马克思主义基本原理与中国革命具体实践相结合的历史，也就是一部"吸收外来"的马克思主义当代化、中国化的历史。

"同现代社会相协调"——现代社会已发生了百年未有之大变局，当今世界是开放的世界。经济全球化、政治多极化、文化多样化的信息化社会已经呈现。构建人类命运共同体的呼声越来越高。在我国，不仅文艺的服务对象、工作方式、机制手段出现了许多新情况、新特点，而且文艺创作生产的队伍、格局和人民群众多样化的审美需求也发生了很大变化，文艺作品的传播方式和接受方式都发生了很大变化。因此，"同现代社会相协调"就是要与时俱进地与这些已经变化和正在变化的新形势相协调，要紧跟时代，调查研究，深化改革，完善政策，健全体制，在"协调"上多下功夫。这样，才能为实现"两创"开拓道路，营造良好氛围。近几年来，在繁荣发展中华戏曲艺术中运用现代传播手段实施的"京剧音配像工程""京剧像音像工程"和"京剧电影工程"，便是实践"同现代社会相协调"实现"创造性转化、创新性发展"的成功范例。

理想境界：美美与共，融会贯通

"两创"要达到的理想境界是什么呢？

习近平总书记殷切期望："我们强调弘扬社会主义核心价值观，继承和发扬中华民族优秀传统文化，坚持和弘扬中国精神，并不排斥学习借鉴世界优秀文化成果。我们社会主义文艺要繁荣发展起来，必须认真学习借鉴世界各国人民创造的优秀文艺。只有坚持洋为中用、开拓创新，做到中西合璧、融会贯通，我国文艺才能更好地发展繁荣起来。"可见，"两创"要达到的理想境界是古为今用、洋为中用、中西合璧、融会贯通——通向"美美与共、天下大同"。

要实现"两创"通向理想境界，首要的是要在哲学层面的创作思维上摒弃那种二元对立、非此即彼、好走极端的片面单向思维——要么复古、要么非古，或要么西化、要么排外，而代之以把握两端、关注中间、兼容整合的全面辩证思维——坚持古为今用、洋为中用、中西合璧、融会贯通。哲学通，一通百通。创作思维只有在哲学层面真正实现了这一变革，才能奔向美美与共的理想境界。"与共"的过程，就是交融、整合、贯通、转化、创新的过程。

北京大学年近百岁的著名哲学家张世英先生认为，中西各有所长亦各有所短，完全可以交流互鉴，互补生辉，而不应简单地二元对立、是此非彼。如我们以中华哲学"天人合一"之有利于和谐人与人、人与社会、人与自然关系之长，去补西方哲学"主客二分"在这方面之短；又以西方哲学"主客二分"注重培养人的主体能动性和创造力之长，补中华哲学在注重人的个性和创造力培养上不足的短板；彼此整合，交流互鉴，共铸适应构建人类命运共同体所需的二十一世纪人类新哲学，有何不可？哲学如此，美学亦然。

如果做到上述这些，我们就能坚持不忘本来、吸收外来、面向未来，在继承中转化，在借鉴中超越，在与共中转化。大胆探索，守正创新，在提高原创力上下功夫，在拓展题材、内容、形式、手法上下功夫，推动观念与手段相结合、内容与形式相融合、艺术要素与高新技术相辉映，从而创作出既"各美其美"、体现中华美学精髓、彰显中华审美风范、传播中国精神，又"美美与共"、符合世界进步艺术审美潮流的优秀作品，让中国文艺以鲜明的中国特色、中国精神、中国风格、中国气派屹立于世。

2020-07-15

人心　诗意　爱情
——观诗韵越剧《凤凰台》

有幸先睹由罗周编剧、翁国生导演、南京越剧院李晓旭领衔主演的诗韵越剧《凤凰台》，眼界大开，感悟颇深。这是一台以诗仙李白为题材的具有较高文化品位、文学蕴涵、戏剧品质的守正创新的诗韵越剧，是一台再经过精心打磨便可望立得住、传得开、留得下的精品力作。

表现李白的文艺作品我见过不少，但《凤凰台》的视角独特。全剧聚焦于"凤凰台"，"凤凰台上凤凰游，凤去台空江自流"。神游于凤凰台的大诗人李白与玉真公主、宗小玉两位钟情于诗的圣洁女性演出了一幕催人泪下、启人心智的人生悲剧。在这里，凤凰台是实地名，更是一种象征，是人心、诗意、爱情的精神领地，是全戏营造的一种高远的人生境界和审美意象。

李晓旭塑造的李白形象，奔放激昂又心事重重，颇具中国优秀传统文人的典型文化心态。第一折《追舟》，他酒醉江边闻音，"解我紫绮裘，换君钓鱼船"，与诗友孟浩然追管乐美声，邂逅美人玉真于凤凰台。于是，两心相通，一见钟情，李白是"此身恨不为秋风，吹起翩跹妙宫商"，玉真是"恨不此身为山月，来照诗人锦绣肠"。天公作美，那就该喜结良缘吧？否！此时的李白，青春豪气，仕途心切。

长安赶考是头等大事、压倒一切。于是乎，他"顾不得流连芳草，撇漾了管乐笙箫。辜负这月明花好，辞别尽酒友诗交"，下决心"一卷书、三尺剑，走马扬鞭长安道"，立志要"归来时，璧玉轩、赤金印，小儿争看锦衣袍"。他发誓"待小生腾达之日，定返金陵相寻姐姐"！这是典型的传统文人的仕途心态。纵然诗心荡漾，才高八斗，此种"仕途情结"，终究注定悲剧。

第二折《再别》，之后，执着追求爱情的玉真又与李白相会于终南山。两人喜之不尽，都有"一日不见似三岁，一岁不见心未单"之通感，一个是"只为三百六十日，夜夜君诗伴我弦"，一个是"只为三百六十日，卿弦夜夜绕毫端"；一边是"先生之言，尽入我耳"，另一边是"姐姐之语，铭在我心"。这次总该续旧缘了吧？再否！由于高力士的插入，拆穿了玉真的九公主身份，这一下惊慌了李白。他本来还对玉真说："姐姐若识天子面，为我雾里指西东。姐姐不识天子面，我再不枯等成空。"现在知晓了公主身份，潜藏在心灵深处传统文人的尊卑、清高、自恃等心态又冒出来作怪了——他先是惊诧之余，对公主道："小生与你，有尊卑之分、天壤之别 不动真情，尚可敷衍；若动了真情，不去而何！不去而何？"一叹一问，是非去不可了！接着又是说为他安排的那"位儿"乃是靠当年公主赏识拍马而当上头名状元的"王维坐过的"，他不屑坐。当然"再别"就是必须的了！

还是玉真公主把他看得透，说他并非如高力士所言是吃"飞醋"，而是有气节，是"刺儿头、一根筋"，"他是怕世人，将他疑作王维"，这真叫人"恼煞，爱煞"。两折戏，把李白文人心态的矛盾性、把他精神世界深处的人性复杂性，刻画得入木三分、惟妙惟肖，令人深长思之。李晓旭反串饰李白，大约由于男女间审美的距离感，令她对李白这种极具典型性的文人心态体味独到深刻，表演萧洒有度，令人称道。

《凤凰台》人物形象塑造的另一突出成就，是玉真公主和宗小玉两位圣洁女性形象的美学价值。与常见的一男二女三角恋争风吃醋迥异，这两位女性形象充分体现了中华民族杰出女性对人生、对爱情的高尚诗意追求和圣洁的人格境界。玉真爱李白，诗是媒介，她读李白之诗，"一篇一篇、一行一行、一字一字，我皆手书百回……心咏千遍"，故"朝夕思之，但求一见。今日邂逅，实三生之幸"。男女两性之爱，最高最圣洁的境界便是精神志趣的一致性，即诗意诗趣的一致性。

第三折《断水》中，凤凰台上，李白与宗小玉因诗结缘，成婚典礼上，玉真不请而至。出人意料的是，她不是来抢婚的，而是来辞别的——安史之乱发生了，叛军迫近东都，她要"与社稷共存亡"，远行助君。如此报国情怀，"丈夫诚可羞"！而当她洞悉李白要娶的妻子宗小玉情生于读李白挥毫题于凤凰台照壁诗："尝闻秦帝女，传得凤凰声。是日逢仙子，当时别有情。"她见照壁之诗，心灵共振，泪下潸然。遂日日来此，摩挲诗痕。而闻听此壁将毁，情志难忍，遂不惜以千金代价，买下此壁。为偿千金，她"身是伶仃寒门女，借贷订下十年期"，靠"日日手不辍针黹，夜夜绣到闻鸡声"，终在二十年后与漂泊半生的李白结成连理。这是何等高尚圣洁的爱情啊！尽管这些都是靠叙事交代出来的，但其情其志，可感天动地！更陶冶净化人心境的，是第三折《断水》后的《楔子—叩宫》一场。李白错投永王，犯了"路线错误"，被连坐入狱待斩，宗小玉喊冤叩宫，求助于玉真公主。这场戏，饰宗小玉的青年演员冯悦唱做俱佳，颇见功夫，她唱得走心，水袖传情，较好地塑造了这位奇女子形象。

全剧的高潮在第四折《歌月》。李白获赦出狱，与宗氏相约于凤凰台，不料来的却是玉真公主。原来，宗氏留言：解救李白，"非妾之功，实公主之力"，自己已看破红尘，决计出家修身，但愿李白与公主共度余生。李白闻言，悲痛至极："辜负公主情欲碎，又负我妻泪雨风……思之千惭复万愧，羞煞丈夫此心亏。"公主答道："宗氏洞达，我亦不愚……岂你亏欠我等，实是我等受君恩重，无以为报。"原来，公主与宗氏，皆有坎坷人生，前者年幼就被祖母武则天以三尺白绫赐死亲母，后者景龙年间三度拜相的祖父宗楚客被扣上"谋逆之罪"，全家百口男丁枭首、妇孺为奴。她们都是"遍体鳞伤半为鬼，幸遇先生救娥眉"，是读了李白的《行路难》《将进酒》《长相思》《乌夜啼》《梁甫吟》《长干行》《静夜思》……才令"此身浸淫诗中味，始信红尘未成灰。思之千悲转万喜，愿化翰墨永相追！"这，不仅彰显了李白诗歌的历史价值、人生价值和美学价值，而且显示出中华女性高远圣洁的精神境界。

作为一台守正创新的诗韵越剧，《凤凰台》的人心、诗意、爱情的审美表达，是可圈可点的。无疑，这部作品对于提升戏曲演员的文学修养、诗意追求和人格修炼，对于提升戏曲观众的戏曲知识、鉴赏水平和怡情养性，都具有宝贵的示范意义。于越剧，笔者是外行，最多算个爱好者。斗胆进言，在"凤凰台"的整体意象营造上，似乎尚有审美创造的升腾空间；集体歌舞营造舞台氛围要适度，切忌以此冲淡乃至取消戏曲程式表演的作用；唱段文学性强，词美意达，但略嫌过满，空灵不足，核心经典唱段的形成还有待时日。不知以为然否？

2020-09-20

人民需要为时代明德的好作品

——评电视剧《最美逆行者》

中国电视剧创作的优秀历史传统和审美优势之一，便是与时代共呼吸、与人民共命运，迅疾地在荧屏上为时代画像、为时代立传、为时代明德。中央广播电视总台出品的首部抗疫题材电视系列剧《最美逆行者》就是这样一部为时代明德的力作。《最美逆行者》通过荧屏和网络的传播，再现了党和政府领导全国人民众志成城抗击疫情伟大实践的人间奇迹。正如106岁的老革命、老作家马识途抗疫新词《菩萨蛮》中所言："战妖孽，中华儿女不畏怯。不畏怯，全民动员，鏖斗不歇……"

《最美逆行者》14集由7个相对独立而又彼此关联的故事集锦而成，都采自悲壮的抗疫现实生活，且人物大都依据原型加工，全剧总体洋溢着"真实、鲜活、温暖、奋进"的现实主义精神。这些典型事件或真实人物，通过审美化艺术化加工，让观众真真切切感受到伟大的抗疫精神，并从中或多或少照见自己的影子，升华自己的精神境界。

首先，从主题表现来看，《最美逆行者》虽然每个单元剧的题材不同，有援鄂医疗队、夫妻医生、婆媳关系、货车司机、志愿者、社区工作者、方舱医院等，其叙事表现自然各有侧重，但开篇从"封城"

写起，营造情势氛围，接着聚焦于一个家庭的"婆媳之争"，再延伸到众多家庭组成的"幸福社区"，进而扩展到援鄂医疗队和方舱医院，都指向一个共同的主题：那就是在这场灾难面前，各行各业的人们，在党的领导下，不畏艰险，不计较个人利益，全力以赴地投入到抗疫斗争之中，无私奉献。

其次，从情感叙事层面来看，每个单元剧对人物情感素材多有开掘，讴歌了抗疫情势下的人间真情与人性美好。《最美逆行者》多有关于家国背景下家庭伦理及其情感的故事叙述。第二单元剧《别来，无恙》是讲述夫妻共同抗疫的故事，夫妻并肩战斗，互相激励，互相爱护，相濡以沫，情深意切。《婆媳战疫》从婆媳之间的矛盾开始，抓住一场家庭伦理纷争，不断强化家庭情感"藩篱"，最后随着婆媳和解、同心协力一起抗疫落幕，感人至深。这部系列剧还表现了战友深情、幸存者报恩、志愿者与受助者心灵相通等情感故事。《最美逆行者》以真情带动叙事进程，往往在水到渠成时，营造情感爆点，激发受众的精神共鸣。

再次，从时空叙事的角度来看，《最美逆行者》全剧在时间上展现了从疫情暴发、武汉"封城"、全国医疗队援鄂、方舱医院建设、救治病人直到武汉疫情被控制的全过程；在空间上，涵括了医院、社区、家里、路途、方舱等重要的抗疫场景。通过宏大背景下的时空叙事，对原型人物或新闻事件进行了颇具纪实主义风格的现实主义审美创作，令观众在观剧审美体验的同时，也激发起寻找新闻原型的阅读感动。

作为一部由短篇集锦而成、靠内在联系表达一个共同主题的14集电视系列剧，《最美逆行者》在中国特色电视剧创作美学上还做出了一个贡献，那便是给短篇电视剧的复苏探寻了一条新路，呈现出勃勃生机。

毋庸讳言，面对市场经济，由于广告效应，电视剧越拍越长，短篇几乎销声匿迹。这是建构电视剧美学的一大憾事，也是满足人民群众多样化审美需求的一大空白。且喜，《最美逆行者》的横空出世，让我们看到了短篇电视剧重现辉煌的生机。我要为中央广播电视总台在如此短暂的时间里策划、组织并全资投拍了首部抗疫电视系列剧叫好！这是央视坚持追求作品的精神高度、文化内涵、艺术价值和坚持以人民为中心的创作导向结出的硕果，也是他们追求原创、制作精品的一份亮丽答卷。

当然，由于时间仓促，在人物刻画的精准度和一些细节的处理上还有进一步提升的空间，但瑕不掩瑜，这仍然是一部难得的为时代明德的好作品。

诚其意，正其心，方能修身、齐家、治国、平天下！观众欢迎和需要这样真诚讴歌最美逆行者的现实主义作品。我们期待更多这样的作品出现！

2020-10-01

真正大写的"京剧人"

那日晨起，从微信上惊悉我所敬重的京剧人谭元寿先生仙逝，不胜悲痛。我简直不敢相信，这位活在广大观众心中的京剧人，竟驾鹤西去了！

就在国庆、中秋两节期间，我还从微信的"京剧直播"中调出几年前的"中秋京剧名家演唱会"，聆听他在《定军山》和《沙家浜》中塑造老黄忠和郭建光的经典唱段，仍是那么老当益壮，那么神采奕奕！怎么就远行了呢？

想起大约 12 年前的一天早晨，我正在家中阅报，电话铃响了，电话里传来一位老人字字顿挫而有力的声音："你是仲呈祥同志吧，我是谭元寿！"我一听，顿时站立起来，肃然起敬，激动地答道："是。请问您老人家有何吩咐？"

我实在太惊喜了，我久仰而未能当面求教的京剧名家谭元寿老人，居然亲自打电话给我！老人告诉我，他今年 80 岁了，从艺整整 70 个春秋了，全国政协京昆室要为此开个座谈会，请我务必参加。我惶恐不已，自己乃一普通戏迷，何德何能，居然让老人家亲自电话相邀！却之不恭，只能遵命，珍惜这次千载难逢的学习机会。

是日，我着正装一早赶到政协会议室。只见时任全国政协领导的同志来了，时任国务院领导的同志来了，还有中宣部、文化部的领导也来了，更有梅葆玖、叶少兰、李世济等许多京剧名家。记得，谭元寿先生开场白言简意赅，可谓德艺双馨，只是说他一生挚爱京剧艺术，终身为谭派艺术承前启后、固元创新奋斗，自己绝非大师，只有梅兰芳、谭鑫培、谭富英、马连良等才堪称大师！谭先生的谦逊令人感动。接着，梅葆玖代表梅家，叶少兰代表叶家，相继发表了情深意长的讲话，对谭派艺术和谭元寿先生给予了高度评价。中国京剧发展史上重要的三大流派世家交流承前启后、固元创新方面的经验，座谈会开得有情意更有学术。后面便是我这个自命为"观众代表"的戏迷"门外论谭"。

我以为，自谭鑫培始，中经谭小培、谭富英、谭元寿、谭孝曾，至如今谭正岩，代代相传，与时俱进，固元创新，令京剧谭派艺术不断发扬光大，在中国戏曲史上，乃至在整个人类戏曲史上，这实在是独一无二的奇观。谭氏门中，薪火相传，戏比天大，心无旁骛，造就了"无生不学谭"的京剧谭派艺术。这是一个在中国京剧史上占有重要地位、具有重要价值的立得住、传得开、留得下的流派艺术。其一，谭派上有承传，接续出余（叔岩）派；其二，谭派不断产生代表性艺术家及其代表性经典作品，从谭鑫培到谭富英，从谭元寿到年轻的谭正岩，从《定军山》到《沙家浜》，家喻户晓，有口皆碑；其三，谭派艺术后继有人，代代相传，可望长期流传；其四，谭派艺术拥有众多的观众，票友戏迷亦一代传一代，是流派能够固元创新的坚实社会基础；其五，谭派艺术早已引起戏曲理论家的密切关注，他们从谭派艺术丰富厚实的实践中总结出对中国京剧乃至中国戏曲艺术的独特价值和美学贡献。而这五点，谭元寿先生实实在在地起到了承前启后的关键作用。

出我所料，我的这番肺腑之言，竟得到与会者的共鸣和赞许，谭老先生握着我的手不住点头。我与其子谭孝曾是同届政协委员，曾一起随政协京昆室赴各省考察戏曲工作，交谊甚深。他私下对我说："你是老爷子点名邀的，你没白来！"是的，我之所以更愿意称颂谭元寿先生为"京剧人",不仅因为他自己多次表示不喜欢别人称他为"大师",而且因为在我看来,他是一位地地道道为京剧而生、为京剧而活、把生命与京剧融为一体的真正大写的"京剧人"!这是至高无上的荣耀。

先生远行,山高水长!祈祷谭老先生英灵安息。

2020-10-16

致敬伟大的科学家精神

——评话剧《今夜星辰》

　　由安徽省委宣传部、安徽演艺集团出品，安徽省话剧院创作排演的大型话剧《今夜星辰》日前在安徽大剧院演出。该剧围绕"两弹一星"元勋郭永怀及妻子李佩的生平事迹，讲述了两人深厚的家国情怀，歌颂了老一辈科学家爱国奉献、求实创新、团结协作、培育人才的精神。深入挖掘了中国科技强国建设背后的精神逻辑，为科学家精神的艺术表达提供了新经验。

　　《今夜星辰》在人物塑造上注重体现科学家学问与人格的融合，剧情通过对主人公具象化的过程来舒展历史画卷、揭示英雄事迹、传承科学品德，深刻反映了"科学成就离不开精神支撑"的重要思想。开篇第一场以郭永怀与李佩在康奈尔大学的对话，映射出两人求学之路与国家需求的紧密结合，郭永怀目睹家乡被日本飞机轰炸愤而从光学转向流体力学和数学，李佩经历工作人员因语言不通遗失抗战物资坚决从经济学转学外国语言学。两人的人生抉择体现出科学家胸怀祖国、服务人民的爱国情怀。自第二场起，核弹、导弹和人造卫星三项工程徐徐展开，在中国科学院力学研究所的场景中，郭永怀在一无图纸、二无资料、三无经验的情况下临危受命，成为唯一参与"两弹一星"全部计划的科研人员，彰显出科学家勇攀高峰、敢为人先的创新精神。在青海发射基地的场景中，郭永怀用放大镜找出弹头衔接部位一根五毫米长的小白毛，避免了发射事故，反映出科学家一丝不苟、追求真理、严谨治学的求实精神。在西北核试验基地的场景中，郭永怀隐姓埋名，一待就是三年，与钱三强、邓稼先、王淦昌、彭恒武等一起攻坚克难，直至我国第一颗原子弹爆炸成功，深刻体现了科学家淡泊名利、潜心研究的奉献精神与集智攻关、团结协作的协同精神。在中国科学技术大学物理化学系的场景中，郭永怀为学生陈一楠入读研究生勇当伯乐，表现出科学家甘为人梯、奖掖后学的育人精神。通过一次次对话、一幕幕场景将科学家精神熔铸于人物塑造和场景叙事中，用戏剧化的表现手法多角度、全方位阐释了伟大的科学家精神。

　　《今夜星辰》在叙事结构上创造性地构建出现实和历史两个时空，以此实现双线并举、相互交融的立体化叙事。采用倒叙手法，通过李佩的回忆讲述郭永怀的成长经历、性格特征、精神品质，并以关键物品作为串联时空和情感的"符号"，从而将亲情与大爱、个人价值与民族复兴统一到一起。一张三口之家的照片，连接起郭永怀在美国成立小家时的幸福、赴西北与妻女分别时的不舍以及郭永怀牺牲后家人对他的思念。一封钱学森写给郭永怀的信，"今天是你和李佩踏上祖国土地的头一天，我们拼命地欢迎你！"将科学家的爱国情、战友情展现得淋漓尽致。一曲送别时郭芹演奏的《红灯记》，凸显了"我爹爹像松柏意志坚强"，随之而起的芭蕾更预示着郭永怀将用智慧和生命在戈壁大漠起舞，此时舞台以灯光分区，将两边郭芹拉手风琴、乔晶晶跳芭蕾和中间郭永怀、李佩、陈一楠等人火车站分别的场景同时展现，意境高远。一件棕色牛皮公文包，不仅作为李佩"补"给郭永怀的新婚礼物，陪伴他科研、教学，更在郭永怀人生的最后时刻保护了绝密文件，成为他留给家人、留给"两弹一星"未竟科学事业的"最珍贵的遗物"。《今夜星辰》从细节出发，在场景搭建、区域划分、场面调度上独具匠心，托物言志，寓理于情，以新颖的艺术形式将科技强国时代背景下的夫妻情、父女情、战友情、师生情与爱国情完美统一。

一代人有一代人的奋斗，一个时代有一个时代的担当，新时代需要更多郭永怀这样胸怀祖国、服务人民的科研工作者，这也是该剧的现实意义。《今夜星辰》以跌宕起伏的剧情再现了"两弹一星"的峥嵘岁月，突出了老一辈科学家在民族危难时刻的担当，致敬了伟大的科学家精神，是一部集精神高度、文化内涵和艺术价值为一体的佳作。

本文系与博士林玉箫合作

2020-11-15

尊重艺术规律　壮大主流声音

《山海情》的成功昭示了我们党领导文艺实现题材资源的最佳配置和创作生产力诸因素编、导、演、摄、录、美、音人才的优化组合的成功之道。《山海情》实现了扶贫题材乃至新农村建设题材的新呈现。它有独到的艺术眼光、深入的内容开掘，不仅表现了"扶贫先扶志"的精神，也呈现了教育扶贫、科技扶贫以及两省联合扶贫等内容。这部剧虽然只有23集的体量，却以不大的篇幅写出了厚重的文化内涵，兼具精神高度和艺术价值。

最近电视荧屏上刮起了一股现实主义创作风潮。从《装台》《大江大河2》到《山海情》，它们反复验证了一条真理，即现实主义创作具有经久不衰的生命力和感染力。这里所说的现实主义不仅是一种创作方法，更是一种创作精神。现实主义文艺作品措写现实生活，越浓郁越好。这就要求创作者尊重艺术规律，从现实出发，不渲染苦难，不回避艰难险阻，也不美饰生活，而是直面人生，开拓未来，给人带来光明和希望。《山海情》很好地执行了这条创作理念，为相关影视创作积累了宝贵的创作经验。

任何一部作品，哪怕是再优秀的作品播出之后，网上总会有些不同的声音。文艺评论的作用就是引导创作、推出精品、提高审美、引领风尚。所以，我们要理直气壮地壮大主流声音，科学、正确、全面地引导艺术评论。主流评论的声音一定要强，压住那些杂音，为创作营造一个良好的生态环境。

2021-01-29

汲传统之神，以童心再现英雄

——评儿童京剧《少年英雄王二小》

　　抗日英雄王二小的事迹就诞生在燕赵大地这片热土上。年仅九岁的放牛娃王二小，为了掩护乡亲和战士，假借带路将敌人引入八路军设下的埋伏圈，最终在敌人的屠刀下献出幼小生命。"牛儿还在山坡吃草，放牛的却不知哪儿去了……"这首《歌唱二小放牛郎》，以悠扬动听的旋律、深情质朴的歌词将王二小的故事传颂至今，激荡起数代人深植内心的红色记忆。

　　在中国，抗日英雄王二小的事迹家传户诵、无人不晓，以其为代表的诸多红色经典故事中所蕴含的伦理道德、革命精神、家国情怀等精神范式，是中华民族应予继承发扬的优秀文化基因和美学精神。元代作家高明曾提出"不关风化体，纵好也徒然"的艺术创作思想，扎根民间的中国戏曲作为中华民族审美地把握世界的独特方式，自然也就成为表现和传承中华优秀传统文化的重要载体。由河北省京剧艺术研究院与河北戏曲艺术职业学院联合打造，杨舒棠、杨斌编剧，翁国生执导、优秀青年演员于静领衔主演的儿童京剧《少年英雄王二小》应运而生。该剧在题材选择和艺术把握上，充分彰显出创作者的文化自觉与自信，通过全新的艺术视角、戏曲化的演绎方式，生动传神地再现了少年英雄王二小的动人事迹，以寓教于戏、寓教于乐的美育方式，传承红色经典、弘扬革命精神。

　　儿童京剧作为一种独特的题材样式，在当今戏曲演出市场中并不多见，其所面向的受众主体为广大青少年以及儿童群体。须知，传承弘扬中国京剧，不仅需要培养一批如饰演王二小的于静一样的优秀青年演员和少年儿童演员群体，而且需要培养一代代从小热爱京剧艺术的少年儿童观众群体。因此，《少年英雄王二小》这部儿童京剧在拓展戏曲市场、培养青少儿观众层面有着极为深远的意义。京剧艺术的传承与发展关键在人，要从娃娃抓起，不仅培养表演人才，同时培养戏迷观众，实现观演两端的"人"的培育。它再次启示我们：应当重视发展儿童京剧这种不可或缺的艺术品种。

　　一部优秀的儿童京剧，除了拥有好的题材和立意，更要在审美情趣与风格样式上注重童心、童情、童趣，讲究好听、好看、好玩，以新颖的艺术的形式吸引儿童的欣赏。《少年英雄王二小》在创作中遵循儿童京剧的独特规律，将活泼灵动、充满童趣的表现手法镶嵌在厚重的革命题材当中，结合京剧审美表现优势，形象化、艺术化地再塑了英雄王二小的形象。编剧在结构故事和事件时，充分考虑儿童的思维接受模式，有意识地融入通俗、活泼的语言风格，并在剧中穿插了朗朗上口、好听好记的歌谣以及儿童喜闻乐见的游戏。主人公王二小的角色行当集京剧短打武生、娃娃生于一身，娃娃生特有的声腔表现形式稚气自然、充满童真，尤其符合儿童观众的审美接受心理。舞台上，那头以拟人化方式呈现的花牛形象也使儿童观众眼前一亮，作为始终伴随在王二小童年成长经历中的好伙伴，彼此形影不离、心心相印，两者的亲密交融体现了人与自然、与动物的和谐统一，也是对王二小幼小心灵所憧憬的中华优秀传统文化"天人合一"的情致抒写，尤其在面对敌人入侵时，花牛与王二小团结一致、共同御敌，更为全剧增添了几许革命的浪漫主义色彩。出现在王二小梦境中的哪吒同样作为一种意象化表达，以其深刻的文化内涵支撑着王二小精神境界的升华。编剧独具匠心地将哪吒设定为王二小的精神偶像，在王二小与敌人疲惫周旋的危难时刻，昏梦中哪吒形象的显现，瞬间激发了他内心的英雄主义情结，为其后续的舍生取义之举做出精神资源的铺陈；与此同时，现实中的少年英雄王二小与神话里的英雄哪吒在同一舞台的隔空对话，超时空的处理手法也进一步丰富了青少儿观众的艺术想象力。

该剧导演翁国生在众多戏曲舞台剧目的执导实践中，确立了其鲜明的本体化、歌舞化、意象化风格，坐科武生的翁国生尤其注重京剧武戏技巧的强化与运用，通过程式技巧在剧情表演中的合理转化，为人物形象熔铸多元色彩和鲜活的生命力。他将京剧《乾元山》中哪吒的武打技巧，有机融入王二小的角色塑造当中，饰演王二小的青年演员于静在"梦境"一场，分别展示了舞枪、舞圈以及各种翻、扑、跌、打等高难度技巧，在凸显演员深厚艺术功底的同时，也使技巧和角色塑造相得益彰，由此实现了戏与技、情与理、形与神的和谐统一。

本文系与博士李华裔合作

2021-05-16

为人民立传 为历史画像 为时代明德

一

从 1905 年问世的黑白无声电影《定军山》算起，中国电影已有 116 年的历史了；从 1958 年的直播电视剧《一口菜饼子》算起，中国电视剧也有 63 年的历史了。建党百年之际，回顾我国影视发展历程，我们更加深刻地认识到，影视工作必须坚持党的领导，更好地以艺术审美形式反映生活、服务人民，广大影视工作者必须自觉地担负起为人民立传、为历史画像、为时代明德的培根铸魂的神圣使命。

先说电影，中国电影开始为世人所瞩目，应是二十世纪三十至四十年代以《一江春水向东流》《马路天使》等一批现实主义力作为代表的电影。第二次高峰，应是新中国成立十周年前后问世的《青春之歌》《早春二月》《林则徐》等一批思想性艺术性俱佳的人民电影作品。第三次高峰，应当是改革开放以来伴随着思想解放应运而生的《人生》《天云山传奇》《牧马人》《巴山夜雨》《开天辟地》《开国大典》等现实主义特色浓郁的精品力作。第四次高峰，是党的十八大以来，广大电影工作者学习、领悟、践行习近平总书记关于文艺工作的一系列重要指示精神，尤其是在文艺工作座谈会上的重要讲话和在中国文联十大、中国作协九大开幕式上的重要讲话，向人民奉献的《周恩来的四个昼夜》《血战湘江》《我和我的祖国》等一批思想精深、艺术精湛、制作精良的优秀电影。

而年过花甲的中国电视剧，真正的迅猛发展是改革开放以来。比如，从《渴望》《编辑部的故事》《北京人在纽约》到《我爱我家》《正阳门下》形成的京派电视剧，从《上海一家人》《十六岁的花季》到《儿女情长》《长恨歌》为代表的海派电视剧，从《大槐树》到《乔家大院》《走西口》组成的晋派电视剧，从《雪野》《努尔哈赤》《东北抗日联军》到《篱笆·女人和狗》《辘轳·女人和井》刮起的"东北风"电视剧……这些高扬地方题材资源优势、极富地域文化特色的电视剧走向全国、百花齐放，蹚出一条具有中国风格、中国气派的中国电视剧创作正道。当然，在这条有中国特色的影视发展道路上，我们也放眼世界，以包容的心态学习借鉴国外的适合我国国情的有用经验，做到既"各美其美"，又"美人之美"，并努力实现"美美与共"。

二

有了坚守中国特色社会主义影视艺术发展的道路自信，就能在党的领导下发挥我们的制度优势，集中力量办好大事。在庆祝中国共产党成立 100 周年的作品中，电视剧《跨过鸭绿江》剧组在抗疫的特殊时期高质量地拍摄出全景式的史诗作品，就雄辩地证实了这一点。首先，这部作品充分发挥制度优势，调集了一流的党史专家、军史专家和电视剧艺术家，从世界大局势中对抗美援朝这一重大历史题材所蕴含的"立国之战"的精神高度和文化内涵进行了深入开掘，保证了这部作品在主题立意的高度上和精神意蕴的深度上都超越了过去的同类题材电视剧。其次，充分发挥制度优势，实现了编剧、导演、演员、摄像、录音、美术、音乐、服装等一流人才的优化组合，从而确保做到"有思想的艺术与有艺术的思想"和谐统一。这次出色的艺术实践与电影《我和我的祖国》《守岛人》和电视剧《理想照耀中国》的成功经验，都为新时代党领导文艺发展，尊重艺术规律，实现题材资源的最佳配置和创作生产力诸因素的优化组合，提供了新鲜经验。

三

中国特色影视艺术创作具有鲜明的理论优势和实践优势，这便是坚持与时俱进的中国化的马克思主义历史观美学观指导的优势，是始终坚持以人民为中心的人民文艺的实践优势。

人民既是中国影视艺术表现的主角，也是中国影视艺术鉴赏的主人。党的十八大以来，习近平总书记反复强调，"文艺创作要以扎根本土、深植时代为基础，提高作品的精神高度、文化内涵、艺术价值"。在银幕上为人民立传、为英雄立传，是中国影视艺术的神圣天职。英雄是人民杰出的代表，是时代的精神标识。从《我们村里的年轻人》这样的普通平凡的创业者，到《英雄儿女》里叱咤风云的战斗英雄，从钱学森、邓稼先到焦裕禄、杨善洲、王继才，再到李保国、袁隆平……都有影视剧为之传神写貌、树碑立传，成为亿万观众培中华民族精神之根、铸中华民族伟大复兴中国梦之魂的形象教材。

四

为历史画像、为重大革命历史存像，是中国影视艺术的重大使命。可以说，从古典神话到四大名著，中国影视艺术都尝试过审美化、艺术化的书写，取得了不少宝贵经验，为传承弘扬中华优秀传统文化做出了独特贡献。对于重大革命历史题材，中国影视艺术更是情有独钟，推出了如《长征》《延安颂》《外交风云》《大决战》等一大批优秀作品，铸就了人类影视艺术史上的一道独特而亮丽的景观。中国影视艺术创作，还聚焦于新时期、新时代的"新的人物、新的世界"，《李保国》《杨善洲》《守岛人》《山海情》《江山如此多娇》等一大批具有精神高度、文化内涵、艺术价值的优秀作品，为实现中华民族伟大复兴的中国梦提供了强大的精神正能量。

五

培根铸魂、化人养心是中国影视艺术的宗旨。中国影视艺术创作在注重宏大叙事、讴歌英雄、塑造新人的同时，不断追求题材、风格、样式的多样化，以平民视角精心刻画好"各种各样的人物"，为时代明德。一大批聚焦普通人平凡生活的作品，如电影《地久天长》《没有过不去的年》，电视剧《媳妇的美好时代》《家有儿女》《生活万岁》《小欢喜》等，以小见大，细腻而深刻地描绘出在改革开放大潮中普通中国人的精神轨迹和心灵嬗变，启智润心，发人深思，起到了培根铸魂、引领社会风尚的积极作用。

六

伴随着科学技术的飞速发展，中国影视的工业化制作水平日益精湛，这不待多言。中国影视艺术创作在注重追求精神高度、文化内涵的同时，还注重不断提高艺术质量。

从塑造人物和讲述故事的创作哲思上看，注重摒弃曾长期制约我们的那种二元对立的单向思维，而代之以全面把握、关注变化、兼容整合、辩证和谐的系统思维，在银幕上塑造有血有肉的立体的人、展示复杂真实的事。

从审美表现的运作思维上看，越来越注重托物言志，寓理于情。且看《古田军号》里的"军号"，《绝境铸剑》里的"剑"，《中流击水》里的"红船"，《觉醒年代》里的"美食小牛蹄"……都托物言志，寓理于情，形成了意蕴深沉、回味无穷的意象乃至高远的意境。

从审美创造的结构上看，越来越注重言简意赅，凝练节制。一段时间以来，长篇电视剧因集数不受限制，在市场驱动下确曾出现了越拍越长的趋势。而在诸多精准扶贫题材的电视剧中，仅23集的《山海情》脱颖而出，得到广泛好评。究其缘由，在于它摆脱了类型窠臼，把作为审美对象的生活当成整体，聚焦福建与宁夏对口扶贫的完整历程，以人带事，既写活了人物，又深化了新农村建设的宏大主题，堪称长篇电视剧言简意赅、凝练节制的成功范例。

再从审美创作的宗旨上讲，越来越追求形神兼备、意境深远。《流浪地球》不仅是科幻题材电影的新突破，而且在营造人类命运共同体深远意境上也做出了创新探索。美在意象，美在意境，这是中华美学精神对人类美学的独特贡献。越来越多的电影、电视剧作品在人物塑造的形神兼备、意境营造的深邃高远追求上，在知、情、意、行的统一上，越来越自觉、越来越由高原向高峰登攀了。

2021-06-17

《中流击水》：艺术表达与历史逻辑和谐统一

今年是中国共产党建党 100 周年，如何运用电视艺术来表现这段波澜壮阔的历史，考验着电视工作者的创作才华和历史观。在这重要的历史节点，应时代召唤，继电视剧《觉醒年代》之后，由中央广播电视总台制作播出的《中流击水》接踵而至，将中国共产党苦难而辉煌的历史延展到第一次国共合作、北伐战争、中山舰事件、"四一二"反革命政变、南昌起义、秋收起义直至井冈山会师，旗帜鲜明地追求艺术表达与历史逻辑的和谐统一，力求完整准确、形象生动地塑造好重要历史人物形象。

《中流击水》是对历史人物的历史功绩和历史局限进行是其所是、非其所非的全面反映，可谓是继承了《史记》的"互现法"。因为如果只看到电视剧《觉醒年代》中陈独秀作为民族觉醒的先锋为国家、民族的前途命运殚精竭虑而创造的伟大历史功绩，而忽视电视剧《中流击水》中陈独秀在"四一二"反革命政变中的严重右倾错误，一味退让，那么这样的陈独秀形象是不完整的。可以说，《中流击水》与《觉醒年代》等影视作品，体现了主创者兼容并包的正确历史观。从这个意义上说，这对于当下受众的审美鉴赏水平是一次涵养和提升，对于受众树立辩证的历史观也是一次洗礼与锻造。

其次，从叙事创新上看，《中流击水》还应用了伏脉的叙事手法，做到了我们常说的"事则实事，然亦叙得有间架、有曲折、有顺逆、有映带、有隐有见、有正有闰，以至草蛇灰线、空谷传声"。展现中国共产党百年恢宏历史的每一部电视剧由于观照对象有侧重，一些历史背景、历史人物、历史事件自然各有详略。《中流击水》讲述的五四运动时期远在长沙的毛泽东、何叔衡等人发起营救运动，就与《觉醒年代》中陈独秀、李大钊、胡适在北京发起的新文化运动等重要历史事件形成"有隐有见、有正有闰"的主次之别，使观众能在领略英雄群体各自美学意象中完成对整体历史事件的把握。《中流击水》选择了以毛泽东为主视点，重点聚焦于共产党早期几位成员身上，同时兼顾次要人物，由此形成纵横交错的叙事网络，众多人物互相呼应。更为重要的是，《中流击水》还试图寻找宏大叙事与个体关注的"大事不虚、小事不拘"的辩证平衡，并由此传递出更加动人的艺术张力和感染力。无论是年轻的周恩来去法兰西留学前与邓颖超的不舍惜别，还是毛泽东和何叔衡的宿舍谈话，或是身处狱中的陈独秀对儿子的告诫与教诲，都是个人生命火花的细节展现。历史逻辑这一"存在物"与个体生命火花的理想之光的艺术表达，在此时完成了和谐统一。

当然，这种艺术表达与历史逻辑的和谐统一还运用了具有民族特色的意象营造。《中流击水》中的红船作为核心意象，完成了整部剧的建构与连接。剧中的红船首先是实体的，是中国共产党第一次全国代表大会的会址。剧中对这一幕的艺术表达体现了主创者高超的意象设置技巧：南湖浩渺烟波之上，停泊着一艘画舫，船并不大，船舱中十几位青年围坐，神情坚毅、斗志昂扬，透过窗门所见是漫天的彩霞和初升的太阳，剧中人何叔衡发出感慨："今日所见，天也年轻，水也年轻，船也年轻，人也年轻。"苦难的中国在此时迎来了新生的中国共产党，一群年轻人因为共同的理想信念走到一起，青年人脸上洋溢的笑容与远处的彩霞交相辉映。而在船头，时年 28 岁的毛泽东畅想着下一个 28 年后的中国是什么景象，并留下了"凡中国之工人都有工做，中国之农民都有地种，中国四万万同胞，人人皆是国家之主人，谁也不会再喊肚子饿"的朴素而伟大的愿望。这种愿望与建党的初心和使命相符合，使这一英雄群体的个人理想向政党宗旨跃升。

作为纪念中国共产党建党百年这个重要历史节点的电视剧作品，《中流击水》坚持了人民英雄史观。《中流击水》中，毛泽东在江西萍乡安源煤矿考察时，鼓励路矿工人建立工人俱乐部，并在14岁的矿难工人"小油灯"坟头撑开油布伞为他遮风挡雨。正是这些"小油灯"，将革命的星星之火燃烧为燎原之势。至此，《中流击水》主创者的艺术表达与"人民选择了中国共产党"的历史逻辑，完成了令人信服的和谐统一。

本文系与博士张金尧合作

2021-06-26

《济公之降龙降世》：把老故事讲出新情趣

 继颇受好评的《西游记之大圣归来》之后，今年暑期档，该片的总制片人刘志江又给观众奉献出新作 3D 动画电影《济公之降龙降世》。济公在中国是一个家喻户晓的人物，关于他的影视作品不胜枚举。要把这个中国传统故事人物讲出新意、讲出新情趣、讲出新时代的气息，殊为不易。但《济公之降龙降世》的努力，让我们看到了中国动画电影人的用心和诚意。

 这部动画电影以济公为原型，从全新的视角叙述了作为降龙罗汉转世的少年济公——李修缘的成长故事。水墨画的开场，龙、金翅、大鹏等诸多东方元素的加入，以及儒家"诚意正心"思想的传递和注入，使该片尽量剔除了旧传说中的封建迷信糟粕而加重了东方审美意蕴与中国传统文化的内涵。无论是视觉特效上对东方美学的呈现，还是那些风趣幽默、观照当下语境的富有新潮感的台词，都让这部动画电影充满了时代气息。

 作为一个中国历史上的传奇人物，济公扶危济困、惩恶扬善的事迹广为传颂、演绎，成为经典的中国民间传说故事。《济公之降龙降世》以此为据、以情动人，大胆创新。通过少年济公李修缘的成长与遭遇，把一个老故事讲出了新情趣。

 以往"济公"题材的影视作品，大多聚焦于表现济公如何在俗世生活中"逍遥游",侧重讲述的是他济世救人、除暴安良的德行与事迹,很少涉及济公少年时的成长故事及生命历程,更难有真正走进这位复杂人物内心的作品。《济公之降龙降世》的新意与破局之处,在于用少年济公的"童心"打破了对济公形象的脸谱化描写,赋予他真实、可感、可信的鲜活生命气息。以李修缘与父亲的家庭矛盾为具体线索,聚焦少年济公个体生命的成长与挣扎,让人感同身受,使这个传奇人物及其故事有了人间烟火气息和表现成长主题的新立意。

在人物塑造上,童心童趣的少年济公李修缘,虽然有些顽劣,却充满孝心与浩然正气。为了给母亲治病,涉险误闯赤城山;为了解救被金翎抓走的小伙伴,勇于孤身奋战;为了拯救全体村民,最后更是舍弃小我,用大爱加持金身。通过上述系列事件的推进和细节铺排,影片饱满地塑造出李修缘"童心"大侠的形象,将以往人们熟知的救世济公形象转变成一个历经磨难而逐渐成长的平民英雄形象。除此之外,影片还让少年济公的搭档——玄天碧火龙,萌化成了童言无忌的"毛毛虫",制造笑料的同时也放大着"童心"。

从家庭"小爱"到拯救苍生的"大爱",《济公之降龙降世》是一部用爱的升华来推动情节发展的动画电影。少年济公李修缘一家是典型的"父慈子孝"的家庭。在儒家伦理和"家本位"的故事背景下,父亲李茂春既是体贴的丈夫,又是严厉的父亲;母亲对丈夫温柔贤惠,对总是犯错的儿子十分偏爱和袒护,多次替儿子解围;李修缘虽然调皮,却是个为母亲治病四处奔走的孝子。夫妻之爱、母子之爱、父子之爱都在故事的前半部表现得淋漓尽致。而故事矛盾转折也正是来自这颗"爱心",到底是让儿子李修缘平安成长,还是让他殒命来换降龙生?让作为父亲的李茂春陷入两难境地,经历着痛苦的考验。

这部电影叙事的主线,矛盾冲突的焦点,都是因为"爱"。通过聚焦一个家庭的"爱",构筑起清晰的故事线,层层推进的同时又有着一波三折的跌宕。特别是李修缘与他父亲之间从一开始的互不理解到冲突升级、爆发,再到最后父子和解,他将对小家之情融于对天下苍生的大爱之中，同心抗敌。这一对"父子情"是整部电影叙述的重点，也正是这种符合普通人成长的轨迹与心路历程，一下拉近了影片与观众的距离。在同父亲的对抗、理解中，李修缘从"童心"少侠最后蜕变成了大爱的"真心"英雄，从而以拯救苍生的大爱之心重塑金身，战胜了金翅大鹏。

《济公之降龙降世》的高潮部分，也是其独具思想性和艺术性之处，便是少年济公李修缘在濒死时刻顿悟到"金身本无相，万相皆由心"，从而"反身而诚"。他在重塑金身过程中懂得了"心念所致，做则必成"，进而精诚所至，所向披靡。抢夺金身，作为少年济公与金翅大鹏之间斗争的核心，到最后被加持金身的为什么是济公，而不是金翅大鹏？原因就在于这一个"诚"字。英雄何为？金身何为？全在于自己的诚心。英雄无形，金身无相，有的只是一颗为天下苍生的至诚之心。正因为金翅大鹏心术不正，诚意不足，即便一时夺得了金身，最终还是被至诚至善的济公打败了。

"诚意正心"是中华优秀传统文化的精髓，更是文艺作品应当追求的核心价值。《中庸》中有言："唯天下至诚，为能尽其性。"只有真诚到极致的人，才能充分发挥他的才能和本性。在《济公之降龙降世》中，童真之心、爱人之心、至诚之心凝聚于一体，让李修缘成为"真善美"的化身。影片借助他的心路成长与蜕变，告诉我们真正的英雄要有一片赤诚之心，进而完成了对"诚心"的诠释与表达。

"谁也夺不走你心中的力量，用它去点亮世间的一切吧！"这是该片最后点明主题的台词，它强调的是心的力量。尽管人物的内心永远是电影最难表达的一部分，但动画电影《济公之降龙降世》通过对"童心""爱心""诚心"的准确诠释，让我们看到了一个能与人"心心相印"的济公形象：活泼而有情趣，至诚且有大爱。好的艺术作品，除了带给观众深刻的审美体验，更重要的正是能够"养心"，能够培根铸魂。养我们的"童心""爱心""诚心"，从而让人良知觉醒，心灵得到净化与升华。从艺术养心这个角度，《济公之降龙降世》可谓给国产动画电影的创作提供了新的范本。

总之，动画电影《济公之降龙降世》是一部立意新颖，叙事流畅，人物塑造深刻，意象内涵丰富的优秀国产动画。

本文系与博士何楚涵合作

2021-07-22

用理想观照创作　开辟电视短剧新生路

今年是中国共产党成立 100 周年。《觉醒年代》《跨过鸭绿江》《中流击水》《大浪淘沙》等电视剧在荧屏掀起的中国共产党党史题材创作的高潮，激起了广大观众学史明理、学史增信、学史崇德、学史力行的热潮。这批优秀的作品均取材于百年辉煌党史中的一段，塑造活跃于这段党史中的伟人形象和志士仁人形象，功不可没，利在千秋。其中，在国家广电总局的指导下，敢为人先的湖南电视人以可贵的胆识创意，策划、拍摄的贯穿百年党史的 40 集电视系列短剧《理想照耀中国》值得关注。作品精心挑选了 40 个伟大而平凡的中国故事，每集 25 分钟独立成篇，一经播出，反响热烈。不仅为荧屏增添了贯穿百年党史的新作品，而且让百年党史题材的人物画廊里，除领袖、伟人外，还增添了平凡中见伟大的新人物、新面孔，实现了这类题材创作的百花齐放，增强了作品的辨识度、艺术感染力和亲和力。

从《真理的味道》中陈望道翻译《共产党宣言》的故事，到《纽扣》中小贩章华妹在改革开放中蹚出个体经营正道的故事，再到《磊磊的勋章》中女子柔道陪练员甘当无名英雄的故事、《信号》中北斗导航科研英雄的故事等，作品以"理想照耀中国"统领全剧，旨在为百年来在党的指引下、在共产主义理想的哺育下，各条战线上中华儿女的精神历程、心灵轨迹和丰功伟业谱写荧屏画卷，在中国电视剧发展史册上留下了浓墨重彩的一页。

《理想照耀中国》的成功问世，昭示了党在新时代领导文艺、领导电视剧创作中具有普遍借鉴意义的新经验。一是要依靠艺术家。要充分发挥中国特色社会主义的制度优势、组织优势、理论优势、文化优势，集中力量办大事、办急事。在国家广电总局的指导下，湖南广电系统集中优势，强强联合，调集一流的电视剧编、导、演、摄、录、美、音、服等方面的人才，组成了十几个优化组合的创作集体，集中兵力攻坚，从而保证了思想性、艺术性的高度统一。依靠艺术家，首先是识艺术家所长、用艺术家所长。总导演傅东育和总编剧梁振华，以及马少骅、王劲松等一批观众喜爱的优秀演员的倾情出演，真正实现了创作生产力诸因素的优化组合。二是尊重和遵从艺术规律。文艺创作方法有一百条、一千条，但最根本、最关键、最牢靠的办法是扎根人民、扎根生活，这是文艺创作必须尊重和遵从的重要规律。《理想照耀中国》剧组在时间紧、任务重的情况下坚持深入生活，扎根人民。他们虚心向党史、军史专家求教，学习党史、领悟原理，努力把他们最新的研究成果和学术思维转化为审美创作的内在驱动力；他们深入农村、工厂、机关、科研单位第一线，向熟悉剧中人物形象的同志学习，努力走进人物的精神世界。以"理想"照耀创作，短剧虽短，但思想仍须精深、艺术尤应精湛、制作讲究精良。尽管《理想照耀中国》各集水平尚存差异，但总体上看都在努力向高峰攀登。

从中国电视剧发展历史上看，自 1958 年直播剧《一口菜饼子》问世至今，以篇幅体量论，创造出了短剧（半小时内）、短篇（一至二集）、中篇（三至八集）、长篇（九集以上）四种样式。如小说创作有小小说、短篇、中篇、长篇之分一样，电视剧这四种样式各司其职，对应着不同受众的不同需求，在满足人民群众日益增长的多样化的精神文化需求上，都有其存在的独特价值。但是，毋庸讳言，近十余年来，在市场经济条件下，短篇、中篇电视剧已近消亡，而短剧则基本绝迹。受制于市场和资本因素，时下电视剧越拍越长，尽管长篇电视剧因其容量大的审美优势而具备独特功能和价值，但由于人们生活节奏加快，却也诞生了短时间内完整欣赏一部艺术品的需求，"短视频"的流行便是这种需求的印证。从这个意义上看，电视短剧的空缺确为憾事。既然今天的观众还需要，中国电视剧历史上创造形成的短剧、短篇、中篇、长篇传统，则断不应剥夺其生存权利。

如今，《理想照耀中国》以40集电视系列短剧集合体的形式出现在荧屏上，靠的是中国特色社会主义的制度优势、组织优势、理论优势、文化优势，解决了广告招商的困难，为新时代电视短剧开辟了一条新生路。此外，电视艺术工作者们还通过《在一起》《最美逆行者》(均为2集短篇电视剧集合而成)、《百炼成钢》(8集中篇电视剧集合而成)等作品为短篇、中篇电视剧在新时代市场经济条件下探寻了一条新生路，其意义不可小视。

最后，《理想照耀中国》为湖南广电系统通过制作高质量剧目培养新人提供了实战机会，为电视剧事业薪火相传立下了功劳。短剧因其短而求精，在选材的眼光、细节的发现、语言的个性化及节奏的把控等方面，都给创作者提出了更高、更精准的要求，这正是锻炼新人的好战场。

2021-08-11

《对你的爱很美》：构建和谐家庭的积极探索

　　近期，都市家庭生活剧《对你的爱很美》播出后引发了观众热议。该剧围绕风格迥异的两位爸爸展开，并以他们共同的女儿为纽带牵扯出两个家庭、三代人之间彼此磨合、共同成长的生活故事。《对你的爱很美》跳脱了近几年都市家庭剧焦虑叙事的俗套，以伦理之光、人性之光烛照现实生活，用轻喜剧的形式书写普通民众对幸福家园的向往和期待，在轻松幽默的氛围中探索了和谐家庭的构建。同时，该剧在老中青三代人物的塑造上颇具新意，展现了新时代背景下家庭成员的责任与义务，重塑了"家"的伦理范式和精神内核，这对推动家庭题材电视剧实现百花齐放、良性发展有着积极意义。

　　家庭剧作为一种艺术形式，在深入现实生活、反映社会现象、思考伦理价值方面有其独特优势，对家风乃至社会风气进行正面引导是家庭剧理应肩负的审美责任。家庭剧作为源于生活又高于生活的大众艺术，需给予消极现象正确的审美评价，既要贬斥假丑恶，也要弘扬真善美，对题材呈现的角度和方式也应多样化。《对你的爱很美》正面展现了彼此尊重、温馨幸福的家庭关系，并将对伦理和情感的思考融汇在种种巧合、误会、滑稽的喜剧情节之中。剧中的温情互动比比皆是，体现出家作为人类坚强后盾和心灵港湾的意义，即再大的困难、再深的心结也能在亲情的合力中瓦解。《对你的爱很美》以包含血缘而又超越血缘的亲情故事向观众传递了家的真谛，在笑与泪中彰显了一家人守望相助的生存智慧和笑对困难的乐观精神。

《对你的爱很美》塑造了新时代背景下鲜活饱满、各具特色的家庭成员形象。在老年人物形象的塑造上，豁达机灵的姥姥突破了以往家庭剧中保守执拗的老人形象，不仅乐于接受新鲜事物，还颇具事业心，搞直播、卖文玩、学英语，其对子女的态度也非常开明。在中年人物形象的塑造上，王大山的父亲形象是剧中的一大亮点，纵观近几年的都市家庭剧不难发现，"她题材"的崛起推翻了男性在家庭中的主导地位，却也间接反映了父亲形象的缺位与失衡。《对你的爱很美》塑造了王大山温柔敦厚的慈父形象，既没有传统父权的霸道专制，也没有"苏大强"式的懦弱无能，而是一个宠爱妻女、知足常乐的父亲形象。潇洒坦荡的母亲罗晴与王大山形成一动一静、一洋一土的有趣配合。柯雷则是一个"中年浪子"的形象，他幼稚自我、洒脱不羁，与沉稳的王大山形成鲜明对比。在青年人物形象的塑造上，王小咪作为在有爱的家庭中成长起来的少女，既有着对父母的依恋，又想要实现自身的独立。在人物关系的呈现上，强调了家风对人的影响，姥姥作为家里的长者从不以辈分论权威，她对待女儿、女婿、孙女就像对待知心好友，这种超越传统的、平等互利的代际关系也延续到孩子们身上。即美在陪伴、美在尊重、美在成全。剧中人物既是家庭中的人，也是自由的人；既有自身独特的个性，又有着家庭爱的教育所留下的烙印。

此外，《对你的爱很美》的美学品位值得称道。作品着意于表现亲人之间血缘的乃至超血缘的关系的爱之美，其趣有品位，其味有格调，其情真挚，其意高远，是对中国式的当代人生美学的一次成功的创作实践阐释。

总之，《对你的爱很美》回归了家庭剧的道德理性，全剧通过对成长、恋爱、婚姻、亲子问题的讨论，折射出新时代家庭对伦理的传承、嬗变和升华，凸显了亲切和睦、悠然乐天的家庭生活之美。但同时也应注意到，该剧的叙事空间较为局限，两家人的生活与都市社会的衔接较弱，有一种"孤岛乌托邦"之感。家庭与社会的关系未能得到深入的分析和呈现，也就无法触及更崇高的主题和更普遍的现实意义。天下之本在国，国之本在家，期待更多响应时代号召的家庭剧为人民书写、为人民抒情、为人民抒怀，在题材的深度和广度上不断探索、勇于创新。

本文系与博士林玉箫合作

2021-09-01

为共和国辉煌历史画像

　　《功勋》在中国电视剧发展历史上立下"功勋"：一是在党的领导下，依靠艺术家，遵循艺术规律，实现题材资源的最佳配置和创作生产力编、导、演、摄、音、美诸因素的优化组合，用心、用情、用功地在屏幕上为"共和国勋章"8位获得者立传、为共和国辉煌历史画像、为新时代明德；二是以有思想的艺术与有艺术的思想的和谐统一，努力追求思想精深、艺术精湛、制作精良，令作品具有精神高度、文化内涵、艺术价值；三是以成功的艺术实践为濒临消亡的中国中篇电视剧创作在新时代再现独特的审美优势，重放言简意赅、凝练节制的中华美学精神光彩，探索了一条行之有效的新生路。因此，《功勋》功不可没。

2021-10-27

《故事里的中国》：
鲜活历史物证　丰富讲述维度

　　两年前，《故事里的中国》第一季首播时发给李白烈士的那封"电报"的嘀嘀声，至今还萦绕在我们的耳边。跨越时空、告慰先辈的庄重仪式，迸发出激荡人心的精神交响。

　　11 月 21 日，《故事里的中国》第三季在中央广播电视总台央视综合频道回归，首期节目聚焦"七一勋章"获得者、新华通讯社原国际新闻编辑部干部、党的早期领导人瞿秋白之女瞿独伊。在感人至深的戏剧舞台上，完成了触动今人心灵的抒怀。

　　就在本期节目播出后的 11 月 26 日，传来瞿独尹老人去世的消息，享年 100 岁。可以说，《故事里的中国》成了瞿独伊最后留给世界的一段弥足珍贵的影像纪念，它见证了传承百年、丹心未改的情怀，也见证了革命者博大深沉的亲情之爱。

　　今年，节目将"时空对谈"作为一个相对固定的表现模式，创新设计历史空间和现实空间两大舞台，双故事线交汇进行，让不同时期继往开来的传承故事遥相呼应，将时空对话感、精神接力感、艺术沉浸感推上了一个新的高度。

　　在《故事里的中国》丰富的现实主义选题中，革命文化的传承与弘扬，是非常重要的一个叙事板块。革命文化是中国共产党带领人民在革命岁月中用血与火熔铸出的宝贵财富，记载了筚路蓝缕的历程，镌刻着矢志不渝的信仰，为塑造新时代人民群众的精神家园提供着极为强大的现实启示。

节目不仅系统讲述时代人物，也在努力实现题材资源的优化配置。新中国成立以来，涌现了一批又一批值得我们歌颂、铭记、学习的榜样人物。《故事里的中国》三季以来，无论形式如何更新，始终不变的就是讲述时代人物的闪亮故事。

今年，在中共中央宣传部的指导下，《故事里的中国》第三季围绕建党百年题材，走近瞿独伊、李宏塔等时代人物。首期节目聚焦"七一勋章"获得者瞿独伊老人，讲述瞿老在革命中成长的一生，并追忆了瞿秋白、罗亦农等中国共产党人栉风沐雨、不畏牺牲的故事。《故事里的中国》延续了努力实现题材资源优化配置的创作传统，以首期为例，节目连线百岁老人瞿独伊女士，并先后采访了挚友李多力老人、表妹吴幼英女士、烈士陈潭秋之子陈楚三先生等核心人物，立体而坚实的讲述视角，为观众走进历史、了解人物、领悟精神提供了有力支撑。

非常值得关注的一个创新点是，本季节目将原来的"围读会"升级成了"学史会"，由外景主持人带领大家参观陈列在党史馆、博物馆、纪念馆、档案馆等地的革命文物，并由相关专家进行讲解。一张寄托了美好祝福的明信片，一块见证了革命友谊的老怀表、一本刊登《国际歌》中文歌词的《新青年》……引入这些鲜活的历史物证，丰富了讲述的维度，增强了历史的信度，是节目持续优化资源配置的直观体现，也彰显了节目加强革命文物保护利用的责任意识。

在往季的舞台上，《故事里的中国》成功打造过多场跨越时空的对话，第三季节目在叙事结构、舞美装置、戏剧演绎上着力凸显"时空对谈"的氛围，用"双时空 + 双舞台"讲述具有传承性、代表性、典型性、传播性的人物关系和时代故事，既让内容更具张力，也让观众看到火热的理想和信念是如何代代相传、生生不息的。

在讲述瞿独伊老人的这期节目中，我们看到了坚持真理的革命斗士瞿秋白，看到了一位温暖儒雅的"好爸爸"对女儿温暖深沉的爱，也看到了瞿独伊是如何从幼时起就在家庭的耳濡目染下坚强成长。父亲壮烈牺牲后，她继承他的信仰，跟随他的脚步，走上革命道路，一生淡泊名利，始终保持共产党人的精神品格和崇高风范。

面向大众传播革命文化，最忌扁平化、公式化、口号化，《故事里的中国》较好地实现了知、情、意、行统一的中华美学追求，不但真正做到了"胸中有大义、心里有人民、肩头有责任、笔下有乾坤"，还以自信的艺术样式和审美形式引领大众"学史明理、学史增信、学史崇德、学史力行"，不失为激发爱国热情、振奋民族精神的生动教材。

追寻红色记忆、弘扬革命精神、坚定文化自信，是一项极具现实针对性的工作，我们期待着《故事里的中国》不断续写精彩，为推动行业创新做出更多示范，为讲好中国故事贡献更多华彩。

2021-12-22

《我们的岁月》：向热血青春致敬

电影《我们的岁月》是一部正能量的现实主义作品，它用唯美且诗意的表达方式打动人心。这是这部电影最大的价值所在。

这部电影描写了 40 年前的一段校园生活，为新时期恢复高考之后几届大学生的精神历程传神写貌。电影在市场条件下如何创新，离不开"培根铸魂"：培中华民族之根，铸中华民族伟大复兴中国梦之魂，不能离开以文化人、以艺养心，不能离开重在引领、贵在自觉、胜在自信。电影要为时代画像、为时代立传、为时代明德，这部电影就为新时期恢复高考画了像，为第一代大学生画了像。这里面有几个人物：班长曹正昌是一位热血青年，怀抱报国的热情来求学，自强不息，而且坚守自己的道德底线。他是一位有理想、有抱负、有情怀、有道德的青年，很具有代表性。另一位是入学时仅 12 岁的天才少年，这个形象也有特定时代的典型审美价值。再一位是美丽的女大学生，她热爱的专业是服装设计，却偏偏考进了工业机械专业。一部中小成本的电影，要通过独特的电影语言真实而丰满地刻画好这几位个性迥异的大学生形象，进而折射出那个日新月异的变革时代，谈何容易。但这部电影的可贵，正在于坚守了培根铸魂的宗旨，坚持电影是写人的，电影是要靠人的情感、人的心智、人的情趣去打动人，去培根铸魂的。电影需要视听感官的刺激感，但绝不能止于视听感官的快感。

单纯的感官刺激绝非精神美感。只有通过生理感官达于心灵，升华为精神美感，才能实现培根铸魂的宗旨。

《我们的岁月》坚守了正确的创作理念和美学价值，其故事讲得通俗而不低俗，写了一代青年的理想抱负，追求精神美感而自觉摒弃单纯的感官刺激。这部影片有两条情节线：一条是事业线，二十世纪八十年代初一批特殊的学子为中华崛起而刻苦攻读；另一条是爱情线，一位年轻美丽的女大学生的青春魅力在这批学子中掀起了情感的浪花。影片写了有梦想的年轻人的学术追求道路和他们的爱情道路的复杂关系，但并没有简单化地给予非此即彼的价值判断。班长完全是一个中华优秀传统文化和当代文化培育起来的大龄青年，他没有忘记那个在艰难岁月中一直与他同甘共苦的乡下妻子。影片写他对长他大约十来岁的鹊喜的情感。这是少年朦胧的感情，真实、干净且纯洁。若是写成了姐弟恋，就没有意思了。而鹊喜对他之爱，是姐姐对弟弟的关爱。即使是写那个受流行文艺影响的奶油青年尤优，导演对他的幼稚与天真虽有几丝揶揄，但总体把握合理，他在校广播站为鹊喜"平反"的情节表现了他的真诚。类似题材的影片经常喜欢表现"三角恋"，而这部同样写了青年学子爱情纠葛的《我们的岁月》显然更胜一筹。它最终带给我们的不是激发欲望，而是激发了希望与美感。影片中的四个主要人物毕业后，班长成了民营企业家，他生产的电器誉满全球；赵以水成了高校科研骨干，从事着高科技的研究；尤优成了一名翻译家与作家；鹊喜成功转行，建立了自己的服装版图。充满了八十年代时代精神的校园哺育了他们的成长。

这是一部中小成本电影，影片选择以少年大学生赵以水的视角来构建故事、展开叙事，并致力于时代与环境氛围的营造，透视那个年代特有的社会心态与人物心态。电影运用了较为丰富的电影语言，多变化的镜头运用与多变化的色彩处理，烘托了二十世纪八十年代校园生活的浪漫与诗情，向上的基调中有着怀旧电影特有的淡淡的忧伤，显示了电影独特的艺术格调。毫无疑问，中国电影尤其是艺术电影要发展，就应该倡导这样的创作路子。

2022-01-05

《太湖之恋》：和谐共生的生态美学

　　由上海广播电视台纪录片中心出品的生态纪录片《太湖之恋》近期在东方卫视播出。该片围绕长三角地区生态环境保护工作取得的成就、发生的变革展开，分为《江南之心》《锦绣风物》《碧水入画来》三集，从水利、物产、环保三个方面展现了太湖流域的生态之美、人文之美。《太湖之恋》充分发挥了生态纪录片的艺术魅力，聚焦人与自然之间、生态与文明之间辩证统一的关系，凸显了富有中国智慧的生态文明进程，倡导了人与自然万物在生态系统这一整体下相互依存、和谐共生的生态美学。

　　《太湖之恋》展现了具有共同体意识的整体性的生态观，准确把握了生态纪录片的艺术特色。自我国第一部大型生态纪录片《森林之歌》以来，中国生态纪录片始终与我国生态文明思想发展、生态文明建设进程相呼应。《太湖之恋》第一集《江南之心》从良渚文化遗址出发，通过历史的、哲学的视角指出太湖流域 5000 多年的文明史其实就是人类治水的历史。从人与水的互动出发，揭示了包括人在内的自然万物之间的内在联系，以艺术的、审美的眼光生动呈现了"人与自然是生命共同体"的重要理念，并通过丰富的实例证明，劳动只有和自然界合力才能发挥作用，而这其实就是生态美学万物相生相依、命运与共的思想。

第二集《锦绣风物》集中展现了新时代人与自然在物质层面和精神层面的共生共荣，人与自然既是整体之下的关系，也是相生相依的关系，生态环境不仅与人类生存直接相关，更滋养着我们的精神文化。无论是太湖蟹农上岸发展生态农业转变的物质生产方面，还是苏绣大师姚建萍、回乡创业者朱燕、宋锦传承人钱小萍等人的故事体现的精神生产方面，太湖儿女们正是在对自身所在生命家园的认识、体察和感悟中，创造出光辉灿烂的江南文化，让人类艺术与自然生态在继承发展中交联碰撞、携手向前。《太湖之恋》通过片中人物与自然的关系之美暗示观众，建设生态文明就是提升人的文明。

《太湖之恋》还形象阐明了新时代践行生态文明理念的路径和方法。第三集《碧水入画来》一开始便回顾了由人类活动引发的太湖蓝藻危机，揭示了只顾短期经济效益而不顾长远生态效益的严峻后果。纪录片以浙江省安吉县在生态治理中旧貌换新颜的鲜活事例，向观众展现了"绿水青山"和"金山银山"不是矛盾对立的关系，而是辩证统一的关系。当地村民通过关停矿山、淘汰重污染企业等一系列环保措施增值自然资本，再利用自身自然优势发展特色产业，深刻体现了在保护中发展、在发展中保护的生态文明理念。此外，纪录片还通过记录江苏吴江、浙江嘉善、上海青浦三地"河长"的跨界合作，倡导了"共饮一江水，共担一份责"的治理方式。从浙江湖州长兴"河长制"的兴起，到江浙沪"联合河长制"的共治共管，长三角生态绿色一体化的管理模式体现了人在生态文明建设实践中的因地制宜、自主创新、协同合作，彰显了构建生态治理共同体的中国智慧。

江南生态美，绿意最动人。《太湖之恋》通过生态纪录片独特的视角、大美的画面、生动的人物、真实的事件审美化地展现了习近平生态文明思想。该片将审美价值的"美"和生态伦理的"善"统一起来，并以纪录片的"真"的形式展现出来，由此开启了一种新的生态审美视野。期待更多优秀纪录片，真实、艺术再现新时代生态文明建设的火热实践、传播化人养心的生态美学，为人类在新的历史条件下推动生态文明建设迈上新台阶做出更大贡献。

本文系与博士蒛玉箫合作

2022-02-09

根深叶茂　守正创新

——读汪守德的《梦见——周振天创作艺术论》

自新时期以来，我曾多次呼吁要加强作家、艺术家的作品研究和评论，尤其是要加强对成就突出、有代表性的作家、艺术家的作品研究和评论。因为任何一部文艺史，主体都应当是作家、艺术家的作品史。令人欣喜的是我近期读到了由汪守德所著的《梦见——周振天创作艺术论》，这是一部研究评述周振天创作艺术的专著，甚为感佩，既为本书作者亦为周振天，更是为新时代的影视剧艺术评论事业而高兴。

周振天在艺术创作上是一棵常青树，在中国当代电视艺术领域做出了突出贡献。作为军旅编剧，在40多年的创作中，他始终坚持现实题材的创作，如《蓝色国门》《热血》《驱逐舰舰长》《波涛汹涌》《水兵俱乐部》《舰在亚丁湾》等作品，构成一部与海军生活同频共振的当代中国海军形象的发展壮大史。特别是他运用长篇电视剧的形式，把新中国海军的生活搬上荧屏，在全军乃至全国都产生了重大的影响，这就是领风气之先的《潮起潮落》。他借鉴国内外经典名著的经验，准确把握新中国海军诞生之初到新时期的社会历史特征，注重以正确的历史观和美学观凸显主题、编织情节和塑造人物。

周振天还在历史题材和革命史题材上都做出了努力与探索，创作出了一批视角独特、内蕴深厚、脍炙人口、传播力强的剧作。如电视剧《李大钊》《洪湖赤卫队》《我的青春在延安》《我的故乡晋察冀》《护国大将军》《楼外楼》等。作为一位资深编剧，他的作品很重要的一个特点，就是善于将抽象的思维化解、消融到他的形象思维当中。如在中国长篇电视剧的喜剧样式中最有代表性的作品，就是出自他手的《神医喜来乐》，在各大电视台重播的频次很高。在天津、北京工作生活了大半辈子的周振天，不断在京、津、冀题材上辛勤耕耘，其中《玉碎》《张伯苓》《小站风云》《闯天下》《孟来财传奇》《老少爷们上法场》等，他都力求从时代之变、中国之进、人民之呼中提炼主题、萃取题材，从而展现中华历史之美、山河之美、文化之美，抒写中国人民奋斗之志、创造之力、发展之果。

周振天还是一位全能型的创作者。他的创作取向不仅仅在电视剧方面，其他文学艺术领域，也都有着成功的涉猎。如电影《蓝鲸紧急出动》《火种》，话剧《为了祖国》《海军世家》《天边有群男子汉》《危机公关》，音乐剧《赤道雨》，电视专题片《国魂》《北上先锋》《壮士行》《香港沧桑》等，他都凭借自身深厚的文学艺术功底，施展其创作才华，激发不竭的艺术热情。

多年来，周振天一直坚持每一部作品落笔之前都一定要深入生活，努力深入地开掘生活素材。他在执笔创作"共和国勋章"获得者、中国第一代核潜艇总设计师黄旭华事迹的话剧《深海》时，因他曾在潜艇上挂职过副政委，有着丰厚的生活积累、情感积累和思想积累，因此笔触能伸进"核潜艇之父"的心灵深处，紧紧抓住了理想信仰和报国情怀、科学精神和艺术涵养、人性深度与情感厚度三个核心要素，把真名真姓且健在的伟大科学家搬上舞台，为之立传，真实凝练地展现其精神风貌、智慧才华和人格魅力。

此外，周振天又是一个会带队伍、善于培养人才的业务带头人，他所在的原海政电视艺术中心从无到有、从小到大，成为军旅题材电视剧创作的一支重要队伍，为军队的文化建设做出了重要贡献。

本书作者汪守德毕业于北京大学中文系，又长期从事军队文艺的组织管理工作，他对身为海军的著名作家、艺术家周振天，不仅知之全而深，而且很有感情，可以说由他来写这部专著具有很明显的优势。他写这部书的姿态和文风是值得肯定的，在动笔写《梦见——周振天创作艺术论》之前，既认真考察和探究了周振天的全部人生轨迹——从"青少时光的文化之旅"，到"蔚蓝色的从军行"，对周振天的前史作了较为系统的梳理，并对其后来的人生和创作轨迹，也进行了较为清晰的勾勒。更重要的是，他通过网上或网下的各种渠道，逐一研读与观看了周振天的全部作品，了解了周振天在各种体裁领域的多方位创作实践和追求，这样既有助于看清周振天创作发展的脉络，还可以看到相关的创作背景。因此在这部专著中体现了"全""细""深"的鲜明特点。所谓"全"就是全面地介绍与点评了周振天的创作历史和作品特色，能让读者对周振天的艺术成就和具体作品获得较为整体性的印象；"细"就是对周振天作品进行了细致周详、恰如其分的艺术分析，从作品的细部和内部来进行考察，指出每部作品不同的艺术特色和价值；"深"就是着重解析周振天的作品所蕴含的思想寓意，让人了解周振天创作具体作品的缘起与动因，及其注入作品的深刻用心与匠心。

　　可以说，作者从实践性、理论性和资料性结合的角度，把这位作家、艺术家及其作品说深说透。而且在行文中颇多精彩亮点，很能启人心智，使全书增添了"评传"的深厚的人文色彩和可喜的人性深度。

2022-03-02

《人生第二次》：体现中国人骨子里的韧性

近日，由央视网、上海广播电视台、哔哩哔哩联合出品的人文纪录片《人生第二次》引起观众热议。两年前，央视网"人生三部曲"IP第一部《人生第一次》开播，凭借真实、平实、有深度、有温度的动人故事引发网民关注，成为当年现象级的纪录片作品。时隔两年，由原班人马打造的《人生第二次》，再次获得口碑、收视双赢。

作为"人生三部曲"IP的第二部，相比于"第一次"的春和景明，"第二次"更显真实厚重。所谓"第二次"，是指纪录片将镜头转向那些人生经历过重大变故的普通人的第二次人生。从被拐孩子的艰难回家路，到车祸致残后的青年的风雨西藏行；从刑释人员融入社会组建家庭，到申诉人化解"心结"重回宽容心态的正轨；从盲目美容以对抗容貌焦虑，到走出婚姻围城；从深漂奋斗史到精神成长图……这部纪录片以工笔画般细致真实的镜头和冷峻又不失温情的视角，描绘了一幅中国平凡百姓的现实主义的生活图谱，呈现出中国人骨子里的硬气、韧性和强大的生命力。

该系列纪录片以"三部曲"为脉络，将人生道路上的几个关键节点全部纳入创作视野，以传统哲学思维撬动人生这个宏大而复杂的主题，既保持系统性、整体性，同时又兼具了开放性、多元性，这样的创作理念本身就是一种历史自觉和文化自信，是使优秀传统文化与当代文化相适应、与现代社会相协调，努力实现创造性转化、创新性发展的有力探索和成功实践。

纪录片在拓展人的知识视野、丰富人的精神世界、提升人的思想境界方面，肩负着独特的作用。作为人文纪录片，首先就要增强历史自觉、坚定文化自信，承担起培根铸魂的神圣使命。这就要求纪录片不仅要直面人生、客观反映真实生活，更要开拓未来，给人以理想和信仰，充分发挥德育和美育的精神能量，引导观众从"真"走向"善"进而达到"美"的至境。

从这个意义上说，《人生第二次》的重要价值在于以艺术实践丰富了人生论美学理论的建设，即用客观的真实镜头传达主观真挚的人文关怀，在纷繁复杂的社会现象中梳理和思考生命的尊严和价值。它不是一味渲染苦难或一味粉饰现实，但却以强烈的感染力促成观众反思：当困难不可避免地降临时，要直面人生，迎难而上，以一种高远的精神境界从容应对，真正成为生命的主角、时代的主人、历史的主体。

不同于《人生第一次》以时间为轴的纵向叙事，《人生第二次》以"圆"与"缺"、"纳"与"拒"、"是"与"非"、"破"与"立"四组看似对立的关键词命名，组成八集相对独立的故事。

推开世界的门，门外绝不只是非黑即白、非此即彼的二元对立。以第一集《圆》为例，被拐孩子认亲本是一场皆大欢喜的团圆喜剧，但接踵而至的是如何在生父母和养父母之间做出妥善选择，让儿子卫卓深陷痛苦、进退两难。这一集采取了父母、卫卓、警察三重视角进行叙事，以不同维度深刻剖析人性和情感的复杂，让观众看到"圆"中有"缺"。相应的，第二集《缺》中那些从小缺失了亲情的孩子，在"梦想之家"的"老爸"长跑教练柏剑身上得到了情感上的慰藉，反而努力用"逆风长跑"创造着圆满的人生。后几集讲到法理与人情的博弈、离婚后对孩子抚养权的争夺、对整容的不同观点等，都是当下时代反映出的普遍问题和矛盾，每个问题和矛盾都很难用单向思维以简单的是非对错来解释。

在圆与缺、得与失之间，生活的辩证法总是能启迪一个民族的反思。《人生第二次》启示观众，要自觉摒弃二元对立的单向思维，直面人生的复杂性，勇敢地潜入生命"深水区"，全面把握，兼容整合，洞悉走进那些被误解的人的心灵、看见那些被贴上标签的事物的本质，代之以万有相通、天人合一的和谐思维——这才是东方哲学的智慧，也才是中华民族独特而深刻的精神标识。这正是新时代中华民族在哲学思维层面的一次伟大而深刻的变革。

《人生第二次》从立意、结构到创作方法、创作精神、审美风格，都值得引起理论批评界重视。理论和实践总是相辅相成，理论界要善于从成功的创作实践中抽象出具有普遍借鉴意义的文艺理论和新鲜经验，以推动文艺创作持续繁荣。

2022-08-17

电视节目《好好学习》：
以电视艺术赋能"大思政课"

　　由河北广播电视台、中共河北省委网信办、中共河北省委党校、"学习强国"河北学习平台联合制作的文化类思政节目《好好学习》近期在河北卫视播出。作为国家广电总局 2022 年广播电视重点节目之一，《好好学习》以习近平新时代中国特色社会主义思想为指导，聚焦社会主义先进文化、革命文化、中华优秀传统文化，运用戏剧演绎、互动答题、荧幕课堂等多种表现形式，讲述"三种文化"结合时代发展、社会实践的中国故事，彰显了中华文化一脉相承、革故鼎新、自信自强的精神力量。同时，该节目还将思想政治教育融入各环节中，以电视艺术的独特审美优势、传播优势赋能"大思政课"，通过文化的"创造性转化、创新性发展"培根铸魂、增智育人，为文化类节目的高质量发展提供了新鲜经验。

　　《好好学习》运用荧屏"思政课堂"梳理中国共产党人的精神谱系，弘扬社会主义核心价值观，助力精神文明建设，从而达到以文化人、培根铸魂的目的。节目善于从广阔的文化海洋中撷取适应主题、联系古今的材料，对文化的思想根源、历史影响和当代价值进行探寻，从而呈现出中华文化承百代之流、会当今之变的源远流长的特质。如第一期节目以"中国梦"为主题，通过"又见经典""温故知新""终极一战"三个竞赛环节，讲述从古到今中华民族的共同心愿。从古代神话传说"嫦娥奔月"的戏剧演绎，到竞赛题目中涉及的"世界航天第一人"万户，再到思政课堂展示"可上九天揽月"的中国探月工程，一脉相承的中国"飞天梦"孕育了新时代载人航天精神、北斗精神。节目通过贴合主题的人物事件、内容环节的巧妙设置，展现出"三种文化"既各具时代特色、又一脉相承，正是中华优秀传统文化激励着无数英雄人物砥砺前行，造就了彰显民族风骨的革命文化和面向中国式现代化新征程的社会主义先进文化，后者始终是前者的创造性转化和创新性发展。《好好学习》将"三种文化"的关系和文化发展的逻辑融汇到节目内容中，深刻体现了中华文化自强不息、延续发展、不断升华、历久弥新的蓬勃生机和永恒生命力。

近年来，以《中国诗词大会》《故事里的中国》为代表的文化类电视节目蓬勃发展，产生了良好的社会效益。《好好学习》在此基础上，更突出强调电视文化与思政教育相结合，为文化类节目赋能"大思政课"、培养担当民族复兴大任的时代新人提供了新启示。一是联系具体时代实践，讲好中国故事。二是充分发挥"大思政课"的特质，通过电视节目调动社会资源，汇聚"大师资"，构建"大平台"，使观众通过电视荧屏看到广阔天地，做到寓教于乐、知行合一。三是正确处理好守正与创新、普及与提高之间的关系。节目对传统故事《嫦娥奔月》《愚公移山》等的戏剧演绎，明显带有年轻化的表达特征，所涉竞赛题目也是难易相结合。这都在吸引广大观众 尤其是青年观众上收到了良好效果。当然，也须指出，《好好学习》要更上一层楼，还需在"不忘本来"的基础上"吸收外来"，探索创新性的表现形式、打通全媒体的传播途径，走高质量、差异化的发展之路。

《好好学习》正是通过沉浸式、互动式的舞台，将中国共产党人的精神谱系与历史典籍、文化遗产、社会实践相联系，为"大思政课"开辟出内容更加丰富、形式更加多样的发展空间，有效地解决了思政课程皮相化、模式化的问题。节目融合思政与美育，为电视艺术培养时代新人做出了有益探索。期待更多综艺节目传承历史、扎根现实、面向未来，为推进文化自信自强、铸就社会主义文化新辉煌贡献力量。

本文系与博士林玉箫合作

2022-11-23

电视剧《大博弈》：
中国重工业的光荣与梦想

电视剧《大博弈》为观众呈现的是一场中国式现代化历史进程中的都市情感大戏。该剧描写了新时代我国重工业从"制造大国"迈向"制造强国"的艰辛历史进程，艺术地展示了"企业家精神"的重要地位与作用。

《大博弈》聚焦国企重工改革中企业家群体的精神世界和理想抱负，多方面、多层次地展现北机厂如何从濒临破产的百年老厂到具有国际领先技术的创新型企业的转变，其中既有企业家与资本的博弈，又有民企、外企、国企之间的互动，更有理想、情感的交融。在一场场博弈中，该剧始终昂扬着一种勇于创新、艰苦奋斗、诚信求实、敢于承担社会责任的企业家精神。该剧集中展现了"汉大三杰"孙和平、杨柳、刘必定这三位企业家改革与创业过程中跌宕起伏的心路历程，并以他们背后"北机""汉重""宏远"三家企业的商战博弈为主线，用审美化、艺术化的表现方式完成了对企业家精神的形象演绎，成功塑造出三位不同类型、具有典型认识价值和审美价值的企业家形象。

可以说，剧中孙和平、杨柳、刘必定都是植根于中国式现代化改革实践的时代强者，都是在新时代潮流中对民族重工业建设"制造强国"有抱负、有作为的新人。但不同的是，三位企业家的精神境界有高低之分。孙和平是无私而有理想的企业家。他临危受命，勇挑大梁，一心拯救百年"北机"老厂，为了准时给上千名员工发工资，到处奔波求人，其"为民请命"的初心和人文关怀精神感天动地。作为剧中坚定不移的改革创新派，他身上体现的是赤子担当。汉重集团的杨柳，则兼具政治家与企业家的双重品格，具有大局观和使命感。在北机厂最困难的时候，他顶着各方压力，坚定不移支持孙和平搞改革。相较于孙和平和杨柳，宏远集团的创始人刘必定则在精神格局上略输一筹，他有跳出体制拼搏创业的勇气，却摆脱不了那点私欲与江湖习气。三人的博弈揭示出一个颠扑不破的真理：商战博弈与资本博弈背后，实际上是企业家人文情怀与精神境界的博弈。这题旨不可谓不精深而宏大。

从《大博弈》的结构与表现形式上看，该剧更像是一部商战版"三国"。剧中孙和平、杨柳、刘必定三人的博弈及其背后三股企业力量的较量，犹如一场精彩的新时代企业家"三国"大战。博弈的三方，有互相竞争，更有互生共长。博弈不仅激发了三方的活力，也让他们在不确定的局势中受益：有的破局，有的重组，有的新生，有的在竞争与合作中迈向了事业的更高台阶。尽管剧中三位男主角都不是完人，他们都有着各自的性格"缺陷"，但他们却拥有同一个梦想：实现重汽整装，真正将中国重汽行业做大做强。正因为有这样的使命，让这三位企业家在一场工业梦想与资本逐利之间的博弈中，各显神通，折射出中国重工业发展的光荣与梦想。

全剧剧情紧凑，戏剧性强，人物价值观冲突不断，博弈中屡见思想与艺术的新发现。同时，剧中还塑造了三位鲜活的新时代女性形象：钱萍、祁小华、秦心亭。她们是三位男企业家背后的女人，也是参与博弈的女强人。她们毫无脂粉气，其人格决不依附于男人。在屡次交锋中，她们的柔性与通达，常常能以弱胜强，以女性的"阴柔之美"与男性企业家的"阳刚之道"相得益彰。三位女性的精彩表现为该剧增色不少，她们是新时代的女中豪杰。

概言之,《大博弈》彰显了他们对中国制造的理想追求，是一部真实反映新时代中国式现代化进程的佳作，期待有更多这样的作品登上荧屏。

本文系与博士程林合作

2022-12-28

人性之善　心灵之美　勇气之坚

——第十六届精神文明建设
"五个一工程"获奖影视作品纵横谈

作为当前百姓最喜闻乐见的文艺形式，影视近年来佳作频出。在第十六届精神文明建设"五个一工程"获奖名单中，影视艺术作品占了接近总数的一半。其中，《我和我的祖国》《长津湖》《我和我的父辈》《跨过鸭绿江》《大决战》《功勋》《摆脱贫困》《我们走在大路上》《零容忍》等9部影视作品获得特别奖，《守岛人》《中国医生》《觉醒年代》《山海情》《问天》《人世间》《装台》等30部影视作品获得优秀作品奖，题材多样、类型丰富、主旨鲜明、思想精深、艺术精湛、制作精良。它们作为近年影视创作中的杰出代表，共同构筑了中国文艺发展史上新的里程碑。

很多获奖作品不约而同地聚焦人民伟大实践历程，以生动的人民群像展现了祖国的新发展、新风貌。比如电影《我和我的祖国》以新中国成立70年以来的重要节点和伟大成就为背景，讲述了普通百姓与共和国共同成长的故事，展现了人民实践与国家建设同呼吸共命运的关系。作为一部新时代航天题材电视剧，《问天》塑造了三代航天人的奋斗群像，为无数默默奉献的航天人树碑立传。该剧在题材上独辟蹊径，叙事上勇于创新，不仅全景展现了中国航天事业发展的伟大实践历程，更深入刻画了航天科研工作者的奉献与拼搏精神。还有讲述8位功勋人物精彩人生的电视剧《功勋》，展现一群敢想敢拼的年轻人的创业历程的电视剧《爱拼会赢》，呈现粤港澳大湾区年轻人成长的电视剧《湾区儿女》等，这些获奖作品坚持以人民为中心的创作导向，践行了文艺为人民立传的创作路线，塑造了以功勋人物、普通群众、创业青年等为代表的奋斗者群像。

有的获奖影视作品坚持现实主义创作道路，呈现美好生活中的人间真情。从电影《奇迹·笨小孩》《我的父亲焦裕禄》到电视剧《人世间》《山海情》《装台》，这些作品都扎根中国大地，展现大时代中普通人的悲欢离合，也反映了现实生活中质朴感人的亲情、友情、爱情。其中，电视剧《人世间》通过周家三兄妹跌宕起伏的人生际遇，凸显了中国人直面人生难题的勇气，以及面对残酷现实时所迸发出的人间真情，生动再现那段苦难而辉煌的历史。《山海情》讲述了二十世纪九十年代以来，宁夏西海固人民在党和国家扶贫政策引导下，努力探索脱贫致富道路，以艰苦奋斗精神完成脱贫攻坚任务，创造美好生活的故事。该剧充分尊重艺术规律，以现实主义风格，书写马得福等一批扶贫干部对人民群众的真挚情感。电视剧《装台》讲述了主角刁大顺带领一群进城务工人员为秦腔剧团演出装台的故事，塑造了劳动者以诚实和真情开创美好生活的典型人物群像。以小见大，寓理于情，表现了普通人在大时代里的良知、深情与希望，堪称反映社会生活的又一部现实主义力作。尽管这些获奖影视剧取材各有千秋，人物塑造及表现手法春兰秋菊，但都始终秉持现实主义创作精神，用真情谱写了一曲曲命运之歌。

获奖影视作品还坚持价值导向和审美引领，着力于弘扬社会主义核心价值观。无论是电影《守岛人》《中国医生》《长津湖》，还是电视剧《觉醒年代》《超越》，这些作品都坚持主流价值导向，立足于以文化人、培根铸魂的根本点。其中，电影《守岛人》通过讲述王继才和妻子王仕花坚守祖国边陲小岛32年的感人故事，展现守岛人的责任与使命，弘扬了不忘初心、勇于奉献的中国精神。《中国医生》生动表现了白衣逆行者不顾自身安危守护人民群众的生命安全的故事，彰显中国医护群体的人性之善、心灵之美、勇气之坚，引领医疗题材影视剧的审美表达走向更高境界，也展现了中华大地上一方有难、八方支援的团结精神。而近年的现象级革命历史题材电视剧《觉醒年代》，则通过展现从新文化运动、五四运动到中国共产党成立这段可歌可泣、波澜壮阔的历史画卷，向观众传递保家卫国、舍生取义的价值观，弘扬了以爱国主义为核心的民族精神。

从对我国精神文明建设的贡献而言，这些获奖影视剧可谓实至名归。它们反映人民心声，弘扬中国精神，坚持现实主义创作道路和正确价值导向，发挥审美启迪与审美引领的作用，有力推动了社会主义文艺的健康繁荣发展。站在这些精品的肩膀上，中国影视业将走得更稳，中国影视人能望得更远，为观众奉献更多有高度、有深度、有广度的力作。

本文系与博士程林合作

2023-02-12

纪录片《大泰山》：壮美泰山的影像画卷

　　6集大型人文纪录片《大泰山》是山东广播电视台2023年的开篇之作，该片通过呈现自然、历史和人文视角下的壮美泰山，形象阐释泰山的自然和历史文化价值，展示了中华文明的精神标识和文化精髓。

　　泰山是中华悠久历史和文明的叠加物，能够唤起人们对无数历史人物和事件的回忆。纪录片《大泰山》对泰山所承载的历史文化内涵进行梳理，有利于增强受众的文化自觉和文化自信。泰山见证了中华民族的成长、发展、繁荣，礼赞泰山、讲好泰山故事，是讲好中国故事不可或缺的重要篇章。

　　纪录片《大泰山》充满了浓郁的历史厚重感和沧桑感。泰山是中华民族共有的精神家园，泰山所蕴含的一脉相承的文化和精神内涵，已深深植入国人心中。"人固有一死，或重于泰山，或轻于鸿毛"，司马迁这一家喻户晓的譬喻成为衡量人生价值的重要标尺，激励着一代又一代中华儿女接续奋斗。纪录片《大泰山》中，呈现了司马迁、李白、杜甫、辛弃疾、李清照等在中国历史上熠熠生辉的一批精神和文化偶像，潜移默化地把中华优秀传统文化坚守的核心价值观融入到全片中，润物无声，弘扬了中国精神、中国价值、中国力量。

　　泰山既是历史的，也是当代的；既是民族的，也是世界的。从时间观上看，我们要"不忘本来"；从空间观上看，我们要"吸收外来"。

为了呈现泰山之"大"，纪录片《大泰山》在空间上进行拓展，跳出泰山看泰山，摄制组的足迹遍及大江南北、海内海外；为了呈现泰山之"大"，纪录片《大泰山》也在时间上进行拓展，中华民族的集体心理投射到泰山之上，经过世世代代的积淀、扬弃、出新，又进一步辐射开来，得到了炎黄子孙的普遍认同。《大泰山》努力站在中华文明的高度，站在大历史观、大时代观的高度，站在全人类共同价值、人类命运共同体的高度去深入开掘，铸牢中华民族共同体意识和人类命运共同体意识。

中华美学精神强调审美创造追求知、情、意、行相统一。《大泰山》注重继承和弘扬中华美学精神，通过泰山的文化意象抒发爱国之情、强国之志。而且泰山本来就是一个中西文化交流的纽带和桥梁，《大泰山》通过熊猫泰山、利玛窦、泰戈尔、狄更生等，讲述了如何通过泰山这个载体和世界进行沟通的动人故事。

日新月异的科技创新在影视领域应用，使视听语言变得更加丰富多彩。高新摄制技术在纪录片中的运用越来越普遍，具有高像素、高帧率、高分辨率、高动态范围、高色彩还原度、全画幅的趋势和特点。在技术手段方面，《大泰山》采用超高清 4K 拍摄，并运用了直升机、无人机、穿梭机、大型特拍设备等进行蹲守拍摄，获得大量壁纸般的镜头画面。但作品并不满足于此，在全景式拍好泰山本体的基础上进一步讲好泰山的精神内涵、美学内涵，把科技思维同人文思维、美学思维融合在一起，让现代的科技手段为表达人文精神、人文思想服务。

读懂了一座山，或许你就读懂了中国。通过纪录片《大泰山》，我们看到的中国，是一个坚韧不拔、欣欣向荣的中国，我们感悟到了伟大的中国精神、中国气概、中国风格。

2023-03-01

现实主义创作需"掘一口深井"

日前，导演刘家成说了一句话，我颇以为然。他说："我就是要在拍好'京味儿电视剧'这块高扬北京文化特色的创作沃土上'掘一口深井'！"这话，耐人深思，发人深省。

如今，观众普遍为《情满九道弯》点赞叫好，绝非偶然。这是导演刘家成和编剧王之理强强联合、互补生辉，携手长期辛勤耕耘在"京味儿电视剧"创作肥土沃壤上结出的又一硕果。从《情满四合院》到《情满九道弯》，从《正阳门下》到《正阳门下小女人》，一路走来，为具有鲜明北京文化资源特色和审美优势的"京味儿电视剧"流派创造了一道亮丽的景观。

众所周知，新时期、新时代中国电视剧是中国式现代化的重要文化成果之一，为人类当代电视艺术做出了独特贡献。作为从事了近半个世纪电视剧评论工作的我，是中国特色电视剧发展的历史参与者和见证人。考察新时期、新时代中国电视剧的发展历史，不难看出，这是由幅员辽阔、文化多彩的中国各省电视剧人高扬地方文化优势、配置地方文化资源、创作出的具有鲜明地方文化特色的电视剧走向全国，才形成了中国特色电视剧创作园地的百花齐放、持续繁荣的历史。有以从《渴望》《编辑部的故事》到《情满四合院》《情满九道弯》为代表的"京派电视剧"，有以《蹉跎岁月》《上海的早晨》到《上海一家人》《围城》为代表的"海派电视剧",有以从《秋白之死》《戈公振》到《徐悲鸿》为代表的人物传记"苏派电视剧",有以从《家春秋》《死水微澜》到《南行记》为代表的文学名著改编的"川派电视剧",有以从《太阳从这里升起》《好人燕居谦》到《杨善洲》《家有爹娘》为代表的纪实风格的"晋派电视剧"……总之,是这些具有浓郁民族风格和地方特色的流派电视剧,形成了中国特色电视剧百花竞放的主体。以中国化时代化的马克思主义文艺观与中国电视剧创作具体实践相结合去阐释和总结中国电视剧人的审美实践,才是正理。而将新时期、新时代植根于中国式现代化实践的中国电视剧发展历史生硬地用西方类型片理论去剪裁成一部类型片发展或类型片杂糅发展的历史,恐非正理。习近平总书记告诫我们,不能套用西方理论来剪裁中国人的审美。

正是从这个意义上讲,我以为刘家成导演坚守的这条为拍好"京味儿电视剧"掘一口深井的创作主张,正是坚持了把马克思主义历史观、美学观与中国北京的具体实际相结合,与蕴含着悠久深厚的中华优秀传统文化的京味儿文化相结合,昭示了一条深入生活、扎根人民的现实主义精神与浪漫主义情怀相结合的广阔的创作正途。

当然,任何真理往前多跨半步,推向极端,都会成为谬误。这绝不是说,要"掘一口深井",刘家成导演一辈子就只能拍"京味儿电视剧",但主攻"京味儿电视剧"确是极为明智之举。这是因为,任何一位艺术家,其生命和精力才智都是有限的,而审美创作表现的对象即人生和生活却是无限的,以有限应对无限,聪慧明智者当然要抓主要矛盾,要会牵牛鼻子,那种"打一枪换一个地方"的游击战术对文艺创作绝不可取。甚至可以说,那种赶时髦、趋时尚,见屏坛一部言情剧火了,便一窝蜂地拍言情剧,见屏坛一部谍战剧火了,又竞相拍谍战剧,这就势必造成雷同化、同质化的创作倾向,哪里还有百花齐放?相反,像刘家成导演这样长期积累、久久为功,深掘一口井,以有限的生命和才智聚焦于钟情的"京味儿电视剧",心无旁骛地把自己锤炼成这方面的一流艺术家，确实令人敬佩。须知，人生在世，选定自己热爱的、于人民于社会有益的职业，做好做精，能留传后世，是多么荣光。

更何况，"井"要真正掘深，又谈何容易！我注意到，从《情满四合院》到《情满九道弯》，刘家成导演掘的"京味儿电视剧"这口"井"，确实更深了。这功夫无论是在整部剧关于北京胡同文化氛围和地标环境的荧屏营造，还是为时代变迁和变革轨迹的画像折射，抑或是两代北京人人物形象的文化意蕴、人性深度、个性色彩的精雕细琢，都大见长进。对于史学来说，没有真实便没有历史；对于艺术来说，没有细节便没有历史。今观《情满九道弯》，这"情"之满，源自"井"之深。我想，刘家成导演们在深入生活中倘再进一步向前辈艺术大家老舍学习、请教，潜心读读已故现代文学大学者樊骏关于老舍的文章，那口"京味儿电视剧"之"井"，定会掘得更深、更深。

2023-03-22

《美丽河北》慢直播："云赏"祖国大美风光

　　由河北广播电视台创办的《美丽河北》是一档大小屏联动、全媒体传播的慢直播节目，自去年上线以来已覆盖河北省一百多个景点。慢直播是一种直播形式，一般没有主持人，依靠一个监控摄像头，事件的传播与发生同步进行。《美丽河北》节目立足于地方文旅优势，将地方生态、文化特色与慢直播形式相结合，一边积极探索自然风光、历史古迹、人文景观、城乡建设等资源的优化配置，一边充分发挥慢直播即时性、陪伴性、参与性的特征，通过多样的呈现视角和实时互动的形式"云游"燕赵大地，生动展现人与自然和谐共生、物质文明与精神文明相协共荣的中国式现代化场景，为新时代融媒体背景下宣传城市形象、赋能文旅产业做出了有益尝试。

　　从内容上看，《美丽河北》将生态和人文之美相结合，注重景致的常换常新。节目根据不同季节、不同时段的特征选取景观进行呈现，观众可跟随慢直播特有的长镜头游目骋怀，沉浸式体验传统与现代相碰撞、城市与乡村相辉映、人与自然和谐共存的"美丽河北"生态画卷。在设置诸多看点的基础上，慢直播的视角也是多样的，既有宏观视角的原生态画面，又有微观视角的实时拍摄；既有固定机位的日升日落、云卷云舒，又有移动机位穿梭于游人、花海之中。如在展现金山岭长城时，直播结合固定机位、移动航拍和手持拍摄的画面，形成远近切换、动静结合的立体视觉网络，增强了趣味性和吸引力。

从传播上看，《美丽河北》注重实现不同媒介的优势互补、联动传播。一是在电视早、中、晚三个时段对应播出曙光、正午、暮色三个单元。二是配合 IPTV 直播、点播等功能特色，开通"正在直播""精彩集锦"等选项。三是在手机客户端全时段、多点位直播。编导在慢直播的基础上为大小屏终端设置个性化的呈现形式，由此覆盖处于不同年龄、使用不同设备、存在不同需求的观众，实现慢直播的多屏融合、台网联动。

《美丽河北》将慢直播节目做出新意，为形成宣传城市形象的融媒体传播矩阵、拓展"线上＋线下"的文旅业态奠定基础。如将海量的直播画面用作素材，发挥"慢直播＋"的灵活性，将其转换为主题鲜明的短视频，并结合图文形成宣传产品全网推送，向用户发出"这么近，那么美，周末到河北"的邀请。《美丽河北》开播至今，已有千余条衍生短视频搭载不同媒介渠道进行跨平台传播，而随着 4K、XR、AI 技术的成熟，"慢直播＋"的发展前景值得期待。

本文系与博士林玉箫合作

2023-05-31

以史为鉴　警世之声
——观黄梅戏《舞衣裳》

　　日前，由湖北戏曲艺术剧院演出、罗周编剧、童薇薇和张磊导演、杨俊和曹祝来主演的黄梅戏《舞衣裳》上演，得到了各界观众的好评。

　　从历史题材中找寻反腐资源，以史为鉴，发警世之声，是新时代舞台戏剧作品的重要一脉。编剧罗周曾创作过革命题材的昆曲《瞿秋白》，如今，她的黄梅戏《舞衣裳》则是在新编历史剧领域的探索。罗周师从中国文学史大家章培恒攻读古典文学博士，奠定了较为厚实的学养基础。她通过阅读《太平广记》，发现了古代四大巨贪之一的元载与其妻王韫秀之间的关系，对这一题材辩证取舍和开掘，新编出思想性与艺术性相统一的黄梅戏《舞衣裳》。

　　显然，罗周是以王韫秀的女性视角来结构全剧并深化题旨的。"绞衣""晒衣""心会""舞衣"四场戏，主动者皆为王韫秀。"绞衣"写王激励元载从安于享乐中奋起赴京应试，求取功名；"晒衣"写王目睹元载登科后官运亨通，直至拜相，举家迁入豪宅，王甚为不安，但又无奈于权势富贵的诱惑；"心会"写王与元载外室薛瑶英心灵对话，方知元载堕落之深；"舞衣"写元载因贪腐被下死牢，王探监反思，以舞警世，"王韫秀撇人寰、赴幽灵、先上奈桥以待君"，把悲剧推向高潮。故事情节环环相扣，主题意蕴层层递进。

当然，《舞衣裳》不仅有好的选材，还有着文学性很强的对白、唱词，"含愤""晒锦""舞衣"和"喻夫阻客"等核心唱段都很精彩。编剧反复巧用王韫秀原诗的"楚竹燕歌动画梁，更阑重换舞衣裳。公孙开阁招嘉客，知道浮荣不久长"，首尾呼应，也促人深思。

一旦醉入"公孙开阁招嘉客"，必然"浮荣不久长"！编剧聚焦王韫秀的精神灵魂，从中觅美。她在《编剧的话》中说："新春佳节，拽了怕冷的丈夫奔向大雪之夜的她，多么美……美如飘零即化的雪花、那无声无息的空屋；至于狱中一舞，则将她的惨烈之美、美若星坠推向悲剧的制高点。"对美的寻觅，是王韫秀的心路历程，蕴含着精神力量和美学价值。

让剧作中王韫秀的艺术形象栩栩如生、活灵活现于黄梅戏舞台，离不开主演杨俊的审美创造。杨俊被誉为黄梅戏"五朵金花"之一，对《舞衣裳》这部剧，她历时四载，抗疫情精打磨，如今终于了却夙愿，将其搬上了舞台。

如果说，是罗周发现了王韫秀其人、其事、其诗、其心的历史价值和美学价值；那么，杨俊则以与王韫秀"心之相通"的审美意境在黄梅戏舞台上塑造了王韫秀的艺术形象，用心、用情、用功演活了王韫秀。杨俊作为演员，与舞台上作为角色的王韫秀形象，确实相当好地融为一体了。杨俊虽然带着颇重的膝伤登台，但她的一招一式、一腔一调，乃至一个身段、一甩水袖……都是那么精准到位，寓情蕴理。

且看那第二场"晒衣"和第四场"舞衣"中的两次"蒙眼"表演，第一次是面对"偌大宅邸、瑶草奇花、满院绫罗"被"蒙眼"，一旦目睹，"叫人见之心惊、思来惶恐！有道是物极必反，盛极则衰"。第二次是面对狱中惨景，虽被"蒙眼"，却在严酷的事实启悟下看清了人生真谛，向堕为巨贪的丈夫元载发出了惊世骇俗的"三不解"——"一不解：人生一世，生卧一床，死寝一穴，皆方寸之间，你我要那城东城西、城南城北、十八处华宅做甚？二不解：七尺之躯，四时裁衣，粗布十丈足矣，你我要那绸缎丝帛、锦绣绫罗、千匹万匹做甚？三不解：相公喜食胡椒饼，便餐餐是它、顿顿是它、吃到百岁，能用多少？你我要那八百石做甚哪？！"并进而进行了"三悔三不悔"的穿心透骨的深刻反思——"王韫秀，不悔当年绞舞衣，悔只悔，何不绞碎满院绫！不悔当年离家去，悔只悔，半推半就恋豪门！不悔当年劝仕进，悔只悔，未将那勤勤恳恳、兢兢业业、清风两袖、坦荡廉明，朝提醒，暮叮咛，朝警暮惕劝声声！"从"两蒙眼"到"三不解"再到"三悔三不悔"，是本剧的"戏眼"，喜中寓悲，悲中见喜，悲喜交融，终归于大悲。杨俊的表演张弛有度、细腻入微，把"戏眼"展示得丝丝入扣、启人心智。

统观《舞衣裳》全剧，不难发现导演在意蕴开掘、诗化风格、表演分寸、剧种特色和舞美设计上的整体把握能力。全剧具有的历史品位、美学品格都达到了有思想的艺术与有艺术的思想的和谐统一。

2023-07-05

《骄杨之恋》《楷模村》《生命的绿洲》晋京演出：陕西戏曲"三部曲"唱响新时代

最近，陕西戏曲研究院新时代"三部曲"碗碗腔《骄杨之恋》、秦腔《楷模村》《生命的绿洲》在北京演出，展现出新时代戏曲守正创新之风。

陕西戏曲研究院萌生于1938年在延安成立的陕甘宁边区民众剧团，是中国共产党创建的第一个具有红色传统的戏曲院团，也是全国省级院团当中唯一拥有秦腔、眉户戏、碗碗腔等几个剧种的院团。在剧目建设上，它坚持守正创新、坚持"三并举"方针，推出了很多有特色的现代题材剧目。新世纪以来，它以"西京三部曲"《迟开的玫瑰》《大树西迁》《西京故事》誉满全国；如今，它又以时代新作《骄杨之恋》《楷模村》《生命的绿洲》晋京汇报演出，引发戏曲界的关注。

由中国文化艺术政府奖文华表演奖、中国戏剧梅花奖等多项殊荣获得者，陕西戏曲研究院院长李梅领衔主演的《骄杨之恋》，发扬了碗碗腔擅长抒情的特点，并大胆突破以往碗碗腔难于表现重大革命题材的局限，选择独到的视角，深入开掘人物的精神境界。李梅满怀深情地感悟历史、走进杨开慧的精神世界，通过表演的艺术魅力和唱腔的设计翻新，成功地在舞台上塑造了杨开慧感天动地、血肉丰满的巾帼英雄形象，开拓了碗碗腔剧种的题材表现领域，令这一近几年来相对沉寂的剧种焕发了勃勃生机。

由另外三位中国戏剧梅花奖获得者李小青、李君梅、赵杨武主演的秦腔《楷模村》，堪称一出"赓续历史文脉，谱写当代华章"的现实主义精神与浪漫主义情怀相结合的力作。该剧以陕北绥德郝家村为原型，为一个从70余年前的"陕甘宁边区'农村楷模'"到新时代"全国脱贫攻坚楷模"的村子立传。全剧聚焦当年在革命战争年代大生产运动中的"楷模村""感党恩、听党话、跟党走、敢为人先、奋力拼搏"的精神和传统应当如何赓续、传承、发扬，并在剧中融入了有深度、广度和力度的现实主义精神，以及有温度的浪漫主义情怀。全剧努力讲好"楷模村"那块"匾"背后，以及那篇谈理想的学生作文背后的生动故事，展示出"楷模村"的精神境界。尽管此剧在思想、艺术上尚有进一步修改打磨的空间，但贯穿全剧的时代精神和美学品位，已令观众共情共鸣。

由李梅、李小青和李君梅等优秀演员联袂演出的秦腔《生命的绿洲》，更是一出灌注了生命活力、精神正气、人性之美的好戏。该剧主创深入生活，采访几十年来耕耘在毛乌素沙漠地区的诸多治沙英雄，集中塑造了何玉芳这位带领家人和乡亲们把"千年沙漠"变成"万里绿洲"、开创人类生态奇迹的巾帼英雄典型。全剧直面人生，深刻揭示何玉芳在创造绿洲奇迹的历程中遭遇的不幸，从而在尖锐的外部矛盾冲突和内在灵魂较量中凸显英雄本色。李梅饰演的何玉芳，其表演可谓声情并茂、张弛有度，舞台上的"李梅即何玉芳，何玉芳即李梅"。剧末何玉芳的大段唱腔，由抒发对去世丈夫的挚爱之情，到抒发思念故土之情，再到抒发万有相通、天人合一的大美之情，大开大合，酣畅淋漓，直抵人心，充分显示了秦腔艺术独特的审美优势和情感穿透力。

陕西戏曲研究院晋京的新时代"三部曲"，集中展示了该院坚持以人民为中心的创作导向，坚持深入生活、扎根人民的创作道路，坚持现实主义创作精神与浪漫主义情怀相结合的创作方法。这充分说明，唯有坚持守正创新，才能出人才，才能不断创作出反映时代精神的优秀作品。

2023-07-26

《我中国少年》：以音乐美育培根铸魂

正逢学校放暑假，喜看河北广播电视台卫视频道播出的电视音乐栏目《我中国少年（第五季）》，感触良多。中国乃历史悠久的礼乐之邦，有着以乐求美、以美育人的优良传统。《我中国少年（第五季）》以可贵的历史自觉和文化自信，传承这一优秀传统，立足美育，培根铸魂，谱写了新时代中国少年英姿勃发的精神华章。

首先，《我中国少年（第五季）》视野开阔，立意高远。时下为青少年播出的电视音乐栏目不少，但这个音乐栏目另辟蹊径，令人耳目一新。从时间上讲，它上溯到赵州桥建桥的历史文脉，追述荣获中华人民共和国"友谊勋章"的加拿大友人伊莎白的传奇人生，介绍彝族非物质文化遗产——火把节的渊源，又延展至新时代的新文明新科技，可谓博古通今；从空间上看，它从祖国的西南边陲到东南沿海，从四川大凉山到金山岭长城，从塞罕坝林场到深圳大梅沙……可谓幅员辽阔。编导颇具匠心地选择了 11 组新时代的中国少年，以 11 张青春唱片和大江南北如此多娇的锦绣江山画面交相辉映的视听语言，精心谱写了"我中国少年"的理想信仰和成长轨迹。正由于时空观的这种拓展，使立足美育、培根铸魂的宗旨既贯穿了传承和弘扬中华优秀传统文化的历史文脉，引领观众尤其是青少年观众学习历史、感悟历史；又结合了新时代中国式现代化建设的伟大实践，引领受众深入生活、扎根人民，从而使栏目具有了厚重的历史感和鲜明的时代感。

其次，《我中国少年（第五季）》努力做到了鲁迅先生当年力倡的"选材要严，开掘要深"。编导所精心选择的 11 组中国少年、所精心录制的 11 张青春唱片、所引出的音乐背后的人生故事，都聚焦于音乐美育、培根铸魂。如在河北承德二中录制时，选人、选材、选曲的过程就十分讲究。编导选择了江家这个音乐世家，江父为钢琴伴奏，江母乃专业歌唱家，小江与母亲合唱《我爱承德我爱家》。"历尽沧桑走进新时代，闪耀着古老灿烂的文化。避暑山庄凝聚着盛世的辉煌，座座寺庙回响着民族和睦的乐章，磬锤雄峰阅尽多少人间春色……"歌词抒发了穿透人心的家国情怀。接着，节目又精选了歌颂三代人薪火相传创造了变荒漠为绿洲的人间奇迹的塞罕坝精神的歌曲，引出第一代英雄"六女上坝"主人公之一的陈彦娴奶奶这位承德二中 1964届高中毕业生，不仅让她动情地讲述了当年上坝创业的艰辛故事，而且让老人深情地演唱了当年由班主任老师作词、音乐老师谱曲的《六女坚决要上坝》。听至此，台上台下，荧屏内外，共情共鸣，不仅为报国为民、艰苦创业的奋斗精神叫好，而且为前辈践行人与自然和谐相处的生态文明先进思想点赞。

再次，《我中国少年（第五季）》注重细节刻画，在"传情"上做足文章。编导在制作现场重视对"我中国少年"的父母的采访，如与刘一人、李悦然、安信铭、朴恩熙、吉妞妞、任昱茗、张家源等少年的家长的交流。这些不仅深化了音乐美育、培根铸魂的题旨，而且激发了观众"一首歌打通了代沟"的强烈情感共鸣。其中，张雯越一曲唱给父亲的"是你教我志在四方，你的希望我用爱回答"的歌后，其父出人意外地现身现场，并对她说："愿你跟随光，靠近光，成为光，散发光，做心里有光的女孩。"张父以行动传递出了高远深情。他赠送给爱女的厚礼是一本《艺术通史》，殷殷厚望，感人至深。

2023-08-23

电视剧《丁宝桢》：以人带史，史中觅诗

　　近期，电视剧《丁宝桢》在央视热播。该剧以 27 集篇幅讲述丁宝桢在山东、四川任职期间秉公执政、为民请命、建功立业、鞠躬尽瘁的感人故事，以影像在新时代荧屏上为这位清代同治年间的"中国的脊梁"立传树碑，引发各界对这段历史以及历史剧、人物传记题材创作的讨论。

　　《丁宝桢》的一大艺术特色，是坚持遵循人物传记题材创作的基本规律，即以人带史，聚焦人物的精神世界。文学是人学，艺术也是人学。该剧主要讲述三大事件——丁宝桢在山东巡抚任上，顶住压力依律惩治搜刮民财、掠抢民女的太监安德海的事件；他两度深入实际、研究规划、组织民众、身先士卒，治理黄河泛滥的事件；以及他在四川总督任上，改革盐政、整顿吏治、反腐肃贪的事件。桩桩事件环环相扣，惊心动魄。倘若创作者专注于讲述每个事件的起因、经过、高潮和结局，而未完整展示出活跃于事件之中并决定着事件发展走向的人的心灵轨迹，让"事件"湮没了"人物"，那便背离了电视剧艺术本质是人学的创作规律，很难立得住、传得开、留得下，何谈培根铸魂、化人养心。而该剧不仅讲述历史人物的人生故事，还在这个过程中展示其性格特征和精神风采，让观众看到了一个血肉丰满的"丁宝桢"形象。

该剧还在美学追求上自觉攀登史中觅诗的审美高峰。按照人的自我的发展历程、实现人生价值和精神自由的高低程度，可以把人的生活境界分为四个层次，即欲求境界、求知境界、道德境界和审美境界。而在此电视剧中，丁宝桢不惧来自慈禧太后及其亲信恩承的施压和陷害，坚持为民请命；在黄河堤溃的险境下，当掉自己酷爱的文房四宝，带头捐款万两，揭穿贪官徐沙星、邵宇宵等的丑恶面目；严教其义女金小妹和幕僚齐嵩汝、李培荣等；重用特殊人才张荫桓、曾昭吉，创办山东机器局和四川机器局……这一系列举措、言语、行动彰显主人公丁宝桢"凡有害于民者，必尽力除之；有利于民者，必实心谋之"的品格，已经达到了完全超越功利的审美境界。

从这个角度看，《丁宝桢》堪称一部充满诗意和美感的艺术作品。创作者一方面通过精湛的摄影技术和精良的后期制作，还原历史的真实面貌，将清朝时期的自然景观和人文风情呈现在观众面前；另一方面，运用丰富的视听语言和多样的叙事手法，渲染诗意氛围，凸显审美价值。比如，在表现丁宝桢治理黄河水患的情节时，导演通过壮观的视觉效果和紧张的音效设计，使观众如身临其境般感受治河工程任务之艰巨和过程之危险，也从一个侧面表现出丁宝桢身处如此凶险的环境之下，仍然不改为民请命的初心，那种完全超越功利、忘却小我的追求、风骨、气质。正如全剧结尾的诗中所云："人非圣贤无高下，世代忠良不可差。读书耕田不误时，精忠报国品自嘉。廉洁奉公身高洁，尊老爱幼在天涯。一旦蒙恩受命时，不负朝廷不负家。"

总之，以人带史，史中觅诗。古为今用，贯古通今。电视剧《丁宝桢》的现实意义，不言自明。

2023-11-15

一代伟人的青春铸梦

——赞电视剧《鲲鹏击浪》

如果说，正在中央广播电视总台热播的电视剧《问苍茫》，艺术地再现了从 1921 年至 1927 年一代伟人毛泽东作为把马克思主义中国化的伟大开拓者的峥嵘岁月和不懈探求；那么，由北京卫视、浙江卫视和广东卫视同时播出的电视剧《鲲鹏击浪》，则把镜头向历史前移，聚焦于 1918 年至 1921 年青年毛泽东在国将不国、民不聊生的时代上下求索，寻找救国真理，铸就青春美梦的艰难历程。这三年，中国大地正发生着天翻地覆的变化，新文化运动掀起西学东渐的风潮，马克思主义的曙光开始照进中国，五四运动高举起科学与民主的旗帜，而军阀混战的硝烟则加剧了中国人民的苦难。正如编剧马继红在《编剧自述》中所言："这不平凡的三年，对青年毛泽东既是一个惊心动魄的蜕化升华期，也是他世界观发生根本转变的奠基期，所谓'时势造英雄'，毛泽东就是被这黑暗、艰难、复杂、多变的时势造就出来的。"

但在荧屏上，却一直尚未有过聚焦于对一代伟人毛泽东这三年青春铸梦专门传神写貌的一部具有深邃思想价值、厚重历史意蕴、诗意艺术品位的精品力作。现在好了，《鲲鹏击浪》奔着这一意在填补中国重大革命历史毛泽东题材创作空白的美学高峰迎难而上了！

该剧热播中，北京大学在百年讲堂举办了一场题为《缅怀一代

伟人　共铸青春美梦》的由《鲲鹏击浪》主创人员与北大师生的对话交流会，群情沸腾，思维活跃，印证了该剧的上述创作初衷已经得到了青年观众强烈的共鸣共情。

这是因为，《鲲鹏击浪》确实在屏幕上有血有肉地成功塑造出一位来自韶山冲的接地气的真实的青年毛泽东形象。马继红说得很真切："我没有刻意地虚构外在的冲突性的情节，而是通过大量戏剧化的细节，营造出一个真实的生活场，使人物接地气，不悬浮。"她翻阅大量文献史料，沿着青年毛泽东的足迹，努力走近和体悟他的精神世界，用饱蘸浓烈情感的笔触写出作为普通青年的毛泽东的真实意趣和情怀，突出他在成长道路上的种种遭遇，透示他内心的喜悦与悲伤、愤怒与抗争、焦虑与无奈等全部情绪。唯其如此，经初试锋芒的青年演员刘承林在编导的精心指导下才令荧屏上的青年毛泽东形象让今日之观众真切地感受到其人格、个性与魅力，从而让作品充满历史真实性、平民质朴感和生活亲和力。在我看来，《鲲鹏击浪》在艺术上具有三大特色——

一是鲜明的中华美学精神。习近平总书记精辟概括：中华美学精神在审美创意上"讲求托物言志，寓理于情"；在审美结构上"讲求言简意赅，凝练节制"；在审美宗旨上"讲求形神兼备，意境深远"；审美整体上"强调知、情、意、行的统一"。导演刘飚在该剧的《导演阐述》中就明言：他在写实与写意上，更重写意。这是执导全剧的一种自觉的中华美学意识。他把编剧马继红的创作意图理解、贯彻得颇为到位。贯穿全剧的灵魂是于青年毛泽东与杨开慧的圣洁爱情、与李大钊陈独秀的师生深情、与蔡和森萧子升的真挚友情、与父母兄弟的骨肉亲情以及与张敬尧等反动军阀的刻骨仇情……这种种浓"情"中寓含的"理"：寻找马克思主义真理。其中，最精彩的华章是首次在荧屏上精雕细描了与杨开慧的爱情从初识到相恋再到生死相托的全过程。从毛泽东拜师杨昌济初识杨开慧时，杨开慧为毛缝衣之"衣"，到杨开慧只身到三眼井胡同为毛送去北大图书馆借书证之

"证"，再到杨开慧悄悄为鞋子露出了脚趾的毛买了双皮鞋之"鞋"，及至严冬时节杨开慧赠毛亲手织的红围巾之"巾"……所有这些"衣""证""鞋""巾"等"物"，均为"托物言志"。而全剧人物的语言，言简意赅，相当凝练节制，个性化程度较高，哲理韵味颇浓。从全国精心挑选的新人刘承林饰的毛泽东、米卓清饰的杨开慧、老演员于洋饰的杨昌济、董勇饰的张敬尧等，都能形更似而神亦备。全剧画面相当考究，舞美制作环境逼真，摄影推拉摇移自如，尤其是片首片尾遥相呼应的镜头语言，共同营造出青年毛泽东历经这三年上下求索找到马克思主义真理奔赴建党一大的深远而宏阔的意境。

二是坚持"以人带事，事中觅诗"。刘飚在《导演阐述》中又说，在处理人与事的关系时，他重在表现人。《鲲鹏击浪》确实牵住了"牛鼻子"即人物的情感演进轨迹和精神升华逻辑，全剧围绕着青年毛泽东和与他发生关系的人物，以人物带出相关事件，而非让事件的铺叙淹没掉人物的个性刻画，并且努力从事件的叙述中寻觅出人生诗情。譬如，上述毛泽东与杨开慧之间"托物言志"的相关事件中，就自然而然地让观众感悟到一种现实主义精神与浪漫主义情怀相结合的诗化爱情——毛与杨由于家庭出身与成长经历不同，当然在个性上会有差异，而爱情往往就产生于差异之中，所以，杨没有选择从小呵护着、暗恋着她而又性格温和的萧子升，反而与胸怀大志、才气横溢、豪放不羁的毛擦出了真情挚爱的火花！杨对毛是崇拜、爱慕、信服、依附，是九死不悔的坚贞，是生命的全部；而毛的心中，既有爱人，更有天下苍生。这种爱情关系上的同中有异即不平衡，是造成彼此爱恋之路并非一帆风顺的时有误会、时有曲折、时有摩擦，但最终坚定结合的内在缘由。至第28集，当杨昌济既为自己能教出毛泽东这样的大才深感自豪，又为爱女未来会因与毛结合而必然承担风险担忧，故而劝爱女择萧为妥时，杨开慧的一声坚定回答气冲霄汉："此生非毛泽东不嫁！"这种建立在共同的理想信仰基础上的坚贞爱情，是多么富有诗意，又是多么强烈地激起当代青年的情感共鸣呀！

三是重视细节刻画。马继红和刘飚都强调《鲲鹏击浪》要靠细节的审美化艺术表现制胜，靠细节塑造人物，感染观众。播出效果确实如此。比如"皮鞋"这一细节，叙事层面先是镜头表现杨开慧发现毛泽东穿的鞋已经露出了脚指头，于是有心地悄悄为毛买了一双新皮鞋，但爱情关系未定，碍于羞涩，又不好意思直接送毛，便回家谎称是替父亲买的。知女之心的杨昌济一眼看穿了女儿的小九九，以尺码不对为由将皮鞋转赠毛以遂女儿之心。殊不知，第二天，这双皮鞋却穿在了萧子升脚上，毛却仍穿破了的鞋去北大图书馆面试。这细节，不仅把杨开慧的女儿心写绝了，也把毛泽东的男儿气写活了，还把杨昌济的儒雅及萧子升的人品也一并捎带了出来。又如，写杨开慧赠毛泽东亲织的红围巾并表达爱慕心意，毛则答"此生志在改造社会，终身不娶"。杨伤心不已。萧子升不忍，让毛向杨道歉，毛却认为言出必行，不从。蔡和森则认为解铃还须系铃人，此事得等毛自己想通才行。果然，待到李大钊晓之以理，动之以情，以马克思与燕妮的故事说明人生的事业与爱情并不冲突，才令毛豁然明白。这细节，又把李大钊的循循善诱和蔡和森的知人通达呈现出来。再如，写毛泽东在北大图书馆打扫卫生，见李大钊桌上有本书稿，先睹为快，兴之所至，便用毛笔在书稿上写了不少眉批。不料，此书稿乃胡适所著，是送来请李大钊看的。这可闯下大祸。毛欲向胡道歉，胡不见，却传话要请毛吃饭。新民学会伙伴们认为这像东家要辞退雇员前往请吃一顿饭一样是不祥之兆，可能要辞退当管理员的毛了。毛泽东惴惴不安地赴酒楼宴席，见杨昌济、李大钊、蔡元培、胡适均在，胡适言，只因读书稿上毛的眉批甚有才气，方约此饭。这一细节，把毛的雄才大略和博学多知表达得淋漓尽致，也让李大钊、蔡元培、胡适一代知识分子的扶掖后学、惜才爱才的伯乐品格跃然荧屏。

　　缅怀一代伟人，共铸青春美梦。在纪念毛泽东诞辰130周年的日子里，观看电视剧《鲲鹏击浪》，是人生一大幸事。

2023-11-11

"书里事、梦里事，无非亲身事
笔中人、园中人，尽皆心上人"

——观越剧《织造府》四题

一

又一部取材于古典名著曹雪芹《红楼梦》的越剧《织造府》问世了。这部由罗周编剧、翁国生导演、李晓旭主演的新作，立意不凡、构思精巧，令人耳目一新。在我看来，它不仅与众多的《红楼梦》舞台作品不同，而且可以视为一部以审美艺术形式表达的关于《红楼梦》的学术研究成果。

看得出来，罗周编剧的立意，不再复述呈现原著的故事，而在借追思曹雪芹何以只写 80 回而终未续那后 40 回，再度以自己所领悟的曹雪芹所思所为编织出新颖的故事着重强化了原著的认识价值和美学价值——一是毛泽东主席所深刻揭示的"封建社会的百科全书"的认识价值；二是鲁迅先生所称颂的"叙好人不是绝对的好，坏人不是绝对的坏"的人物形象塑造的美学价值。根缘于此，她忠实于自己对曹雪芹《红楼梦》认识价值和美学价值的正确理解，而不是完全忠实于对原著结构、叙事、情节的照搬和转译。因为事实上，她与曹雪芹所处完全不同的历史环境和时代语境，以及她所运用的戏曲视听语言与曹雪芹所运用的文学阅读语言的不同，决定了从小说到戏曲的两种审美创造思维不可能百分之百地忠实与重合。全剧以"入书"开篇，从假想兼曹雪芹与贾宝玉于一身者在《红楼梦》前 80 回成书后数年返回织造府探访黛玉、宝钗、老祖宗诸人写起，到结局"出梦"终止，中间以"春·葬花""夏·品茗""秋·夜宴""冬·泪尽"四场，分别忆起叙及《红楼梦》中大观园中发生的"杖责宝玉""共读《西厢》""金玉良缘""黛玉葬花""夜宴散""好了歌"等诸般经典故事，丝丝入扣，浑然一体，经导演翁国生的整合融洽，加上唱腔作曲和舞美设计的强强联合、互补生辉，完成了对《红楼梦》宏篇巨制的上述认识价值和美学价值的精妙的艺术诠释。这，堪称中华戏曲改编古典文学名著历史上的一大突破、可贵创新。

二

要成功完成从文学思维到戏曲思维的转化，绝非易事。须知，文学思维与戏曲思维虽然同属审美思维，但确是同中有异的两种不同的审美思维。文学思维的载体是语言，它是靠文学语言形成叙事链条作用于读者的阅读神经，没有具象，而是靠读者的想象完成鉴赏的。譬如曹雪芹的《红楼梦》里，那织造府是没有具象而靠文学语言描绘的，基础不同的读者对织造府的想象是各不相同的；而戏曲思维的载体是视听语言，它是靠视听语言作用于观众的视听感官神经，是有具象的，越剧《织造府》里的织造府就是舞台上舞美设计者呈现出的那个样子，此外无他。唯其如此，匈牙利著名美学家巴拉兹早就在其《从小说到电影》严格陈述过小说的文学思维与电影的视听思维的区别，认为成功地完成从小说到电影的改编，必须把小说用文学语言构建的文学之山，吃掉、粉碎掉、消化掉，留下一堆未经文学思维加工过的却闪烁着小说艺术精灵的火花的创作元素，然后再用全新的电影的视听思维去重塑一座电影的艺术之山。从小说到电影的改编如此，从小说到戏曲的改编亦如此。我的导师钟惦棐先生就曾多次对我明言：真正的一流改编者，如谢晋电影《牧马人》《天云山传奇》对张贤亮、鲁彦周小说的改编，便不是"跪在小说家膝前当忠实的翻译者，而是成功地站在小说家肩上的真正的审美创造者"。此言极是。

现在看来，越剧《织造府》对小说《红楼梦》的改编，其从文学思维到戏曲思维的成功转化，正是如此。罗周以其在复旦大学从师章培恒教授攻读博士期间和从事戏曲文学剧本创作后奠定的厚重的"红学"修养，读通读懂读透《红楼梦》，努力走进曹雪芹的精神世界、领悟曹雪芹的创作心境，精准地选择了小说中最具历史认识价值和艺术审美价值的重要人物、情节、诗词素材，按照她创作了百余部戏曲文学剧本所积累的娴熟的戏曲思维规律，"站在曹雪芹的肩上"，遵循曹雪芹的思路，以越剧艺术形式审美地诠释了她对《红楼梦》"美学的历史的"价值和曹雪芹何以未续后40回的一家之言。而翁国生导演的总体把握和李晓旭主演的精湛演唱，则使剧作的美学品位和历史内蕴得到了相当完美的舞台呈现。

三

先说美学品位上的戏曲呈现。

鲁迅在《中国小说史略》中寥寥数语，对《红楼梦》人物形象塑造上美学成就作了前所未有的精辟点评。关于他评论《红楼梦》的辩证思维，即"叙好人不是绝对的好、坏人不是绝对的坏"，我深以为然。越剧《织造府》对此，把握准，彰显深。

第二场《春·葬花》以"一个是阆苑仙葩"，"一个是美玉无瑕"，呼唤出林黛玉与贾宝玉这两位主要人物，牵引起男女两性人间爱情这一永恒题材和主题，贾宝玉的一段"侬今葬花人笑痴，他年何人葬红颜？一朝春尽红颜老，花落人亡两悄然"和林黛玉对答的一段"岂不知红尘之事，有聚就有散；聚时越欢喜，散时越冷清"，这不仅对宝黛形象的塑造达到了"是其所是、非其所非"，超越了单向取值的"褒"，而且对宝黛爱悟真谛的人生哲理意蕴的艺术衷达有了更深的新意。第三场《夏·品茗》把笔触和镜头的聚焦转向了《红楼梦》的另一重要主角薛宝钗，让居士妙玉穿插其间，由宝玉与她通过充满哲理和艺术魅力的对唱去论辩什么才是人世间最真挚的两性爱情？宝玉向宝钗连发三问：一问真爱穿半旧衣？二问真爱热闹戏文？三问金玉良缘当真可信么？宝玉的答复是："什么金玉良缘，我偏说是木石姻缘。"所以，那宝玉佩戴的"莫失莫忘，仙寿恒昌"与宝钗拥有的"不离不弃，芳龄永继"的金锁结成的金玉良缘不足为信。宝钗终于反省悔悟了，她发自肺腑唱道："不不不，我不信金玉良缘结夫妇；盼盼盼，盼一个相亲相爱的笑相扶。"她深谢宝玉："宝玉啦，深谢你，今番问破女儿苦！"她坚定告慰母亲："母亲啦，且容女儿做回主，搬出这大观园，我另觅良人另结庐！"请看，这里对宝钗的形象展示，贬其所非，褒其所是，尤其是自我反思，何其可贵！再到第五场《冬·泪尽》，黛玉面对宝玉的一段自忏自省十分精彩："我不该平日特你疑，明知你至诚为情痴。不该屡屡忌金玉，杞人忧天伤别离。不该郁郁花泪滴，常颦眉黛少欢怡。"她恳求宝玉不要"但记我拈酸吃醋、无事生非、小肚鸡肠、口轻舌利，自寻烦恼自凄凄！"而宝玉也心之相通应唱："只消一面，便是一世；只消一眼，便知是你。这一面海枯石烂不更易；这一眼，苍狗白云无转移……你呵，你醋、你忌、你疑、你泣，只为多情心事最依依。我呵，疼你、怜你、哄你、敬你，也为心事总被情丝系……好妹妹，你与我，前世缘、今生聚；今世缘、来生续；死死生生无撇弃，世世重逢皆是你！"请听，这里对黛玉、宝玉的艺术呈现，褒贬兼容，是非裁断，切切实实超越了此前《红楼梦》题材影视、戏剧作品的审美表达。

由此，我不禁想起了恩格斯在对人类两性间婚姻关系的精辟论断："只有以爱情为基础的婚姻才是合乎道德的。"越剧《织造府》对曹雪芹关于宝黛钗之间爱情的富于创新的审美表达，不是更接近于马克思主义经典作家的论断吗！

四

再说历史内蕴上的戏曲呈现。

第四场《秋·夜宴》集中艺术地展示了显赫一世的织造府在中国封建社会末期必然大厦倾颓的历史命运。尽管老祖宗对晚辈们自豪追述"爷爷为先帝侍卫，少年得志，真是第一等人物！后来放了外差，专司织造"。"荣禧堂"乃御笔亲题！她期盼"一家人团团圆圆和和美美年年岁岁无虑无忧"，但历史潮流却如《好了歌》所唱："世人都晓神仙好，唯有儿孙忘不了。痴心父母古来多，孝顺儿孙谁见了？世人都晓神仙好，只有金银忘不了。终朝只恨聚无多，及到多时眼闭了……"待到"明令各府，查核亏空"，抄了织造府，才应了："世人都晓神仙好，唯有功名忘不了。古今将相在何方？荒冢一堆草没了。"第六场《出梦》在"书里事、梦里事，无非亲身事；笔中人、园中人，尽皆心上人"的唱段中，揭示出封建社会没落的"看白茫茫大地，真干净、真干净"的深刻历史意蕴。

这不禁又让我想起了中国佛家哲学的那两副名联——宝光寺里的"世外人法无定法然后知非法法也；天下事了犹未了何妨以不了了之"和文殊院里的"见了就做做了便放下了了有何不了；慧生于觉觉生于自在生生还是无生"。越剧《织造府》历史意蕴所内涵的中华人生哲学深度令人佩服。

2024-06-19

后记

艺坛追光　培根铸魂

　　我出生三年后,《光明日报》诞生了, 如今《光明日报》七十五华诞, 我们属于同一时代。但我作为这家具有重要影响力的著名报纸的作者, 始于 1980 年, 至今也有四十四载了。

　　历史进入新时期, 我由蜀进京求学求职, 随恩师治中国当代文学思潮史、研究电影美学。先生要我认真读《光明日报》的文艺评论版和《哲学》《史学》《文学遗产》等专栏。此前, 我也喜欢读《光明日报》, 获益匪浅; 此后, 便不仅当读者, 而且萌生了给这张大报投稿的奢望。1980 年 3 月 5 日, 果然在文艺评论版头条位置刊出了我的拙作《好处说好　坏处说坏》, 文章概括总结了《文艺报》《鸭绿江》《作品》《雨花》《上海文学》等报刊在党的"百花齐放, 百家争鸣"方针指引下对《向前看呵! 文艺》《"歌德"与"缺德"》等理论和《乔厂长上任记》《大墙下的红玉兰》等小说的争鸣得失。《光明日报》发表我这样一个初出茅庐、名不见经传的青年的拙文, 给我极大激励。接着, 我又一发不可收拾地在该报发表了《漫谈作家与文学批评》(1980 年 10 月 8 日), 借著名作家王蒙言破"文人相轻"陋习, 立"文人相亲"新风, 倡"作家与批评家, 是战友, 是同志"。此外还有《艺术学成为独立学科门类随想》(2011 年 5 月 20 日)、《关于文艺与哲

472

学关系的断想》（2016年7月4日、7日）等关于文艺评论和艺术学研究的一系列文章。日积月累，久久为功，在《光明日报》历届编辑老师们的精心指导下，迄今，我居然在该报一共发表了近二百篇评论。从这个意义上讲，《光明日报》连同《人民日报》《文汇报》《解放日报》《文艺报》《中国艺术报》和《文学评论》《文艺研究》等报刊，成了我学习文艺评论的真正意义上的"大学"。

我终生难以忘怀，恩师钟惦棐二十世纪八十年代与《光明日报》的亲密关系。记得那时，著名导演谢晋根据张贤亮的小说改编拍摄的电影《牧马人》公映后，引起强烈的社会反响。赞之者众，称颂影片将反思触角延伸到反斗争层面，深刻揭露了"极左"的思潮渊源；批之者声音亦不小，认为影片丑化了党的领导形象，并由此而在全国产生了一场关于"谢晋电影模式"的大讨论。是夜已深，钟老书房的电话铃声响了，是《光明日报》时任文艺评论方面的领导打来的，约钟老写篇关于电影《牧马人》的评论。钟老于是不负厚望，连夜执笔为文，写一张，命我抄誊一张，又反复修改打磨，几至天明，大功告成。没过两天，一篇题为《〈牧马人〉笔记》的电影评论赫然登在《光明日报》头版显著地位。这篇评论精准地肯定了影片的历史价值和美学成就，又科学地指出了"时代有谢晋而谢晋无时代"尚存的不足，辩证分析，以理服人，令争论的双方都颇为服气，认同了此理。

榜样的力量无穷，恩师教引我前行。我效法钟老，勤奋耕耘，积极地在艺坛追光，为《光明日报》撰稿。思想起来，我在《光明日报》先后评介了后来被选为中国作家协会副主席的作家叶辛的长篇小说《蹉跎岁月》、老作家马识途的讽刺小说新作、荣获过茅盾文学奖的作家周克芹的中篇小说《桔香，桔香》、著名诗人柯岩的电视文学剧本《仅次于上帝的人》，以及著名编剧王朝柱的《延安颂》、导演新秀潘小扬的《巴桑和她的弟妹们》、尹力的《鲁冰花》、杨阳的《记忆的证明》、陈力的《血战湘江》……在浇灌鲜花的同时，我还在《光明日报》上旗帜鲜明地批评了"唯票房、唯收视率、唯点击率"等唯经济效益的错误思潮。

我近四十四年来在《光明日报》艺坛追光的春秋，更是自己培根铸魂的精神历程。一方面，在约稿、写稿的实践中培养自身的马克思主义基本理论与中国具体实际、与中华优秀传统文化相结合之根，培养自身坚持马克思主义中国化、时代化的定力之根，铸就坚守中华民族精神之魂和坚持走自己的路的定力之魂，绝不趋时复古、随风摇摆、今天说东、明日说西。

我至今幸福地记得，2014年10月15日，习近平总书记在文艺工作座谈会上发表了重要讲话，当天《光明日报》一位负责同志就约我写体会文章。我带着博士生，连夜学习研读，通宵达旦，第二天就交上了沉甸甸的"作业"，第三天即17日，这篇题为《坚持以人民为中心的创作导向》的学习体会文章就在《光明日报》头版显著位置见报了。一位时任中宣部领导见面时表扬我"写得好，写得及时"，我真感到完成了一篇极有意义的"作业"。另一方面，我还在认真学习和阅读《光明日报》的实践中不断提升学养、修养和素养，努力把自己铸造成一名合格的知识分子。《光明日报》的《哲学》《史学》《文学遗产》《光明学人》《光明论坛》等专栏各有特色，都促我扩大知识面、启智增慧。尤其是近期新辟的《人民需要这样的科学家》《人民需要这样的教育家》《人民需要这样的文艺家》和《大家》栏目互补生辉，系统向读者推介了钱学森、蒋南翔、范文澜、巴金、费孝通、苏步青等一批中华民族的精英、脊梁、大家，更令我读之喜甚，不忍释手！

人过七十而从心所欲，不逾矩。《光明日报》今七十有五，在党的领导下必将坚定文化自信，坚持走自己的路，立足于中华民族伟大历史实践和当代实践，用中国道理总结好中国经验，把中国经验提升为中国理论，坚持精神的独立自主，打造不逾马克思主义中国化、时代化之矩的知识分子的精神家园。

仲呈祥

2024−7

图书在版编目（CIP）数据

艺坛追光：我与《光明日报》四十年 / 仲呈祥 著.
-- 北京：作家出版社，2024.7
ISBN 978-7-5212-2854-0

Ⅰ. ①艺… Ⅱ. ①仲… Ⅲ. ①文艺评论 – 中国 – 文集
Ⅳ. ① I206-53

中国国家版本馆 CIP 数据核字（2024）第 089027 号

艺坛追光：我与《光明日报》四十年

作　　者：仲呈祥
责任编辑：陈亚利
书名题字：张景岳
装帧设计：孙惟静
出版发行：作家出版社有限公司
社　　址：北京农展馆南里 10 号　　　邮　　编：100125
电话传真：86-10-65067186（发行中心及邮购部）
　　　　　86-10-65004079（总编室）
E-mail:zuojia@zuojia.net.cn
http://www.zuojiachubanshe.com
印　　刷：河北鹏润印刷有限公司
成品尺寸：152×230
字　　数：423 千字
印　　张：30.75
版　　次：2024 年 7 月第 1 版
印　　次：2024 年 7 月第 1 次印刷
ISBN 978-7-5212-2854-0
定　　价：69.00 元